U0820003

“百年暨南文化素质教育讲堂”丛书

闻道

WENDAO

第四辑

主　编　蒋述卓
副主编　卢健民　罗发龙

GUANGXI NORMAL UNIVERSITY PRESS
广西师范大学出版社
·桂林·

图书在版编目（CIP）数据

闻道．第4辑／蒋述卓主编．—桂林：广西师范大学出版社，2015.9
ISBN 978-7-5495-6484-2

Ⅰ．①闻… Ⅱ．①蒋… Ⅲ．①演讲—世界—选集 Ⅳ．①I16

中国版本图书馆CIP数据核字（2015）第204332号

广西师范大学出版社出版发行
（广西桂林市中华路22号 邮政编码：541001
网址：http://www.bbtpress.com）
出版人：何林夏
全国新华书店经销
广西大华印刷有限公司印刷
（广西南宁市高新区科园大道62号 邮政编码：530007）
开本：787 mm × 1 092 mm 1/16
印张：18.5 字数：280千字
2015年9月第1版 2015年9月第1次印刷
定价：36.00元

如发现印装质量问题，影响阅读，请与印刷厂联系调换。

序

蒋述卓

创新驱动成为我国实现产业升级和经济结构调整的重要战略，是解决我国所面临重大问题的主要抓手。“大众创业，万众创新”的口号响彻神州大地，点燃了国人创业、创新的热情。然而创新不仅仅是口号，也不能只靠热情，要遵守一定的科学规律。

整个宇宙、整个地球是一个整体，世界万物之间存在着千丝万缕的联系。虽然学科分化有利于解决某些非常具体的问题，但是仅从一个视角或层面很难揭示其规律和本质，更不可能深刻地认识其全部规律。如果过于专精而忽视整体，就像在隧道里行使只追逐前方的一点光亮，而忽视两边美好的风景。当今社会经济发展过程中出现的重大科技问题，已不单纯是自然科学与技术问题。比如温室效应，臭氧层破坏，资源环境破坏，艾滋病等流行性疾病的预防、控制与治疗，如何实现人与自然和谐发展等，这些问题不仅涉及自然科学的认知和技术支撑，同时涉及政治、经济、法律、社会发展、文化和教育等。这些问题的解决超出了自然科学技术能力的范围，必须综合运用自然科学、技术手段和人文社会科学研究协同解决。

多学科协同成为解决社会重大问题的法宝，这为科技史上若干重大发明所证明。据统计，在 1901 年至 2008 年的百余年间，颁发的自然科学类诺贝尔奖（物理、化学、生理学或医学奖三项）中学科交叉的研究成果占获奖总数的 52%，在各个被统计的时间段内学科交叉研究成果占获奖总数的比例一直呈上升趋势，最近八年这一比例已达到 66.7%。著名物理学家海森伯认为:“在人类思想史上,最有成果的发现常常发生在两条不同的思维路线的交叉点上。”

具体到某个科学家,学科的综合与融合对其科学发明与创造起着非常重要的作用。从达·芬奇百科全书式的人物到爱因斯坦对小提琴的深厚造诣以及原子弹之父奥本海默对艺术与文学的钟情,再到钱学森受到音乐的濡染与熏陶。1999年7月10日,钱学森在中央音乐学院庆祝其夫人蒋英教授执教四十周年大会上表示:“在我对一件工作遇到困难而百思不得其解的时候,往往是蒋英的歌声使我豁然开朗。”一个人的文化知识越丰富,他组合或发现新知识的可能性就越大。如果只限于一个专业,就难以从其他学科中汲取营养、受到启发、进行借鉴,也就难以做出独创性的贡献。

我校“百年暨南文化素质教育讲堂”以“开阔视野、改善思维、陶冶情操,提高人文素养和科学素质”为宗旨,不断为学生提供各个领域不同学科的高水平讲座,让学生接触不同学科的知识,以形成良好的知识结构和圆融、具有批判性的思维品质,不囿于学科成见。本书精选的11篇文章充分反映了讲堂多学科的特色,涵盖宗教、哲学、艺术、文学、国际关系学、法学、历史等多个学科,作者均为各领域的名师大家。不同的文章不同的内容带给人不同的启思。

何光沪的《宗教信仰与中国社会》阐述了中国古代社会存在的儒教和道教的本质和特征,以及佛教、基督教和伊斯兰教等外来宗教的传入、发展和与本土文化的融合过程,引发了同学们对宗教在发展过程中政教关系、朝野关系和中外关系的思考。

刘擎的《拯救孤独的自我——克服原子化个人主义的危机》指出了原子化个人主义带来的认知危机,澄清了“个人主义属于西方,集体主义属于东方”的错误认知,论述了关系型个人主义会让人际关系更加和睦,会让自我认知更加成熟。周国平的《哲学与幸福》从哲学的视角探究了幸福来源,分析了幸福的真谛。他认为幸福就是“生命的单纯”,生命本身是亲近自然的，而一旦物质欲望超过生命本身，人就会感到痛苦。

王五一的《文明累了》讲述了现代文明给人类带来的环境危机和精神危机，并希望从中国古代文明中找寻出路。

罗一平的《我看到的、你看到的、他看到的——关于视觉权力与视觉谋略的故事》颇具思辨性和哲理性，探析了作者、画、观看者三者之间的辩证关系，认为作者创作“美”的过程离不开自我社会理解力，与此同时，观看者在理解“美”时也带有个人情感。

同是探讨中国与世界的关系，王逸舟的《国际环境与中国外交》分析了中国在崛起过程中遇到的诸多麻烦，认为中国要全力提高自身软实力，增强对国际公共事务的担当，努力塑造出一个“可亲可敬”的新大国形象。阎学通的《未来十年的中国与世界》认为虽然中国崛起面临复杂的国际环境，但中国仍然可以主动地去塑造、改变不利的局面。

周永坤的《司法如何介入政治——一个制度的视角》论述了政治当以消极的、尊重司法的方式介入司法，认为司法政治化本身是对人的尊严的冒犯。

秦前红的《司法体制改革的目标及其需要解决的问题》分析了司法体制改革的话语之所以流行的若干因素，指出司法改革要实现“政治问题法律化、法律问题司法化、司法问题程序化”的重要路径。

毛佩琦的《明朝的盛世之路》颠覆了人们对明朝的印象，以大量的实例分析明朝为后世留下的丰富的物质财富和精神财富，为明朝“正名”。

章东磐的《快乐人生是运气与勇气的游戏》以章先生丰富多彩的人生经历为例，阐释了努力、快乐、良知的真义。

此辑《闻道》虽然只有 11 篇文章，但每一篇文章都分量十足，从不同的视角诠释对宗教、社会、政治、艺术、人生、历史的理解，或许有一篇文章能在你百思不得其解之时提供思想上的滋养。

2015 年 9 月于暨南园

目　录

精神与思想

宗教信仰与中国社会

何光沪

何光沪，1950年9月28日生。贵阳人，哲学博士。现任中国人民大学佛教与宗教学理论研究所研究员，哲学院教授，博士生导师。兼任加拿大不列颠哥伦比亚大学维真学院特约研究员，香港汉语基督教文化研究所特约研究员，香港浸会大学中华基督宗教研究中心特邀研究员，清华大学道德与宗教研究中心学术委员，山东大学犹太教与跨宗教研究所学术委员会主席，中国社会科学院基督教研究中心副主任，中国宗教学会理事。主要从事宗教学理论、宗教哲学、基督教神学等领域的研究。

何光沪在宗教学、宗教哲学和基督教研究领域翻译并组织翻译了大量著作，为中国宗教学各学科的复苏和发展提供了重要资料。代表作有《多元化的上帝观》《有心无题》《神圣的根》《何光沪自选集》《月映万川——宗教、社会与人生》《天人之际》和《百川归海——走向全球宗教哲学》等；译有《宗教哲学》《现代基督教思想》《20世纪宗教思想》《基督教神学原理》等；编有《宗教与世界丛书》（已出版40余种）、《基督教文化评论》、《对话——儒、释、道与基督教》、《宗教学译丛》、《基督教经典译丛》等。

提到宗教大家可能比较熟悉，不会很陌生，在你们成长的年代的确如此，好像你们可以看到中国大地上很多的寺庙、道观、教堂，可以接近，可以参观。但是就在几十年前，在你们出生之前不久，在中国这片土地上，曾经成为所谓的无宗教国，1958 年开始“大跃进”，很多县委书记、县长提出一个口号，我们的县要成为无宗教县，没有宗教就是你的政绩、就是你治理有方，因为当时将宗教被看成是坏东西，完全是人民的鸦片，传教的是“贩毒”、信教的是“吸毒”，在这样的环境下当然宗教就成为一个应该消灭的东西。无宗教县的口号，到了“文革”期间，推行到全国，结果就是无宗教国家。那个时候，你们的父母辈在那个时代对宗教会比较生疏，能够有宗教信仰的人真的很不容易，因为他们要克服巨大的社会压力。

大家对宗教好像很熟悉，但这只是表面的熟悉，香烟缭绕的寺庙、道观，座无虚席的基督教堂，这些都是表面现象。作为大学生应该深入了解事物，而我们作为中国人还应该了解一下这个事物、这个重要的事情与我们的社会有什么样的关系，所以我选择了这样的一个题目。为什么选择这样的题目呢？因为中国有两千多所大学，也许现在接近三千所了，具体数字我说不上来，但是我们只有几个宗教系，本科学生可以了解宗教，认真、系统、全面、客观认识宗教的机会极少，全中国只有那几个学校有，而且那几所学校的宗教系有些还是有名无实或者说有实无名，他们对外说有，其实没有。比如我们学校，我可以自称是中国人民大学哲学院宗教系的教授，但是这个宗教系实际上没有系主任，实际上只有教研室，北京大学等一些高校也是如此。所以，我们好像对宗教不生疏，其实需要比较系统、比较全面地了解宗教信仰，还有更重要的，应该了解它与中国社会有怎样的关系。

引言　曾经辉煌，为何衰败？

古代的希腊、罗马曾经辉煌，被称为“古典文明”，但是后来又衰败了,因为基督教的信仰影响了后来的西方文明,使它成为引领世界文明的重要原因,成为一个富有生命力文明的重要原因。今天我们引言标题的主语是什么呢?我们今天讲的主题是中国的宗教问题,所以大家会猜到这是讲我们中华文明。我们知道它曾经辉煌灿烂,也在世界上处于领先地位,但是后来它衰败了,什么原因使它会衰败?我们要思考这个原因。

19世纪中期之后,我们经常说中国落后挨打。昨天我在广州提到一个重要的话题,国人的思考,经历了从非常肤浅到比较深刻,以至于更加深刻的过程,我们研究我们被打败、落后的原因,就像是研究一支足球队被对手踢败了、输了球,我们看到的好像只是对手身强力壮、体力很好、技术很高,所以我们在国家关系上就说人家船坚炮利,我们也要造坚船利炮,我们要搞洋务运动,要学习西方的科学技术。这是第一阶段。

后来我们发现,就像是一支球队的领队或者是队长,发现对方踢胜的原因不仅仅是体力好、技术好,还因为组织好、战略好,前锋、后卫、左翼、右翼都做得很好,所以我们要思考西方的组织制度,于是有了戊戌变法、辛亥革命、新文化运动,不仅讲科学还要讲民主,这就是考虑到对手更加深刻的优势所在,就在于他们的组织制度,包括政治制度、经济制度和社会制度。可惜戊戌变法失败了,就全国而言,辛亥革命只有短暂的成功,科学民主、新文化运动现在我们还在讲,也应该讲,原因很简单,现在有些人完全否定新文化运动,我觉得太偏激、不全面,为什么要坚持发扬新文化运动精神?我个人认为很简单,道理没有那么高深和复杂,因为科学与民主我们中国还需要。你说中国满街都是汽车跑了,刚才我们来的时候还堵车了,科学还不发达吗?不对。满街的汽车并不等于有科学精神,满街的汽车不等于有现代化,因为科学精神是尊重事实,胜过抱住理论不放。理论与事实相冲突、不一致的时候,那么要理论还是事实,这时就表现出科学精神。我们放弃理论、尊重事实,这也是科学精神,由于这样我们的科学才能进步,之前的理论已经不适用了,因此我们要修改理论,让它符合事实,科学精神就是这样的意思,现在我们还需要。民主方面,党中央提出要将中国建设成民主、富强、文明的新中国，这证明我们离民主的确还有一些距离，所以我们还需要建设民主。由于这两个原因，我认为新文化运动的精神还是应该高举，还是应该发掘，还是应该研究和坚持。这是中国人认识西方的第二阶段。

第三阶段，20 世纪末至今，有些人发现，正如一支球队输球，不仅仅是因为体力、技术、战略战术，而且更重要的是精神状态。回到今天的话题，昨天我们讲了西方，现在反过来看中国，我们衰败的原因，一百多年来很多仁人志士，很多先知先觉者，中国人民的先进分子，曾经向西方学习的先进知识分子，他们都思考了经济和社会问题、政治和经济问题，张之洞提出要发展中国经济、要修铁路造轮船，梁启超、康有为、孙中山要发动变法、发动革命，陈独秀、李大钊等发起新文化运动、五四运动，这就是看到了我们自己在政治经济上的落后，更深一点的思考就是社会文化了，难道仅仅是政治经济的原因吗？又是什么原因导致了政治经济的落后呢？所以我们的思考要深入一些，社会结构问题、文化问题。中国社会多少年以来都是宗法制的社会，但是与宗教法律的关系又比较远，宗是讲祖宗，法是一种法则、规则、行为的规范，中国两千多年的社会是以血缘关系、以近代祖宗为核心而建立的社会关系。比如说拜祖宗，在农村的祠堂，北京的太庙。敬拜祖先的时候，老大站中间，老二、老三站在旁边，后辈站后面，妇女的话，对不起，请你们站到厨房去，不能参加敬拜祖先，最严格就是这样的了，有些不太严格的也会让妇女参加，但是也会站在边上，这就是形象的宗法制度在仪式中的体现，社会的等级是这样安排的。君要臣死臣不得不死，为什么呢？因为父要子亡子不得不亡，这就是宗法制度，有人思考认为这是一条重要的原因。

不光是社会结构、社会制度，与之相关，还有文化问题，这涉及的内容就更多了。文化是为制度服务的，是制度的上层建筑，是制度的意识形态，所以文化更加复杂，包括哲学观念、政治观念、文学、道德。比如道德，大家在思考时更加容易联系起来，儿女同父母的关系，父母永远是对的，儿女永远是不对的。中国封建时代的妈妈很可怜,所谓三从四德,父亲在世的时候必须要听父亲的,父亲说不许出门就不能出门;结婚之后听丈夫的,丈夫说不许出门就不能出门;丈夫死了之后就要听儿子的,儿子说不许出门就不能出门。这就是古代的道德观,现在看起来我们觉得很荒谬,女人就没有独立的人格,完全是依附的状态。文化里核心的就是宗教,我们从宗教信仰的角度也可以思考中国文明后来衰败的原因。

以上就是我今天所讲问题的引言,提出这么几个方面的问题,力图从最后这个问题进入。

一、古代

宗教信仰与中国社会的关系,可以分为两大块,一是古代,二是现代。我们作一个小小的总结,古代情况如何呢?这个非常复杂,因为中国有这么悠久丰富的文明、这么多的人口、这么大的国土、这么多的民族,可惜我今天只能侧重汉族,还有55个少数民族今天无法讲到了,而且一定程度上也不是我的专长,这是一个非常复杂的、很多学科都要研究的问题,民族学、人类学、文学、历史,等等。推荐大家看柏杨写的《中国人史纲》,他说:要将这一块土地上生活的所有人的历史都写出来,中国很多时候是分裂的、是少数民族统治的,很多少数民族在中国建立了他们的政权、他们的国家,创造他们的文化,他们对中华民族有很大的贡献,他们是中华民族的一分子,所以我们不应该忽略他们。我觉得他的观点很值得重视,中国很多历史书写得很难看、写得千篇一律,张三、李四、王二麻子写的全是一个样子,全是一个观点,而柏杨写的《中国人史纲》很好看,又是现代汉语,他是个文学家,又打破了一些传统和正统的观念。柏杨说他是将55个少数民族放在自己的心里,我现在不是不放在心里,而是现在没有能力、没有时间去讲,今天我们主要以汉族为主。

1.儒教？儒学？宗教？哲学？

讲到汉族的宗教，首先大家肯定就会想到儒教。现在讲弘扬传统文化，儒家的思想越来越引人注意、越来越吸引眼球，越来越多大学老师、大学生去关注儒家。儒教和传统宗法性宗教是什么样的关系呢？提到儒教，很多人就会讨论一个问题，儒教是不是宗教？儒教和儒学、儒家是什么样的关系？我们将中国文化总结为“儒释道”，这个说法其实很不全面，只说了一部分的事实，而不是全部的事实。我们知道，春秋战国时期，还有法家、墨家、道家、阴阳家、兵家、农家，等等。

儒家是一些人、是一个学派，有孔子、孟子、荀子、朱熹、王阳明等大学者、大哲学家，你不能说这些人就是宗教，这是不对的。儒学呢？他们建立的学说叫儒学，儒学是一套复杂的、人间的、世俗的学说，也可以说它主要是人生哲学，它是以人生哲学为主的一套学说，里面的成分比较复杂，以前没有什么哲学、伦理学的概念，中国也没有社会学的概念，我们只能说儒学包含了这些成分，包含了人生哲学、包含了伦理学、包含了政治学、包含了社会学等成分，以人生哲学为主，是一套很复杂的学说，里面又可以分为更小的派别，比如有主张性善论的孟子，有主张性恶论的荀子，还有汉朝的主张人性无善无恶或者有善有恶的扬雄，有被称为客观唯心主义的朱熹，有被称为主观唯心主义的王阳明，等等，所以它是一套很复杂的重在人间的学说，它不是宗教。

而儒教呢？用了“教”字就表示是宗教吗？有些人讲儒教就是宗教，不对，因为中国古代的“教”字是没有宗教的意思，古代的“教”是教化、教育的意思。儒教为什么被称为儒教？大约是魏晋之后，儒学产生已近千年，开始有人使用儒教这个词，意思是说儒学可以帮助皇帝用来教化民众，不是说儒学是宗教。说佛道是“教”也是说它们有助于“王化”，即帮助统治者教化民众。中国没有宗教这个词，也没有宗教这个概念。宗教这个词是日本人从西方翻译过来的，中国人在 19 世纪末 20 世纪初拿过来用的。中国之前也没有科学概念，也没有科学这个词，也是日本人翻译过来的。中国之前没有哲学这个概念,也没有哲学这个词,也是日本人翻译过来的,中国人拿过来用而已。我接触过很多日本学者,我接触到的这些日本学者几乎都承认中国是他们的老师,当然我接触到的做佛教研究的日本学者比较多,他们说中国是他们的老师,其实某种意义来说,我们也从他们那边学到了一些东西,比如说科学、哲学、宗教,还有别的很多。

一句话,儒学并不是宗教,我自己的专业是宗教学,宗教学对宗教的定义,一般都同终极者有关系。什么是终极者?世界上的事物可以分出等级,比如说石头是最低等级,然后无机物、有机物,有机物最低级的就是微生物,上面还有植物、动物、人,如果这样分等级的话物质可以分为很多等级,A 如果是 B 产生的,B 又是 C 产生的,C 又是 D 产生的,最后数下去到 Z,那就是终极了。有些哲学家说得更加透彻,他们认为万世万物就像是 A 到 Z,可以排出一个系列,但是所谓终极是整个系列的产生者,按照宗教的说法,就是宗教里创造世界的上帝。我们现在使用上帝这个词,绝对不是使用基督教的词,究竟是什么词,我一会儿会讲到。

对终极者的信仰所激发出来的体系,包含情感体验、思想学说、思想理论、行为活动、组织形式、组织制度等,这才是宗教。儒学不是这样的东西,所以它不能称为宗教,最多就是一种哲学。哲学是人们用理性对宇宙进行思考,对宇宙提出总的看法。同学们如果有问题,一会儿还可以提出来。

以前我在中国社会科学院的宗教研究所工作,有些人就抨击儒学是宗教的概念,这个概念在 1949 年之后最主要的提倡者就是我的导师任继愈先生,他是中国国家图书馆的馆长。有很多人反对他的理论,但是现在又说儒家、儒学是一个宗教,他们改变的观点是从一个极端到另一个极端,原来认为儒学不是宗教,现在又认为儒教是中国最重要的宗教,所以我觉得他们是没有学术根据的。我相信在座的同学都是求知欲非常旺盛的,我讲一些学术讨论方面的不同观点给大家做参考和思考。

首先我提出一个概念问题,儒家、儒教与宗教的关系。下面我讲一点历史,我的观点,有一种宗教既不是佛教也不是道教,又不是基督教也不是伊斯兰教。它是什么呢?它没有名字,一个没有名字的宗教可能曾经在中国最重要,或者说统治阶级认为它最重要。从周公到袁世凯,其实事情要从周公之前说起。

传说会有误,这是常识,但是现在我们讲上下五千年其实是违背这个常识的,因为关于上古时期,我们根据的很多都是传说。司马迁写汉朝很准确,因为他就是汉朝的历史学家,他写秦朝还可以,因为他生活的时代离秦朝并不远,他可以找老头子去问,让老头子问秦朝的情况,但是他写商朝、周朝呢?周朝可能还可以,因为已经开始有文字记载,再往之前呢?没有了,夏朝根本没有文字的记载,那么是不是可靠呢?正是因为如此,有一个历史学派怀疑,鲁迅先生在他的小说集《故事新编》里有一篇小说就是《理水》,也就是大禹治水的故事,鲁迅先生开玩笑说大禹的爸爸是一条虫,他开这个玩笑是有深刻的学术根据,不说真的是一条虫,而是大禹爸爸是谁并不可靠,都是传说而已。

上下五千年,其实是没有非常可靠的学术根据。三千年肯定有,什么根据?甲骨文。甲骨文是刻在野兽的骨头、牛的肩胛骨、乌龟壳上的字,是中国最早的文字,在那个文字里已经出现了"上帝"二字,有时候简称为"上",有时候简称为"帝",这个"帝"绝对不是我们理解的皇帝,那个时候没有皇帝。秦始皇是中国第一个皇帝,离三千年前又过去八百多年,也就是公元前221年有了秦始皇。他为什么叫秦始皇呢?因为他是第一个皇帝,始皇帝。周朝的统治者、商朝的统治者,都并不称为皇帝。在甲骨文中的"帝",其实就是指上帝。比如说甲骨文里有这样的话,"宾于帝",什么意思呢?商朝的王说他们的祖先死了之后就到上帝那里去做客了。甲骨文里还有一句话,"帝命雨",也就是说上帝命令要下雨,因为统治者觉得天下大旱,要老天下雨就去做宗教的仪式,按照现在的说法有一点像是算命,乌龟的壳上用钻子钻几个孔,然后用火去烧,看看裂纹往那边走,以此来判断是凶还是吉。"帝"当然不是指皇帝,当时没有皇帝,而且就算有皇帝,皇帝也没有这个本事让老天下雨啊,只有上帝才有这个本事。

中国的宗教信仰什么东西呢?信仰上帝,所以信仰上帝不是洋教,而是最土的土教,不是基督教传入才有的,而是最古的。现在到北京去旅游,看看天坛,天坛最漂亮的房子叫祈年殿,祈年殿最中央最高的地方挂着一个牌子,上面写着四个大字"皇天上帝",这个牌子可不是英语翻译过来的,而是中国的皇帝让人写上去的,因为信上帝是中国最古老的宗教。从那个时候起,延续了三千年。现在我们要提到周公了,信上帝,但是没有什么很明确的制度,比较随意。虽然《诗经》也提到上帝,中国最早的书叫《书经》,或者叫《尚书》,也有提到上帝,但是没有一套制度。周公给制定了一套制度,孔子最崇拜周公,周公规定了一套宗教制度,简单说起来可以用四个字来表达,这就是"不王不禘",这个王做动词使用,意思是统治天下,做王、当王。禘在这里也做动词用,意思是崇拜上帝、祭祀上帝。"不王不禘"这四个字的意思是表示你不做统治者你就不能拜上帝。周公还规定了一套具体的办法,即"庙制"——天子可以有七个庙,中间两个,周边各三个,中间那个可以祭拜上帝,旁边一个是拜远祖,再旁边一个拜近祖,近一点的祖先,再下来就是更近的祖先。中间那个位置为什么可以拜上帝呢?因为他们认为上帝是他们最早的祖先。周公规定天子可以有七个庙,诸侯等只能是有五个庙,中间一个、两边各两个。中间那个不能拜上帝,只能拜远祖。大夫三个庙,中间一个、两边各一个,意思就是你只能拜更近的祖先。春秋战国时期的士就是最低级的贵族了,只能有一个庙,你只能拜更近的祖先。老百姓就只能在住的地方,不能有庙了,只能在家里睡的地方拜祖先,更近的祖先了,即"庶人祭于寝"。这就是周公规定的制度,统治者怎么样拜天都有一套规矩,不太复杂,记载在《周礼》里。历朝历代都按照这个来办,只不过过程越来越复杂,拜的手续越来越多,冬至的时候怎样、春分的时候怎样,中国的宗教观念也发生了变化,上帝不是一个了,认为有五个上帝,有了五帝的说法,包括太昊、炎帝、黄帝、少昊、颛顼,中间一个就是黄帝了。还拜地,天地的地,所以北京除了天坛还有地坛。拜太阳有日坛,拜月亮有月坛。所以在北京,不光可以看天坛,还有地坛、日坛、月坛等。这一套制度一直延续到清朝,当然清朝被辛亥革命推翻了,专制皇帝倒台了,这个宗教就完蛋了。天坛又变成了公园,以前谁都不能进入的地方,现在大家都可以进去了,以前这里是只有皇帝进入的,大臣必须有皇帝命令才可以进入。北京的这些建筑是中国有这种宗教最好的证据,它既不是佛教、道教,也不是基督教、伊斯兰教,它是中国自己的宗教建筑,这种宗教因为是没有名字的,所以有些学者为了方便讨论问题,给它取了一个名字,这就是标题上所说的,"传统宗法性宗教"。这个宗教是宗法社会的一种产物。

传统宗法性宗教有三大特点。首先,它是宗法性的。皇帝按照宗法制度来选择,当然宗法制度是说嫡长子可以当皇帝、老二不可以当皇帝,但是事实上很多皇帝是靠造反起家的,就像朱元璋原来是一个小和尚,他建立了明朝,本来他是下层人物,但是他上台之后自称为天子。老百姓不能祭天,在家里祭祖宗也要老大站中间、老二老三站旁边,女人还不能参与,这就是宗法制度。第二个特点,宗法制度特别注重血缘关系,皇帝说老天是他的爸爸,所以他自称为天子,这个事情从商朝就开始了,特别是周公将这个意思说得更清楚和明白。第三个特点,宗教同政治有紧密的关系,实际上是政教合一的制度。皇帝被视为"天子",最高的政治权力与最高的宗教权力相结合,相捆绑。所以政治专制与文化专制并行。

有些人认为西方宗教才是政教合一,而东方不是,其实东方的中国就是政教合一的,中国的皇帝要读儒家的书,儒家的书和统治者有什么关系呢?刚才我就讲了这种宗教,它的理论全部表现在儒家的学说里。刚才我提到了《周礼》规定了这种宗教的仪式,还有孟子、荀子,汉朝的董仲舒等,以及后来的朱熹、王阳明等,他们哲学中形而上学的部分为这种宗教提供了理论基础,所以现在我们发现它同儒家思想有千丝万缕的联系,儒家都支持这种宗教。我曾经写文章说,如果一定要硬起一个简单的名字,也不妨就叫儒教,但是古时候的儒教不是宗教,现在你说这个"中国传统宗法性宗教”，这个名称，太长，太麻烦，只适合于学术讨论，这个儒教同政治是紧密结合的。有些学者说西方是政教合一，中国不是，其实恰好相反，中国以前是高度的政教合一。刚才我说了皇帝要读儒家的书，隋朝之后当官的全部要读儒家的书，儒家就是支持这种宗教，皇帝要带头拜上帝，后来说是拜天，也就是“皇天上帝”。三大特点：一是宗教权力不平等，二是重视血缘关系，三是政教合一。

还有一大趋势，也就是说世界发展趋势是政教分离，这个趋势浩浩荡荡不可阻挡。为什么？因为政教合一带来很多苦难、带来很多灾难，造成血流成河、尸骨成山。政教合一是什么意思呢？统治者，特别是最高统治者可以用他的宗教来要求全国人民，如果你不信他的教、不听他这一套，他就动用他的政治权力来进行压制，有时候就会造成流血，造成高度的行政上或者是政治上的压制。在中国如此，西方也有这样的情况，所以给人类带来了很多的祸害。人类，特别是西方总结出一个经验，不要再搞政教合一了，要政教分离。宗教是私人的事情，不受行政干预，也不干预行政（如太虚法师所说“参政而不干政”）。政治统治者你信什么，也要允许老百姓信别的东西。教会或者是宗教组织不要干预国家的行政，反过来国家统治者、领导者也不要用自己的宗教信仰去要求全国人民都一样。因为这个趋势浩浩荡荡不可阻挡，所以辛亥革命之后我们就实行了政教分离，孙中山的政策就是谁愿意信什么这是私人的事情，有人信儒家也可以，有人信基督教也可以，有人信佛教也可以，这些都是合法的，但是在孙中山未过世的时候，有一个人曾经想要恢复政教合一，这就是袁世凯。为什么提到他呢？他想将孔教尊为国教，他想当皇帝就去祭孔，下一步可能就会祭天，当皇帝就要搞这一套，我们说统治天下就要祭上帝，全国人民都起来反对他，讨袁护法，袁世凯做了 80 天的皇帝郁郁而终，当然我们对他的评价也不能这样简单化，但是他在这件事上的确是逆历史潮流而动，违背历史潮流，所以他失败了。

中国传统宗法性宗教我就说这么多，准确来说它是没有名字的，但是存在了三千年,后两千年得到儒家支持。因为它有三大特点,所以它随同清朝专制帝王的覆灭一起覆灭、一起终结。

2.道教? 道家? 精英? 草根?

首先来澄清一下概念,道家和道教是什么样的关系呢? 道家大家都知道,这是老子、庄子所创立的一套哲学,这套哲学某种意义来说比孔子的学说还要更加的宽广、视野更加广阔,更像是哲学。黑格尔认为孔子的学说根本不是哲学,它都是一些人生的道理,在社会上同人相处、在家庭里同人相处的一些基本常识。但是道家呢,我不知道黑格尔怎么评价道家,但是道家的确很接近黑格尔讲的哲学,或者接近于西方所讲的哲学。西方所讲的哲学是要研究世界的本原,也就是终极的东西。世界从哪儿来,这是哲学要讨论的,孔子不讲这个问题,但是老子一开口就是"道可道,非常道。名可名,非常名"。如果你问他是什么道,他会告诉你道是万物之母,这就说了世界是怎么来的,是从道那儿来的。他还有一句话,"道生一,一生二,二生三,三生万物",很明显就是讲了世界的起源,所以用西方哲学来说这是本体论,是一种真正意义的哲学,虽然讲得很简单,没有西方那么系统和详细。特别是到了庄子,又是人生哲学,老子也讲了很多人生哲学,所以一句话,道家是一种哲学,特别是人生哲学。

而道教呢? 它是一种宗教。它是怎么来的呢? 我放在后面去讲。中国的根底,这句话是谁说的,大家知道吗? 这是鲁迅先生说的。鲁迅先生说道教是中国的根底,有些研究道教的现代学者说道教精神就是中国的精神。我觉得学者们也有一些毛病,学者研究什么就会倾向于什么,我觉得他们将鲁迅先生的意思说得过分了些。我的理解是,鲁迅先生说道教是中国的根底,并不是说中国这么大的国家、这么丰富的文化,精神就可以用道教代表,我觉得不是这个意思。中国的文化很丰富,道教的学说影响中国人的思想很深,但是我觉得不能说道教就是中国的精神所在。根底,我的理解是有一点底层的意思、土生土长的意思,或者说是草根的意思,它是同下层人民、下层社会联系在一起。

将观点和概念澄清之后，我们来讲一下它的历史。今天由于时间关系，不可能讲得很全面，但是也希望大家有一个通盘的准确了解。道教在中国土生土长，某种意义上同道家学说有一定的关系，汉朝初年，汉文帝、汉景帝时道教成为统治阶级的指导思想，无为而治，让老百姓过比较宽松的日子，对老百姓收税、收粮收得很少。但是汉武帝时变了，他独尊儒术、罢黜百家，别的思想学说不让发展，将中国搞成文化专制主义，儒家占了上风，成为官方意识形态，别的靠边站，甚至不让别人存在，但是又做不到别人不存在，可是的确被冷落了，比如墨子、韩非子、公孙龙。春秋战国时期百家争鸣的欣欣向荣、百花齐放的现象没有了，一家独大、一枝独秀，所以汉朝到汉武帝时出现了这样的情况：汉朝的朝政越来越腐败，外戚内患、轮换执政专政，意思就是皇帝老婆的兄弟们当政，内患就是太监了，内宫的这些人物当政，民不聊生，老百姓实在是忍无可忍起来造反。

历史上古代第一次最大规模的农民起义就是黄巾起义了。很多同学都知道《三国演义》，《三国演义》里讲的董卓、曹操、刘备、关羽、张飞全部都是镇压黄巾起义起家的。黄巾起义的来历就是一个组织，即太平道，民间的宗教组织。他们利用传说中的“黄老”（黄帝、老子）学说，组织人民、向人民宣传：汉朝的天下太腐败了，人民受压制太厉害了。虽然你们的历史教科书比较简单，讲得不全面，但是有一句话可能大家还记得，“苍天已死、黄天当立”，意思就是汉朝的天下要归我们了。他们在山东、河北这些地方闹事起义，对推翻汉朝统治起了很大作用，曹操就将汉献帝变成了傀儡，他也有镇压黄巾起义的功劳。四川这一带又有另外一股组织，这就是五斗米道，参加组织的人每人要交五斗米，“五斗米道”这又是后来道教的起源。道教一开始其实就是农民起义、反抗封建统治者的下层社会产物。后来到了晋朝，有人想把它改造一下，晋朝一些文人认为道教有道理，他们也信道教说的一些东西，也同道家的一些哲学有关系。中国文人受道家影响很深，认为说老百姓、下层人造反不好听，我们就要改造它，所以他们就整顿道教，去除“三张伪法”（意思是与造反领袖，三个姓张的脱离关系),宣称道教是有助于统治阶级的,当皇帝的人应该喜欢它,将道教贵族化,这是一段时期。

经过很长时间的发展,最后道教就变成了两个大派别,一个是在北方叫全真道,一个在南方叫正一道。今天的中国,道教还是这样的状态。全真道有一点向后来的佛教学习,我还没有讲到佛教。佛教有什么特点呢?寺庙里有一些出家人,他们是和尚,不回家的,就住在寺庙里、吃在寺庙里。好了,道教也搞了一个道观,这些人住在里面就是所谓的道士,吃住都在里面。正一道是在南方,这些人住在家里,还可以娶老婆、可以生孩子,谁家有了丧葬之类的事情他们就去做道场。正一派的组织不严密、很分散。

道教同民间信仰有密切关系,这也是鲁迅先生说它是中国的根柢。道教一开始就是民间起义的产物,两千多年来中国人民受封建统治的压榨,经常处于实在活不下去的状态。中国人其实是很善良的,不到活不下去一般不会造反,但是中国历史上起义很多,因为他们经常活不下去,经常一口饭都找不到。他们起义总要有组织的方式,官府压制很严厉、平常管得很紧,所以他们就要利用自己乡下的、官府看不到的、山高皇帝远、在官府视野之外的,那时候不像现在有电话、有汽车,到乡级以下皇帝的势力就很弱了,没有那么多官员,管不过来,他们就有了一些自助性的组织。一个村子里总有一些人生病,或者变得很穷、需要别人的帮助,这时谁来管呢?就需要有一些民间组织,这些民间组织经常就是所谓的民间宗教。

民间宗教经常说他们信的是道教的一些神话人物,所以他们与道教有千丝万缕的联系,到今天的台湾还是如此。如果到台湾旅行,经常就可以看到一些奇怪的从来没有听说过的寺庙,既不是佛教,也不挂道教的牌子,都是一些地方性的。比如国人最熟悉的妈祖、关公,或者是崇拜财神,崇拜地方的山神,灶王菩萨、土地庙,等等,后来还有黄天道、天地教、弘扬教等。这些民间宗教起着底层人民相互帮助的作用,但是到天下大乱,老百姓活不下去的时候,他们经常就会起来造反,这就形成了所谓的教门,这是道教和民间宗教的历史。特别是明朝、清朝,这些民间的教门就比较活跃,因为道教已经衰落了,我们后面要讲的佛教也衰落了,所以这些民间教门很活跃。到了孙中山闹革命的时候,他们还帮助孙中山,大家都知道孙中山是一介文人、一个书生、一个知识分子,没有什么力量,他也不会打枪,但他推翻清朝起义、搞了很多起义,有两种力量支持了孙中山,一个是基督教,黄花岗七十二烈士里就有很多是基督徒,他们有一种新的思想,要推翻封建专制。孙中山还利用了民间会党,他们有组织,也会打枪、会要刀,所以他们也曾经帮助孙中山闹革命。

道教有什么特点呢?道教一开始就是老百姓活不下去造反的结果,所以后来的民间宗教更加如此,所以它就是所谓的在野派,中国特别讲正统、特别重视政治地位,所以他们的地位就是在野的、就是不当官的、就是边缘化的、就是下层的、就是受欺负受歧视的,基本上道教就属于这样的状态。它和儒家对抗不了,它是边缘状态,经常受到儒家的排斥。它又比佛教弱小一些,比较分散,但是偶尔也在朝,少数皇帝喜欢它,比如说唐朝一些皇帝说我们唐朝的皇帝姓什么呢?姓李啊。一些道士就跟他们说,我们道教的祖宗爷也姓李啊。大家知道是谁吗?这就是李耳,就是老子。其实老子和道教没有什么直接的关系,他死了很多年后才有了道教,他死了之后经历秦朝、汉朝,才有了道教。但是因为道教用老子的学说作为根据,老子的五千言被改名称为《道德经》,道教就是讲道的,所以道教就说自己的祖师爷姓李。有些唐朝的皇帝就真的喜欢道教,但是有些就喜欢佛教,武则天就喜欢佛教,后来还有宋徽宗喜欢道教,在宫殿里做道场,装神弄鬼,他说自己是玉皇大帝的儿子之类,因为腐败,两个皇帝被俘虏成为阶下囚,宋徽宗、宋钦宗都是喜欢道教的,所以道教偶尔也会占上风。但是道教的基本特点还是属于草根阶层,这就是鲁迅所说的中国根底的意思。道教是草根阶层的宗教,所以它演变为民间宗教非常自然。

中国的精英对道教又是怎样的态度呢?中国的精英以前多半是所谓的读书人、统治阶级,但是刚才我们已经说了,隋朝有了科举制度之后当官的全部是儒生，当官的必须要考试，考的就是儒家的书，不会考道家、佛教的书，有时候儒家只要一派不要另一派，比如说以朱熹的书作为标准，所以知识分子和当官的是一回事。他们说喜欢道家，为什么呢？他们在台上当官的时候，我是父母官、以天下为己任，他们就是讲儒家的道理，有担当的精神。修身齐家治国平天下，摇头晃脑说这一套。当他们倒霉的时候、罢官了以后，被皇帝免了、失宠了以后，到了江湖、乡野或者回了家乡，他们就喜欢说我是道家，逍遥自在、得过且过，有酒就吃，有些还经常去妓院，说这是道教的精神，我认为这个时候其实他们就是诬蔑和歪曲道教。老子也好，庄子也好，道教的哲学家说要清心寡欲，他们正好为自己的纵欲而找借口。很多中国古代的文人是这样的，他说自己是道家的，其实他们是纵欲，喝酒、狎妓等。知识分子在某种意义上很喜欢道家，但是请注意不是道教，这一套人生哲学虽然有一点歪曲了老子、庄子的意思，他们用老子和庄子为自己辩护，说顺其自然。自然就是野兽、动物，人不能什么欲望都满足，那就是动物，所以顺其自然是对的，有时候要反叛自然，因为食和色都是自然的，但是有任何食和色的欲望都要满足吗？这就成了野兽了。其实儒家在这一点上，和基督教是比较一致的。

讲到食和色，我就要为儒家辩护一句。有人认为这是儒家的观点，其实这是儒家反对的观点。儒家说“食色，性也”，这句话来自于孟子的书，但是在孟子的书中他是反驳这个观点的，他引用告子说的话来反驳，告子说“食色，性也”，孟子说这不对，你说人性就是食和色，那么请问狗啊、牛啊、马啊、猪啊也有食也有色，意思说也有性欲也有食欲，那么请问人性、狗性、牛性、马性、猪性都是一样的吗？孟子其实说得很有道理，告子说得不符合逻辑。我们两个人在讨论人性的问题，但是怎么能将人性同狗性、牛性、马性、猪性混为一谈呢？因为食和色是狗性、牛性、马性、猪性和人性都有的，但是人和那些不一样，所以孟子说人同动物有很少的区别，但是这一点差异很宝贵，就是人性所在。在这里我顺便讲一下，中国以前的精英是有这个毛病的，他们歪曲了道家的思想，认为自然就是道家的思想，但是如果自然就是道家的思想，为什么不叫自然家呢？道教为什么不叫自然教呢？自然是自己如此的意思，和基督教讲的上帝的意思很接近，它不是别的东西长出来的，而是它自己长出来的。自然的意思，其实就是自己如此，不是大自然，不是牛啊、猪啊、马啊，不是动物。很多中国古代文人，包括白居易都犯了这样的错误。

3.佛教：本土？外来？东方？西方？

佛教是外来宗教吗？现在很多的学者和官员说佛教是我们自己的宗教。所谓的本教，我在中国社会科学院工作过，中国社会科学院这么高的机关，我们有一个院长就说佛教是本教，意思说要扶持，基督教是外来宗教，所以要……反正意思就是不能扶持吧。我的专业是宗教学，我再说一次，本教这个词本身就用得不对，因为西藏地区产生的宗教才是“本教”，后来传入了佛教，这就有了藏传佛教、喇嘛教。我们要知道一个常识，佛教不是中国宗教，虽然后来它中国化了，人人都知道佛教是印度传进来的，孙悟空和他的师傅唐僧，与猪八戒、沙和尚千辛万苦到了所谓西方取经，而真实的唐僧其实就是玄奘法师，他是真实人物，他千辛万苦跑到印度取经、学习印度的佛教。一句话，佛教是印度传过来的，也就是从中国的西方传过来的。如果说西方宗教，其实佛教也可以说是西方宗教，典型的就是西天取经。

佛教不是中国土生土长的，刚才我所说的两种宗教是土生土长的，虽然佛教是外来的，但是一点也不妨碍它变成中国的宗教。就像电灯、我们身上穿着化纤合成的纤维，也是外国人发明的，但是现在是中国人造出来的，因为它很好我们就可以用它。佛教传进来，其实也可以变成中国的宗教，我们中国人来用它。

中国的一些学者说中国从来都是宗教宽容的，这是不符合基本历史事实的，佛教传进中国时，被中国的统治阶级、广大知识分子、文人、儒生称为“淫祀”，淫就是坏的意思，祀就是宗教的意思。凡是中国的古书不写、没有记载的都是淫祀，按照现在的语言就是邪教。佛教曾经被中国人称为邪教,它怕中国人不懂,就学一些老庄的理论,讲道是无,所以它就讲了空,借助黄老学说,传说的黄帝、老子学说来发展自己的学说,把它翻译成中文,实在不好翻的就用音译,所以看佛经我都看不懂,这都是古代印度人讲话翻过来的音,比如说般若波罗蜜。因为受到歧视,所以佛教很艰难地发展,汉朝时佛教传入中国,到了魏晋开始有一点兴旺的迹象。但是到了南北朝时期就开始受到迫害,佛教徒将这场受到的迫害称为法难,法就是佛法、佛教,难就是灾难。有三个皇帝,北魏太武帝、唐武宗,后周武帝,他们自上而下命令要在全国消灭佛教,烧它的书,唐武宗还下令要杀京城里的和尚和尼姑,天下寺庙里的佛像都被铸成了铜钱,也是非常残酷的,烧了很多书、杀了很多人。还有一个皇帝周世宗也干了这样的事情,好几个朝代都是如此,所以历史上将法难称为三武一宗灭佛,三个带武字的皇帝、一个带宗字的皇帝消灭佛教。但是不管用,宗教这个东西不是说你想灭就可以灭的,你越压制得厉害,可能它跳得越高,你越想消灭它结果它越旺盛,因为它是人思想里的东西,人死了思想里的东西还可以传下去。

这之后,佛教照样生长,而且还比以前发展得大。明朝、清朝时佛教比较衰落。民国时期佛教也还是比较衰落,1949 年以后更加衰落,我刚才提到无宗教县、无宗教国,所有的寺庙都结满了蜘蛛网,菩萨塑像被打碎,和尚和尼姑都还俗结婚去了,佛教在中国好像没有了。但是现在,改革开放之后,宗教政策恢复正常之后,他们可以自由活动,中国到处都是佛教寺庙,很多很多,还有很多新的寺庙,有大的佛像。佛教可能已经成为中国最大的宗教,因为没有严格的统计数字,从表面现象来看可能它就是中国第一大宗教,虽然它在中国历史上遭受过所谓的法难。为什么没有严格的统计数字呢?因为烧一次香算佛教徒还是烧十次香算佛教徒呢?社会学上没有一个标准,所以很难统计这个数字,我们从表面现象来看佛教是中国第一大宗教。

4.基督教:“鬼叫”?“洋教”?白马?炮弹?

清朝时,有很多老百姓在乡村绅士、读书人的带领下砸教堂,到处写小字报，墙上写一些广告，就说这是什么基督教啊，这就是洋鬼子信的教，洋鬼子是鬼，所以这个教有意无意也被称为鬼在叫唤，就给起一个贬义的称呼：鬼教。那时帝国主义入侵中国，中国反抗帝国主义侵略，民族感情高涨，这也完全可以理解，但是这样说离历史事实有一点距离。佛教虽然是西方来的，但是是骑着白马来的，所以洛阳有白马寺。而基督教是骑着炮弹进来的，传教士一手拿着圣经，一手拿着洋枪洋炮，这样中国人就比较抵制它。这种说法违背了基本的历史事实，今天给大家澄清一些基本的概念。

基督教传入中国，一共有四次，每次都是和平的，与洋枪洋炮没有关系，与外国侵略没有关系。第一次是唐太宗时代，当时被称为景教的就是基督教。景教，景意思就是光明的、伟大的。景教传入中国的时候，一个叫阿罗本的主教，也是骑着马，从现在叙利亚那个地方跑来，当时叙利亚是基督教盛行的国家，与现在不一样。肯定要骑马，是不是白马我不知道，当时骑马到了中国的首都长安，跟佛教一样是带着经书。唐朝的统治者有什么反应呢？唐太宗皇帝派他的宰相亲自到城外迎接，而且带着他最亲近的卫队御林军到长安门外迎接，接到了宫殿里，给他翻译《圣经》，甚至到他的卧室给他讲解基督教的道理。讲了一段时间之后，他下命令给全国，说这种宗教对人、对事物都有好处，所以适合在全中国传播。他和他以后的皇帝支持在全中国建了很多教堂，这就是景教寺，将他们的画像挂在教堂里，将他们写的匾额放在教堂的门上表示支持。很和平的，没有打仗，没有洋枪洋炮，一边是传播宗教，一边是接纳外国来的文化。唐太宗是中国五大政治家，以开明而著称，唐朝时妇女的地位比较高，而且外国人也可以当宰相、当大官。唐太宗采取宽容、开明的政策，所以景教在中国流行。到了唐武宗消灭佛教的时候，他以为基督教和佛教差不多，一块消灭掉了。这是第一次。

第二次是在元朝。元朝时基督教传入中国，是以罗马教廷的天主教为主，罗马教廷的教皇又是派来一个使者，又是骑着马（意大利那么远的地方来当然要骑马),以和平的方式作为使节来看中国的皇帝,皇帝很热情地接待他,说你不要走了,就住在北京吧,可以在这里建教堂、传教。据说这个主教一次给几千人施洗礼,让他们成为基督徒。他还教北京的小孩学拉丁文,组织唱诗班在教堂里唱赞美诗。他还在别的地方建教堂。但是元朝很短命,很快就被朱元璋起义赶跑了。

第三次是和平的,这次就和广东有关系了,明朝末年意大利来的传教士利玛窦和耶稣会的传教士从澳门到了广州,然后又到了广东的肇庆。肇庆的地方官对他们很友好,他们在那里学中文,读孔子、孟子的书,发现中国人其实不喜欢佛教,而是喜欢儒家。中国人以前看到和尚在门口觉得不吉利,就赶快给他们一点钱、一点吃的让他们走,西方的传教士就认为中国人好像喜欢儒家,我们就要穿上儒家的衣服,不要剃光头了。他们就与中国的官员、士大夫交往,交流西方的天文、地理、先进的几何学等。在座所有人在初中都学过平面几何,平面几何怎么来的?就是这位传教士带进来的,就是我们所说的欧几里得几何学。徐光启,中国伟大的科学家,也是一个儒生,他研究农业、研究工程、研究几何,他同利玛窦一起将欧几里得的书翻译成中文,我们才有了平面几何。他们又从肇庆到了南昌、南京、北京,他们献给皇帝一些现代的仪器,如闹钟等,还有天文学、历法,教中国人怎么测算日食、月食、春分、秋分、冬至、夏至等,这一套历法传到中国很精确,所以中国的皇帝也允许他们住在北京。利玛窦死的时候还专门划了一块墓地。但是大家要知道,这个时候基督教第一次和洋枪洋炮发生关系,这就是帮助中国制造洋枪洋炮。当时满族人在山海关外虎视眈眈要打进来,明朝已经打了很多败仗了,明朝上亿人口也抵挡不了最多上百万人口的满族人,传教士当时帮助中国明朝政府制造洋枪洋炮抵挡满族人,但还是抵挡不了,因为朝廷太腐败了。后来康熙皇帝说传教士让中国人不拜祖先是不对的,将他们赶走算了。康熙皇帝开始对基督教很感兴趣,也帮他们在教堂里写对联,经常找一些传教士到宫廷里来,有一次一个传教士和一个中国的士大夫发生争论,这个士大夫是一个保守派，他主张中国历法是最好的，将这位著名的传教士汤若望关起来送到监狱里，说他心怀不轨，想要颠覆朝廷。后来又有人说汤若望是好人，对中国有很大的帮助，让他来试验一下他们的历法，看与中国保守派的官员哪一个说得对。结果西方的天文学和几何学比较发达，这位传教士说得对，结果这位中国官员说了一句话："宁可让中国没有好的历法，也不能让华夏有西洋人。"意思是不能让外国人在中国。康熙皇帝为什么后来态度改变了呢？他说你们不让我们拜祖先，而我们中国人必须拜祖先，所以洋教士要赶走。但是这次没有全部赶走，有一些人还是悄悄地留下来了，因为有徐光启之类的人加入了天主教，或者是同情天主教，这一类的官员或者是老百姓，将他们藏在自己的家里。乾隆、雍正之后的皇帝甚至下令发现他们就要处死，结果有些人不怕死还在加入。第三次天主教进入后，在中国就没有断绝过，而且在传入时，也是和平的文化交流——传教士不但把西方科学技术传到中国，而且翻译中国儒家经典，传到西方。

第四次是 1807 年。基督教的一个重要派别——新教，中国翻译为基督教，其实这是广义的基督教中的一大派，同天主教不一样——传入中国，这是广义基督教的第四次，也是新教第一次。1807 年马礼逊到了马六甲，再到香港，然后到了广州，他主要做了三件事情：一是翻译《圣经》；二是创办学校，即英华书院；三是编了 6000 多页的《英华大辞典》，实际上就是英汉辞典。所以这是一种文化交流，不是骑马来的而是坐船来的，但是也是和平的，这个时候离鸦片战争也还远。

基督教四次传入中国，之后在中国就没有消失过，就成了中国的宗教之一，现在越来越兴旺。但是在清朝的时候，帝国主义列强侵略中国，以不平等条约来保护传教士传教。中国老百姓以前很排斥，外国政府说朝廷要保护他们啊，他们只是传教而已，宗教是自由的，所以清朝政府只好答应，签了条约。但是下面的官员或者是下面的读书人心里还是不乐意，表面上顺服朝廷，其实背地里反对基督教、天主教。这除了文化上的原因，政治上的原因也有，就是列强侵略中国，老百姓有民族感情，也可以说他们有爱国心,这是不能否认的。但是也有另外一个方面的重要原因导致了教案,老百姓看到教堂里男的女的都可以进入,而中国是男女授受不亲、不能在一块儿的,刚才说了父亲不同意女儿就不能出去、丈夫不同意媳妇就不能出去、儿子不同意母亲就不能出去,现在你教堂里有男有女什么意思?关着门,肯定是做坏事。听说道教里有什么采阴术、房中术,这些洋教士是不是也搞这样的玩意儿?是不是侮辱妇女啊?还有,他们在一块儿的时候还施洗礼,肯定是有这样的事情。还有办孤儿院,哪儿有这么好的事情,肯定是在里面做坏事,是不是将小孩子的心脏挖出来做菜吃?将小孩子的眼珠挖出来做药物?他们就将这些猜测的话写在大字报上,贴在墙上,老百姓一看,哇,真的是鬼啊!喝牛奶的怎么会是人呢?(当时中国人不吃牛奶的。)身上长满了毛,怎么会是人呢?这就是鬼啊!于是,打、砸、烧,教案产生的一个重要原因就在于此,当然不止这个原因。当时教案层出不穷,最大的教案就是义和团。

义和团有一个天津教案,打得很厉害,死了几个人,法国人在街上开枪,震惊全国,中国人民非常愤怒,皇帝派钦差大臣去调查,这个钦差大臣不是别人,就是最出名的儒生,也是文武双全的官员,他就是曾国藩。(曾国藩很厉害,现在中国很多搞儒学的人都很推崇他,虽然他是镇压太平天国的刽子手,但是他的确是儒家知识分子,他学问很好,教育儿女有方,有很多优点。)他去当钦差大臣调查天津教案时,带着很多士兵到教堂里仔细搜、仔细查,教堂里的地下室也不放过,一处一处看,查了很久,最后打了一个报告给皇帝,调查报告说老百姓到处传说教堂里拐卖幼儿、拐卖儿童,挖他们的眼睛、挖他们的心脏来做药吃,还有拐卖妇女、侮辱妇女,查了半天其实没有这样的事情,请皇帝下命令贴一个布告告知全国,让全国的老百姓知道真相,让这些写小字报的读书人知道真相,洋人做了坏事就是做了,没有做就是没有做。原话这样说:“传言拐卖幼童、挖心剖心,查无其事。请圣上传谕布告天下,一以解士民之惑,一以洗洋人之怨。”士人就是指读书人和老百姓,意思是解除他们心中的疑惑。洋人没有做的事情，你冤枉人家，这也不对。这就是一个大儒家，真正体现了儒家知识分子的实事求是。

义和团天津教案还有一个原因，这就是慈禧太后的态度。慈禧太后不喜欢光绪皇帝，戊戌变法之后将光绪皇帝关了起来，不许他出来，然后想将他换掉，想将他害死。于是放出谣言说皇帝生病了，很多大臣心里不相信，但是也不敢说，但外国人就敢说，外国驻北京的公使说这肯定有阴谋，光绪皇帝很开明，慈禧太后想将他弄死，先说他生病了。然后法国大使馆就发出信来，写道：慈禧太后啊，你掌权了，你生病的时候我们给你看病，你知道我们的西医很高明很好，可以治好你的病，现在皇帝生病了，我们也去给他看看病吧，皇帝太重要了，一个国家的皇帝生病让我们去看一下吧，肯定治好。慈禧太后不好推托了，就说你来吧，法国的医生去看了，报告说皇帝没有病。慈禧太后一计不成，心生另外一计，怎么将光绪皇帝弄掉呢？找光绪皇帝的小侄儿来做皇帝接班人，小皇帝好控制，大权还是我掌握。历史学家对慈禧太后的评论就是，她心里没有皇帝，甚至没有大清，只有她自己的权力。大臣们心里不服气，但是不敢说。慈禧太后说大家来开宴会，大宴群臣，外国的使节也来祝贺。大臣们不敢不去，外国大使就不理你这一套，我就不去，你那个是骗人的，你就是想将光绪皇帝搞掉。慈禧太后心里什么滋味呢？很难受、很气恼、很丢面子。一气之下，发一道命令向其他国家宣战，发动战争。大臣们大惊失色，这个老太婆怎么这么大的胆量，没有一个国家敢同时向很多国家宣战的，你是不是发疯了？慈禧太后真的有点儿发疯，她相信义和团的刀枪不入，洋枪洋炮打不进他们的身体。当义和团到了北京，将外国大使打死了，将外国小孩、妇女也打死了，更可怕的是，同时打死了几万个中国人。为什么打中国人呢？因为你会说英语，你是二毛子，将你杀了；你信基督教，你是二毛子，将你杀了。中国社会科学院近代史研究所雷颐先生将这个历史考察出来，写在自己的书中，你们可以去看，那本书的名字就叫《历史：何以至此》。

义和团之后，基本上清朝就很快就完蛋了。中华民国政府宣布宗教自由，信什么教都可以，但是要政教分离，宗教不能干预政治，政府不应该支持任何宗教、反对任何宗教。这些语言是美国宪法中的，将这些精神开始实施，所以宗教开始处于正常状态。正常状态不意味着大发展，刚才我提到的佛教、道教继续衰落，基督教虽然有所发展，但是也很慢，慢到什么样的程度？民国后基督教自由发展，除了北伐战争时受到小小的冲击之外，大部分时间都是很自由的，一直到 1949 年中华人民共和国成立，基督教徒全中国达 70 万人。当时中国有五六亿人口，天主教徒才 300 万，基督教徒就这么少，占人口很少的比例。1958 年就搞无宗教县，“文化大革命”时就搞无宗教国，但是改革开放以后，马克思主义宗教观、宗教政策得到贯彻执行之后，基督教变成了第二大宗教，现在人数很多，官方说法，正式统计是 2700 多万人。前几天开了我国基督教第 9 次代表会议，光是最近五年受洗的基督徒就增加了 250 万，而且没有统计广大的家庭教会的人数，解放的时候才是 70 万，2700 多万相当于 70 多万的三十几倍，而且是经过“文化大革命”这样消灭宗教的过程。外国有些说法说中国至少有 7000 万的基督徒，如果是这样的话就是建国初期的一百倍了。还有天主教徒，也是接近 600 万人。

5.伊斯兰教：大食？蕃坊？

伊斯兰教在唐朝时进入中国，当时皇帝要镇压安史之乱，那是唐朝内部的一次争权夺利的战争，安禄山带头叛乱，要夺唐朝的天下。唐朝的皇帝打不过，就到大食国，也就是现在的阿拉伯去借兵。他们的骑兵很厉害，来帮助中国朝廷来打仗，后来他们就留在中国没有走。这些人是阿拉伯人，已经信了伊斯兰教，所以他们就成为中国最早的伊斯兰教徒——穆斯林。除了西北地区有大食兵留下来，还有东南地区，也就是广东、福建这一带，一些坐船来的阿拉伯商人，他们来中国做生意，觉得这个地方不错，就留在中国不走了，觉得这里不错，聚集在一起，不与中国人住在一起，因为他们被中国人称为蕃人，所以把他们住的地方称为“蕃坊”，这说明他们在中国是少数。穆斯林遍天下,伊斯兰教徒分布到了全中国,包括云南等一些地方。

6.小结

总结中国宗教古代的情况,是不是像一些学者所说的宗教完全宽容呢?刚才我们说的历史证明,不完全是这样,很大程度上在一些时期、一些时候,宗教相互之间是有斗争、是不宽容的。佛教曾经被当做邪教镇压,道教也是一开始被镇压,伊斯兰教在西北地区,清朝政府像左宗棠也杀了很多穆斯林,留下了一些仇恨的记忆,我们也不能否定历史,要从中得到教训。中国的宗教有宽容这个方面的内容,各种宗教都有,接受多元化,提倡大家和平共处,但是我们也要警惕中国古代宗教冲突的教训,只有这样才能保持宗教和谐,这对于建设和谐社会很有帮助、很重要,社会和谐一定包括社会宗教的和谐,而不是支持一种宗教、打击另外的宗教,因此调整宗教中的纠纷非常重要,这是现在我们得到的教训。

在政治和宗教的关系上,我们有些经验和教训。中国古代是政教合一,前面提到的那个没有名字的宗教和皇帝的统治是联系在一起的,儒家支持这种宗教,孔子又特别喜欢周公,皇帝都要读儒经,而儒经又为宗教提供了理论,所以政教合一,这就导致了有时候排斥佛教,有时候排斥道教,有时候排斥基督教,等等。政教关系不正常,导致了过去我们一些不必要的苦难和灾难。西方也有这样的情况,他们汲取了这个教训,所以他们主张政教分离,政府不支持任何一种宗教,也不反对一种宗教,这是美国宪法修正案第一条提到的。美国宪法制定之后永远不能修改,如果要修改的话,就要另外提一个法案,这就是修正案。宪法修正案第一条,在很早的时候,美国建国不久就有了,那一条就规定政府永远不能用纳税人的钱来支持或反对一种宗教,甚至国会永远都不能制定这样的法律来支持或者反对一种宗教,而且政教关系要分开,这是全人类文明发展的共同趋势,马克思主义也赞成这个原则,马克思主义坚决主张政教分离。马克思、恩格斯,甚至还有列宁,都在那个时代看到了这个潮流,是人类未来的方向，看到了古代中国和西方的教训，这当中就涉及朝野关系，实际上就道教来说，或者有时候就佛教、基督教来说，朝是当政的，野是不当政的，朝野关系在我们今天的范围来看就是一种政教关系，也要吸取教训。白莲教起义、民间会党起义，明朝一直到清朝，甚至到孙中山时代，就是因为当时明朝的朝廷、清朝的朝廷，镇压和压制了民间的宗教，所以促成了民间宗教，在天下大乱时就会起来反抗，甚至不大乱时也会反抗，比如说明朝、清朝的早期有类似大乱的现象。

最后还涉及中外关系。刚才我说了基督教的和平历史，我们要汲取经验教训，要看到宗教的传播是文化的交流，是中国文化和西方文化的交流，中国和印度交流有了佛教，中国和西方交流有了基督教，这是双向的。利玛窦不光是将科学、数学、洋枪洋炮的知识介绍到中国，他们还将中国孔子的书、孟子的书、老子的书、庄子的书带回西方，新教进入之后将这些书翻译成英文传播到西方；西方的科学技术传到中国，传教士作了很多贡献，反过来中国的学问传到西方，传教士也作了很多贡献。中外关系应该是和平、友好的交流。

二、当代

我们有了古代的基础，现在处理宗教问题就容易多了。两种情况：有宗教信仰、没有宗教信仰。

1.宗教信仰：变化？分化？

中国政府公开承认的宗教有五个，它们又是统战部的统战对象，是中国共产党的统一战线组成部分。这五个宗教包括佛教、道教、基督教、伊斯兰教、天主教，其中有两个属于我们今天讲的基督教这个名词所包括的范围，即天主教和基督教，但是这两者发生了非常大的变化，甚至可能有一些分化。

佛教有在汉族地区、西藏地区传播的藏传佛教，还有在云南地区传播的南传佛教，这几大派原来就有，现在这些古老的派别影响似乎不太明显。还有另外一种情况，少林寺的现状引起争论，说它太商业化、太世俗化、太注意赚钱了，有人就提出了质疑；还有东北的一些佛教是一些大学生组成的，他们坚持佛教纯朴的教义，反对少林寺的做法。这些宗教在地方政府搞旅游、发展地方经济的过程中起了怎样的作用？本来没有什么历史价值的地方建了很多寺庙、大佛像，很多寺庙戒律松弛，制度混乱，这在佛教界有争论，在政府中也有不同的意见。

道教还有两大派存在，民间宗教又重新复活，福建的妈祖搞得很热闹，这是不是与对台政策有关系呢？显然是有一点关系的。还有很多地方的民间宗教很兴盛，饭店里都挂上了关公的像，关公从一个武将变成了财神，这有没有世俗化的倾向？

中国的宗教信仰还有一些是信民间宗教，其实刚才已经说过了，信妈祖、财神爷、灶神菩萨、土地庙神、各种各样的地方宗教、关公等。按照宗教学的说法，这种宗教可能只能算是准宗教，宗教是信仰的终极，但是妈祖是一个人、关公是一个人，不像很多宗教信的对象是创造世界的本源、终极，你不能说世界是关公创造的，也不能说世界是妈祖创造的，在纯理论的意义来说它是准宗教。还有一些打着宗教的旗号，干着别的事情，我们把这种称为伪宗教。

中国人信的宗教还有新兴宗教，特别是 19 世纪，国外有一些宗教，比如说罗门教，同学们知道吗？和奥巴马竞选总统的罗姆林，罗姆林就是信罗门教的。现在美国驻中国大使是一位华人，他的前任洪博培也是信罗门教的。罗门教是基督教里分出来的一个异端，基督徒当时都不承认它，因为它除了《圣经》，还信别的经，这就是罗门经。美国人很讨厌它，因为它搞多妻制，基督教主张一夫一妻制，罗门教徒后来在犹他州建立自己的政府，要求加入美利坚合众国，美国政府就提出要求你们要废除一夫多妻制，他们说好啊，我们就废除掉。现在罗门教越来越被大家认可，在罗门教地区道德水平很高，学校里不许抽烟、不许喝酒，甚至不许喝茶其他刺激性的饮料，不许穿超短裙，所以美国很多家长喜欢将孩子送到那里，孩子在那里不会变坏。还有巴哈伊教、统一教会等都被称为新兴宗教，这些宗教都在中国有活动，但是他们处于非法状态。但是很奇怪，中国政府因为很多外国人信这些玩意儿，尤其是这些外国人往往是重要企业的领导人，如前美国大使洪博培，至少在北京，可能广州这样的开放城市也有，允许外国人举行这样的宗教活动，所以他们也具有一定的合法性。在举办这些活动的时候，有些中国人也跟着去参加，这样的情况很难避免。

2.非宗教信仰：信仰？信念？科学？

还有就是非宗教信仰。比如说国家的信仰，这是国家规定的、正式的、官方的，中国现在是共产党领导，共产党的主张是马克思主义、共产主义，共产党的宣传语也经常说这是我们的信仰，所以这可以叫做国家的、官方的、政府的、执政党的信仰。我这里提出思考的问题是什么呢？马克思主义自称是一种科学，是社会科学，它主张的理论，我们在小学政治课里就知道叫做科学社会主义。经济学也是科学，马克思政治经济学是科学，科学社会主义是科学，所以我认为科学应该是以理服人，而不是要求人一定要服从。科学是讲理性的，马克思主义是科学，科学是讲道理、是以理服人的，不是靠权威来压服人，它不是非理性的，所以科学是要动脑筋去掌握。我觉得从这个意义来说，其实我们把它称作信仰多半是在宣传材料里这么说，我们正式的教科书还是说马克思主义是科学，我觉得这样说更加合适。

非宗教信仰第二种就是国民信仰，这就是老百姓全国人民的信仰，这个信仰就很多了，杂七杂八。我们当中有宗教徒，但是有些不是宗教徒的也有自己的信仰，比如说有些人人生最重要的目标是金钱、地位、荣誉、权力、享乐、爱情，将这些作为人生的最高目标；有些人将足球当做宗教，这是比喻，像是巴西人。中国这种人就会比较少，但是相信将我刚才说的金钱、权力、地位、荣誉、享乐、爱情等作为目标的不少,从比喻的角度来说好像是信仰。有些人还相信手相、面相、心相、生辰八字、风水,深信不疑;有些人还特别迷恋艺术、音乐、诗歌、文学、哲学。所以你不能说国民的信仰都是坏东西,也有一些好的。像这些东西,我就有一个疑问,这算信仰还是算信念?这两个词有很大的区别。“我相信明天会下雨”,这句话是信仰吗?当然不是,信仰是比较高的词,信念是比较低的词。“我相信我一定会赚100万”“我一定会当大学教授的”,这些都是我的信念,没有问题,但不能算是信仰。艺术、诗歌、音乐也不能是信仰,就像是足球不能是信仰一样。

还有一种信仰是对国家的,将国家当做信仰对象,这在中国很普遍。很少人这么说,但是我们下意识里有这样的想法。从春秋战国,国家的观念、天下的观念就已经开始渗透,每一个老百姓都生活在秦国、楚国、鲁国等国家,什么周天子、天下,其实周王是最软弱无力的,秦国、鲁国、楚国才是最实在的,有城墙、有军队,到了秦始皇就更加厉害了。我们看到世界上最伟大的力量是国家的力量,秦始皇是皇帝,他将上帝的名字用在自己的身上。汉朝也是更加厉害,到了唐朝,大臣都可以坐着对国家的代表皇帝说话,魏征和皇帝就是坐着对话的,到了明朝就又变成站着说话,到了清朝就是跪着说话了,清朝的大臣你看哪一个敢站着?都是跪着,而且自己说自己是奴才,因为上面的那一个人才是国家的代表。中国老百姓看不见一个比国家更大的力量,很自然的,因为我刚才说到宗教权力不平等,上帝我看不见,也不让我拜,皇帝才能拜,皇帝就是上帝的儿子,这不像西方人谁都不敢得罪上帝的儿子,皇帝也不敢,因为上帝的儿子只有一个,这就是耶稣,皇帝和老百姓一样要承认自己是罪人,基督教要求大家承认自己是会犯错误的,是罪人。中国不一样,中国皇帝是上帝的儿子,所以他是国家的代表,所以要无条件地服从,国家就是人生的目标。在这样的背景和文化、宗教气候下,中国人就会形成对国家的信仰。新中国成立之后我们经常说这样的话，特别是你们父母这一代人，有什么事情就要找组织，组织是什么意思呢？组织好像很虚、很空，其实就是单位的领导。如果单位领导也对你不好呢，你就要找市里。如果市里有腐败官员呢，你相信组织就可以找北京，你就变成了上访的人。上访的人就有这样的信念，对国家有信仰，他相信国家会解决他的难题，可以替他申冤。我们每一个人潜意识里可能都有这样的东西，这个时候我想提出一个额外的话题，我们有些老师在下面交谈时提到中国人认为我们这个民族的象征就是龙，以至于基督徒不喜欢龙，我们觉得很纳闷，中国人最喜欢的龙他们为什么不喜欢呢？他们觉得是魔鬼，他们跟中国的思想是完全对立的，怎么解释这个事情呢？我现在给大家提醒一个吧。

我们说我们是龙的传人，黑眼睛、黄皮肤、黑头发，这句话来源于一首流行歌曲。我给大家提个醒，我们唱这个歌，认为它就是事实、真理时，忘记了两个最重要的事实。第一，龙作为一个想象的动物，它真实的起源、根据、原型是一种凶恶的鳄鱼，会吃老百姓羊牛，甚至会吃人，会将人咬死，这是它的原型。研究这个问题的人很多都写了文章来证实这一点，比如说中国社会科学院何新教授，他的很多观点我都不同意，但是这个观点我非常同意，他写了一本书《龙：传说与真相》，考察了很多古书，证明龙的原型是鳄鱼。既然是一个坏东西，给它许多坏的名词，还通过相反的证明来证明中国老百姓其实不喜欢它，从古以来几千年不喜欢它，例如：很多被认为是英雄好汉的，比如说《世说新语》里的周楚，为什么说他是少年英雄？因为他敢于下江下海用自己的刀和剑，同蛟龙搏斗，杀死蛟龙。什么是蛟龙？蛟龙其实就是鳄鱼。大家想一想，最像龙的动物是不是就是鳄鱼？长长的嘴、尖利的牙齿，身上有鳞甲，后面有尾巴，肚皮下面有四条腿。但是后来它变成了象征，象征谁呢？是不是象征中国人民呢？不对，它只象征一个统治者，这就是皇帝。皇帝说他是龙子龙孙，所以在两千年的封建社会里，你胆敢说你是龙的传人？什么是龙的传人？就是龙子龙孙。你敢说你是龙子龙孙吗？除非你不想活了。你这样说的话龙颜震怒，你会被杀头的。你敢在你的衣服上画一条龙吗？你敢在家里挂一条龙吗？在那个时代只有皇帝可以，皇帝的弟弟都不被允许。最后一个末代皇帝，爱新觉罗·溥仪，他的弟弟穿了一件正黄色的衣服他就勃然大怒，当时他才5岁，幸好他没有叫士兵过来将自己的弟弟杀掉。从象征符号来说，它也不是中华民族的象征，而是皇帝一个人的象征。

传说中的人物黄帝，历史学家在考据时又将他称为有熊氏，什么意思呢？有人认为他可能是在中国古代的一个部落，汉族人是从那里来的。那个部落就叫有熊氏。什么意思？很可能他的图腾就是一只熊。中国人是龙的传人，这个说法是似是而非的，其实是不对的。通过追溯中国历史中信仰和社会的关系，再加上现代部分，我们做一个最后的结语，即历史上得到的经验和教训。比如说对国家的信仰，不能将它做成宗教式的信仰，当年的德国人和日本人，将他们对国家的信仰宗教化，日本是最典型的，参拜靖国神社，我们从宗教学的角度研究，本来日本人信民间各种各样的神道，明治维新时天皇就搞了一个国家神道，好像天皇就代表了日本，日本就是一个神的国家。这个思想毒化了一些人，所以他们在外面发动侵略时觉得自己很爱国。希特勒在德国也是如此，发动二次大战前他做了一些铺垫和宣传，说英国和法国欺负我们，我们德国人不能在自己的土地上驻扎自己的军队，这是奇耻大辱，这些国家太可恶，我们德意志民族要翻身。德国人当时就拥护希特勒，最终思想走向极端，于是出现了二次世界大战。这些教训都要汲取。

毛泽东说取其精华去其糟粕，对传统文化不能都说好。但是现在也出现了一个现象，从一个极端走向另一个极端，比如说否定新文化运动。新文化运动否定传统文化，传统文化中有些糟粕就该否定，比如说女人裹小脚、男人可以娶很多老婆，现在贪官包二奶的现象其实就是娶妾，这部分传统文化不好，应该去掉。但好的东西我们应该继承，比如五常很好，三纲不好;仁义礼智信很好,这是普世价值,全世界都喜欢仁义礼智信。但是三纲五常,君为臣纲、夫为妻纲、父为子纲,妇女要三从四德,这是不好的,这些糟粕要去掉。

我对儒家说的内圣外王改了一下,我觉得我们应该有新的内圣精神、新的外王精神,我们要敬天,或者是敬天地主宰,但是我们不要拜物。刚才我说了北京的天坛,还有地坛,地坛拜的就是五座大山、四条大河。还有日坛、月坛,现在已经成为了公园,拜太阳、拜月亮其实很可笑,太阳和月亮并不是神,所以我们不要拜物。我们拜祖先,这是表示敬仰,而不是说他们可以保佑我们。我们有些祖先很坏,我们要不要让他们保佑我们呢?有些祖先很穷,要不要让他们保佑我们呢?修行而不遁世,也就是说你要修行,但是不要都跑到深山老林,不能不管自己的家庭、不要自己的父母儿女。以前儒家批评佛教就是这么说的,你不要父母、不要儿女,这是不对的,所以我们不要逃避这个世界。道教尊重生命,这一条是它的精华,爱护生命,教大家怎么养生,但是也不要迷信,不要以为以此就可以变成仙人,不要以为念几句咒语你的病就好了。儒家说要仁,孔子的千言万语就是一句话仁者爱人,但是也不能泥古不化,不能将古老的东西全部照搬照套、开倒车、食古不化、走回头路,变成一个腐儒、呆儒、痴儒。曾国藩是大儒,他有些方面不一定对,但是我刚才举的例子中他做得就比较实事求是。儒家也讲自信,上下有序,社会当然要有秩序,但是不能专权,这才是儒家的精神。儒家当有人专权时他们就会起来反对,东汉、明朝、清朝都是如此,太监专权,很霸道,慈禧太后旁边的李莲英很凶,儒家就要反对他。儒家提倡有序而不专权,不能因为掌握了政权就不让别人说话,最后求和而不党同;儒家非常讲和,和为贵,要和而不同,我们要和谐,但是不要排斥不同的意见。凡是不同意见都要排斥,和我意见一致的就抱团,这就是党同。中国有一个成语"党同伐异",就同自己意见相同的抱成一团,结党营私,但是对不同的意见就要排斥、讨伐,这是一个贬义词,我们不要党同伐异,我们要求和谐,但是这个和谐不是一团和气,不是不要原则,而是要平等地、友好地相处,这才是儒家的精神。

今天我们讲了儒家精神、道教精神、佛教精神等好的方面,同时我们也批评了它们不好的地方,这才是对待传统宗教、传统文化应该有的态度,也是我们应该获得的经验教训。今天晚上我就讲到这里,谢谢大家。

主持人:感谢何教授非常耐心、仔细的讲解,也非常欣赏他对同学们这么认真负责的态度。刚才在讲座中我看到同学们都听得非常认真,有许多同学都拿着笔和纸记录,当然我们也收集好了同学们提出的问题。

现场提问1:有一种说法,宗教在早期时是一种统治者掌握权势的手段,人们有宗教管制,又会有敬畏之心,才会约束自己、才会有利于控制社会。请问您对宗教带来的社会不利影响怎么看?

何光沪:前面的叙述有很多历史事实,这个问题和前面的叙述不完全贴近。宗教不是统治者造出来的,但是它可以被统治者利用。人们有了宗教信仰,就会有敬畏之心,就会约束自己,一些事情不要做,其实这是很好的,有敬畏之心,有自己的道德修养,成为一个真正的人,不要放纵自己,客观上也会有利于社会秩序的安定。的确有一些统治者比较喜欢这样,下面比较安定自己也会比较安全。正是在这个意义上,马克思说宗教是精神鸦片。但是马克思的话,并不代表马克思全部的宗教观,只他是做了一个比喻,意思是说鸦片可以让人们止痛,他只是想到宗教可以作为麻醉剂、镇痛剂,让人们减轻一些痛苦。他在同样一篇文章中讲到这一句话,前前后后还讲了别的话,比如说他在文章中还说到宗教是被压迫人民的叹息,是被压迫人民的抗议,是没有精神制度的精神,是无情世界的感情。他对宗教不完全是贬义,因为宗教可以镇痛,大概有这样的意思。但是这样客观来说对统治阶级是有好处的,不好简单地评价有利还是不利。

恩格斯又说过另外的话，宗教是人民起义的外因。刚才我们提到了黄巾起义，还有陈胜吴广起义、太平天国起义、德国农民起义、英国农民起义等，都有宗教作为组织手段、宣传手段，也就是外因。就马克思主义整体来看，我们要全面理解宗教，而不是片面理解。马克思观点也看到宗教可以帮助人民起义、闹革命，这是不利于统治者的。宗教有两面，有利于统治者的和不利于统治者的，但是这两个东西都是讲宗教功能的。有利于统治者，那么它就不利于老百姓；有时候有利于老百姓，又不利于统治者。马克思主义对宗教有更重要的观点，这就是历史唯物主义，他认为看宗教问题不能光讲宗教，还要看社会、政治、经济等，从这些角度来看宗教。有些人说基督教是傻子碰到骗子，马克思、恩格斯就嘲笑这种说法，说这些人可能自己是傻子。昨天我在广州就讲了这个话题，怎么能这样简单地解释过去呢？这种解释肯定是很幼稚的。他们认为要从社会、政治、经济等非常复杂的角度看宗教，所以他们说虽然我们是无神论者，但是我们也要给宗教信仰以自由，我们主张政教分离。列宁还说过这样的话，我们的党是无产阶级政党，是反对宗教的，但是我们的国家不能这样，我们的国家要让公民有平等的权利，信宗教与不信宗教的，信这个教与信那个教的人权利都是平等的，宗教是个人的事情，谁也管不着，当官的管不着、警察也管不着。这是列宁讲的话，所以马克思主义要扩大来看，不能光看到精神鸦片这一点。主张我们的政治利益、经济利益是共同的，所以我们要为实现美好社会而斗争，所以不管是信教还是不信教，都应该团结起来，应该权利平等，为这个更美好的社会而奋斗。

虽然这位同学没有提到马克思主义，但是他这个说法在马克思主义中讲得比较多。我就这样回答吧。

现场提问 2：宗教一定是客观唯心主义吗？信仰可以作为宗教吗？你认为上帝应该是怎样的一种存在？他在现在的中国应当担任什么样的

角色？

何光沪：一些教科书可能给大家这样一种印象，认为宗教是客观唯心主义。但是这个说法至少比较简单化，客观唯心主义，它是唯心主义的，但是认为这个唯心是客观的，所谓精神或者灵魂是客观的。一般来说，宗教是有这样的观点，你可以比较简单化地说它有一点客观唯心主义，但是另一方面，宗教也有比较主观主义的，比如说佛教里的禅宗等，甚至是儒家里的王阳明都有这样的观点。王阳明说吾心即宇宙、宇宙即吾心，即我的心就是宇宙、宇宙就是我的心，宇宙可以归结到我的心里来，我的心就是一切。佛教里说万法为心、万法为实，其实唯心、唯物这些词都是中文现在翻译者采用了古代翻译佛教的名词。这些词在现代哲学里不太准确，其实应该翻译为观念主义、物质主义，我觉得应该这样改。万法为心、万法为实，其实这是佛教的说法，法就是这个世界的一切现象，这些都是我的心、我的实，这是主观唯心主义，而不是客观唯心主义，所以我认为这个说法比较简单化。但是有些宗教也不那么唯心主义，也不否定物质，比如说基督教，基督教认为上帝是一个谜，看不见、摸不着，但是他又说上帝可以化成肉体到这个世界上来，这就是耶稣，这是看得见摸得着的。而且它又说上帝创造世界，这个世界一切都是好的。这个世界是物质的，但是圣经说它是好的，这就没有在价值上否定这个世界，所以它也不是绝对的唯心主义。儒家主张器，器也是很重要的，可以简单说器就是一种物质。儒家有很多思想是唯心的，但是也不能说是绝对唯心，因为它主张器也非常重要。

信仰可以作为宗教吗？其实刚才我们已经说了，当代中国信仰有两种，一种是宗教性的，一种是非宗教性的。这个问题我们已经做了正面陈述。无宗教性的信仰，就不能说是宗教。但是我们也做了一些具体的分析，分析了好几种，有些可能是信念，有些应该是科学，有些不能把它绝对化，因为真正的宗教信仰它是崇拜彼岸的东西。比如说信仰共产主义，共产主义是此岸的,不是彼岸的。国家是有限的,不是无限的。国家是我们的手段,而不是目标、目的。马克思主义说国家是要消亡的,当然这是手段。不管是阶级压迫的手段,还是调节不同集团利益的手段,马克思主义都认为国家就是手段。所谓将国家当做信仰的对象,就是将国家当作目的,但是国家又不是无限永恒的,马克思主义说它是要消亡的,按照西方的说法这是为人民的幸福和安宁服务的,人们的幸福才是目的。国家主义或者将国家当作信仰对象,就是将国家当作目的,将它当作信仰的对象,有一点想把它当作宗教,但是它不是宗教。

你认为上帝应该是怎样的一种存在?这个东西就比较复杂了,是很大的宗教哲学的题目,我刚才一定程度上已经说了一点。宗教哲学是我的专业,按照宗教哲学的观点,我认为说得比较有道理,这个世界的存在是依赖于它,就是宗教哲学讲的上帝的意思。如果有兴趣的话可以看我写的一本小书——《信仰之间》(中国人民大学出版社),不到 100 页,差不多有一半是漫画,所以很好看、很轻松,而且页面很小,每页字数很少,看了之后可以得到对这个问题的一些思考,我不敢说是答案。

上帝应该在现在的中国担当什么样的角色?这个话问得不太恰当了,信上帝的人说你不能回答这个问题,你去支配上帝吗?那你就成为上帝了,所以我们给他分配一个角色。你可能想问的是对上帝的信仰会起什么样,这样问会恰当一些。这就回到第一个问题了,他的确可以使人有敬畏之心、可以约束自己,所以我认为在社会上它会起正面的作用、稳定的作用,有助于社会的和谐。因为人们有敬畏之心,可以约束自己,这是和谐社会所需要的,不能过于放纵自己、为所欲为。

现场提问 3:温家宝总理曾经问季羡林先生,宗教与政治哪一个先灭亡。季老回答,应该是政治,也许早一天。不管这是不是原话,但是我理解温总理问话的意思。请问您如何看待季老的回答。

何光沪：刚才说了马克思主义认为国家会消亡，一定意义上就是讲政治。但是我个人认为这个问题里的政治，如果说国家比较恰当，讲政治我认为人类社会总是需要管理的，我个人认为政治是不会灭亡的。人总是需要管理的，这么复杂的社会，以后会越来越复杂，人越来越多嘛。如果将政治定义为对社会的管理、对人的管理，我认为永远不会消亡。人会犯错误、会犯罪，人会以自我为中心，当然大家也会奇怪，为什么成人会犯罪，小孩子不会犯罪呢？这里说的不是法院判的罪，而是说你做事情总是以自己为中心，小孩子也是如此。小孩子对妈妈说"我要我要"，这是以自己为中心的。基督教说的就是这个意思。既然以自我为中心，人就会发生相互的利益冲突，那么就需要调节。一个政府应该调节不同集团的利益，不能偏袒一方，不能让矛盾不可调和。从这个意义来说，我认为政治不会灭亡。季老的回答可能有一点开玩笑，他说政治要灭亡，我不太赞成，但是他说如果一定要灭亡，他的意思就是政治先灭亡，宗教要晚得多。什么时候宗教会灭亡呢？恩格斯说到所有的社会关系和自然关系变得极合理而明白的时候，也就是说谋事在人、成事也在人时，宗教就会灭亡，这是一个假设的判断。任何所有的社会关系和自然关系变得极合理而明白，以至于人可以谋事在人成事在人。这个境界怎么达到？刚才我说社会关系越来越复杂，而自然关系是无穷无尽的，你怎么能够认识所有的社会关系、自然关系呢？你怎么能谋事在人成事也在人呢？如果不能做到这几点，宗教就不会灭亡。但是恩格斯推出这样的道理，所以季老先生才这样说。我想这其实是符合恩格斯这句话推论的，虽然恩格斯没有直接这样说。这既是很多宗教学家的说法，认为宗教可能会灭亡，也是从恩格斯的话可以推出的结论。人怎么能够谋事在人成事也在人呢？现在我们在这里讲课，也不知道会不会发生大地震、发生大台风，的确要认识到人的有限性、局限性，这样我们才会有所敬畏，才会有所约束，这是我们人的有限性决定的，不得不如此的，不是我们想要如此，但没有办法，人就是局限的。你想想看如果晚上睡不着觉,你想睡着,但是没有办法,你连自己的思想都控制不了。你不想思考一个问题,但是它偏偏要去想,它是谁呢?它是你的脑袋,你的脑袋你控制不了,所以人是有局限的。认识到这一点非常重要,这就是宗教存在的一个根源,也许也是我们今天晚上讲的一个启发,给大家参考。

如果没有更多的问题,我们今天就到这里结束。谢谢大家。

主持人:非常感谢何教授耐心的解答,相信同学们心中的疑惑也再次得到了解答。由于时间的关系,我们的提问环节到此结束。大家如果想了解更多的最新消息,可以关注我们的微博"百年暨南文化素质大讲堂",或者登陆我们的官方网站。

(完)

(讲座时间:2013.9.26)

拯救孤独的自我

——克服原子化个人主义的危机

刘 擎

刘擎,1963 年出生。1978 年就读于上海东华大学化学工程系,1985 年获工学硕士学位,同年留校任教。1991 赴美国攻读政治学,先后获得硕士(马凯大学)与博士(明尼苏达大学)学位。2000~2003 年任香港中文大学中国文化研究所副研究员。2003 年 7 月回到上海工作,任华东师范大学历史系副教授,中国现代思想文化研究所研究员、所长助理,研究领域为西方思想史。2005 年入选上海市"浦江人才计划"。2013 年 7 月起担任华东师范大学政治学系教授、博士生导师,华东师范大学世界政治研究中心主任。

主要成果有:著作《纷争的年代:当代西方思想寻踪》;评论随笔集《声东击西》;论著《悬而未决的时刻——现代性论域中的西方思想》;译著《言论自由的反讽》《以赛亚·伯林的遗产》,以及编著和译著近 20 种,在报刊上发表专栏和评论,参与当代的思想辩论和公共问题讨论。曾应邀在牛津大学、东京大学、加州大学、里昂高师、澳洲国立大学和香港中文大学演讲。

受到暨南大学的邀请,今天下这么大的雨,还有这么多同学来,非常感动。我估计在座的都是非常孤独的自我,要不然不会到这里来。其实这个标题有一点误导性,因为怕讲特别学术的题目,但又要有一点诱饵吊起大家的胃口,让大家觉得我的讲座是心灵鸡汤般的对心理人格障碍的解答。其实完全不是这样。孤独的自我在心理学上有很多说法,比如渴望得到人际交往而不可得的这样一种人格障碍。我这里讲的不是这个方面的问题,也不是讲文学上泛泛而论的孤独、人生就是一场孤独的旅行等诸如此类的东西,我是指一种特定的文化倾向,一种特定的文化或者是自我理解的特征,在哲学上可以叫做原子化的自我。什么是原子化的自我?人类是这样的,最重要、最基本的就是个人、自我。我们是一个个单独的个体,然后由个体组成了小的家庭、社团,最后构成国家、构成了整个世界。这个说法听上去好像很有道理,但是实际上是相当成问题的。我们还知道另外一些说法,比如你们在小学、中学的政治课上学过的,马克思关于人的定义,人是一切社会关系的总和。古希腊亚里士多德说人天生就是政治动物,或者也可以说是社会动物。这里就有两种对自我的不同看法。

现在有些人认为个人主义是对自我的一种歪曲性理解,而基于个人自由的那种自由主义思潮就更成问题。我一开始就要阐明一点,我想针对的问题意识是什么,我想批评和辩护的是什么。有同学问我是不是自由主义者,我不知道我算不算一个自由主义者,一个人总会比一个标签复杂得多。但如果是的,我想尽量做一个不盲目的、可以得到有力辩护的自由主义者。而不是对自由主义、对现代社会的批评完全忽视或者是避而不谈的人。简单来说,我认为一个恰当的自由主义理论,或者说一个恰当的个人自主性,不必建立在不可靠的原子化个人主义这样的一个观点上。说了半天,好像还是很玄,那我们从一些基本的、和大家生活相近的现象谈起吧。

对现在的“80 后”“90 后”,甚至是“00 后”,有的人说他们很有朝气、很有创新,也有人说这一代完全垮掉了,很平庸、很浅薄。前两天我去学校,有个学生过生日,闹得很厉害,喝了酒,然后一个同学就将生日蛋糕砸在那个过生日人的脸上，结果那个过生日的人反过来又将酒瓶子砸在那个人的头上、出了血，然后两个人抱头痛哭。两个年轻男子、两个汉子，在过生日的时候抱在一起又哭又流血，这时就有老师来问怎么一回事，结果回答很妙，说“再不疯狂我们就变老了”。大家可以想一下，这是什么样的一种青春，必须以疯狂来证明自己还年轻。听上去，这句话好像很妙、很炫，但是其实是有问题的，好像我们除了疯狂胡搞之外，好像没有多少别的办法可以证明自己是年轻、青春的，而青春本来可以是非常绚丽、非常丰富、非常丰沛的生命现象。诸如此类的例子很多，对现在青年所代表的一种文化，有各种各样的评价，有非常高的赞誉，也有非常严厉的批评或者诋毁。一种普遍的说法是这一代人很浅薄，你们这一代人和我们那个时代的人相比，没有节操、道德规范很差。是不是这样呢。我也有朋友说这是一个平庸、肤浅的时代，是一种生机勃勃的平庸无聊，是一种千篇一律的彰显个性，好像每一个人都很有个性，说我自拍，一个人自拍，然后大家都自拍，放到微博上。

现在年轻人日常表达自己的思想和情感，如果说得好听一些是走向极简主义的风格，说得不太好听就是不太会用词，表达日常的想法和情感，有时候下降到单音节的词，如酷、帅、雷、萌、囧、潮等；水平稍微高一些的加一点副词，好棒、好呆、好帅、好萌，还有“超”，对不对？但是有一些水平更低的，已经不会用词了，只能用一些象声词，像哇、耶这样的词。当然也有人说是很丰富的肤浅，比如说现在你们怎么这么宅啊？他说老师我虽然宅，但是我朋友很多，微信上的好友500多个。怎么建立的朋友关系呢？我给他们点赞啊，朋友关系主要是点赞关系了。从这样的一个层面来说，这一代青年的文化到底是青年的征兆还是时代的征兆，我觉得双重都有，既是青年人身上的一些特点，又反映这个时代的特点。我们也年轻过，我们年轻的时候不是这样。现在的年轻人一方面是生机勃勃的每天都有事情干，非常忙，每个人都在发微信、跟人聊天、到处点赞，但是每天忙完之后又觉得很失落、很空虚；第二天又这样开始，当然有时候也下决心要洗心革面戒网瘾等,晚上发了一大堆的誓言,但是第二天又忘了,这属于文化贫瘠状况。另一方面又感觉到社会压力非常大,现在在校园里这么疯狂,到了社会上就是想办法求职、工作、讨领导的喜欢、竞争、买房子等。这是一种好的生活现象吗?在年轻的时候是挥霍般的浪费自己、消费自己,到了成年以后辛苦劳动,为了一个大家都觉得好像是体面的生活。但是这是不是人生的意义?我的人生到底是为了什么?这个问题变得非常难。这是文化上的症候。

现在年轻人特别容易情绪失控,好的时候给你点赞,稍微不好就可以反目为仇,比如说在同学的饮料里做化学试验等这样的事情。前段时间网上就有"感谢室友不杀之恩",其实就是因为一点小事情就能够动杀机,这些都是问题,这是对现代文化的一种批评,实际上这种批评不只是针对中国,早在二十多年前,美国有一个学者艾伦·布卢姆写过一本书《封闭的美国心灵》,那本书狠狠批判了当时美国人的流行文化,说表面上很开放,其实走向一种平庸和封闭,成为当时美国文化界的一件大事,也上了畅销书排行榜,里面有很多哲学讨论。

这里面到底是怎么一回事呢?我到底在谈什么问题呢?从一个更大的背景来看,用学术语言说这是现代性的危机,涉及这样一个大的主题。现代社会是怎么一回事?读两段语录给大家听。

生产不断变革,一切社会关系不停的动荡,永远的不安定和变动,这就是资产阶级时代不同于过去一切时代的地方。一切固定的古老的关系以及与之相适应的素被尊崇的观念和见解都被消除了,一切新形成的关系等不到固定下来就陈旧了。一切固定的东西都烟消云散了,一切神圣的东西都被亵渎了。人们终于不得不用冷静的眼光来看他们的生活地位,他们的相互关系。

还有一段,要是知道这个谁说的,我就要献两束花了。

我们这个时代,因为它所独有的理性化和理智化,最主要的是因为世界已被除魅,它的命运便是,那些终极的、最高贵的价值,已从公共生活中销声匿迹,它们或者遁入神秘生活的超验领域,或者走进了个人之间直接的私人交往的友爱之中。

刚才我已经听到有人说了,韦伯。

前一段是《共产党宣言》中的话,说明我们的政治教育很成功。后面一段是韦伯在《以学术为业》中所说的,说明暨南大学的人文教育很成功。

陀思妥耶夫斯基在《卡拉马佐夫兄弟》中写到:“因为上帝死了,所以一切都可以做、一切都被允许。”现代这个世界到来之后,有一件很严重的事情发生了,就是你应该做什么,你的价值、你的理想一切都没有依据了,或者说没有绝对的依据。一些古老的、神圣的东西对我们的那种权威都终结了,那些神圣的价值、高贵的东西,像韦伯所说的不能在公共领域里,你自己去信好了,但这是你的菜不是我的菜。于是我们面临着这样一个问题,即启蒙主义带来的问题。康德在《纯粹理性批判》的导言中说道,宗教企图走在神圣的背后、法律企图走在尊严的背后,但是能够经得起理性检验的东西是值得尊重的。大胆地运用你的理性,这就是启蒙时代的口号。大家可以想一想,我们所相信的东西,我们所追求的东西,我们所肯定的价值,不断被追问的话,它的结果如果一定要问到底的话,没有一个东西是经得起理性考验的,也就是说我们是不是能够用单独的理性来建立一套价值规范,这是一个争议的问题,特别是当它不能够成为我们的公共规范时。这个问题当然有很多很复杂的原因,可是在哲学上我们说有“实然”和“应然”的不同。这就如同大家椅子的座套都是蓝的,但是如果有人看到是绿的,那你就是色盲。但是第二个陈述说,暨南大学的会客厅真的很漂亮,座椅的套子是蓝的,是最好看的颜色。有的同学可能不同意了,太土了吧?这是对同一个现象的两个判断,事实判断大家可以达成共识,另外一个是价值判断。然后你去问为什么蓝颜色是好看的。两个可能完全是有理性的人,他们会争论半天,也有可能最后有人被说服,也有可能最后他们相互指责对方没有品位,这当然是一个美学的判断,但是在道德上、在价值上也有非常多这样的东西。问题难在哪里呢？现代性的特征，我们的传统或者神圣，对我们来说，它对我们的权威不再是自明的，我们需要用理性来拷问它，经过理性检测我们才相信，但是理性检测的结果使我们大家失去对道德规范也好，对价值的那种共同性。

接下来的问题是什么呢？既然大家没有共同的规范，没有共同的道德，没有共同的权威，那一切就看你自己，一切就是现在所说的我的地方我做主，我是自己的主人，我为自己立法，我的行为、我的生活是我的。但是刚才我们前面谈到的那种文化贫瘠、平庸现象，恰恰说明我们好像没有那么成功，简单来说我们打倒了传统的权威、打倒了神圣的权威，我们要过自己的生活，我们打倒的时候很兴奋，但是我们在为自己过生活的时候底气不足，我们发现了自己的问题。如果离开了传统、离开了神圣、离开了宗教，全靠自己个人，能不能担负自己生命的这样一个责任、这样一种理想、这样一种追求？这就是昆德拉所说的生命不能承受之轻的意思。以前我们认为各种各样的权威、传统压在我们身上，负担很重，结果将它们打掉之后，我们感觉非常轻，但是这个轻恰恰是我们自己不能承受的，因为我们感到失落了、没有根基了。对现代性的批判有很多，现代人没有根基的感受、心灵上无家可归。在现代社会里，有一个很强劲的口号：成为你自己、实现你自己。尼采大概是所有人中最蛊惑人心的。他说你成为过自己吗？你到现在做的、说的都不是自己的，你要成为你自己。有的时候这种话是非常励志的，实在不行我们就疯狂一把，再不疯狂我们就老了。但是问题是你自己的东西从哪里来呢？成为自己到底是什么意思呢？成为自己，是让我们自己不要成为别人吗？是说不要跟人家雷同吗？过一个雷同的生活不好吗？还是怎么样？还是我们怎么样来发明自己的生活？这里就回到关于自我。

我刚才讲了一圈，并不是一个非常玄妙的概念，跟每一个人的生命息息相关，但是自我的概念并不容易，大家想想什么是自我呢。你将手机中的照片给别人看，你看这是5岁时候的我。你可以想想看，这个5岁的照片,你怎么能够跟同学说这是我呢?你跟他已经长得完全不像了,想法也不一样了,但是你把他认成是我,这是很有意思的事情。你说这当然是我,虽然那是小时候的我,因为我就是从那个人那儿来的。我们做这样的假设,如果一个人去整容了,脸变了,就说某甲吧,有一个甲同学,他去整容了,整得面目全非,我们还是说这是甲同学,只是他整过容了。过两天,如果他腿断了,再进一步想,如果他肾也换了、肺也换了、心脏也换了,我们还说他是甲吗?是的。有一天头换了,换了乙的头,但是我不能再这样说了,宁愿是乙这个人换了甲的身体。于是很有意思,到底什么是自我呢?当然如果就这个方向展开讨论,可以讲一个学期,可以有很多很多。我们的肢体、我们的肉身是自我的一部分,而别人对我们的判断,说这个人因为整容面目改了,那在这个意义上他还是不是他?最后的意识是很重要的,好像意识换了,乙的头颅换给了甲,我们宁可说这是乙,而不是说甲换了乙的头。我们想一想,如果将乙的头换给了甲,有一种技术,用甲的脑的物质组成部分,可以有一个程序可以将记忆全部清零,然后将甲的记忆用一个程序把它换上去,那个时候我们还说这个人是甲吗?

自我其实是个非常复杂的构成,这里至少有三个东西。一个是作为人的肉身、生物性的组成,另外一个是社会对你的识别,第三是你的意识。大家想一想,这三个东西都是你自己的吗?当然,一般来说你的身体是你自己的。人的物理界面是以个人划分的,这件事还是蛮重要的。若你说人是社会的、有社会的属性,但是我们还是要说,我们所谓的社会并不是像连体婴一样的。人的意识非常复杂,里面有一个东西,人不仅可以产生活动的意识,还有反思的意识,我可以想我所做的事情,不仅仅可以想我做的事情,还可以想我所想。这体现了人非常复杂的一面,好像我们自己可以变成两个人,甚至更多的人。有一个人是以审视的位置来看一个被审视的自己,这在心理学上说,就是有一个是客体的我、有一个主体的我。但是要知道,这个客体的我、主体的我都不是我的定位,它都可以变化。这里就出现了一个问题,启蒙时代主张的个人理性,是依赖于人的这样一种理性的反思能力,也就是说我可以为我的生活做主,因为我可以反思自己、我可以想我自己做得对还是错,我作为哲学上的一个能动者,我并不是像一个石头或者一根木头一样,木头在水里随波逐流、石头从山上滚下来,我并不是完全受大自然的规律所决定的,我的命运并不是被命定的,我是一个可以思考的、可以反思的人,我可以改变自己。也就是说你没有办法对人做一个完全生物性的描述,虽然我们作为一个生物族类,会受伤,要服从物理规律,但有神功的人是另外一回事了,一般来说一个大石头砸过来你是会受伤的,我们还要吃饭。有人说人就是动物,吃饱了就可以,根本不是这样的,如果人是这样的话,根本不能解释一些人会出家,会有禁欲主义(在古希腊也有),在中国有出家人的清心寡欲,只吃素食这样的,还有辟谷这样的。人是这么一种奇妙的造物,可以如此违背自己的生物属性,也就是说他的意识能力可以达到这个地步。

由于人有这样的一种能动性,并不完全被命运摆布,也并不被传统摆布,我们可以自己思考、可以自己决定,这是启蒙主义思想当中一个非常重要和积极伟大的事情,但是它可能走得过远,这就是我刚才所说的原子化个人主义的问题,这就是为什么我们的精神会出现一种生机勃勃的贫乏。你们大概都有这样的感觉,中学时代当父母对你们管教很严的时候,你们会感觉特别烦;但是当爸爸妈妈不管你们的时候,你们会觉得很慌。这一点,仅凭启蒙主义所许诺的个人理性能走多远,这是需要质疑的事情,特别是将一切都交给个人来做主。我有一个比较麻烦和复杂的论点,一方面我认为个人主体性或者说个人的自主性,这一点现在是无法改变的,这是有历史脉络的。另外,我认为它也会有一点误解和极端,认为人完全可以凭借自己做主。什么意思呢?和原子化的个人这件事不一样,原子化的个人是说所有的事情都是从一个原子开始的,原子结成分子,但是将人比作原子是一种比附,你跟一个人交往就好像结成了分子,或者你们有一个班级、一个群体结成了分子,但是这个分子并不只是在这个原子的基础上构成,一旦构成了分子它实际上对每一个人都是有影响的,简单来说它会改变你。我们并不是一个孤立的自我,然后构成社会,而是说我们自我的构成就是社会介入的,你们可以去想一下,当你们说这个东西是我的、我想要的、我喜欢的、我的价值,这好像表明了一种主观主义态度,但是如果问为什么你喜欢这个、为什么你觉得这是有价值的,你当然可以说我觉得就是这样,但是你并没有回答。如果你真的要追究起来,这些喜欢、重视都是有来历的,它一定是有故事的,这些故事当中一定是有别人,你的老师、你的父母、你的好朋友,所以自我的形成是一种对话式的概念,是一个对话式的自我的构成,你是在有形、无形地跟世界的某些人、某些线索、某些传统对话,你不可能是一个独白的自我。说得极端一些,你说一切都是依据我、以我为原则,那个独白的自我就是孤独的自我、所谓原子化的自我。我要打破一种有幻觉的个人自主性,是一种任性的、或者唯我主义的、或者自恋主义的、或者自我为中心的个人主体性概念。我们老是将外界作为自我实现的障碍和敌人,好像外人总是在妨碍我,实际上有这一面,但是还要看到另外一面,外界也是形成自我和实现个人自主性的一种资源。

所谓个人自主,就是说你有能力反思自己的生活、决定自己的生活,但是这种能力哪儿来呢?反思是需要借助语言的,语言不是你能发明的事情。你不能说我以自己的语言,这是我的语言,人家是听不懂的。反思当中你还要借助概念和标准,这些概念和标准基本上没有一个是你发明的。查尔斯·泰勒举过一个例子,建议大家看一看他的那本书《本真性的理想》,我写了中文版的导言。他说,我这个人很独特,为什么独特呢?我告诉你,我头上有 3732 根头发,你们大家去数都不是这个数字,全人类只有我一个人是 3732 根头发。这是他举的例子。大家会觉得这个人独特吗?当然独特了,但是谁关心呢,这种独特性为什么是那么的微不足道呢,他的例子是说当你在说一件事情、肯定一件事情的时候,其实你必须针对某个背景。上面这个例子里,除非你是某一个文化里的人,那个文化有一个神圣的数字是 3732,那你这个独特性就非常厉害。但是,你想一想，即便如此，这也不是你的独特性，是那个文化背景使它重要。你这个独特性没有多大的意思，而一个人如果能够弹钢琴，或者能用特别好的方式阐述非常深奥的科学想法，比如说有人能够将大爆炸理论在一个小时里给大家讲清楚，我们会觉得这种独特性是值得赞赏的，我们重视这种东西。为什么会这样？实际上我们在评价事物的时候总是有一个背景，这个背景很大程度上决定了什么重要什么不重要、什么有意义什么没有意义，而这些东西不是你能单独做出来的，而是要在一定背景中，因为人是对话式的动物，所有的评价都在对话中展开。

我们要离开一点幻觉性的个人主义，这并不妨碍我们成为个人主义者，也不妨碍我们成为好的自由主义者。什么意思呢？你不用做到唯我独尊的那样一种自我中心、自恋主义的地步，因为那样会将自己榨干、会非常贫乏。你反而要在这个背景之下，在一个深远的背景下跟人对话，来发现哪些是重要的东西，这就是我所讲的，我们要形成一种关系性的个人自主性的概念，而不是原子化的。原子化就是我是一个原子，谁都不能改变，我完全由我自己构成。

什么是关系性的个人自主性呢？你要明白自己判断、评价、掌控和决定的能力是处在社会关系当中的，但是注意一点，我这里并不是向社群主义退让。社群主义和个人主义是对立的，在西方政治哲学的辩论中，他们说你讲人是个体、个人，但是没有人离得开社会。个人主义强调选择，我选择什么根据我的标准。社群主义说有些东西不是你能选择的，比如说你生下来是哪一个国家的人，你的母语是什么，这根本不是你可以选择的，甚至你选择所依据的标准也不是你制定的，你自己只能根据标准来做什么或不做什么、成为什么人或不成为什么人，一般来说你不能发明标准。西方哲学史上，特别是在20世纪的辩论当中有一群自由主义者和一群社群主义者，自由主义者强调个人主义、对人持有一种个体本位的理解，而社群主义者对人的理解是社会性的，或者被称为共同体主义者。我在这里说了关系性的自我、个人主体性的，好像听上去像是社群主义者，但是我跟他们的观点不一样。我认为,很多标准你是不能自己发明的,就像你不能发明一种语言,比如说量长度时要使用到米或者是尺,这时你发明人家不知道的单位是毫无意义的。但问题是,当我们说人是社会构成的时候,当我们说我们的标准是社会介入的时候,我们没有说这种社会的建构、社会对你的构成是总体性的,也就是说自我反思确实要借用语言和资源,但是,反思所借助的资源不是总体性的、无差异存在于社会之中。我们这样说吧,你说我是一个中国人,所以我就要用中国的想法,我不可能不是以中国的想法来反思一切、选择一切。但是,一个只看 CCTV 的人和一个只看微博的人,他们可能不是处于同一个中国语境之中。当我们说我是一个中国人,这是构成,但是并不一定整个中国全部、完全、决定了我是一个什么样的人,因为我所处的中国社会并不是同质性的铁板一块。有的人说看了微博上对中国的描写,你要看七天的 CCTV 才能补过来。社会的情景是差异化的,大家明白吗?也就是说我们的反思和自主性之间存在这样的关系:我的确不可能离开一切社会关系,变成一个完全孤立的自我来判断自己、反思自己、来抉择自己,我们是无法这样做的,但是我们总可以部分的脱离这个社会对我的限定,这是我和社群主义者的差别所在。而社群主义者认为人的那些东西很大程度上是社会限定的,而我认为恰恰正是由于社会对我既是资源又是限制的关系,我可以借用一部分社会给我的资源,来看另外一部分社会对我的限定。

比如在五四时期,当包办婚姻和自由恋爱还处在角斗和争斗时,我们看巴金写的小说就能体现这些内容,那是他的一个社会;而主张新文化运动、主张自由恋爱的,也是一部分社会。你当然不可能说我脱离所有的社会关系来反思谁对谁错,但是一定是借由一部分的社会资源,而这一部分总是可能的,也就是说在这个社会上差异总是存在的,而且异端也总是可能的。有时候你反对社会的主要潮流,你就变成了异端,但是异端将来也有可能成为正统。在座很多女同学染头发了,在我读大学的时候你们就是异端了,而现在你们成为主流。于是我们可以重新考虑自己跟社会、跟历史、跟文化的关系，我们不是在要么拒绝一切、要么全盘接受之间选择，我们仍然可以维持一个启蒙的理想，维持一个坚持批判性、理性反思的个人，但是这种个人是不具有幻觉的，不是说我自己就可以完全主宰一切，我可以凭空创造自我、创造所有的价值、创造所有的标准。

我已经讲了一个小时了，这个问题有一点复杂，但是我简单讲一讲，为什么个人主义这件事不能避免？这是我和一些朋友论战时重要的题目。有一个观点认为个人主义是一个假的东西、是一个幻觉，或者有人认为这是西方的，不是中国的，中国是集体主义的，而西方是个人主义的。我说你错了，西方一开始也不是个人主义，个人主义是很晚的事情，大概是近三四百年出来的事情，或者最多五百年。也有人专门写过希腊的个人主义源头这件事情，但是这些没有用，某个思想家发明一些概念，如原子化的个人是德谟克里特提出来的，我说的个人主义作为一种文化，或者用查尔斯·泰勒的话来说作为"社会想象"，就不是说哪一个理论家、个别精英说的话，它变成了大家普遍接受的一种想象社会的方式，在西方传统社会每一个人都是在整体的秩序当中，我们都是首先将自己理解为关系，现代人已经对这个东西很陌生了，当时我们首先是谁的邻居、谁的父母、谁的孩子、谁的兄弟姐妹、谁的朋友，传统世界是这样的一个世界，是有一个所谓人、神、自然等级结构，这个结构是相互有差异的，又是互补的，人的意义、价值是在于发现"我"在整体结构中的位置，这是人对自己的理解，人那个时候甚至不用自我这个词，这是在西方，所以西方从来不是一开始就是个人主义。

但是有一些事情发生了，并且在西方经过了大概五百年的历史，查尔斯·泰勒专门有书来论述，他说这是一个长征。发生了哪些事情呢？大概可以叫作两个转向，一个是人类中心主义的转向，一个是个体主义的转向。本来人和自然在一起是宇宙，但是后来科学发展了，最后科学开始获得了一种视角，就是将大自然作为我的对象来观察和研究，即自然的客体化。你想想看，人和自然本来在一个宇宙里，是一个和谐的整体秩序，现在转过来，这是非常奇妙的事情，我们在宇宙之间，但是我们好像又能够超离的位置，将大自然作为自己的对象来研究、探索、观察，甚至利用，这个时候的人好像就不止是宇宙的一部分，而是站在宇宙的外面，是超离的一种理性，冷静地来看这件事情。于是人本来是镶嵌在整个宇宙里，后来形成了这样一种脱嵌，这是人类中心主义的转向。第二是个体主义的转向，发生了很复杂的线索，有一个是基督教和宗教改革，大家知道宗教改革有很长的历史，用最简单的话来说本来认为我们要通过教会来得救，现在我们因信称义，就可以直接在上帝的恩宠下直接相信上帝、直接就可以得救，我们每一个人都是平等的，不需要通过哪个教会组织。基督教的传统，对现代个人主义的产生有很大的影响，然后有了更实践性的，这就是开始现代化、开始工业化了。

工业化意味着很多人要在一起工作，这些人是被组织起来的，不是自然的。什么意思呢？你本来在一个村里，你从出生就在这个村里，老死还在这个村子里，所以你将村子看作你生命的一部分，这就是有机共同体，有机共同体讲的是血肉相连，现在还有一个名词，是骨肉、血肉相连的那种关系。你从来没有离开过，也从来没有想象过离开，所以你觉得要离开这个共同体就像是流血，就像肉被撕裂一样，你根本不能想象离开这个共同体你自己还有什么意义，因为你的意义从来就是在这个关系当中的，突然有一天有老板到这里来招工，将你带到工厂去，不是你一个人，而是很多人都出去工作。

工厂组织起来的那个社会，并不是按照血缘关系组成的，而是现代社会按照目的组织起来的，于是人们就开始流动，人的流动的出现可以说是城市化最初体现，城市化当然跟工业化有关系，城市化促使一件事情发生，那就是你从土生土长、一生相伴的地方离开了，这个时候你就会很痛苦、会很思念故乡、会唱那些歌吟那些诗，但是你突然发现你没有死啊，你的心头在流血只是一个比喻，其实并没有真的流血，哦，原来是离得开的。所谓血肉相连，不过是一个隐喻而已，一般来说你的胳膊不能跟你的腿分开生活，这样你就真的会流血，你会处在危难当中，但是当你离开故乡、会唱游子吟时，最后你还是会生存下来，到你的第二代还不愿意回去了。这到底发生了什么事情呢？这里发生了一件事，即年轻人并没有变成原子化的个人，这些人并没有一天到晚孤独地生活，他们进入了新的社群，而这个社群再也不是以血缘为基础的有机社群，它是契约社群，就是你签合同来这里工作，而且你们将来都会进入契约社群，去找工作，你们现在恨不得赶紧进入契约社群，赶紧找到工作，但契约社群不是一劳永逸的，你可以进入也可以离开，不是说这种进入和离开没有心理代价，但是你最后发现你是自己，你终于发现人和人之间的生物界面是个体的这件事，是因为你真的可以离开任何一个社群活下来。

经常反对个人主义的一个理由是，连鲁宾逊都要找一个星期五，所以个人是没有办法活的。其实这是非常浅薄的反驳，因为现代社会的个人主义者从来不要个人真的一个人生活，除非你自己愿意当宅男或者宅女，但是你当宅男或者宅女还会通过微信跟别人联系。这是说我永远不用绑定在一个特定的共同体，我永远有可能离开，所以到底是社会关系、社群优先，还是个体优先，这件事情在前现代社会不凸现，有些时候甚至个体要服从于共同体，好像共同体是优先的。但现在我们发现，我永远可以离开一个特定的共同体，个人的意识就是这样凸现的，这是现代社会的流动性造成的。大家可以想一想自己的经历、自己同学的经历，你们这一辈人是不是还在做父辈同样的梦？我相信大部分不是，比如子承父业，不论你的父业是银行家还是种地的，或者是一个锁匠。也就是说你的身份感和认同感不是绑定在某一个东西上，你是流动的、可变的、要自己调整的。

我刚才为什么将自我说得那么复杂，因为自我其实有很多部分，最后要整合起来变成人是一致的，如果不一致就会出现认同危机，那个整合是需要你个人来完成的。在前现代社会里比较单纯，你说我是谁？谁家的孩子，比如哪一个掌柜的孩子，你长大之后就又变成了掌柜，你的身份是比较统一的，所以你没有同一性的问题。但是现在是流动性的社会，一定要有同一性的问题。传统中国社会说这个人是四川人、山东人或者湖南人,说得很清楚,但是现在要说籍贯的话一般要说一大堆的事情,我爸是哪儿的、出生在哪儿,但是他在哪儿生活遇见了我妈,我出生在哪儿,但是从小是姥姥带大的,后来上学到了广州,结果毕业去了哈尔滨。你会说一大堆的事情,这所有的流动性、个人的完整性怎么来解答,就是靠自己。个人的个体性凸现了,而且现在所有的事情,签合同是跟你一个人签的。我不知道在法律上有没有父债子还这件事情,夫妻应该是一个经济共同体,一般来说没有连带的关系,现在的法律和一般的社会契约是要求个人承诺和个人负责,这也是让你的个体性凸现了。

为什么现代社会会有个体本位的个人自我理解,因为我们首先将自我理解为一个个体。这件事情真的发生了,它的发生并不是因为我们先天有一个什么东西,我不去讲一个哲学上的解释,我讲一个历史文化的解释,或者历史社会学的解释。由于现代社会使人的生存、个体性出现了,或者说有个人主义的观念才能够解释你的遭遇、生命经验,个人主义就作为一个理论、一个观念出现了。西方人天生就是个人主义,中国人天生是集体主义吗?我从来不相信这个东西。个人主义埋在他们的基因里吗?中国人是集体主义的基因吗?不是的,这是文化造成的,它是建构,建构是需要社会条件的。而在中国,和所有的现代化国家一样,也开始了工业化、城市化、商业化、移民,大量的流动,我们越来越多的人不再被绑定在一个特定的共同体里,有人甚至可以改变国籍,所以在中国也出现了个人主义,这是毫不奇怪的。用另外一套东西来代替,我觉得这是不可能的。有人说这都是靠洗脑,只要讲一百遍、一千遍就行,但洗脑成功其实并不容易,洗脑是我能够给你一套观念,能够解释你的生活世界、你的遭遇,这样的洗脑对你才起作用。

我有一个硕士生,有一天他到媒体工作,他的老板要炒他鱿鱼,他对我说那个时候他脑子里第一个念头就是合同怎么写的、我的权利是什么,他说这个时候我突然发现自己变成了一个权利个人主义者。我不是说个人主义就是永恒的,但是你要改变个人主义文化的话,必须要改变我们的生活状况。中国现在的个人主义在我们这个社会出现得非常晚,像我父亲那一代,很多人是毕业之后一辈子就在一个单位工作,他们的朋友、同事、亲戚、亲家,差不多都在一起。在那个世界里,当然集体主义的观念更能够解释他们生活的世界,但是现在不一样了。现在总有人争论这到底是中国或不是中国的,或者说是西方的,我不认为这是一个真的问题,因为我们所处的文化环境不是一个纯粹的中国文化环境。大家现在听的音乐、看的电影、读的书,有多少是所谓传统中国的?你们也问问自己在学外语上花的时间和精力,和学古文相比是怎样的。所以文化没有一个生生不息的、永远的、固定不变的本质,我并不是说传统文化现在就已经覆灭了,传统文化在很多方面以各种各样的方式在影响着我们,而且旧的东西并不总是错的、不对的、反动的、保守的,我认为我们可以从传统文化当中接受很多东西,成为我们的资源,也就是要结束一种幻觉化的原子个人主义,向社会、历史和文化的对话关系敞开,这样才能够形成丰沛的自己,才能形成有意义的生活。

总体来说,我认为现代性发生了,现代的个人主义作为一种生活方式、一种文化观念已经不可逆转地成为这个世界的事实,而个人自主性是我们一个重要的道德理想和规范的来源,但是我们要使它变得更丰沛,需要摆脱某种简单的具有幻觉的原子化个人主义的认知。希望今天的谈话能够帮助大家摆脱一点孤独的自我,下面我们可以展开讨论。谢谢。

现场提问 1:首先表达一下自己的疑惑吧。刘老师首先试图将今晚讨论的话题控制住,所以他对更好的自我做了一些界定,但是他也提出了要斗争的敌人,这就是能够将自我封闭起来的个人主义,假如这是一种幻觉,那么你是不是在跟风车作战?

另外,讲到原子化的个人主义或者孤独的自我,首先它是一个基本事实,包括马克思也是这样讲的,包括孤独的自我也是随着现代性兴起而兴起的。像作家王小波远离人群,走向孤独自我的极致,可以说激发了当今中国人的自由思考和自由想象,所以我认为孤独的自我至少在思想界是一种正能量。

当然他也提出了一个解决方案,如果我没有理解错误的话,这就是关系性的个体自主性,我觉得这也是一个很不错的设想,而且事实上西方近现代可能也是靠这个取得社会的进步,这就是关系性的个体主义。我这里想到另外一个概念,实际上是马克思提出的自由人的联合体,这个概念和您所讲的关系性个人主义能不能等价?马克思关于人的解放(解放实际上是马克思主义的关键词),他也讲到自由人的联合,请教一下刘老师,自由人的联合体和您刚才所讲到的解决当下的工业化所造成的封闭式、原子化的个人生存处境是不是我们唯一的出路?谢谢。

刘擎:这些都是很厉害的问题,我要完全回答的话可能需要一个小时。

第一个问题,他很敏锐,就是你说了半天,这是一个幻觉的东西,幻觉的东西不会发生,你担心什么呢?这是原子化的个人主义。其实我那个时候也有过这样类似的问题。有一次我遇到查尔斯·泰勒,他说这是两个概念,一个是不可能,一个是不可欲。他说,比如我们知道一个现代化国家的经济如果全靠计划是不行的、不可能有发展,不能没有市场,但是你搞错了,你就偏要搞计划经济、不搞市场经济,这种事情是会发生的。他讲的不可能,实际上是不能够形成一种有效的发展,但是你一定要做不可能的事情就会有灾难。同样回到这个问题,因为本真性的理想或者说自我自主性的理想一定要借助社会资源,在这个意义上不可能发展出一个有效的个人自主性,也就是说不可能形成一个丰沛的自我、有内容的自我,真正有个性的自我,而不是千篇一律的自我,一定是对话式的,但是你有一个认知错误,你以为只要我行我素、我的地盘我做主,一种任性的唯我的自我主义,你以为这个可以,那么你就变成了一个非常没有内容的、无个性的、谎称自己有个性的这样一个自我。这是关于第一个问题。

第二个问题更加复杂了，中国的这种孤独式自我是不是有进步，我想孤独这个词太文学化，不太准确。我想指出两点，在一个大时代里，在一个大的文化极其贫乏、政治高压的时代里，那些孤独英雄非常了不起，因为他们没有什么资源，基本上就是用仅有的一些文化资源、理论的资源，主要是说拒绝、说不，就像北岛的那首诗《回答》，他并不一定说我要什么，但是我不要什么要说拒绝。要重建一个社会，还需要知道我要什么，这一点很重要。这种孤独的原子化个人还造成了另外一个东西，就是托克维尔担心的会使极权主义复活，或者是极权主义产生的土壤。我们每一个人都退到自己所谓内心的城堡，在那里品尝自己一己自我的那些微小的、卑微的快乐，不对公共事务有所介入，不知道怎么组织自己的生活，于是要么是孤独的自己，要么被组织起来就直接是国家，没有中间的任何东西。这个时候某种权力，无论是国家的，还是某种集团的，它都会最后主宰你的生活，这是托克维尔对现代民主的一个疑虑，就是某种不恰当的个人或者个人的原子化，会导致变成一个极权主义的土壤。

最后一个问题，我觉得马克思所讲的自由人的联合体是一个更理想化、更完美的状态，所谓自由人是能够摆脱任何阶级束缚，包括意识形态束缚的，那个联合体是一个自由王国。而我所讲的关系性的自我，每一个人都是不完美的、都是有局限的，都在某种意义上受到某种遮蔽和障碍，不是因为我们自由了才联合，是由于我们联合才能走向自由，是由于我们通过更多的对话和相互了解，以及不断地从不同角度展开批判性的相互交流，我们才能变得更自由。有时候你以为我不管任何人，我自己是最自由的，恰恰相反，因为那个时候你是最没有资源的，你是一个非常单薄和枯竭的力量。人在公共领域才能展开自己，才能够表达自己的个性，也才能够获得个性的展开。我觉得是由于我们在一起、我们走向自由，这跟自由人的联合体段位差很多，那是一个很高远的完美社会，而这是一个走向更好的社会、改善社会的一种方式。

现场提问 2:我是经济学院的学生。两个问题请教刘老师。

第一个问题,是什么样的经历使你在求学生涯有那么大的转变,从理科到现在的方向?

第二个问题,我们彼此,包括很多朋友,彼此都很大程度不能相互理解,再怎么深切的交流,一直的谈话,彼此理解不了彼此,彼此都是那么坚固,这不是一种原子理性的存在吗?或许我们会通过社会相互影响,彼此提升,但是仍然彼此理解不了彼此。这样对吗?

刘擎:关于我自己,我不愿意多谈。其实是这样,在 20 世纪 80 年代对中国来说有很大的思想文化变化,我是在那个时代受到了很大的影响,就觉得人、社会、政治更激发我,更让我有兴趣,所以让我转向。

我不能简单接受人和人不能理解这件事情,我知道理解是困难的,但是我不相信有一种绝对不能相互理解的一件事情。这样一个事情如果发生的话,它违背我们对人类学存在的本质,比如说人是语言的动物、人是交流的动物。我们可以针对一个具体的例子,看在这个问题上是什么妨碍了理解,其实是你们已经理解了一些,但是没有理解另一些。这不是一个很好的状况,人如果有沟通不良的话。但这并不是无解的,更努力的尝试和更正确的尝试,有时候需要老师指导,或者有一些心理医生的指导。我特别建议大家能够经常去找心理医生,没有人是绝对健康的,就像你们去健身房跑步一样,这是精神上的呼吸和锻炼,因为在心理咨询里有发展那一面,就是需要一些有经验的人帮助。你说我理解希特勒吗?我理解,但是我不能接受他。我学西方思想史,我并不接受任何这是一个绝对的恶魔的说法,我认为这是学问没有做好,或者为了制造一种话语。原则上我不能同意绝对不可理解,理解是困难的,但是如果他值得的话,然后找人来帮助理解。有时候人和人不理解生活的一部分,如果这个关系并没有那么重要。但是如果你跟所有人发现都不能够相互理解,都会出现这种理解的严重障碍,这是需要改变的,而改变有时候需要有人帮助。

现场提问3:我是经济学院的研究生。今天的收获很大,实际上我跟第一个提问的朋友观点相似,现在很多人都是很理性的,做一些被大家认为很正确的事情,比如说你很努力、你有原则,或者是你很有责任心。我感觉还会遇到另外一个问题,每一个人都会有自己一套价值观,或者一套理论体系,这就涉及个人的理性发展,能否跟周围同学合理相处的矛盾。人和人相互理解的问题,实际上我也觉得这对我也存在,大家都很有自己的想法,所有人都很独立,但是都是传统意义上的好人,品德都没有问题,但是有的问题谈得拢就谈,谈不拢的话大家也不会发生矛盾。但是这样的话,一方面大家没有矛盾,另外一个方面会造成不深层的交流,带来的结果就是大家都做了正确的事情,但是会感觉到孤单或者不被理解。像这些问题,应该怎么看待或者有什么解决方法呢?

刘擎:有两个问题需要澄清,大家都有一套自己的价值观和理论体系,我不相信现在大家有这么多价值观和理论体系,当然也要具体谈才能说清楚,我不相信每一个人都有自己的一套价值观,然后和别人不一样。我发现现在中国很普遍,不光是我的感觉,其实有人也在做研究,中国人的精神状态是趋同性比较强。但是并不是因为价值观相近就不冲突,有一个误解,认为价值观相同的人最容易合得来、价值观不同的人会冲突,其实不一定这样,比如说在宿舍里两个人都是极端自私的人,他们的价值观一样,但是他们的冲突最厉害。大家不能够沟通并不是因为价值观。

我们有不同意见,我们不能够相互理解,这是两件事情,一个是合理的分歧,合理的分歧是我觉得向东走、你觉得向西走,我说东面今天早上有朝阳、你说那面空气差,你有你的理由、我有我的理由,我们是有分歧的,但是相互都有理由,尽管你的理由我不能接受或者说我觉得你的理由并没有那么重要,这是指合理的分歧。不能理解什么呢?我说向东走朝阳会出来,但是你说向西走,天上会掉下一个大的馅饼,我说你在做梦吧?这就叫不能理解。分歧是有的,而且现代社会分歧很多,分歧会给我们带来困扰,特别是当我们要一致行动时怎么对付分歧,这是现代社会的挑战。现代社会确实有它好的一面,比如说多样化、自主性、个性,但问题是我们在多样性之上有时候是不是需要一些共同性？这个共同性怎么达成，这是需要学习的。所以，要区别不可理解性和不一致。

你说大家都是好人却经常有分歧，这没有关系了，这种分歧状况影响了什么，你说有两个，一个是共同行动有时候会遭到阻碍，会妨碍我们共同的行动，这是一个方面，这是政治生活的事情，政治生活并不是说我们搞一些权术，真正的政治生活是我们如何共同生活。第二个是我们失去了一些深度的关系和交往，这是一个更有意思、更复杂的问题。我相信深度的关系对人特别重要，无论是爱情、友谊或者是工作，但是深度关系一般来说是需要在情景中发生，就是需要遭遇事情，我们不能够靠说我们的意见很一致或者不一致来实现，一定是有一些遭遇，在遭遇的情景中我们共同面对，来形成这样的一种生活的关系，这种东西很可贵，也有深刻的魄力，本来一直谈得来、情投意合的人，最后就分裂了，但是这些都会对人的成长带来很大的益处。

现场提问4：我关注个人主义这个问题已经有一年了，也看了您写的东西，您在《本真性伦理》里写的导言非常有激情，当然也很有理性，希望我有一天写东西也能够达到您的这种水平。

今天我想将原子化去掉，回到个人主义本身，因为我在关注这个问题。对个人主义这个概念本身，我就充满了疑惑，我们知道卢卡斯在他的《个人主义》著作里，为个人主义的概念进行了梳理，但是到现在为止我查了一百多篇的资料，个人主义这个东西众说纷纭。您是不是赞成卢卡斯本身对个人主义的界定，关于自由、关于民主、关于自主性、尊严感的界定？

第二个问题是我自身的一个困惑，个人主义到底与自我之间是什么样的关系？个人主义是以自我为核心吗？个人主义本身就存在困境问题，加入原子化只是个人主义的一种困境而已，个人主义不止存在一种困境，您觉得个人主义目前在实践中以及理论上面临着哪些挑战或者困境呢？除了原子化，还有什么？后现代对个人主义的挑战，以及个人主义自我发展的前景问题,是不是都是值得思考的?

我是研究西方哲学的老师。

刘擎:都是很有意义的问题,加和不加都有好处。卢卡斯在写《个人主义》这本书时有一天打电话给他的好朋友以赛亚·伯林。他说,我突然发现个人主义有三十多种定义,伯林对卢卡斯说,你实在太吝啬了。伯林的意思是说,实际上个人主义的定义远比这些还多。确实,个人主义有非常多的定义,所以我不愿意笼统说个人主义的困境。我对个人主义有批评、有一定的质疑,但是也有辩护的一面。我现在只说原子化的个人主义,这样会明确一些,如果泛化说个人主义的危机,这就会产生很大的误解。对个人主义这个问题,有各种各样的批评,包括自我这个概念是不是成立,在后现代那里都是有疑问的,因为自我是一个完全社会建构的概念。有一段时间我非常喜欢福柯这个线索,到后来慢慢大了,那个东西说得神神道道,很惊艳,但是它不是那么可靠,因为自我这个东西还是蛮实在的。

个人主义虽然有很多表述的东西,但是我觉得最重要的还是它是一个理想。一种生活哪怕再好,一种道德哪怕再好,一种价值哪怕再好,如果我不是内心认可的,不是我自己要选择的,如果我过这样的生活,这样的生活总是有缺失的。这就是泰勒所讲的本真性理想,但是这个东西其实跟西方很早在奥古斯丁那里就有,通往上帝的道路经由自己的内心,特别是启蒙时代开始的一种道德观念,什么叫过道德的生活,不是说我服从或者达到某个道德原则,而是说我内心里和这种道德有一种契合,我成为真实的自己,这个东西是个人主义理想当中的一个很重要纬度,我或者愿意把它说成是个人主义的理想。在我的生活当中,如果有一个生活是我自己不愿意过的,我们看到很多文学作品里都有,郎才女貌的夫妻,很好的中产阶级的环境,但是其实很多东西不是他们自己想过的生活。这是我要过的生活,而且只有我来做出判断的这一点,在这个意义上是个人主义,就是说我的生活和我对世界的判断是要出自我内心,出自我个人的思考,这个东西是个人主义的。我不是说因为有这些东西,这个世界就好了、这个生活就好了，它是必要条件，而不是充分条件。

这个东西要我来判断、决定，但不是说我判断的资源、决定的依据全部来自我本身。个人主义是可以开放的，事实上也应该开放。我写过一篇文章《包办婚姻的优越性》，这是一篇反讽的文章，你可以从很多方面来讲。大家都知道自由恋爱并不比包办婚姻幸福，就是说不仅离婚率高，而且不稳定，其实连幸福度都不一定，甚至包办婚姻的幸福度更高。父母帮你包办，父母是最爱你的人，他们会错吗？他们会害你吗？你跟父母比起来，父母肯定比你有经验，他们经过很多事，听他们的还是听你的？包办婚姻是中国的传统，自由恋爱是西方传进来的污染。这完全是反讽的文章，哪怕这些事都特别有道理，但是有一点，这是我的婚姻，是要我来自由选择的。这是一个现代人的门槛，无论包办婚姻多么好，但是现代人很难接受，因为这个生活是我的，我要来做最后的决定，而我做了决定之后是我要来负责。现在很多人说让父母包办，失败之后怨父母，现代人的所谓个人主义是这样的，这是我的生活、我的权利，我做决定、我承担责任。同样我可以说，开明君主制未必比民主差，有一位开明君主为大家做决定，老百姓每一个人又不是很明白政治，而且民主表决多麻烦啊，意大利要造一个高速公路，弄了二十七年都没有搞定，我们这里一个星期拆迁就全部搞定。但是为什么民主政治在现代能流行？因为现代人已经将自己理解为平等的个体，也就是说你要统治我，你得先给我一个理由。这是现代人的一种自我理解，这是个人主义的理解，我们都是平等的个体，凭什么你要来统治我？而民主是达成这样一种统治合法性，或者说统治正当性的方式，你能够统治我是因为我们同意，或者你代表了我们的利益，代表是可以选举的也可以是不选举的，我觉得最好还是要有选举，同时有更体察民情的代表。你说这样好吗？会带来弊端吗？当然会有弊端，而且人的政治选择，换句话来说老百姓真的关心政治吗？我们对国际事务有了解吗？我们去投那一票负责吗？这些都有问题了，但是现代性有一个槛，我们已经过了这个槛，我不能接受一个对我的公共生活、对我们大家都有影响的权力，我无能为力和无济于事，我不能接受。这就是现代人，这个东西会越来越强，它有问题吗？会有问题。但是说这个东西有问题所以就要解决吗？那你就要看整个历史，政治、经济、文化的背景。个人主义是有问题的，但是有些东西它是不可避免的。我们面对的不是要不要个人主义的问题，而是要一种更好、更恰当的个人主义。

主持人：但是这种个人主义是不是有存在主义的痕迹？

刘擎：个人主义有存在主义的痕迹。我年轻的时候也喜欢存在主义，存在主义可以而且一定是个人主义，但是个人主义未必就是存在主义。人是没有本质的，人是一个窟窿，你的本质是你选择的结果，你不断地填充。但是窟窿凭借什么选择呢？你的第一次是怎么选择的呢？你被判定了自由，不得不自由，唯一的不自由就是不能够不自由。就像是桌子，本质是固定的，桌子砸碎之后还是碎的桌子，但是它自己不能砸碎，它没有能动性。而人和桌子相反，我们是生成的，这种生成的能动性方面是优秀的，但是有一点问题，好像这些东西都是我任意的，凭借我的自由意志，但是这些自由意志是哪儿来的？你凭借什么选择？你的选择难道都是任意的吗？标准是哪里的？你判断事物用的概念是哪里来的？你的语言是哪里来的？这些东西都不是自己发明的。存在主义有一个过度膨胀的自我，我年轻的时候很喜欢，但是后来觉得，这种存在主义还是很成问题的，当然这个是萨特的存在主义理论，不是海德格尔的。

主持人：在社会原子化的情景下，存在不存在后现代风格的团结性？

刘擎：这是很有意思的问题。团结性这种东西的重要性，我觉得过去是过度了，这是可以展开谈的另外一个话题，主持人提的问题都很好。以前我们的生活是我们一个人很孤独，个人是小我，要变成大我，要团结一心、万众一心，这样就好像感觉很有力量。但是这是一个多病态的状态啊，一万个人却只有一颗心，一个想法，这是多么可怕啊。这是一种虚假的、是非常卑微的自豪感，是一个卑微的自我，由于他没有办法靠自己或者主要靠自己来挺住自己的生活，必须将自己依傍在一个超越自我的大我那里，而且完全依傍在它上面。我有一篇文章评论作家摩罗，这是我有一点支持尼采的地方，就是那种大无畏的精神，鲁迅说真正的英雄敢于直面淋漓的鲜血、直面惨淡的人生。万众一心是将自己吸收掉了，自己交付出去了，这种东西在革命时可能给人召唤和激情，也会有它的力量，但是它在长久、常规性上是非常危险的。后现代的团结性不一样，我们的联系、友谊、关系、共同的力量未必要以牺牲个体性为代价，未必要以丧失我们的独特性为代价，而且我们的团结并不是总体性的，我们是局部的关系，比如说我们俩在美食问题上很团结，我们俩都很喜欢吃辣，我们是辣的朋友。看电影，我们都喜欢恐怖片或者欧洲艺术片，在这些方面是同伴。我们不需要一个总体性的团结性，如果我们的团结性是局部和暂时的，不是永久和全体的，那么我是很赞成的。有些时候在政治领域，尤其是重大的政治领域，它又是有一点薄弱和单薄的。

现场提问 5：我是国际关系专业的学生。我的问题首先要从我的论点开始，涉及个人与他人、与环境、与社会三个方面。

个人与他人，我注意到前面三位同学在介绍他们困惑时都涉及个人与他人的问题，所以我用一句话来概括，正如萨特所说，他人即是地狱。第一个提问者的状况有一句话特别适合，如果你不能忍受你就改变、如果你不能改变你就忍受，这是我想对她说的。但是尽管我们在处理个人与他人的关系上，一个陌生人伤害你一次就可以了，但是你的朋友伤害你是多次的，甚至有无法弥合的伤痕，所以比较支持他人即地狱这种中性的观点。

个人与环境的关系上，我个人认为一个人永远不可能成为你自己内心想要成为的那个样子，而只会成为你所在的环境让你成为的样子，如果环境不能决定一个人的话，那么环境至少在绝大程度上或者很大程度上改变、影响一个人。

在个人与社会的关系上，我阅读过社会学家布迪勒的观点，你自己所携带的场域以及自己从小的经历，自己形成的实践不过是个人在社会这种阶级的再生产，所以我感到非常绝望。我发现从历史到现在为止，每一个人的困惑要么来自他人、要么来自社会、要么来自环境，还没有一个人逃脱这个束缚。

现代性并没有解放，反而确实增加了人们的痛苦，人是这么的无助和无奈。人的解放之路真的有可能吗？如果自由不是人的解放本质，我也比较支持这样的观点，因为自由很可能是束缚人最沉重的枷锁。解放的出路真正应该从哪里找？除了死亡。

刘擎：你谈了非常非常大的问题，但是要小心一点，在读书运用概念的时候，他人即地狱不是你这样的理解，场域和惯习也不是你这样的理解。一个人到底是被结构限制的，即我们做的所有事情是结构决定的，还是我们自己有能动性？只讲结构决定的人，和那些只讲所谓意愿主义、意志主义的人都有问题，所以布迪厄才发明了“场域”和“惯习”等概念，他强调的是，结构对人是有塑形作用，不是被决定的。要区分这些比较细微的差别，才能更有效地运用他们的概念。

如果现代人都是这样被规定，都没有好的生活，我们真的没有开心的现代人吗？真的没有幸福的现代人吗？或者这样说，所有的现代人都是同样的不幸福吗？我想不是这样的。所以做这样一般性的推断，而不做差异化的区别，是大而无当的。我可以说一些完全正确但是毫无用处的话，比如说每一个人都很悲惨、每一个人都会死掉，好像很深刻，解释了所有的东西，但是真正的社会理论是你能够做一些差异的东西，为什么生活是可以这样而不是那样的，为什么有的现代生活是这样而有的现代生活是那样。现代性当然有共同特征和它的成就，但是并不都是那么悲惨的。自由是不是幻觉，我不知道怎么回答这个问题，以赛亚·伯林说自由有200多种定义，所以他只谈论两种，消极自由和积极自由，结果谈得非常复杂，还被很多人误解了。

（完）

（讲座时间：2014.5.8）

哲学与幸福

周国平

周国平，中国社会科学院哲学研究所研究员，中国当代著名学者、散文家、哲学家、作家，是中国研究哲学家尼采的著名学者之一。1945年生于上海，1967年毕业于北京大学哲学系，1981年从中国社会科学院研究生院毕业，获哲学硕士学位，进中国社会科学院哲学研究所从事研究工作至今，开始时受聘为助理研究员。1984年在中国社会科学院研究生院哲学系在职读博士研究生课程，毕业后获哲学博士学位。

著有：《尼采：在世纪的转折点上》《尼采与形而上学》；散文集《守望的距离》《各自的朝圣路》《安静》《善良·丰富·高贵》；纪实作品《妞妞：一个父亲的札记》《岁月与性情——我的心灵自传》《偶尔远行》《宝贝，宝贝》；随感集《人与永恒》《风中的纸屑》《碎句与短章》；诗集《忧伤的情欲》；以及《人生哲思录》《周国平人文讲演录》等，译有《尼采美学文选》；《尼采诗集》；《偶像的黄昏》等。

主持人：各位听众、各位老师、各位同学，大家下午好！

古语说“文明以止，化成天下”，可见文化的影响力是极其巨大的。今天下午我们迎来了一位很受广大读者欢迎的哲学家、作家、散文家——周国平先生。周国平先生在国内可以说很受欢迎，粉丝很多。粉丝多是因为他的著作很有影响力,很多听众都买过他的书、也读过他的书。我也是周国平先生的粉丝,也读过他的书,也为他的书所感动。周国平先生能够将哲学的深刻道理以一种文学手法写出来,将一些深奥的道理赋之于日常平凡事例讲出来,所以他的作品既有西方哲学的深刻逻辑性和哲理性,但是又摒弃了西方哲学的艰涩、深奥。因此,我们读起来入心入脑,很有一种亲近感。周国平先生以散文的笔调书写,讲到关于生命、关于死亡、关于名誉、关于爱情、关于婚姻、关于做人立世等道理,关照了我们的生命、我们的心灵,道出人生的智慧。周国平先生的散文,笔调非常清新、非常智人,意义深刻、耐人寻味。当今哲学界,包括西方哲学界,其实也在往这个方向发展,用散文来述说他们对哲学的思考。周先生所讲的一些道理或者所写的这些文章深得读者的喜欢,今天我们将周先生请来,专门就哲学和幸福这个命题做一场讲座,相信会给大家带来一场精神的享受,我非常期待这一场讲座。首先在这里做一个小引,只是我个人对他的理解,大家听完讲座之后肯定有更大的收获。下面以热烈的掌声欢迎周国平先生演讲。

谢谢蒋书记亲自主持,并且给我做了一个充满善意的广告。我是第一次到暨南大学,今天上午参观了校史展览馆,有三点感触。第一点,如果说北大是全中国华人的大学,那么暨南大学就是全世界华人的大学。第二点,百年老校,我看了很多图片,前五十年基本上都是知名大教授的照片,后五十年更多的是领导的照片,这不仅仅是暨大的问题,中国的大学都这样,北大、清华也一样,心里面还是有一点悲哀。第三点,我有一点遗憾,暨南大学一百年来一直没有哲学系,当然并不是每一所综合型大学都要有哲学系,但是我觉得一个高端的综合大学应该有哲学系。当然现在哲学系的日子不好混,据我所知,包括北大的哲学系每年招生招不满,都是从别的系考生中去调剂,因为哲学系的学生毕业后找工作很难。一个国家肯定不需要很多以哲学为专业的人,这是一个客观的情况,确实是不需要的,所以我觉得没有哲学系倒也没关系,但是一定要有哲学课,而且一定要有好的哲学老师。哲学课关键是谁来上,我知道在座的王力平老师是暨南大学上哲学课上得非常好的,他今天来听我的讲座我特别不满,因为我不会讲课,应该是他坐在上面、我坐在下面。

我今天的讲演题目是"哲学与幸福",想用哲学的方式从哲学的角度来和大家谈谈幸福问题。哲学的方式应该是什么样的?说实在话这不是开讲座,讲座绝对不是哲学的方式,是非常不哲学的。哲学的方式应该是谈心。最早的哲学家是不上课、不开讲座的,甚至也不写著作,他们就是谈心,比如孔子。我们都知道孔子弟子三千、贤人七十二,但是你不会看到记载说他给学生上课。他就是带着几个弟子在那里聊天、谈心,谈谈他认为比较重要的问题,学生有什么困惑也可以问他。西方也是一样,苏格拉底没有著作、也不上课,他也就是带着一些年轻人,经常在雅典的街头逛,一边逛一边聊天谈心。其实谈心应该说是哲学最原初的方式,而且是最好的方式。但是,我今天要和在座的一千多人谈心这太不靠谱了,但是我希望能够进入这样一种状态,你们坐在这里,每个人就当其他人不存在,就是在和我谈心,我也是这样的感觉。我希望能够进入这种状态。

说哲学是谈心,这不仅仅是从方式上而言,实际上哲学本质上就是一种谈心的活动。和别人谈心这是在进行哲学探讨,但是和别人谈心之前应该经常和自己谈心,和自己谈心就是在进行哲学思考,所以一点都不神秘。但是你不要以为谈心很容易,我们可以回想一下,和自己谈话时、自己在思考想问题时,你有多少时间是在真正想这个心的问题,大部分时间都是在想事情。人和人之间也是这样,谈的基本上都是事情,很少是谈心的问题。实际上哲学是要解决心的问题,而不是解决具体的事,在这一点上,哲学和宗教要解决的问题是一样的,只是方式不同而已。哲学在古希腊中的原文是"philo-sophia",含义就是爱智慧。什么是爱智慧呢?就是一个人不愿意糊里糊涂地活着,他要活得明白。如果是糊里糊涂地活着,那就不是爱智慧。不要糊里糊涂,要活得明白,那么你就要想那些大问题。平时,我们每一个人都有自己具体的生活,过着具体的日子、做着具体的事情,有自己的身份或者是职业。哲学就是要让你从这些具体的事情、具体的生活、具体的职业身份里跳出来,赤条条地回到人的原点上,去想作为一个人所要面对的那些大问题,这就是哲学。

现在,我们哲学教学有一个很大的问题——课程基本都很教条。我上学时就是这样,我是北京大学哲学系毕业的,但是我上学很早,60 年代上学,那时突出政治,哲学基本上就是政治,就是意识形态。比如辩证唯物主义,这是一个很重要的哲学课程,可是学完之后知道什么了呢?我简单地概括一下哲学的几个问题。物质和精神何者为第一性?认为物质是第一性的就是唯物主义,认为精神第一性的是唯心主义,这是一条界限。还有一条界限,事物是运动变化的还是静止不变的,认为静止不变的是形而上学,认为运动变化的就是辩证法。用这两条线给哲学家们分类,唯物主义者都是"好人",唯心主义者都是"坏蛋"。有的唯物主义者是形而上学的,这就是有"缺点"的"好人",比如说费尔巴哈。有的唯心主义者是辩证法的,比如说黑格尔,那是有一技之长的"坏蛋",可以为我所用。然后到了辩证唯物主义,就认为这是一点"缺点"也没有的"完人"。你学的这一套东西,让你爱智慧了没有?没有。真正的哲学,我认为就是一个人只要进入那一种状态,去思考人生那些被别人认为是一些抽象的问题——人应该怎么活、怎么活才有意义。但是,如果你把它看作是最重要的问题,这个问题不解决你就很不安。你去想这些问题就表示其实你就是进入了哲学的状态。我们要从具体的生活中跳出来,好好去想这些大问题,想完了之后你再回过头去过你的具体日子,你心里面就会明白了。你要站得高一些,站在人生的全局里看一看人生中到底什么是重要的、什么是不重要的。

哲学里很重要的,我认为就是价值观问题,分清楚什么是重要的、什么是不重要的,对于那些重要的要看得准、抓得住,对于那些不重要的要看得开、放得下。做到这一点,你的心态就会好。实际上幸福问题,很大程度上就是一个心态问题，要有一个好的心态。哲学就是让你有好的心态面对人生、面对人生中的各种经历。人生哲学我认为有三大问题，其中有一个很大的问题就是关于幸福。人生哲学实际上是讨论人生意义这个大问题的，这个大问题又可以分为三个层次。第一个层次是人怎么样过才是让自己满意的、才是快乐的，这里讨论的是人生的世俗意义，也就是什么是幸福，实际上幸福问题讨论的是人生的世俗意义，人怎么生活才能真正达到一种让人满意的状态，讨论的是这个问题。另外一个层次，讨论的是人生的精神意义，人不但要让自己过得快乐、满意，而且要正当地生活，要活得正当或者是高尚，这就是一个道德问题。人生有世俗意义、有精神意义，但是最后还有一个问题，人总有一死，如果死了之后什么也没有了，那这些意义不是很虚幻吗？所以就要讨论生死问题，这就是讨论人生的终极意义。人生哲学无非就是这三大问题。我今天谈的是第一个大问题——幸福问题。

关于幸福问题，我想谈三个方面：第一，幸福与价值观，哲学是从价值观的角度来谈幸福问题的。第二，珍惜平凡的幸福。第三，幸福是一种能力。

一、幸福与价值观

世界上只有一样东西是人人都想要的，那就是幸福。没有人不想幸福，当然有时候可能是会为了一个更高的目标而牺牲幸福，牺牲一些人们心目中所认为的幸福。幸福这个概念本身是很含糊的，它是让人最满意、最理想的一种生活状态，实际上每一个人都希望有这样的状态。古希腊哲学家亚里士多德有一本很重要的著作《尼各马可伦理学》，这本著作专门讨论幸福这个主题。他在这本书中就讲，幸福是人们一切行为的终极目的，人们之所以做其他所有的事情都是为了最后能够得到幸福。也就是说，最后都是将幸福作为一个目的，其他所有的都是手段。有的人可能将权力看得很重要,想要有权力,有的人想要有金钱,有的人想要名声,但是权力、金钱、名声本身都是手段而不是目的,他们之所以要它们是因为认为得到了它们之后会幸福,这背后还是为了幸福。有的人可能会觉得得到了这些东西之后也未必幸福,他宁可悠闲一些、超脱一些,他认为安定、平静的生活状态才是幸福。其实所有都是手段,最后的目的还是为了幸福。

人人都想要幸福,但是其实人们的看法不一样,每个人对幸福都有自己的理解,而且说实在话,要仔细问问自己心目中的幸福是什么,其实往往是说不清楚的,有些模糊的感觉,你要把它概括出来很难,因为它是在不断变化的。幸福问题是不是就没有办法讨论了呢?有的人认为无法讨论,因为幸福完全是一种主观感觉。这是对的,幸福必须包含主观感觉,主观感觉是一个必要条件,如果一个人认为自己不幸福,不管人们怎么羡慕他,不管自己有多少财富或者多成功,但他就显得很痛苦。其实这样的人很多,最后因忧郁症自杀了。只要自己感觉不幸福,那就是不幸福,外界的东西不能说明问题。主观感觉是必要条件,但它不是充分条件,并不是说他感觉到幸福,我们就可以说这个人是一个幸福的人。我知道有一种精神病叫狂喜型的妄想症,整天高高兴兴。我小时候就看过一个女子,天天晚上自己点起蜡烛给自己办婚礼。我们就觉得她太可怜了。

我们可以分析一下为什么人们对幸福的主观感觉认识不一样,当然这里有很多细微的原因,比如说性格不同、兴趣爱好不同,但是分析到最后你就会发现大的分歧在什么地方。其实就在价值观上。价值观的不同决定了人们对幸福看法的基本不同,实际上幸福观就是一个价值观。幸福不完全是主观的,一定有客观的方面。还有一种看法认为幸福就是客观的,谁的运气好谁就幸福,把幸福完全看作是运气的问题,走运了就幸福了,如果不走运就不幸福,完全是外在遭遇决定了一个人幸福不幸福。我觉得这种看法是非常片面的,运气好就一定幸福吗?我觉得一个运气好的人如果素质不好的话,结果就一定很糟糕,这种例子也多得很。富二代、官二代的运气非常好，出生在一个非常优越的家庭里，但是如果他的素质不好，最后一定遭遇不会好的，这样的例子多得很。其实这还是和一个人的价值观有关，如果一个人没有正确的价值观，你运气好可能还是害了你。比如一个穷人买彩票中了大彩，一下子几千万甚至上亿元到手，怎么花呢？他不知道该怎么办了，最后就是挥霍、赌博，走上一条很可怕的毁灭道路。运气、外在遭遇对一个人的幸福起什么样的作用，是好的作用还是坏的作用，取决于他的素质，也是和他的价值观有关的。

哲学力图从价值观的角度来看待幸福问题，哲学史上也确实是这样的。哲学史对幸福问题基本上有两种理解、两种观点。

一种观点可以称之为快乐主义，是古希腊哲学家伊壁鸠鲁创立的，近代以来主要是英国哲学家，亚当·斯密、休谟、约翰·穆勒等人所主张的。快乐主义认为幸福就是快乐，只要你是快乐的就是正面的价值，都是好的、都是值得追求的、都是应该肯定的。但是这里也有两点，一个是要算总账，你要去理性地追求快乐，不能因为追求一个小的快乐却给自己带来一个大的祸害、带来大的痛苦，这是伊壁鸠鲁所主张的。另外，他们所讲的快乐实际上是很朴实的，伊壁鸠鲁认为快乐就是身体的无痛苦和灵魂的无烦恼。身体健康、灵魂安宁，这就是快乐，他并不主张物质欲望，不主张拼命地纵欲、享受，他认为这样的追求最终会给自己带来祸害，所以这是不理性的。所以他们的主张是要理性地追求快乐，而且将快乐的主张看作是很单纯的。另外，他们还强调快乐是有层次高低之分的，这一点是英国哲学家约翰·穆勒特别主张的，他认为快乐都是好的，他对快乐都不否定，但是要比较它们的层次高低。一个人只有品尝到了高层次、高质量的快乐之后，才能做出比较，才知道哪些快乐是更高层次的。如果说一个人就沉溺在低层次的快乐里，从来没有品尝过高层次的快乐，不知道天外还有天，他就会将低层次的快乐，比如说物质欲望的享受，看作是最高的快乐，甚至是唯一的快乐。但是约翰·穆勒说，一个人通过比较，尝过各种各样的快乐之后，结论基本上就是一致的：精神的快乐远远高过物质的快乐、肉体的快乐，更持久、更美好、更深刻。在他看来，一个人如果有精神追求，这是快乐很重要的基础，一个没有精神追求的人尝到的都是低层次的快乐。他还说过一句名言：一个不满足的人比一头满足的猪快乐、一个不满足的苏格拉底比一个满足的傻瓜快乐。他说的猪、傻瓜其实就是指没有精神追求的人，很容易满足，身体满足了就满足了。但是他说的人、苏格拉底是有精神追求的，精神追求是无止境的，所以不容易满足，但是可以尝到高级的快乐，虽然他是不满足的，但是是快乐的。

中国哲学一般没有这样的分法，但是我自己认为，道家比较接近快乐主义，比如说庄子。庄子这个人非常热爱生命，他的中心思想我读下来就觉得他是在考虑怎么样让生命有一个好的状态。他的思想我觉得可以用他内篇里的两个篇名来代表，一个就是内篇的第三篇《养生主》，思考养生的根本是什么。当然他的思想不一定都在这一篇里，但是我觉得这是一个重要的思想。他讲的养生不仅仅是身体的养生，在他看来真正的养生就是要保护好生命的状态，让它处在一个单纯的状态，用他的话来说就是“不失其性命之情”“任其性命之情”，实际上就是生命那种原初单纯状态，要保护好，不要失去它。用另一本道家经典《淮南子》里面的话来说，“全性保真，不以物累形”。保护你完整、真实的天性，不要用物质去损害它，这是道家的基本思想。生命的单纯状态就是快乐，是生命的快乐。庄子还认为：“丧己于物，失性于俗者，谓之倒置之民。”把自我丧失在物质里、把天性丧失在世俗里，这样的人就是倒置之民，也就是颠倒的人。什么颠倒了？价值观颠倒了，把最重要的东西丢了。自我和天性是最重要的，你却它丢在物质和世俗里了。这是庄子的一个思想。庄子的另外一个重要思想，可以用他内篇第一篇《逍遥游》来代表，庄子关心生命的单纯，要保护好原初的状态，另外还关心生命的长久。我们都知道人有生必有死，这是庄子考虑的大问题。怎样摆脱生死困惑，他的办法就是逍遥游。逍遥游就是进入一种境界，用他的话来说就是与造物主游，也就是和创造世界的道在一起，与天地精神往来，也就是摆脱小我、进入大我，和宇宙大我融为一体,进入这种境界之后就没有生死了。当然这是一种感受,是一种情感体验,但是他认为这是人至高的快乐,也就是精神的自由,能够摆脱有限生命的束缚,达到永恒。如果把它归为快乐主义的话,实际上它强调的是生命的单纯是快乐,另外还有精神的自由也是快乐。这是快乐主义。

另外一种观点,可以称为完善主义。完善主义认为精神上的完善或者是道德上的完善就是幸福,西方代表人物有古希腊的苏格拉底,可以说苏格拉底就是创始人。近代以来主要是一些德国理性主义哲学家所主张,我觉得马克思、康德、黑格尔都可以归在这里面,因为他们追求精神上的完善或者道德上的完善。苏格拉底提出过一个公式,他说智慧等于美德、美德等于幸福。所谓智慧,就是说一个人想明白了人生的道理,他就会是一个有道德的人,那些没有道德的人实际上没有想明白人生的道理,是糊涂、是愚昧的。你要摆脱愚昧,心中真正有幸福和光明,你就会是一个有道德的人。我觉得这样说很对,不光是苏格拉底这么说,佛教也是这样认为的,佛教认为人之所以会堕落,就是因为心中没有光明。基督教也是如此看待的,光明来到人间,但是有的人拒绝光明,宁可停留在黑暗中,这种就是没有道德的人。耶稣就说了,你停留在黑暗中这本身就是惩罚了,作恶本身就是对你的报应。一个人活得不光明磊落、畏畏缩缩,这本身就是惩罚。你没有品尝到做人的这种高贵和伟大,你就妄为人一世。这些都是哲学和宗教共通的道理。亚里士多德也说过什么是幸福,他认为人性中最高贵的部分得到了满足就是幸福。亚里士多德认为人性中最高贵的部分是理性,人因为有理性才成其为人,他将哲学的思考看作是最高的幸福,我认为这是哲学家说的话,真正进入哲学层次,思考的确实是快乐的。这是在西方。

在中国,我认为接近完善主义的就是儒家了,尤其是孔子。孔子的幸福观,如果用一个概念来概括的话,那就是安贫乐道。他说:“君子谋道不谋食……君子忧道不忧贫。”君子将道看得最重要,贫穷不在乎。他又说:

"饭疏食饮水，曲肱而枕之，乐亦在其中矣。不义而富且贵，于我如浮云。"这些话的意思，其实就是过一种很朴素的生活，粗茶淡饭，住的地方甚至连床、枕头都没有，撑着胳膊就可以睡觉了，但乐就在其中，这就很快乐了。如果让我做不义的事情可以达到富贵，这其实对我都是浮云，完全是不值得的。概括起来，其实就是安贫乐道，安贫就是生命要有好的状态，乐道就是精神上要有好的状态，简朴的生活就可以让人很快乐。

如果我们将幸福观分为快乐主义和完善主义，其实这两派分歧并不大，他们看重的都是生命要有好的状态、精神要有好的状态，都是重生命轻功利、重精神轻物质。我谈幸福观，就是根据哲学家的这些传统来谈的，幸福观这个问题实际上就是要让人身上最重要的东西处于一个好的状态，这样就幸福了。人身上最重要的东西是什么呢？就是刚才这些哲学家们所说的，一个是生命，一个是精神。老天给了我们每一个人一条命、一颗心，将这条命照看好，将这颗心安顿好，人生就是圆满的、就是幸福的。要让生命和精神都处在一个最好的状态，就要具有一种好的品质。如果具有好的品质，那你就有了幸福的能力。其实不是人人都能幸福的，幸福是一种能力，你必须有好的品质，你的生命品质是好的、精神的品质是好的，你才能具备了这样的能力。从客观上来说，你生命的状态是好的、精神的状态是好的，你就是幸福的。那么什么样的状态才是好的呢？我说生命应该是单纯的，这两派都是如此认为的。中国的道家、儒家强调的都是这些：生命要有好的状态，不要太复杂了，单纯一点，复杂就痛苦了，精神应该是丰富的。所以，幸福是生命的单纯、精神的丰富。

我们看现状，很多人都感觉不幸福，都忙得很，整天疲于奔命。原因在哪？就是因为生命和精神的状态不对。生活得太复杂了，同时精神上又很贫乏，幸福的两个源头枯竭了，怎么可能幸福呢？所以毛病出在价值观。但是人是可以支配自己价值观的。价值观在你能不能得到幸福这个问题上这么重要，而我们又可以支配价值观，从这个意义上来说一个人是可以支配自己幸福的，外在的命运你无法支配，但是你可以支配价值观，对人生有一个正确的态度，去将那些最重要的东西保护好、去得到它，让自己的生命单纯，让自己的精神丰富，这是你可以自己支配的，而且你自己不去做的话没有人会帮你去做，但是你真正要去做的话没有人可以阻碍你去做，而这对幸福来说又是非常重要的东西，所以在这个意义上你可以支配自己的幸福。在价值观的问题上，我们一定要自己做主，不要随大流，不要跟着社会的潮流跑。大家在抢什么东西你就去争什么东西，这是最可悲的了。你做出决策的时候，不要问大家是不是这样，你要问自己的生命、问自己的灵魂，问它们快乐不快乐、它们要不要，这样你就有答案了。这是我要讲的第一个方面的问题，哲学是从价值观出发来讨论幸福问题的。

二、珍惜平凡的幸福

平凡的幸福其实就是生命的单纯，生命的单纯最重要的就是分清两个东西，一个是生命本身的需要，一个是物质欲望。但是，现在我们把它们混为一谈了，好像物质欲望满足了就是在满足自己的生命，不是的，这是两回事。当然了，生命需要一定的物质来维持它的生存，但这是有限的，超过这个限度的物质欲望不是生命本身包含的，是社会刺激出来的，是人比人比出来的。我们年轻的时候没有这些条件，那时候没有私家车，也没有买房子之说，单位分一个小小的五六平方米的房间，就可以住很多年了，那个时候我觉得也过得挺好。但是现在如果让我还住那五六平方米的房间，可能就无法忍受了，感觉不是人过的生活了，这其实还是社会造成的。从生命本身来说很简单的生活条件就可以过下去。

人为什么会痛苦呢？伊壁鸠鲁就说过，当你的欲望超出了自己所规定的范围，自然规定了你生命的需要是什么样的需要，一旦你的欲望超出了之后那就开始痛苦了，那种欲望是无止境、永远满足不了的，因此，就走上了痛苦的不归路。生命本身到底有什么样的需要呢？这是有大自然规律的,人是自然之子,自然规定了人有哪些基本的需要,无非是那些平凡而又永恒的需要。比如说作为自然之子,自然是母亲的怀抱,是你出生和生活的地方,人必须与自然有一个和谐的关系,要有一个良好的自然环境,实际上这是生命非常根本的需要。人应该经常接地气,和自然有一种交流,但是现在我们这样的情况已经很少了。所以有时候我会想,古人真的幸福,李白写了很多诗,很多都是在游玩时写的,他游遍了天下名山大川,写了成千上万首诗。李白的诗数量最多,六卷本,很厚的,而且很多诗都流传千古。当然现在我们也旅游,坐飞机去、坐火车去,坐缆车上下,到处游玩,最后什么感受也没有。其实我们比他们那个时候差远了,现在技术是发达了,但是我们与自然之间远远不如当初他们那样亲密,当然现在更糟糕的是自然被破坏得差不多了,到处在搞开发。自然的三大要素——空气、水、土地,都被破坏得面目全非,大气污染、雾霾,水资源的枯竭,水的污染,还有大片土地消失。北京人现在是最苦的,整天在雾霾中生活。原来江南是多么漂亮的地方,现在看不到真正的农村了。英国诗人就说过:“上帝创造了农村、人类创造了城市。”现在人类创造的东西将上帝创造的东西都排挤掉了,可悲啊!这是在掘自己的根。这是一点,要和自然有和谐的关系。

另外,人身上的健康、安全、闲暇,这些都是幸福很重要的要素。我非常重视的是人与人之间的自然情感的满足、自然情感的享受。爱情、亲情、家庭在人生幸福中占据了至关重要的地位。我有时候就回忆自己一生幸福感最强烈是什么时候,我觉得主要有两段时光。一段是我刚刚上大学的时候,那就是有一件非常美好、但是你还不太清楚的事情正在等着你,这一等就等了很多年。我们那个时候不准谈恋爱,谈恋爱要处分的,不过即使让谈恐怕也没有人能看上我,因为我上大学时年龄比较小,刚满17岁,进了大学还在长个子,我们班的女生都比我大两岁以上,我在她们的眼中像个小孩。不过没有真正谈恋爱也没有关系,那时候最宝贵的是一种恋爱的心情,你会感觉是在跟这个世界谈恋爱,在跟人生谈恋爱,天天都是美好的,包括读书的时候。我那个时候读书也是陶醉啊,我就说那是青春期的阅读,青春期的阅读有一个特点,那就是像恋爱一样。恋爱的特点是什么?第一是单纯,非常纯粹,没有功利的考虑。如果恋爱有功利的考虑,比如他是富二代,所以我跟他谈恋爱,那不是谈恋爱,那是谈生意。还有就是痴迷、陶醉,青春期的阅读就有这样的特点,拿起一本书什么都忘记了。现在想起来,真的是忘我地在那里读书,大学那段时间非常重要,后来就很难再有这样的感觉,当然后来我也很用功,但是有时候就会有功利的考虑:我要做这个文章所以我要去读这本书。所以感受是不一样的。

虽然大学里我没有谈恋爱,但是后来我谈恋爱了,觉得谈恋爱非常美好,这是永生难忘的。一个男人、一个女人,仅仅因为相爱在一起,不管时间有多长都是非常美好的。当然有时候会因为各种原因最后分手了,但分手了就不要埋怨、不要怨恨,都应该感谢对方给了你一段美好的经历。可是如果他骗了你、利用了你,这就是另外一回事了。如果仅仅是因为爱在一起,后来不爱了,那么就不要埋怨。在一个婚礼上有人请我谈一谈对爱情和婚姻的看法,我就讲了三句话。第一句话:爱都是美好的,只要两个人是因为相爱在一起,不是因为功利,没有利益的考虑,不管时间有多长,这都是美好的,同性恋也是一样的,只要是真爱,而且同性恋往往都是很单纯的。第二句话:两个人相爱了之后,终于决定要结婚了,决定结婚就是我爱到了要跟你一辈子在一起的程度,因为相爱而结婚不但是美好的,而且是幸运的,很多人没有这样的运气,最后不能走到结婚这一步。第三句话:结婚了以后还有很多原因可能造成了分离,现在的离婚率也是越来越高,如果说一个好的婚姻能够经受住漫长岁月的考验,两个人真正因为相爱而白头偕老,那就不但是美好的、幸运的,而且是伟大的,这是人生的伟大之处,能够做出这样伟大成就的人不多的,当然前提是相爱。对爱要有一个正确的理解,有的人就说,我对对方没有激情了,是不是我不爱对方了?或者说,对方好像对我没有激情了、不像恋爱时这么爱我了,那么对方是不是不爱我了？我说你想错了，你对爱情的理解是错的。激情仅仅是爱情的一种方式、一种形式，往往存在在婚前或者是婚姻的初期阶段，或者是在婚外，它是以新鲜感为前提的。如果两个人相处如果不结婚、老在一起的话，五年、六年、七年下来，你还充满激情、充满新鲜感，我觉得这是不可能的，这是违背人性规律的。没有了激情、激情不如婚前了，是不是表示就没有爱情了呢？我认为不是的，爱情在结婚之后，在两个人长期共同生活一段时间之后，一定是会转变形态的。那转变成什么形态呢？我称之为亲情式的爱情，它变成了亲情。有的人说亲情不是爱情，如果这样理解爱情的话，那么你概念中的爱情就不存在了，或者说不可能长期存在。两个人之间有了亲情，真正将对方看作是自己在这个世界上最亲的亲人了，这怎么不是爱呢？你认为对方是最亲的亲人，这就是爱。我最后给爱情下了一个定义：爱情是在茫茫人海中寻找那个最亲的亲人，你找到了，或者你们真的成了最亲的亲人，你的爱情就是成功的。爱情在人生幸福中非常重要。

我另外一段幸福感最强烈的时期是自己当了父亲，亲自迎来了一个小生命，那个时候又一次感觉一件还不太清楚的、非常美好的事情在自己的面前一天一天开始。但是，我第一次当父亲的经历很不幸，我的第一个女儿在刚满月时就被发现患有一种先天性的癌症，她仅仅活了一岁半就离我而去了。我为她写过一本书《妞妞——一个父亲的札记》。不知道在座的朋友们看过没有？其实社会上很多人知道我是因为这本书，而不是因为我研究尼采。经常有人问我：“周老师，您好像有很多身份，哲学家、学者、作家、散文家、诗人，您最看重哪一个？”我说我一个都不看重，这些东西都可有可无，都是非常偶然的，我的人生目标里从来没有说我将来要当作家。这是天上掉的馅饼，不知道怎么就掉到我的头上了。我最看重的是父亲这个身份，那些都可以不要，但是我一定要当父亲。其实我当父亲是当得最投入的，我妻子都说没有见过这样的爸爸，那么陶醉。老天看我喜欢当父亲，也当得不错，所以又给了我一个女儿、一个儿子，现在我女儿读高一。

你看见一个小生命,马上就会想到自己小时候是不是这样,当然后来大了之后就会变得越来越复杂,这是没有办法的,必然会这样。但是我也觉得应该清醒,应该经常给自己机会来反省这一点。很多年前我曾经收到过一个读者的来信,我觉得她写得非常好,应该是一个女孩子。他说,周老师,我看您的书时从来没有将您当作一个散文家、一个学者,我感觉你是一个生命,在那里静静地述说,我也是一个生命,在这里静静地聆听。最后,在落款的地方她没有写自己的名字,就写了一句话:“生命本来没有名字、我是你是。”我特别想找她,给他回信,但是她没有留名字,也没有留地址,看邮戳是河北怀来,一个小地方。我后来就用她在信中的最后那句话——“生命本来没有名字”,作为标题写了一篇文章,这篇文章最后发表了。我是非常希望她能够看到,然后跟我联系,但是她没有跟我联系,只是无所求地给我写了这么一封信。这篇文章现在被上海高中的语文课本收录进去了。这句话给我非常大的启发,生命本来没有名字、没有地位、没有财富、没有名声……所有的这些东西都没有,这些东西都是后来附加到生命上的,我把它们称为附加到生命上的社会堆积物。我们在社会上生活,是不能离开这些堆积物的,我们要这些东西,但是我们一定要保持清醒,不能将自己所有的时间都献给这些堆积物,一定要留出一点时间给自己的生命,来听听自己的生命到底需要什么,来满足生命本身的需要,其实这些东西未必是生命都需要的。一定要给自己的生命留出时间来。

一个人在这个世界上生活,真的不要太复杂,简单一些。应该有两个简单,一个是物质生活的简单,就像孔子所说的,粗茶淡饭就会很快乐。当然你有了条件,赚了很多钱,就可以把自己的物质生活安排得有品位一些,但是不要花很多时间。一个真正有品位的人不会将很多时间放在物质上,差不多就行了。如果你有很大的精神需求,你是没有那个时间花在物质上的,也就不会把它看得很重要,物质生活可以简单一些。另外一点就是人际关系的简单,不要太复杂。为什么会复杂?因为利益。如果说一个人在物质生活上满足于简单的话,那么他对利益也不会很看重。如果都是这样的人,他们之间就会很好打交道,他们之间就会有很好的关系,关系不会那么复杂,没有利益的纠葛,什么都会看淡。人生主要的烦恼就来自于物质生活的复杂和人际关系的复杂,我觉得这样划不来。

我们要珍惜平凡的生活,要珍惜平凡的幸福,我们老觉得幸福在最远处,到远处拼命地找、拼命地争取,但是其实幸福就在你身边,看你珍不珍惜。爱情、亲情,尤其是亲情,和爱人在一起……这些其实都是很平凡的,但是这份平凡的生活是构成人类生活的核心。那些不平凡的东西都会过去,一代一代的,都在不断地变换风景,但是这些平凡的生活是永恒的,而且是最根本的。如果这些平凡的生活遭到了破坏,我觉得人类生活就一定会出现问题。位置应该这么摆,平凡生活是核心、是最根本的,你可以去争取不平凡,去建立你的丰功伟绩,去争取卓越、寻找财富,变成有多少身价的亿万富翁,这些都可以。但是你不要忘记了,所有的不平凡最后都要回归到平凡,这些不平凡的价值都要用它们对平凡生活的作用来衡量。如果你的不平凡破坏了这份平凡生活,我觉得它的价值是很有问题的。你在社会上很风光,但是你的家庭一塌糊涂,家人总是不能相聚,家反而成了最陌生的地方,那么你的生活是有问题的。

法国哲学家蒙田说过,一个人能够和家人和睦相处,这是人生的重大成就。从人类来说也是如此,中国老百姓很懂得,他们将时代分为两种,一个是乱世,一个是治世。治世是一个治理很好的时代,治世的标准是老百姓能够安居乐业、老百姓能够过好平凡生活。这是对的,老百姓能够安居乐业,一个国家能够让老百姓好好地过平凡生活,这是治理国家的最低标准,也是最终目的。从个人来说,一个人在这个世界上一定要有相爱的伴侣、和睦的家庭、知心的朋友,无论你多忙,一定要和家人在一起吃晚饭,晚上不能不回家。餐桌上一定要有欢声笑语,这一切比你有车、有房、有钱重要得多,你钱很多,车、房很豪华,但是没有这些,你也是很可怜的。

有了这些,钱少一些,车、房平凡一些,你是在过正常的生活,最重要的东西你得到了。当然,金钱也很重要,尤其在我们这个时代,这是一个崇尚财富的时代,人穷志短,没有钱其实也是很可怜的。个人如果用全部的时间去赚能够让自己生存的钱,我觉得这基本上不是人的生活,而是动物的生活,这是马克思的观点。马克思认为人的活动和动物是有区别的,动物的活动完全是为了维持自己的生存,而人的活动是自由活动,不再是为了生存,是为了能够运用和发展自己的精神能力,所以他认为共产主义社会应该是这样的,人人可以过上这样的生活,自由王国是在物质生产领域的彼岸,那就是作为目的本身的人的能力的发展。这句话的意思就是说到了共产主义社会,每一个人都不需要用很长时间去维持自己的生存,物质生产的问题就已经解决了,用很少的时间就可以解决物质生产、维持人类的物质生存,大部分的时间就是每一个人都在那里活动,活动的目的就是为了发展你的能力,你喜欢艺术就去搞艺术,你喜欢科学就去搞科学,每一个人都满足自己的兴趣、发展自己最好的能力,过这样的生活才是自由王国,这是马克思的理想。我们以前对马克思其实是有误解的,光讲阶级斗争了,当然这是马克思的观点,他是从生产资料所有制方面来讲的,全民所有的,他认为资本主义社会生产力已经很发达了,但是为什么大多数人不能过理想生活呢?就是因为生产资料私有制,资本家占有生产资料,所以大部分人不得不为资本家打工。因此,要将资本家的生产资料剥夺,归全民所有,大家就可以过这样的生活了。马克思是这样想问题的,当然对不对我们可以讨论,但是他理想的东西是很人性的。

物质生活问题要解决,从这一点来说首先物质很重要,对于一个没有钱的人来说钱是第一重要的,所以要去赚钱。但是一旦你的钱足够让你过一个具有一定水平的生活。衣食无忧了,那个时候钱就不应该是你主要目标了,主要目标就应该是做你真正想做的事。当然这个水平是因人而异的,看你想要什么,我觉得宁可标准低一些。我觉得最好的状态就是钱是副产品,你去做自己喜欢做的事情,同时又能够通过这个来赚到钱养活自己,甚至过上一种比较好的生活。这一点应该从什么时候开始呢?你的钱已经可以让你衣食无忧了,那时候你就不应该再为钱而工作了。一个人肚子没有吃饱,脑子就要为肚子服务、为肚子工作,肚子吃饱了,那么脑子就应该为心灵服务,如果还是为肚子服务那你就是动物。我经常说钱是好东西,但是不是最好的东西呢?它好在什么地方呢?一个没有钱的人是不自由的,不得不为金钱而操劳,去付出自己大部分的精力甚至全部的精力。但是有了钱之后,你在金钱面前就应该自由了,你就可以做自己真正想做的事情。但是如果说一个人只有这样一个目标,人生就是为了赚钱,没有更高的目标,有了钱之后仍然将赚钱作为自己最高的目标,甚至是唯一的目标,那么金钱给他带来的好处他没有得到,他仍然还是不自由的。因为金钱最大的好处就是让你自由,可是你仍然还是不自由的话,仍然是金钱的奴隶,仍然在为金钱打工,这是很可悲的。

金钱还有一个好处,你有了钱之后,钱就可以成为满足你更高需要的手段,满足你的精神需要。无论是做慈善事业也好,去发展文化事业也好,你如果有这方面需要的话,金钱就是你的手段,可以满足你这些方面的需要,但是前提是你有这方面的需要。有的人是没有这种需要的,所以有了钱之后不知道怎么办了。精神上的需要和精神上的能力是一回事,你没有这方面的能力就不会有这方面的需要,所以要提高精神素质。

三、幸福是一种能力

幸福是一种能力,幸福要有精神的丰富、精神的优秀。如果说生命的单纯是一个人真正享受自己的生命,不光是物质的东西。追求精神的优秀、精神的丰富就是一个人在享受自己的精神属性。人不光是一个生命,人有两个身份,一个身份是自然之子,是自然的孩子,是一个生命,人还有一个身份,这就是万物之灵。现在我们所知道的所有存在物里,只有人是有精神属性的,是一种精神性的存在,这是人高于万物的地方。你要去享受老天对人的这种恩宠,享受上天给人的这些品质、这些属性,这是人生幸福的更高层次,享受精神属性是做人的幸福。

在一个人的物质生活有保障之后,还能不能继续提高自己的幸福程度,这取决于一个人的精神素质。那么人有什么样的精神属性呢?按照哲学家的说法,大体上分为三个东西。首先是智,人是有理性的,这是亚里士多德一直强调的,基本上西方哲学家都很强调人是有理性的、人是有头脑的,人要享受自己的理性、享受自己的头脑。其次是情,人不但有理性、有认识能力和思考能力,而且人有感受,人是有情感的,这里说的是大情感,不光是爱情、友情、亲情,而指的是人的一种情感体验能力。人对世界不但是认识它,而且人在生活的过程中、在认识的过程中,他的情感是参与进去的,人是有情感体验的,人要有这种享受情感的能力。最后就是意了,人不光是受本能支配的,人还能支配自己的行为。用康德的话来说,人能够为自己的行为立法,这就是道德了,能够按照道德来做事情,道德并不全部是本能的东西,有时候是跟本能相反,也可以说人是有精神追求的。这三个方面,我重点讲前面两个方面,第三个道德问题可以作为一个专题来讲。我前面讲过人生三大问题,第一是幸福问题,第二是道德问题,第三是生死问题。说起来,道德是人幸福感的一个非常重要的源泉,你可以说做一个有道德的人是做人的最高幸福,但这是一个专门的话题,讲起来就长了。

关于智、关于情,你要享受自己的头脑、自己的理性,还要享受自己的情感,你要有心灵的享受。

从智的方面来说,人应该有一个自由的头脑,要享受自己的智力素质和智力品质。一个人的智力品质最重要的是什么呢?我一直强调两个东西,一个是好奇心,只有人才真正有好奇心,发现未知要去探索它,要找到谜底,只有人才有这样的能力,这是理性被刺激之后的一种状态。另外就是独立思考能力。不光要有好奇心,而且发现未知的东西之后要用自己的头脑去寻找答案。好奇心是对知识的热爱,独立思考能力是对真理的认真态度，这两样东西是很重要的。一个人在这个世界上活着一定要有兴趣，我说的好奇心就是兴趣，对世界、对事物、对人生、对知识要有兴趣，没有兴趣的人是绝不可能幸福的，一个对什么都不感兴趣的人，他自己的生活是非常无趣的，而且你和他相处时也会感到他很无趣、很乏味。好奇心和独立思考能力综合起来，实际上就是智力活动的兴趣和习惯。一个人的智力品质最主要是表现在智力活动的兴趣和习惯上，喜欢智力活动、喜欢学习、喜欢动脑筋，养成习惯是最重要的。具体到教育，一个人在大学里。现在大家都在上大学、上研究生，要学到什么东西呢？最重要的不是学到那些具体的专业知识，而是要具备两种能力。一个是快乐学习的能力，要喜欢学习、喜欢智力活动，另外就是自主学习的能力，不但喜欢学习，而且能够做自己学习的主人，自己来安排自己的学习，这是最重要的东西，那些知识性的东西倒是次要的。英国哲学家怀特海说过，教育就是当你把在课堂上学的东西都忘记了，把为考试而背诵的东西都忘记了，那剩下的东西就是教育。如果你将上课学的、考试背的东西全部忘记了，什么都没有剩下，你就是没有受过教育、就是白受了教育，你就还是蒙昧人。那么剩下的东西是什么呢？怀特海说，那是融入你血肉的智力活动习惯。智力活动成为你的本能了，你不学习、不思考就难受，就过不了日子，这样的人就叫知识分子，并不是说你拿了文凭、有了学历、学了一些专业知识就是知识分子。知识分子是尝到了智力活动的快乐，从此养成了智力活动的习惯，一辈子也改不了，这样的人才是知识分子。学习是一辈子的事情，如果说一个人从大学出来，研究生毕业了以后，他再也不学习了，或者仅仅是因为职业的需要上培训班，我觉得这样的人不能称为知识分子。一定是出于自己内心的需要，自己安排自己的学习，这样的人才能称为知识分子。一切学习在本质上都是自学，教育都是自我教育。学校里最重要的事情就是为一生的自觉打下一个基础，让我们的自我教育能够有一个好的开头，这是学校的作用。

老实说我上北大的时候不是一个好学生，那个时候的那些课程确实让我觉得知识的含金量太低,很多教条的东西,政治的因素太多,真的引不起我的兴趣来。基本上大课,像是中共党史、政治经济学、科学社会主义等,都是不同系同年级的学生一起上的,阶梯教室里有两三个班学生,基本上我都逃课了,因为上大课的老师看不出来。小课逃不了,我们一个班 25 个人,一逃课老师就知道了,而且旷课的话学校有规定,旷课 20 节就要开除,好不容易进入北大,我可不愿意被开除。所以在小课上,老师在上面讲课,我在下面看自己的书。有时候老师喊“周国平”,我站起来就问:“干什么啊?”我不知道老师在提问,就陶醉在书里了,老师一看就特别生气,让我坐下,喊另外一个同学回答,我这时才知道原来是提问。我不是鼓励你们逃课,鼓励你们不听课,但是我想告诉大家,在学校里不要盲目跟着老师跑,盲目跟着老师跑没有出息,要做自己学习的主人,自己来安排自己的学习。我有两门主课,都不是那些老师上的课。一个是自己的课外阅读,我看书看了很多,宿舍熄灯之后我就会拿书到走廊里看。另外就是写日记,天天写日记,一天都要写好几篇。其实我写日记并不是想当作家,我从来都没有做过作家梦,我只是珍惜自己的生活,一天一天过去了,如果什么都没有留下。那多可惜啊!时间我留不住,但是我可以通过写日记,将我的经历以及经历中的思考、感受留下,我将这个看作我最宝贵的财富。一开始我写日记很可笑、很幼稚,我从 5 岁开始写日记。5 岁时我上小学一年级,会写字了,那时候我父亲就带我去同事、朋友家做客,主人就会拿出一盘糕点给我吃。那时候吃糕点很不容易,我吃了之后就想:今天吃了过几天忘记了,那真的是白吃了,不行,我要把它留下来。于是,我弄了一个小本子,在上面写上几月几号吃了什么、在谁家里。过几天翻出来看一看,满足得很,都留下来了。那时候就有一种意识,生活一天一天过去留不住,但是我一定要用某种方式将人生中那些好的东西留下来。我通过写日记留住了人生中很多好的滋味,那些好的滋味就不只是那几块糕点了,而是我的经历,我经历中的思考和感受。一个人的学生时代非常重要,但是一定不要盲目,一定要给自己一生的智力生活、精神生活奠定一个好的基础，包括养成阅读的习惯、养成读好书的习惯，知道哪些是好书，要有这样的一种品位。这些都是在学生时代要养成的。

享受自己的智力素质，这是非常重要的。一个人在年轻的时候要有一个好的智力品质，要养成智力活动的习惯。在你走上社会之后，对于你的人生来说，人生幸福不幸福的一个很重要的因素就是你有没有自己的事业，能不能有自己的事业在很大程度上我认为是取决于你的智力品质好不好。一个智力品质差的人，一个不爱学习、不爱思考的人，我是不太相信他会真正找到自己事业的。人们常常为自己的职业不是自己的事业、不是自己的爱好而感到痛苦，我认为这没有关系，前提是你要有自己真正的爱好、自己真正的兴趣。有的人痛苦，说这不是我喜欢的、不是我的事业，但是你让他找一个自己喜欢的，他又找不到。有过这样的调查，找一些年轻人，看他们的就业取向，根据一些指标最后就发现，赚钱最多的那些职业是人们最愿意去的，这就很可怜了。在我看来，什么是事业呢？事业就是你找到了一个领域，在那个领域里你最好的能力得到了最好的运用和发展，那个领域就是你的事业，你做这些事情心里充满了喜悦和喜欢。你为什么会喜欢？一个人真正喜欢一件事情，一定是他有能力去做那件事情，这是他的天赋所在，所以他才会喜欢。违背你天赋的事情做起来才不喜欢、才别扭呢。杜威就说过，兴趣是能力的可靠征兆。

一个人怎么才能找到自己的事业呢？一个人的能力是有两个层次的。一个层次是你的一般智力素质，也就是我刚才说到的自由活动的兴趣和习惯，这种学习的能力、思考的能力。另外一个层次是你特殊的禀赋。人和人的能力禀赋不一样，我相信老天将一个人带到这个世界上来，每一个人都有自己特别的地方，但是在很长的时间里你不知道自己的特别地方在哪里。我也很长时间不知道什么事情最适合我做，到了中年以后我才慢慢觉得自己找到了。关于这两个层次的能力，我觉得第一个层次是前提，一般智力品质一定要发育得好。如果发育得不好，那你就是不爱学习、不爱思考的人,是一个没有思考能力的人,那你的第二个层次能力,也就是你的特殊禀赋可能永远找不到、永远被埋没了。但是只要第一个层次发育得好,我相信,即使你暂时没有找到自己特殊禀赋的领域而在别的领域折腾,在那里做事,仍然能够做好,能够成为那个领域比较优秀的人。我相信哪怕是一件并不是最符合你的事情,你去做,仅仅把它当做职业。任何职业也都有对智力的挑战,一个智力品质发育好的人,智力挑战对他来说是快乐的,他喜欢迎战的,他一定会比较优秀,同时他也比较容易找到真正属于自己的领域、自己的事业。因此,你首先可以做到一点,让自己的智力品质发育得好。所以我总是强调优秀是第一位的,你要让自己优秀,成功是第二位的,真正的成功就是找到自己的事业,仅仅是职业上的成功、钱赚得多、地位高,但是对你来说不一定是事业。在我看来这种外来的成功价值不大,真正的成功是找到自己事业之所在,但前提是你要优秀。将优秀作为人生的第一目标,将成功作为第二目标,作为优秀的副产品,这样多好啊!你让自己优秀,在过程中快乐,你并不只是以追求的那个东西已经到手了,就好像是白捡来的一样。

我现在就有这样的感觉,所谓成功是成为一个知名作家,写了书,有很多人喜欢,这绝对在我的人生蓝图外面的,我的人生蓝图里从来没有这样的东西。很长时间里其实我是非常不成功的,大学毕业之后分到了广西一个山沟里,在一个小县城里生活了十年左右,后来改革开放,招研究生,我考研究生回了北京。这十年中,(实际上是八年半,还有一年半时间是在湖南劳动)在那个小县城里生活了八年半。那八年半里我一点也看不到能够走出那个小县城的希望。如果我将成功看得很重,其实我是可以做到的,因为那一年分到那个县里的大学生有60多个,只有我一个是留在县政府里,在县委宣传部。那个时候要走成功的道路只有一条,那是就是仕途,当官,往上爬。那时候学术都停止了,大学也不招生了,也没有什么可研究了,什么都没有了,要往上爬只有当官。其实我的条件比较好,但是我后来发现这一条路走不通,这条路不是为我准备的,因为我是真的喜欢看书、喜欢写作。尽管在县机关里工作,但是一下班我就将自己关在屋子里读书、写作,写的东西完全没有发表的可能,就是自娱自乐。写了很多东西,包括论文、研究韩非子、研究列宁,看了书之后就写了很多东西,也写了很多诗歌。我觉得只有这样做,我的生活才有一点意义。因为我这样做,领导对我就有一个评价:这个人没有改造好,知识分子没有改造好,脱离群众、骄傲自满。但是要改变这些东西,我就不是我了,我做不到,我就下定决心这么过下去,你们不提拔我就不提拔我,我就坚持读书、坚持写作,这些东西才让我的生活有意义。最后我不但没有被提拔,而且还被下放了,放到一个乡里,那时所谓的县委党校。那是一个偏僻的乡里,不在县城,就只几间茅草房,然后就是一望无际的田野,晚上可以看到"鬼火"。我们党校就那么几间孤零零的房子,全校就一个校长、两个教员,还有一个炊事员,就我们四个人在那里生活,我在那里生活了四年半。前四年我在县城里的县委宣传部,后四年在县委党校。当时我就以为这样一辈子了,一辈子就一辈子吧,而且我有一点高兴的是在县委党校我不用上班。四个人上什么班嘛。所以我拼命找书看,让家里人给我寄书,那里也买不到,而我家在上海。我后来的生活其实是那几年延续下来的,我没有争取那个所谓的成功,那个所谓的成功实际上就是我不知道怎么得到的。当然,意外的收获我也挺喜欢,总比还在那个山沟里当那个"倒霉蛋"好得多。一个人应该将自己真正能够支配的、让自己优秀的放在第一位,不要太在乎那些外在的遭遇。

精神的丰富分为两个方面:自由的头脑、丰富的心灵。我们不光是在做事情、在认识世界,情感也参与进去了。一个人的心灵是丰富还是贫乏,决定了他眼中的世界是丰富还是贫乏。德国哲学家叔本华就说过这样的话:一个人按照内心所拥有的来看世界,内心没有的东西世界再丰富也看不到。如果一个人内心仅仅只有功利、利益的东西,那么他看到的全部是功利、利益,世界丰富的美他是看不到的。一个人有丰富的心灵,他在自己身上就有了幸福的源泉,这是任何人都夺不走的。应该让自己的内心丰富起来,那怎么样让自己的内心丰富呢?我强调两点:养成阅读的习惯,另外建议大家都养成写日记的习惯。写日记仅仅是一个方式,一个人不能老是做事情、老是跟人打交道,应该有独处的时候,自己静下来,想想自己的人生。养成这样的习惯,一个人就有了分身术。我是经常有这样的感觉的:一个身体的我在这个社会上、在这个世界上生活、做事情、和人打交道、受苦或者是快乐,但是还有一个灵魂的我,一个更高的自我,这个自我在身体的自我上面看它,帮助它分析。每天当我写日记的时候,实际上就是一个更高的自我在场,将那个身体的自我接回家来,和它谈心,帮它分析,应该是这么一个过程,是一个让更高的自我觉醒的过程。一个人在世界上需要很多朋友,各种各样的朋友,但是有两个最重要的朋友不能缺。一个朋友就是你自己,就是你身上的那个更高的自我,是你的理性、你的灵魂。很多时候我们往往是盲目的,我们没有注意到这个更高的自我、这个理性的自我、灵魂的自我,没有花力气去面对它们,没有让它们醒过来,而它们经常是沉睡着的。应该有一个方式让它们醒来、经常让它们在场,写日记就是一个好方法。这个更高的自我,就是你的好朋友、重要的朋友。为了让这个更高的自我更丰富、更强大,你还需要另外一个朋友,这个朋友就是那些好书,活在那些好书里的那些伟大灵魂,你经常去见他们,跟他们谈心,这特别重要。我强调的是要养成阅读的习惯,而且一定要去读那些好书,不要读那些平庸的书,要去读经典著作,要去读原著。当然原著不一定是外国的,如果是外国作家的可以找好的译本。比如说尼采,我建议大家可以读我的译本,我觉得我的译本还不错,我也真的花了很大的工夫。一定要读大师的作品,有的人把我称为大师,我是非常惭愧的,大家真的要去读含金量高的书、大师的书。

(讲座时间:2014.4.10)

文化与创新

文明累了

王五一

王五一，1953年生，山东青岛人，经济学博士，澳门理工学院中西文化研究所教授。曾在山东大学、中国社会科学院工作，曾先后于美国加州伯克利大学、内华达大学做访问学者。主要研究方向为中西文化比较、制度经济学、博彩经济学等，致力于跨学科研究。著述颇丰。近年来在全国各地讲授多场以弘扬中华传统文化为宗旨的学术讲座，受到广泛好评。

王五一：大家晚上好，很高兴有这个机会与大家讨论这个话题。我相信这是一个大家感兴趣，也与大家切实相关的话题。现在有互联网，它有什么好处呢？大家看到图书馆的广告之后，会打听王五一是什么人，上网一查就大致有一个了解。我是澳门的，而且在澳门主要是玩博彩的，而且号称是中国博彩方面的权威，他为什么今天晚上到这里来讲这个话题呢？如果大家有这样的疑问，我用一句话来回答，这是因为我认为对于一个民族的命运来讲，文化比经济重要。这是我要说的第一句话。

大家可能听过这句话："往古者，所以知今也。"《老子》说"反者道之动"，今天晚上我是来唱反调的，而且我是来教大家如何唱反调，唱反调可能不太好听，但是它也有一个好听的说法，叫逆向思维。"反者道之动"一句中所说的道，就是现代语言中所说的真理。真理的形成、真理发生作用,真理在现实生活当中起作用,真理的运用,是在事物的相反相成当中形成的,世间任何事物有正就有反、有阳就有阴,所以《易经》里才有“刚柔相摩,八卦相荡,鼓之以雷霆,润之以风雨”这样的词句。乾坤者阴阳也,当我们面对一个事物、面对一个结论时,如果你能学会从反面来看它,将它的反面拿出来,你的认识一定会深入一步,所以从客观逻辑来说“反者道之动”说的就是客观事物的存在总是有阳有阴、有正有反。从主观逻辑说,从我们的思维习惯上来说,如果你学会了逆向思维,那么你对真理的认识能力会有大幅度提高。我今天想在方法论上,在大家求学的过程中,就智慧的提高,带大家做这样一个训练。

大学是玩什么的?很多同学说我到大学是学技能的,将来毕业之后好找工作,这是一些同学的想法。还有一些同学会深入一步说大学是学习知识的。我个人觉得,大学(university)从西方产生,包括中国书院,从它产生那天起,它的宗旨就是一个东西:大学是玩思想的。刚才卢部长让我题词,我写了“南粤有材,于斯为盛”,这句话不是我发明的,这句话的原型是在岳麓书院,“惟楚有材,于斯为盛”。中国古代的那些书院是玩思想的,中国最早的书院是在山东——稷下学宫。

这是我二十多年前写的一篇寓言,自己写自己看,放在我的电脑里,也没有发表,只是朋友间交换着看。这个寓言是《智叟卧床》:“智叟染疾,卧床将息。始右侧而卧。久之,无意间翻身乃改以左侧卧。一翻之下,顿觉清爽。于是,根据‘实践是检验真理的唯一标准’之哲学原理,智叟得出科学结论:刚才的姿势是错误的,现在的姿势才是正确的。”智叟在逻辑上犯了什么错误?这个寓言谁都能够看出来智叟在逻辑上犯错了,但是他错在哪里?我这个寓言是在说人类犯了多少错误。我们回想一下,这个错误是怎么犯的呢?简单来说,就是智叟将“累了”和“错了”这两个概念混淆了。累了和错了,一样吗?二者确有相同之外,那就是无论是累了还是错了,都到了改变现状的关头了。但这是两种性质完全不同的“改变现状”,因错而改,改了就再不回头了;因累而改,有一天还要回来的。

在中国思想史上有一本重要的典籍，这就是《反经》，是唐代一个叫赵蕤的人写的。在座有读过《反经》的同学吗？我相信没有。有知道《反经》的吗？好，有两个同学知道。《反经》在中国思想史上地位挺高，只是因为它属于杂家，不入流，各个流派不会将它奉为经典，但是真正的学者会非常重视这部经典，它还有一个名字叫《长短经》，但是和今天主题有关系，我还是喜欢它的名字《反经》，今天晚上我们就是学习如何唱反调，而《反经》确实在这方面给我们提供了如何逆向思维的方法，这是非常精彩的一部典籍。

引用《反经》里这样两段话，实际上就是要回答刚才所说到的智叟为什么会犯这样的错误。唐代赵蕤的《反经》卷三・正论十六中："数子之言当世失得，皆悉究矣，然多谬通方之训好申一隅之说……或推前王之风可行于当年，有引救弊之规宜流于长世。稽之笃论，将为弊矣。由此言之，故知有法无法，因时为业，时止则止，时行则行，动不失其时，其道光明。非至精者，孰能通于变哉？"如果老是将局部的问题当作整体的问题，用大道理来讲小事那就不对了。这就是说智叟明明是累了，却说自己错了。这样一来，你之所以觉得右侧卧不舒服，是因为久了你累了，仅此而已，没有什么永恒的大道理。

《反经》序中有下面这段话："作法于理，其弊必乱。若至于乱，将焉救之？是以御世理人，罕闻沿袭。三代不同礼，五霸不同法。非其相反，盖以救弊也。"没有永恒的大道理，没有哪个放之四海而皆准、言之万事而皆灵的大道理。智叟要翻身，你翻了就是，但是如果讲出大道理的话，到时候你再往回翻，这个大道理就会成为你的障碍了。今天我们的学术界有没有将《反经》的道理吃透了？今天中国的学术界有没有完全避免再犯这种逻辑错误了？我觉得很多中国思想家，从决策者到学者，很多人都摆脱不了智叟的逻辑，很多人仍然在犯这种逻辑错误。

如果以陈独秀主编的《新青年》发行出版为标志的话，2015 年是中国新文化运动一百周年,我相信学术界会有纪念活动。今天我们就来看一看,这一百年来,中国学术界、中国思想界的“作法于理”和“通方之训”。我这里列出的单子,科学神圣、民主万能、理性启蒙、个性解放、唯物主义、历史进步主义、市场经济、生产致富、工业化、城市化,今天还要加上全球化,这是新的,除了全球化之外,这些东西是一百年前中国新文化运动开出的药方,到今天在中国学术界仍然是主流。这就是一百年前中国思想界做出的“通方之训”,也就是说,对于中国三千年的文化到底是累了还是错了,我们并没有清醒的认识。

有趣的是,20 世纪初中国思想界开出这个单子的时候,是打着睁眼看世界的旗号来做这件事情的,也就是说这个单子不是当时中国知识分子的脑袋里凭空想出来的,而是睁眼看世界,从世界上看来的:中国为什么衰败、中国为什么失败、为什么打不过人家?中国为什么落后、中国为什么野蛮?是因为我们没有向西方国家按照这个单子上的这些路子走,20 世纪初中国思想界给我们开出了这个通方之训、这个作法于理。20 世纪中间有一个间断,有趣的是到 20 世纪末,中国思想界又恢复了发言权之后,开出的单子还是这些。可是我们要知道,20 世纪是人类历史发生巨大转折的一个时代,20 世纪初的世界和 20 世纪末的世界大不一样,20 世纪初天的颜色和 20 世纪末天的颜色都是不一样的。20 世纪初人类没有原子弹,20 世纪末人类已经积累了足以毁灭人类几遍的原子武器了。20 世纪初世界上没有塑料,这个地球上基本没有垃圾,而 20 世纪末有了塑料,垃圾已经成灾了。20 世纪初的世界和 20 世纪末的世界大不一样,我们对于文明的认识和理解也是大不一样的,可是中国思想界在恢复了发言权之后,和我们重提旧话,将这个单子重新开出来。那好,大家是不是在犯智叟的错误?新文化运动时期,中国思想界在搞出这个通方之训的时候,是不是使中国历史已经丧失了再往回转的能力了,因为你道理讲得太大了。我们看看当初大家是怎么样讲道理的,怎么样做这个通方之训的。

新文化运动的主流思想是全盘西化，1933年陈序经在《中国文化的出路》中关于全盘西化所说的："西洋文化无论在思想上、艺术上、科学上、政治上、教育上、宗教上、哲学上、文学上，都比中国的好。"胡适在《介绍我的思想》中关于充分西化的观点，"我们自己百事不如人，不但物质机械上不如人，不但政治制度不如人，并且道德不如人，知识不如人，文学不如人，音乐不如人，艺术不如人，身体不如人"。"又愚又懒……一分像人九分像鬼的不长进民族""月亮都是美国的圆"。

我们暂且不论一百年前中国该不该翻身，我们只讲当年中国翻身时所做的通方之训，这些作法于理，百年来这些通方之训已经牢牢占据中国主流思想、主流意识形态阵地，使这个国家很难再翻身。我刚才所讲的是右派，现在再讲左派，也就是说新文化运动时期的左派、右派，大家在这个问题上是高度一致的。陈独秀是主张一切西化的，他在1918年9月的《新青年》第5卷第3号《今日中国之政治问题》中这样说道："无论政治、学术、道德、文章，西洋的法子和中国的法子绝对是两样，断断不可调和……若是决计革新，一切都应该采用西洋的新法子，不必拿什么国粹什么的话来捣乱。"鲁迅在《青年必读书——应〈京报副刊〉的征求》（收《华盖集》）中说："我以为要少或者竟不看中国书，多看外国书。"鲁迅还说："我倒干脆希望，在中国，中文被取消，不管它是英文还是法文，比中文更好的文字得到普及。"鲁迅明确主张取消中文，新文化运动时期几乎所有有名气的学者都是这样的态度。

李石曾说："弃中国之野蛮文字，改习万国新语（即世界语）之尤较良文字。"吴稚晖说："汉字之奇状诡态，千变万殊，辨认之困难，无论改易何状，总不能免。此乃关于根本上之拙劣。所以我辈亦认为迟早必废也。"傅斯年认为，"中国文字的起源是极野蛮，形状是极奇异，认识是极不便，应用是极不经济，真是又笨又粗、牛鬼蛇神的文字，真是天下第一不方便的器具"。大家都主张取消汉语。

钱玄同说："欲废孔学，不得不先废汉文；欲驱除一般人之幼稚的、野蛮的、顽固的思想，尤不可不先废汉文。”“欲使中国不亡，欲使中国民族为二十世纪文明之民族，必须废孔学，灭道教为根本之解决，而废记载孔门学说及道教妖言之汉文，尤为根本解决之根本解决。”瞿秋白是中国共产党最早期的领导人之一，他说：“这种汉字真正是世界上最龌龊最恶劣最混蛋的中世纪的毛坑！”

鲁迅说得更明确，“汉字也是中国劳苦大众身上的一个结核，病菌都潜伏在里面”，“汉字不灭，中国必亡。”

我们到今天不是来非难他们，他们在中国思想史上永远是我们的导师，是永远值得我们学习的人。但是我们要通过这些人的思想轨迹，来理解我们中华民族的思想轨迹，当一个民族回过头看自己走过的思想轨迹时，可以看到，甭管是什么人，他都可能是犯错误的。今天晚上我们主要讨论一种错误，这就是通方之训和作法于理，也就是用大道理说小事的错误，就是将错了和累了混为一谈的错误。我们不能说新文化运动时期，中华民族在文化上、经济上、政治上的翻身是错的，但是那个总结方法、那种逻辑可能有问题，因为它成为我们今天再往回翻的障碍。大家都知道，很简单，卧床的真理就是左右轮回，你不能说左侧卧是对的，也不能说右侧卧是对的，它的真理就是左右轮回。

一百年前中国知识界之所以有这样的一场文化巨变，就是因为没有分清中国文化在当时是错了还是累了。注意，累了这个问题是我作为一个社会科学提出来的，也是今天我和大家一起讨论我们能不能将累了这个概念拿到社会科学里面来。当然了，要使“累了”“疲劳”成为一个社会科学的概念，需要科学和自然科学的参与。我从自然科学当中有一个很重要的例证，我们知道累了是人的一种感觉，是人的一种生命现象。

一百年前中国思想界把西方文明搬到中国来，中华民族跟着中国思想界的主流意识走到今天，我们看到了许多让我们不能不思考的问题。我们从这个世界说起，因为中国新文化运动、西化运动，它的模板、它的榜样就是西方。让我们回到西方，或者将视野放到整个世界，来看一下这个世界正在发生什么变化,或者就是刚才所说的,20世纪初给我们开出那样"通方之训、作法于理",开出自由市场、民主万能、科学神圣这样一套单子,我们现在已经走出了一百年的历程,回过头来看看我们今天世界面对着的仍然是什么样的状态。

1997年,联合国世界环境与发展委员会发了《我们共同的未来》这样一个报告,报告指出环境恶化以及现代文明在自己的路程当中面对着的一个巨大障碍。这个报告这么说:"当本世纪开始时,无论人类数量还是技术都没有力量急剧地改变地球上的各个系统。但在本世纪结束时,不仅大量增加的人口及其活动已具有了这种力量,而且许多无意间的但是重要的变化正发生在大气、土壤、水体和动植物以及它们之间的相互关系中。变化的速度正在超越各个科学学科的能力和我们当前进行评价和建议的能力……"什么叫超越能力?超越能力就是没有办法,我们没有办法。

美国前副总统阿尔·戈尔在《濒临失衡的地球:生态与人类精神》中这样说:"我们和地球的关系从根本上改变了。"讲现代伦理、讲发展经济、讲改善生活、讲历史进步的时候,千万不要忘了,所有这一切都是在这个地球上发生的。如果我们与这个地球的关系恶化了,那么整个文明的基础就没有了。

另外还有精神污染,人活得越来越累、越来越苦,人的精神状态越来越坏。比利时生态学教授P.迪维诺(Paul Duvigneaud)在《生态学概论》中说:"在现代社会中,精神污染成了越来越严重的问题……人们的生活越来越活跃,运输工具越来越迅速,交通越来越频繁;人们生活在越来越容易气愤和污染越来越严重的环境之内。这些情况使人们好像成了被追捕的野兽;人们成了文明病的受害者。于是高血压患者出现了;而社会心理的紧张则导致人们的不 满,并引起了强盗行为、自杀和吸毒。"想想我们现在的每一个人,当然大家都是年轻人,你们不知道我们那一代,或者我们上一代人是怎么活的。我活了六十多岁,对这句话非常有同感,人活得越来越紧张、越来越累、越来越苦。这和我们每天晚上饭桌上吃什么东西关系很小,人和人之间的关系,如果就是人与人之间关系,大家至少可以聚在一起取暖,当人和人之间的关系变成车和车之间的关系的时候,刮一点、碰一点麻烦就出来了。

索罗金任哈佛大学社会学系主任二十多年,他认为:“现在的危机不是正常的而是超常的。它不纯粹是一种经济的或政治的失调,而是主导了过去四个世纪的西方文化和社会的基本形式的崩溃。”

英国历史学家汤因比在20世纪70年代就已经看到:“人的贪婪将会把珍贵的资源消耗殆尽,从而剥夺了后代的生存权。而且,贪欲本身就是一个罪恶。”当今世界的科学界、哲学界、思想界,从不同的角度发生了批判。我们现在还敢说我们是在做前人栽树后人乘凉的事吗?今天人类的生活逻辑,还是前人栽树后人乘凉吗?

我们总结一下,人类整个工业文明,是靠地面上和地底下的不可再生资源托起来的;对这些地球资源的使用所产生的垃圾,只能堆在地球上或喷在大气中。人为什么活?有两个基本条件,一个是生命系统中子系统之间的共谋耦合,我们人有八大系统,再加上中医的经络系统,有九大系统,各个子系统之间有功能耦合。我今天之所以能够站在这里讲话,我所有的子系统都在工作,有一个子系统不工作,我就完蛋了。再就是这个系统跟外界有能量交换,比如说人活着就可以站在这里,我吃、我喝,我身体上有很多眼儿,跟外界进行能量变化。我喘气、我排气,把我哪一个眼堵死,我就完蛋了。

工业革命对人类的生活方式带来了哪些变化呢?工业革命之前,人类的生存系统的各个子系统的功能耦合是很和谐的,与外界的能量变换是很顺畅的,在农业社会,我们的生态系统跟外界的能量变换主要是两个渠道,一个是太阳光的光合作用,一个是自然界水的循环。农业社会没有垃圾,中国的垃圾问题产生顶多四十年的时间。农业社会中,人畜的粪便是肥料,土炕起出来是肥料,土坯房拆掉都是肥料。所有的生活垃圾都是可以再生的，都是可以消化掉的。以至于今天，四十年以后，我们的中央政府居然没有制定关于农村垃圾问题的制度和政策，就是说这个问题对中国来说是一个很新的问题。工业革命改变了地球的能量变换逻辑，把地球由一个开放系统，变成了封闭系统。工业革命把地球的“眼儿”给堵死了。

反观中国思想史，三千年以来，一直到新文化运动，都是讲如何做人、如何管理人、如何治理国家，很少有对自然界的认识和理解，以及试图插手自然界的运作。西方从启蒙运动时期开始，甚至从古希腊时期，有一些哲学家开始歌颂科学技术。但是在中国思想史上，从一开始孔子讲“君子不器”的时候，似乎就已经给中国思想界定了调，君子不指望这些奇技淫巧的事，为什么呢？是因为尊重自然。

到了新文化运动时期，我们走到这一步，在对科学技术的崇拜上、在对经济发展的热情上，比西方还西方，走了另一个极端。当然，这也许是历史的必然，我不能说它错了，面对当时中国被人欺负、被人打、被人抢的局面，翻身也许是不可避免的，必然的。我最近正在做一个明清货币史的研究，从中可以切肤地感觉到中华民族的多灾多难。中国不是产银的国家，为什么到明代末期突然成为白银大国呢？原因是进口。中国靠着自己生产的所谓三大件：丝绸、瓷器、茶叶，出口到世界换来大量的白银，刚好那个时候美洲发现白银。中国有了白银之后，货币就周转开了，当时大家很高兴，而且也由此生出著名的改革家，比如说张居正。张居正所谓的“一条鞭法”的改革，就是因为白银进来了，他有办法可以玩出花样来了。从明末开始，中国大量进口白银，一直到 1820 年时，也就是鸦片战争开始之前的二十年，那时中国白银的累积差不多有 11 亿两，全是靠中国劳动人民生产的三大件换来的。到了清代，鸦片战争之后，一次次的战败、一次次的鸦片贸易，将中国的 11 亿两白银基本搜刮干净。在这样的情况下，有识之士们琢磨，中国不能这样让人欺负了，得想办法图强。一开始大家认为是因为我们船不尖、炮不利，我们要花钱，用所剩不多的白银到世界上买坚船利炮,后来发现也不是因为这个,甲午战争之后大家觉得不是因为这个原因,所以需要变法、变制度。变法、变制度不成功之后,进一步总结认为不是制度问题,而是文化问题。

不管怎么说,所以才有了我们一开始介绍的什么东西都是西洋的好,船也比我们尖、炮也比我们利,制度也比我们民主、文化也比我们先进,什么都好,全盘西化。这是历史使然,我们不能说它错了,应当说当时中国传统文化累了,要进行历史翻身了。现在我们已经走到今天了,是不是应该琢磨一下智叟翻身之后必然再翻回去的问题。

当全世界开始琢磨翻身的时候,大家想到了中国,世界想到了中华文明。汤因比在20世纪70年代就说过这样的话:“今天高度评价中国的重要性,与其说是由于中国在现代史上比较短时期中所取得的成就,毋宁说是由于认识到在这以前两千年期间所建立的功绩和中华民族一直保持下来的美德的缘故。……世界统一是避免人类集体自杀之路。在这点上,现在各民族中具有最充分准备的,是两千年来培育了独特思维方式的中华民族。”

我想再介绍一下这个公式,“幸福=效用/欲望”,这个公式是美国经济学家萨缪尔森发明的。这个公式很深刻,虽然公式是他发明的,可是思想不是他发明的,这个思想是中国人发明的。中国人讲“知足常乐”,按这个公式来分析,如果我们可以通过修行使分母趋于零的话,那么只要分子是一个实数,函数值就趋于无穷大,这就是中国人所讲的知足常乐的道理。中国人还有一句话,“欲壑难填”,用这个公式的语言来说就是当你通过追求扩大分子来提高函数值的时候,一定是一场空,因为分子提高的时候,分母一定跟着提高,最后这个函数值基本上是不变的,这就是欲壑难填的道理。当然萨缪尔森列出了这样的公式,但是却没有往前走,他也不敢往前走,他也不会往前走,他的思想没有中国人这么深刻,即便他拿了诺贝尔经济学奖。

再介绍一段《庄子》的寓言。庄子老喜欢拿孔子和他的学生来说事。

“子贡南游于楚,反于晋,过汉阴,见一丈人方将为圃畦,凿隧而入井,抱瓮而出灌,搰搰然用力甚多而见功寡。子贡曰:‘有械于此,一日浸百畦,用力甚寡而见功多,夫子不欲乎?’为圃者仰而视之曰:‘奈何?’曰:‘凿木为机,后重前轻,挈水若抽,数如泆汤,其名为槔。’为圃者忿然作色而笑曰:‘吾闻之吾师,有机械者必有机事,有机事者必有机心。机心存于胸中则纯白不备。纯白不备则神生不定,神生不定者,道之所不载也。吾非不知,羞而不为也。’子贡瞒然惭,俯而不对。”

我解释一下寓言里的老头所说的话。他说,这个世间只要有了这些花花东西,就开始有花花事了;只要有了这些花花事,人就开始有了花花肠子了;而人有了花花肠子,你的心就不干净了;你的心不干净,你的神就不定;你神不定,就无法修道,就无法追求快乐,就无法实现人生真正的价值。你所说的机械,我不是不知道,但是我不干。这是一种什么精神呢?这是一种人类的担当精神。这个话不是我说的,而是庄子在2500年前所说的。可是在今天,在中国近代史上有一位洋人,洋科学史家李约瑟,他曾经有一个疑问,他说中国文化这么辉煌、中国在历史上科学曾经很发达、中国人的智慧也是无与伦比的,为什么到了近现代中国的科学技术让西方赶上去了呢?这就是著名的“李约瑟难题”。我觉得《庄子》写的老头的这段话,就能够回答李约瑟难题,“吾非不知,羞而不为也”。我知道这些奇技淫巧不是好东西,如果这个老头当时扔掉大罐子,开始玩机械的话,2500年前就会有雾霾。

有人说,21世纪是中国世纪,那也不应当是指所谓的GDP成就,而是因为两千年来我们积累的宝贵意识。纵观整个中国古代的哲学思想,可以将它大致归纳为几点,最大的思想优势或者学术价值,是儒释道的统一,就是这些信条,中国的诸子百家、古圣先贤全都奉行。真正专业的国学家可能很难做出这样的归纳,所幸的是在下是读经济学的,能够从经济学的角度将中国古圣先贤的教诲做出归纳:天人合一、敬天顺天、崇尚自然、保护生态、众生平等、天下为公、重义轻利、节欲尚俭、无为无争、自足自乐、自我修行。然后我再用董仲舒的话，将这些都串起来，“天道施，地道化，人道义”。人活在这个世上应该干什么事呢？受天施、承地化、行人义，仅此而已。

当我们钻到中国思想史的故纸堆中，发现根治今天文明病的钥匙早就埋在这个故纸堆里了，闪闪发光、光芒万丈。说到这里，即使一百年前，中国那次翻身的时候，那一次通方之训时，那一次作法于理时，那一次用大道理来说小事的时候，中国思想界的主流主张取消汉语、主张砸烂孔家店，主张将中国传统文化一笔勾销，绝对是想从根上将中国传统文化彻底拔掉，否则不会这么狠。当时也有明白人，谁明白呢？严复。严复何许人也？西学东渐第一人。严复应当是中国西学的老祖宗吧，我们看严复是怎么说的。他说：“（西方）三百年来之进化，只做到‘利己杀人寡廉鲜耻’八个字，回观孔孟之道，真量同天地，泽被寰区。”后来牟宗三对这些事也有评价，他说：“（新知识分子的文化反省）是非常之外在而直接，是以浅薄而轻浮。他们对于西方文化尚没有达到严复的那个程度，而只是道听途说，外感地纷驰于其五光十色，而现成地检取其科学与民主，而对于中国文化，则已无严复的那种典雅的态度（浸润于自己之典籍以译西学），而只是外在地直接地取否定的态度。他们把科学与民主视为文化之全部，而此两者又是西方的，所以也是西方文化之全部，是中国所没有的。中国文化没有这两者，所以中国文化全是老的，而‘老以封建来规定，所以中国文化是封建的，过时的，全当否定’。”

我们今天回想一下一百年前那次文化大翻身，走到今天，确实应该反思了。也许今天晚上这个讲座对你今后的学习，甚至对你终身的学习会有影响，你知道一个东西累了就要翻身的道理，既不会将话说绝，也不会将道理搞错。当今天的知识界高喊着普世价值，放之四海而皆准的时候，你知道他在说什么话，你知道历史的真理不是左侧卧也不是右侧卧，而是左右轮回。而你说了不同的话，将大道理说得太大了，就会形成一种意识刚性，结果使得思想本身不是用来理解和指导社会，而是历史衍化的一个障碍。

通过上面的介绍，现在我们要提出一个问题了，中国古代哲学是“愚昧无知”还是“先见之明”？王国维跳昆明湖之前发出的悲叹，我们是“抛却自家无尽藏，沿街托钵笑贫儿”。谁是“贫儿”，西方。我们去效仿它，我们把自己祖先的先见之明说成是愚昧无知。

再一个问题，假如世界上各个文明都有着像中华文明这样的全人类担当，世界会走到今天吗？到底是青山绿水好，还是高楼大厦好？到底是生活在青山绿水里的人幸福，还是生活在高楼大厦里的人幸福？

今天我们思想界容易犯一个错误，这就是假定主体的条件是不变的。所有的社会科学学界都是假定主体不变的，经济学讲经济增长、经济效益等，都是假定人和人一样，而且人是不变的，古人和今人都是一样的，但是古人和今人是不一样的，如果将我们送回到山洞里我们一定是痛苦的，但是不能就根据这个来判断山顶洞人是痛苦的。《庄子》在《齐物论》里专门讲了一个小故事，他说人啊，如果是在潮湿的泥塘里睡觉一定会得腰病、一定会痛苦，但是泥鳅会这样吗？人能够根据自己在泥塘里痛苦的这一点来断定泥鳅在泥塘里也是痛苦的吗？主体和客体都在变，社会科学最容易犯的问题就是假定主体是不变的。而咱们中国古代哲学非常厉害，而且中国古代哲学的核心就是主体，中国古代哲学不是研究客体的，而是研究主体的，主体的改造、主体之间的关系、社会的治理、主体的修行。中国民间修行者所喊的那些口号，例如“山中自有长生酒、心中自有明镜台”。你要想愉快，在你身体里就有长生酒；你要想明白、要想得智慧，你心里就有明镜台。中国思想史上这样的东西、这样的谚语多得很。

人类文明的真理在哪里？我们不是全盘否定现代文明，也不是完全推崇中国古代文化，我们要做的是将两者都端出来，我相信之前大家看到的现代文明的阴面很少，今天我领着大家来看现代文明的阴面。天下任何事都有阳面和阴面，一定要学会这样的思维方式，天下没有有百利而无一害的事，而天下也没有有百害而无一利的事。大家今天在这里成为大学生，享受高等教育，有光辉的前途，这是现代教育制度的阳面，你那些没有考上大学的同学，待在家里吃老人的（靠着老人的经济过生活），这就是现代教育制度的阴面。

今天的最后一个问题，积贫是由于积弱，积弱是担当者的报应，然而，我们应当以此为耻吗？自从进入近代史以来，可以这样说，世界上所有的富国都是因为抢别人而富的，所有的穷国都是被别人抢穷了的。那些所谓发展生产力、提高效率等，起的作用很小很小，如果说生产效率，欧洲人生活懒散，吃的比我们还好、住的也比我们好，因为他是列强。中国原来大批进口白银，但是到袁世凯时期，中国的白银基本上就没有了，进口的白银全部都被搜刮走了。我们为什么弱呢？从一个角度者来说，我们之所以积弱就是因为我们有抱大罐的老头，或者至少我们可以从这个层面来理解问题，中华民族一开始就有天下主义的人类关怀、人类担当。如果天下大同，没有国家和国家之间的杀伐争斗，这个抱罐老头的办法是对的。可是问题是，老头是在《庄子》时代，那个世界确实不像今天这样，确实没有这样的问题，中华民族从来就将自己生活的这一块地方看作是天下，而天下是可以统一的。谁制造分裂，孔子就说它是礼崩乐坏，孔子为什么主张要恢复周礼？实际上就是要恢复天下统一，只要天下统一了所有这些问题都可以得到解决。社会绝对会为了制造武器的需要而发展技术，就不会因为发展技术而把我们生存于其中的大自然毁了。而在欧洲，欧洲是常年争斗的战场，如果我们看一下古希腊、古罗马的历史，包括中世纪，在欧洲战争基本上是主调，在长年的战争当中，这个民族在不断地发展科学技术。很明显，今天科学技术的火车头就是军事技术，包括互联网，互联网也是美国首先在军事上开发的。杀人武器的需求是推动人类科学技术进步的最主要动力，而科学技术的进步导致了大自然的破坏，导致了雾霾。而中国没有这样的需要，所以就积弱。

等到近代，中国突然被拖进这个世界，我们就傻了，至少我们应该不以此为耻，至少我们不应该因为这个而有民族的自卑感。而今天中国的主流知识界是不是在做这件事,是不是在利用我们当年的失败和积弱,为中华民族特别是年轻一代培育民族自卑感,而这种民族自卑感是万恶之源,是中国一切问题的病根,一个怀着这种民族自卑感的民族是没有任何出路的。

如果问我作为一个经济学家为什么在这里讲文化问题,我的回答就是因为我知道中国的病根在哪里,经济问题远不如文化问题重要,这个世界上所有强大民族,陈独秀说过,概由于他们的文化强势。通过今天这样的回顾,还可以有另外的副产品,我们今天确实是贫、确实是弱、确实是在近代史上败了,打不过人家,这是事实,但是这个事实不应当推导出民族自卑感。不是因为我们落后野蛮,我们这个民族是下等民族,所以我们才失败,而是因为我们太文明了,是因为从庄子那个时代就已经知道了抱着罐子和使用木头机械之间的关系,就已经知道如果一旦走上人化物的道路,人类社会将会是什么样的状态。人化物也着,天理灭了,而穷人欲了。我们明白这个道理,我们有这样的人类担当,我们是最文明的民族,就像是印第安人一样,所以我们积弱、所以我们挨打。如果这样说这个理的话,至少我们不应当有民族自卑感。

现在回到大问题,现代文明是错了还是累了?这个问题留给大家自己去思考,当然现在中国的主流思想的观点,既不错也不累,好着呢。我就说这些,剩下的时间回答大家的问题。

现场提问1:老师在上半段提到环境破坏,是因为人类的贪欲和自私,但是老师没有展开来讲。我认为正是因为人类的贪欲、自私,导致人类过分重视自己的利益,这也是人类越来越理性、务实而缺乏信仰的表现。请问从故纸堆里回顾古人的智慧有用吗,还是说有其他具体可行的办法,让人类更有信仰?

王五一:这位同学有思考,而且也承认我们今天存在问题,这个问题的来源就是我们的自私自利、我们的欲望。我们要不要钻故纸堆,能不能用别的办法来解决问题？我今天讲了两个多小时，差不多用了1/3的时间将一些“洋大人”请出来，将美国副总统、联合国、科学家、哲学家请出来，为什么？因为在中国的大学不搬出几个“洋大人”镇不住场。如果我在美国讲这个问题，我不会讲前面这些，因为关于今天这些问题，洋大人的这些话都是适合中国的，而实际上中国人几千年前就已经说明白了，那么光讲中国人的这些话就行了，我可以讲多一些，而我手头上掌握的资料也很多。那么为什么要浪费时间来讲这些洋人呢，这是因为我们的传统，这是新文化运动以来给我们留下的中国思想界的传统，无洋不新。当年康梁学日本，孙中山学日本，共产党学苏联，这不是偶然的。新文化运动对中国文化在感性上摧残，封建余孽的帽子随时拿在手上，随时准备给你戴上。我们钻故纸堆还有一个好处，有利于恢复咱们的民族自豪感。如果我们发明了一种理论，和故纸堆里说的道理一样，那我宁愿选择钻故纸堆，因为钻故纸堆有一个好处那就是民族自豪感，而民族自豪感对中华民族的复兴至关重要。如果我们可以想办法在文化上恢复民族自豪感，那么中国什么问题都解决了。如果我们的年轻一代，像现在一样，百分之八九十的人实际拥有民族自卑感，那么中国什么问题都解决不了，中国问题的病根在文化上，这就是钻故纸堆的道理所在。

现场提问2：欲望促使实践、实践促使创新、创新促使新事物新思想产生，而新事物新思想的产生又促使新文明的产生，新文明促使了文明进步。但是另外一个方面，欲望也会带来负面影响。请问您是如何看待欲望的作用？是否为了避免负面影响，而全盘抹杀？记得有西方哲学家曾经说过，当性无法得到满足时艺术便产生了，这是否会是欲望的另一面呢？无为与文明进步是否冲突？无为是否又是另外一种欲望？

王五一：这个问题就涉及历史进步的观念。如果有条件、有可能的话，我可以专门跟大家讨论历史进步的观念。要知道，在今天的中国，历史进步主义占据了主导思想地位，我们整个思维习惯已经完全按照这个逻辑了。这个同学的思路非常清楚，他就是说历史是在进步的，而且欲望肯定是历史进步的一个动力。离不开这个东西，但是要知道，如果回到思想史看，历史进步仅仅是在这一百年的中国占据主导地位，在中国思想史三千年以来，中国的主流思想一直认为历史是在堕落的。孔子在《礼记》中也有这样的说法，就是说上古是黄金时代，夏商周时代也是小康时代，这些都是我想追求、我所向往的，但是我没有赶上那个好时候。儒释道各家在历史观上都认为历史在堕落，老子就认为道德仁义礼是人类堕落的过程。而佛家更是说得非常明确，将世界历史分为三个时代，正法时代是最好、最辉煌的时代，向法时代已经开始衰落，我们今天是末法时代。从中国思想史来讲，主流是认为历史在堕落的，只是在这一百年历史进步主义才占据了主导地位，我们可以回过头来将思想史梳理一下。这是中国思想史。

从欧洲思想史来讲，欧洲思想界不管是主张历史时代进步还是历史时代退步的，至少从来没有将这件事看得这么重，无论说历史是越来越好还是说历史越来越坏、人越来越好还是人越来越坏，大家都将这个事作为整个理论体系的一个边缘内容来说，它没有像中国这一百年来，将这个东西奉为国家主流意识形态中一个非常核心的东西。这个历史进步的观念有什么坏处呢？妨碍了我们思维的灵活性，甭管翻身是累了还是错了的问题，一旦将历史看作是由低级向高级直线上升的过程，那么维新主义就形成了，认为只要是新的就是好的。将社会看得太简单了，而且各个学科在历史进步主义的大概念之下创造了自己的理论体系。现在在中国做学问很简单，你不需要去研究问题，你只需要选择立场，你只需要知道各个学科的进步与落后的糖葫芦是怎么串的，你就成为学者了。你只要知道市场经济是进步、计划经济是落后，你就是经济学家了。

今天我们花了一个晚上的时间，能不能撇开今天这种愚蠢的思维方式，使自己在方法论上有一个进步？咱们从根上、从方法论上，撇开历史进步、撇开直线上升，你就不会有这样的问题，如欲望能够推动历史进步等。公式已经告诉了大家,幸福跟效用成正比、跟欲望成反比,萨缪尔森这个公式就已经告诉你,欲望在整个人类的活动当中起什么样的作用。欲望对于幸福、对于函数值来说,它是个负面的东西,这个分母越大,函数值就会越小。我们撇开历史衍化的长期视野,就在这个问题上也还是这样的关系,这是洋大人发明的。

现场提问 3:加入科学是世界恶化的推动力,那么我们学习科学技术的意义究竟何在? 经济科学的发展必然导致环境的恶化,但时至今天已经不可能停止这种格局,应如何处理这种矛盾? 谢谢。

王五一:这两个问题都围绕着科学。我读赌博都可以养家糊口,你读科学更能够养家糊口。佛教讲随喜,你活在什么时代就干什么事。三十年河东、三十年河西,你读科学,但是也要有思想准备,历史很可能要翻身,你二十多岁学了一脑子的科学,等到三四十岁历史翻身时,你可能会被历史淘汰。你要有思想准备,如果你现在开始感兴趣,在个人的修行、个人的国学准备上,以及其他的意识形态上,你要知道三十年河东、三十年河西很无情,事到临头可能你就被历史甩出去。你现在该学什么就学什么,但是也要有大的认识。

再有就是方法论。实际上今天晚上学的东西,我不管你学什么学科,对于你未来做学问都有好处。至少我今天教给大家如何唱反调,任何一个学科都要学会唱反调,你什么时候学会唱反调,你的学问就上了一步。要想当未来的思想家,大学是玩思想的,甭管你现在学的是什么专业,你将来都会有大的收获。现在的大思想家、大哲学家,年轻时都有自己的专业,世间知识都是触类旁通的。

你现在要有思想准备,即使你现在靠什么吃饭,就是你该学什么就学什么,这些都没有问题,但是你要有思想准备,人类文明到了今天已经没有多大的余地,热带雨林每一秒钟减少 1.5 英亩(1 英亩≈4047 平方米)。

现场提问4：自新文化运动以来，您认为中国文化是否出现了断层？中国人现在还有中国文化吗？

王五一：这是一个很好的问题。新文化运动对中国文化的摧残，这确实是一个事实。新文化运动本身分为左右两派，而当时的左右两派划分跟今天中国的左右两派划分不一样，在概念、含义上有很大的差异。当时左右两派的划分，主要是从穷人和富人的态度上进行划分，当时左右两派都主张科学万能，都主张民主进步，只是左派诉诸穷人，李大钊写了《庶人的革命》，而右派认为这个社会还是应当按照正常的富人管理穷人、上等人管理下等人，虽然大家在引进科学、引进民主这一点上一样。后来在民国时期，三四十年代，冯友兰等这些人，在中国国学上还做了一些推广工作，但是那时中国传统文化已经衰微了。一直到后来，新中国成立以后也有一些国学家，学术界也一直在做国学的推广，和民国时期基本差不多，但是已经式微了，它已经不是主流了。虽然没有人骂它封建余孽了，但是已经成为不了主流了。科学在左右两派当中都是主流。

改革开放以后，出现了一个现象，全盘西化。从来没有像改革开放以后这样，整个人从开始生下来，从幼儿园就开始灌输科学万能，所有的真理都是西方的。现在有大学开始用英文授课，认为知识就在那里。改革开放之后，在学术界，确实对年轻一代有很深很深的影响，现在确实需要反思和复兴。如果要从这个角度问我中国还有没有传统文化、有没有中国文化，我可以说没有。后来史学界将新文化运动和五四运动捏在一块，我很不理解，五四运动是爱国运动，而新文化运动是一个"全盘西化"的运动，怎么能将这两件事联系在一块呢？我们应当认识到这三十多年来，整个教育在面向未来、面向现代化、面向世界，在这些事上对中国传统文化有所忽视，可以说新文化运动将中国土地上的中国文化之树给摧毁了。

今天有很多干这件事的人，他本身并不懂国学，不知道中国古人说了一些什么，就像当年新文化运动时期，很多崇尚科学的人本身并不是科学家，不懂西学，如果他真懂西学就会像严复那样说话。

现场提问5:请问您对新儒家怎么看?

王五一:现在在中国搞国学,我知道有新儒家一派,我对它是有一点不大看得上。新儒家是希望在中国恢复儒家思想,作为道德教化的一个工具。其实如果仅仅从道德教化的角度来讲,儒家思想和基督教思想,功效没有什么大的区别。如果仅仅是教育人做好人,教育孩子做好孩子,那我想世界上各个文化都有自己的一套教化体系,差不多的。新儒家的问题在哪里呢?新儒家试图恢复儒家思想,作为新的教化工具的同时,它将自己打扮成了西方文化的跟班。它努力论证什么呢,你看看我中国儒家思想当中这些辉煌的东西,其实跟你西方的自由、民主并不矛盾。今天中国要想恢复传统文化,一定要伴随着民族自豪感的培育,一定要告诉年轻一代我们的文化是最辉煌、最高、最伟大、最光芒万丈的。

主持人:听了讲座,走出这个门之后,我到底是想着房子、车子的事情,还是想着采菊东篱下的事情呢。

现场提问6:听了您的讲座,我受益匪浅。请教老师,日益物化的现代文明中如何防止自身走向物化?

王五一:这位同学提的这个问题,用佛教的话来说是有一点根器的。佛教刚刚传到中国来的时候,形成了自己的一些宗派,比如天台宗等,以及围绕这些派系所形成的一些修身方法。最大的宗派最初就是禅宗,禅宗有一个好处,就是老师找学生。老师找学生这种教育制度可不容易,而且这里面内涵的教育精神,那是我们今天怎么学也学不来的。老师找学生的意义何在?我总是知道你这个人有根气,我知道这个孩子能成才,我耽误不了他,你来吧。除了禅宗有老师找学生的事之外,在中国思想史上我所知道的唯一一个老师找学生的案例,就是王阳明找王艮。王艮当时什么事情都干,但是王阳明认为这个孩子是一个可造之材。老师找学生,老师就要会看这个孩子的根器,别给人耽误了,到最后这个孩子跟你修了一辈子,神也没有做成,佛也没有做成,人也没有做成。老师找学生的价值就在这里,他不耽误人,神是神,人是人,宗教是宗教。今天我们如果细究起来,比较西洋文化和中国文化,是很有意义的区别,可惜的是中国思想史上绝大多数情况下不是老师找学生,不是老师找学生就会出现一个问题——你耽误人家。今天人类智慧已经没有能力做到老师找学生了。教育制度最好的办法就是因材施教,咱们不说古代,就是和西方教育制度相比,我们的教育制度也有很多值得改进的地方。美国家长不会干预孩子的教育,很少看到美国家长督促孩子学习,美国家长主要是在孩子很小的时候,告诉他做一个好人,跟他讲道理,这个事该做、那个事不该做,什么事是对的、什么事是错的。而且美国中小学教育也很轻松,孩子也不累,没有什么家庭作业。等到开始上大学时,这个孩子可以自己设计自己了,我想读什么、我想将来做什么。美国的家长绝对不会拿孩子往自己脸上贴金。中国的教育体制不能让人自由发展,且不说禅宗的那种老师找学生。这一生怎么样面对物化的世界,怎么防止被物化?只要起了心、动了念,我建议也可以开始了解一些,因为中国古代这方面的著作真的是浩如烟海,根本不需要去书店买书,打开互联网就有很多。我刚才说了,建议先从《礼记》读起,自己一步步往这个方向走会很有收获的。而且也不是说做苦行僧,现在有人告诉我说你只要这一辈子好好受苦,将来你死了就可以上天堂,但是不是这个道理,今天晚上你开始着手修行,明天你吃饭就香一些,后天睡觉就好了,很实惠的东西,绝不是苦行僧的逻辑。起了这个心、动了这个念,就往前走。

主持人:由于时间的关系,我们今天的讲座就到这里。

（完）

（讲座时间:2014.11.13）

我看到的、你看到的、他看到的

——关于视觉权利与视觉谋略的故事

罗一平

罗一平，美术学博士，教授，国务院特殊津贴专家，广东美术馆馆长，广东省美术家协会副主席，国家当代艺术研究中心专家委员会委员、中国美术家协会美术理论委员会委员、中山大学教授、华南理工大学客座教授、俄罗斯列宾美术学院客座教授、亚洲艺术家联盟中国委员会主席。多次担任亚洲国际当代艺术展学术主持，中国委员会主席、策展人。

任广东美术馆馆长以来，主持策划有：2010 年，“启点 · 动象空间——广东美术馆广州大剧院当代馆第一回展”，2011 年的“印 · 像——广东美术馆藏外国版画展”，2013 年的“风 · 雅 · 颂——广东美术馆开馆 15 周年馆藏精品展”等，前后共 80 多个中外展览。举办的个展有：《罗一平书画展》（中国 · 东莞岭南美术馆）、《澄怀味象——罗一平山水画精品展》（中国 · 广州御方会馆）、《味象——罗一平小品山水画展》（中国 · 广州大美画廊）等。发表论文有：《美术馆时代的文化福利和公民权利》《和谐 · 亚洲意象》《色彩中的国家叙事与民族集体记忆》等。出版著作 20 部，包括《林泉札记》《历史与叙事中国美术史的人物图像》等。

今天能到这里做讲座，这对我来说是一个莫大的荣誉，感谢蒋校长在百忙中亲自为我做主持，感觉倍加荣幸。感谢各位在四六级考试前夕，来到这里听我做讲座，我对你们的到来表示感谢。

我今天给大家交的作业是我看到的、你看到的、他看到的，我们都在用眼睛观察的外在事物。我看到的、你看到的、他看到的，对一个事物，我们是否都看到同一个东西？我们经常说耳听为虚、眼见为实，那么眼见是不是为实？1955年7月9日，法国著名理论家罗兰·巴特在理发时拿到一本法文杂志，封面上是一个身穿法国军服的黑人士兵，双眼仰望法国的三色国旗。可能很多人看到这张图片就会忽略掉，但是罗兰·巴特没有，罗兰·巴特在这里看到一个符号学系统，他看到一个黑人士兵正在敬法国式的军礼，在这里他看到殖民文化与被殖民文化、殖民者与被殖民者的关系。法国对很多黑人国家是殖民文化的，被殖民文化的这些士兵们，或者这里的人，用一种崇敬的眼光看着这些殖民文化，在这里就有一个丰富的、深厚的政治内涵和文化内涵，包括种族的内涵。

相信大家都看过这样一幅作品，许多人都说那是烟斗，你们确信自己看到的是烟斗吗？这里有没有懂法文的同学，如果懂法文的话可以看到上面有一句话，作家明确在这里告诉大家这不是一只烟斗。也许大家看过写进了20世纪西方当代史的经典作品《一棵橡树》，这幅作品2013年我们用重金借展过来，在广州展出。大家看到的是什么呢？是一杯水。我们用了十多万的保险费和借展费，借一个杯子出来给你们看吗？这个作品成为20世纪西方写进教科书的经典作品，你们看到的是什么？你们都看到的是水，但是我说我看到的是橡树，你们相信不相信？你们也许不会相信，就像前面说到的一样，我明明看到的是烟斗，你却在否认说这不是烟斗，形象和命题成为了一个悖反，它到底是不是烟斗、它到底是不是水，你们眼睛所看到的是不是真实的？这些我们后面再说。

有一种视觉观看的角度，我看现实、我看作品、作品看我。当我看现实的时候，现实从来不是被动在那里，它是用一种观念、用我此刻的情感和此刻的情思将它投射到现实，于是你看到的现实是你心灵的现实，这个时候才有一朵花在为我开、这只鱼在为我悦、这抹月光是在为我而朦胧。

同样在这片月光下，我感觉到了一种诗的朦胧，而你什么都没有感觉到，而其实我们看到的是同样的月光。现实是我观念中的现实投射，作品是我观念的，我将我所看到的东西，用一种固化的形式将它形式化。那么我的作品，我画的这只杯子绝不是你看到的杯子，而是我观念的投射，是我用人生所有的体验对它进行形式的组合，它包容着我的看、包容着作品自身的意味。那么当这个杯子摆在这里的时候，如果我将这个杯子称为生命，或者我的三部曲，它在这里，你们在这里看到我人生的三部曲，你们在这里看到了我作为一个美术馆馆长的全部内涵吗？没有。那么我可以告诉你，就在这个杯子里，我可以将它阐释出我人生所有的哲思，这个杯子在这里冷冰冰地看着你，它就在告诉你们，你们还不够，你们还不够达到和我对话的水准，所以作品不是被动的摆在这里，作品在挑战着你的学历、你的学识，在挑战着你所有的理解和习惯，你的知识和你的鉴赏。

另外一幅作品大家都很熟悉，就是毕加索的《亚威农少女》。这幅作品有很多的解释，真实的解释就是毕加索画了五个妓女，这五个妓女在等待嫖客的挑选，这五个妓女在努力展现着自己的身段、自己的风味，等待你来观看、等待着嫖客的挑选。嫖客在哪里？毕加索并没有画出来，毕加索巧妙也将嫖客押在所有的观众席上，谁在看画，谁就在挑选。你能够读懂他吗？其实毕加索就是想告诉你，你所见到的现实和图像都在诱惑你，它给你形式、给你一种意味，他设置了很多局让你走近，你能否挑中你心仪的，能否读懂这个图，取决于你自身的能力。我们每一个人在看眼前事物的时候都不是客观的，视觉其实是一个欲望的投射。看是什么？在《说文解字》中对看的解释是从手下目，用篆书写的话，上面是手、下面是目，形象来说就是你的眼前搭有一只手，这只手一搭就说明观看不是被动的，观看从来是有观念的，我手一搭，手掌之外就遮蔽了我不想看之物，手掌之下笼住了我所想看之物。每一个人的视觉所看，其实都是在看他所想看到的，而剔除他所不想看到的。他所想看到的，尼采说这是意志，是人的意志力决定着他的行为。意志力又是什么呢？意志力是一种欲，是一种生命的欲望,或者是由文化构成的、由生命所积淀成的欲望,因此,我们的视觉从来是欲望的投射,我们在看外界之物时绝不会用纯真的眼睛。情人眼里为什么出西施,是因为我将我的欲望、将我所有的东西投射给他,于是在他的身上我看到的不是他,而是我所有理念中最美的东西,我把我所有理念中最美的东西都放在了他的身上,他成为我理念的化身,我的欲望之物。

所有的事物总是带有这样或者那样的欲望,法国哲学家波普尔有一个理论,这就是探照灯理论,意思就是理论先行,也就是说我们在做任何事情时都会设定一个终极目的,我们要做一个事情时有一个目标在这里,就像是探照灯,事先将这个灯聚集在这里,然后我朝这个探照灯走过去,所以我在做一件事情时,我已经有的经验就像是探照灯,已经照亮了我要去的地方,义无反顾地走到那里,因为它是明亮的,我知道我将达到什么目的,形成什么效果,这就是照到哪里哪里亮。但是不是这样的,图片就是告诉你,我就让你照到哪里,哪里就不亮。

我们现在来看刘春华的《毛主席去安源》,这幅作品在"文革"中创造于 1971 年或是 1972 年,那个时候刘少奇已经被打倒了,中央文革小组认为所有中国各大博物馆的革命历史画全部都违背了毛主席的革命路线,需要重画,于是就找了一批在校的学生,像刘春华这样的,北京工艺美术学院的三年级学生,创作了一批革命历史画。刘春华画了这幅作品,这幅作品现在当然成为了经典,但是在他刚刚创作完成后,审核的时候他被打倒了,打倒的理由是毛主席孤独一人向前走去,前无道路,革命没有前途,后面没有任何群众的跟随,革命是孤独的、群众不认同,认为这是一部严重的反革命作品。刘春华被押送到一个工厂去劳动了。这是一种观看,一种很强烈的艺术形态感在观看。过了一个月,这幅作品发生了戏剧性的变化,当年中央文革小组的副组长江青看到了这张图片,认为这是一张非常优秀的革命历史画,毛主席向前孤身一人,昂首挺胸,夹着一把伞,毅然决然地向前走去,前无道路。当然没有道路,因为刘少奇和李立三派去安源的工人没有将罢工发动起来，革命的道路没有打通，所以领袖就要去，领袖是干什么的呢？领袖就是在没有道路的地方趟开一条康庄大道。当然没有群众，那是因为安源的群众没有发动起来。正是在前面没有路、后面没有群众，革命危急关头，乌云滚滚，伟大的人格、伟大的理想、伟大的领袖力量才显现出来，毛泽东同志走过去。这幅作品成为20世纪70年代中国人家庭中的圣像，它开创了人类印刷史中前无古人，后无来者的单件作品的印刷数，4.5亿张，当时中国的人口也就是4.5亿。这就是属于我们所看到的东西，江青看到的东西，不是你看到的东西，我看到的也不是你看到的图，你看到的图也不是他看到的图，每一个人都在看世界，都在拿自己的一种眼光在看。

这幅作品是广州画家周树桥画的《春风杨柳》，创作于1973年，在中国产生了巨大的影响，这种影响是我们现在很难想象的。在20世纪70年代毛泽东用诗的语言喊出了广大知识青年到农村去、接受贫下中农再教育、战天斗地大有必要。这一批红卫兵小将，他们写着血书、唱着赞歌、举着红旗来到农村，来到了贫下中农这里。周树桥用一种真挚的情感画下了70年代第一批上山下乡的知青来到农村。在这里知识青年刚刚住下，贫下中农的老大姐、老大妈们就端着热气腾腾的水给他们，贫下中农的老支书用一种殷切的眼光看着他们，在这里供他们战天斗地的斗笠准备好了，供他们战天斗地的精神食粮《毛泽东选集》准备好了，毛泽东思想的阳光从窗口打了进来照在他们的身上，每一个人都觉得如此的温暖，确实是春风杨柳。这幅作品也激励了我这个年龄段的人，让我们根本不顾家庭的反对，同样瞒着年龄来到了农村。当我们到了农村以后，我们面临着怎样的一个现实？

1984年，走过了“文革”后的陈宜明创作了《我们这一代人》，我们来到了农村并没有感觉到春风荡漾，因为国家没有给我们配口粮，来到农村就需要在农民有限的口粮里匀一些给我们，我们很快发现农民并不欢迎我们，因为我们的劳动、我们对农业的知识，包括我们的体力，都使我们不能够成为战天斗地的主力,我们拿不到农村壮劳力的10工分,10个工分是勉强温饱,这还是比较好的地方。我们也拿不到女性壮劳力的8工分,所以温饱成了问题。白天我们跟贫下中农在一起干活,晚上我们偷玉米、拔花生、拣稻子,我们还在长身体,不能够仅仅吃花生、土豆,我们还需要吃鸡,我们还需要吃狗,所以我们晚上偷鸡、打狗,迅速跟贫下中农形成了一个与人斗的负面情况。当我们回到了知青点,坐在这种已经发霉的稻草上,煤油灯在我们面前昏暗的摇曳,我们不知道自己的前途,不知道自己的未来,我们唱着当时的敬歌《莫斯科郊外的晚上》《喀秋莎》,我们吹着口琴、打着手风琴,唱着这些歌曲时分外想念家人。

时隔三十多年,当我再看这张图的时候,我仍然能够感觉到一种油灯的昏暗,那种床铺上稻草的霉味,以至于能够听到《莫斯科郊外晚上》那种旋律,伴着思念的那种伤感。那种是知青真实的生活?同样的生活,两种不同的观看。在20世纪70年代周树桥只能如是看,在那样的一种文化政治氛围、社会氛围中,周树桥是用自己的真实情感在看待这场伟大的上山下乡运动。假如他在1972年时画了陈宜明的这张作品,不说他是先知,那也一定是反革命。当陈宜明在1984年画这张作品,如果他画出了周树桥的那幅作品的感觉,那么就无视了80年代的这种转换。陈丹青有一句话,我们每一个人都被一个镣铐铐在他特定的那个年代中,你脱不掉这个年代,你所有的思考都在你这个年代中,所以我们才有50年代的视觉、60年代的视觉,70年代、80年代、90年代等的视觉,每一个年代都有自己看待世界的方式,这就是观看的差异,这个差异有内在的,也有在外在的环境中所建构起来的知识系统。作品从来就不想让你把它看得清清楚楚,就像我们在追求一个事物的时候,一个男孩子在追求一个女孩子时,这个女孩子从来就不想一下子让你看得清清楚楚,她总是遮蔽自己,遮蔽是她玩弄你的手段,遮蔽也是她在挑战你惯常的思维,她就是要让你仿佛能够一眼看穿的东西让你看不穿、看不透,让你臣觉得智力不够,让你臣服于她。

这是一件雕塑《一立方米的绝对黑暗》,你看到了黑暗吗?你看到的是阴影。这是绝对的黑暗吗?没有,这需要你有一个有穿透力的眼光去想象,将它全部切割,围拢到一个一立方米的内部空间,它没有任何的光进去,那是绝对的黑暗。绝对的黑暗是什么?它在考量。你可以将它作为一种哲思,也可以把它想象成很多很多其他的事物,你看到的其实只是这样的一个用铁皮焊成的一个立方体,你什么时候能够看到一立方米的绝对黑暗。我们当然不甘心,不甘心这些作品摆在这里高高在上,不为我们所认知,他就在这里说我看不到一立方米的绝对黑暗,那么我怎么看?我们需要坚强起来,不管作者有什么意图,伸出你的手,抓住阅读的把手,将作者的作品变成你的作品。你们千万不要说我到美术馆去,这张作品我看不懂,其实没有看不懂的作品,就看你的自信。

在这里我想简单地梳理一下。以古希腊摹仿说为理论基础的西方艺术,它非常重视现实是第一性的、意识是第二性的,先有现实事物的存在,才有意识对它的一种反映,它关注艺术的再现功能,到文艺复兴时期发明了怎样将现实事物画得很真,在一个平面上画出一种立体的感觉,他们发明了透视方法和解剖方式,围绕着透视法,欧洲的绘画形成了一整套成熟而规范的写实主义的艺术品。我们现在看到的正是新古典主义的经典作品《安格尔》,非常真实,就像是高精度的相机拍摄出来的,甚至可以摸到它这些绸缎的质感。以摹仿说为主体的艺术家,所有的本事就是训练你的眼、手、艺三者为一,将你所看到的东西真实地画出来,画出你眼前的真实,这就是衡量一个画家能够成为伟大画家的根本。同时赋予你眼前的真实以一种深层的人文内涵,这就像刚开始讲到的,一个法国士兵在仰望三色旗,你只看到了表象。这幅图的意义在哪里?不仅仅是看到它的技巧,还看到它后面深层的意义,看到了劳作的辛苦,以及这个时代的法国社会是怎样的。

现在我们看到的是作品《蒙娜丽莎》,它是西方人文主义文化的象征,现在《蒙娜丽莎》就在我们眼前,她在看着我们。有些人文主义的批评学家说现在看到的蒙娜丽莎嘴角微微上翘，是人类走过了两千年的中世纪，终于从神回到了人，关注人自身的一种人文精神的回归，发出了会心的微笑。《蒙娜丽莎》神秘的微笑，一直被作为人文主义回归的微笑来看待，是不是呢？我现在告诉大家，蒙娜丽莎的微笑没有这么复杂，她现在就在看着你，她的嘴角微微上扬，她很看不起你们，她居高临下看着你们，你们看懂了我吗？你们知道我是谁吗？你们知道我的前世今生吗？在这里，蒙娜丽莎是用一种审视的眼光，正眼都不看大家，而是斜视着大家。图像在你的积累还没有到的时候，就像是蒙娜丽莎，她居高临下，她是“上帝”，她是以一种上帝评判的规则来看你。上帝死了，死在什么时候？死在 19 世纪的下半叶和 20 世纪初。

19 世纪有一个哲学家尼采喊出一个响亮的口号“上帝死了”，尼采杀死的上帝是理性主义。从古希腊一路走来的理性主义塑造了一个概念的人、一个概念的自然，他将人的身体、人的肉欲、人的情感、人的感知完全给剥夺了，人为地将人分为两个阶层，感性阶层和理性阶层，他否定了感性阶层，将感性阶层认为是形而下的，就是我身体的感觉、我的欲望、我的情感是形而下的，高级的是我的理性，理性是能够抽象的、能够概念化的，人一旦被抽象为理性的人，就只有概念，而没有了身体、没有了情感。尼采这个时候认为人应该还原于人自身，所以他喊出一个口号“上帝死了”，上帝在尼采的口号中死了没有？没有，上帝是死在这个《小便器》里。

1917 年，一个二十多岁，和你们差不多大的一个年轻人杜尚，当时五年一度的法国沙龙要开展了，他想一举成名，这个时候他分析了前几届沙龙展获奖的作品，这些成功的作品他觉得无法超越。怎么超越呢？于是他在寻找自己的形式。有一天他在上洗手间，看到 20 世纪初法国工业产品的小便器，他突然就来了灵感，将这件作品拧了下来，洗都没有洗，就拿过来送到评委这里，他给这个作品取了一个名叫《泉》，为自己取了一个笔名摩特，说这件作品是他的作品，评委断然拒绝这件作品，并且告诉他，年轻人你要知道什么是艺术品,评委们告诉他艺术品有一个下限,必须人工制品,人工制品才有独一无二性。只要是人工的,你就不可能有第二个一模一样的,就像西方有一句名言,我们这一辈子不可能两次踏入同一条河流。你可能说珠江大桥我每天都走,每天不知道走了多少次,其实不是的,你跨不过第二次的,当你第一次跨过的时候,第二次再跨过它,风不是当时的风,云不是当时的云,水也不是当时的水,你也不是当时的你,一切都在改变。但是正是这种改变,才构成了艺术品的精髓,独一无二性,所以你必须是亲身经历,手工制作的,而工业制品千人一面,是一个模子制出来的。

杜尚说,不错,这是工业用品,也还是个艺术品,艺术品必须要有高超的技艺。杜尚告诉评委:“这是我的艺术品,它是工业用品,但是我把它拧下来,给了它艺术品的命名,那么它就是艺术品。我用了自己的方式把它送到评委这里,它是我的作品。这件作品有形有色,它有小的圆、有大的圆,不仅有色、有形,它还有音,想一想当男士对着它方便时,高山流水的声音那是何等动听?”评委们当然没有采纳他的说法,杜尚自己也觉得无所谓,所以出来之后这件作品就扔了。我们现在看到的是 20 世纪 60 年代当杜尚成为一个达达主义代表人物时,博物馆复制出来的一件作品,这是一件伟大的作品。没有任何开玩笑的意味,我们今天能够生活在这样的一个多元、开放的社会,跟这件作品有着必然的关系。

如果说《蒙娜丽莎》代表着一种传统、代表着一种制度、代表着一种高高在上的人文精神,它是在圣殿里,代表着精英文化,面对着精英文化,你是去向它朝圣,你跟它有距离,走不近它,它有很多很美、很有内涵的东西在诱惑你,让你走近它,走近是为了让你朝拜她。当杜尚的《小便器》被认知以后,以《蒙娜丽莎》为代表的精英文化的“上帝”死了,当我们认同了这个《小便器》是艺术时,这表明了艺术品整个评价体系死了,艺术品独一无二性的评价死亡了,艺术品需要技术的这样一个评价死亡了。艺术家要有一整套评审制度,它的规则死亡了,传统死亡了,精英文化死亡了,艺术是什么?艺术就成为了一个观念,艺术就成为我对一个事物的命名,艺术就成为我们生活中的一个部分,它是小便器,它是这一杯水,它是这个杯子,他们之间的形式,是我们坐的椅子、是我们的课桌,以与我们的身体、我们的生活密切关联形式来到这里,艺术不再高高在上,艺术成为一个观念,艺术成为一个认识,艺术成为了你生活中的一部分。谁是艺术家?你就是艺术家。艺术家没有那么神圣!

杜尚认为,光那个小便器,上帝还没有死,还没有说清楚他就拿了《蒙娜丽莎》开刀。他买了一张《蒙娜丽莎》的现成品,给她加了三撇胡子,这个时候大家再看蒙娜丽莎的眼神,这个时候的蒙娜丽莎充满着自信,因为她是在审视着我们,而这个时候的蒙娜丽莎是在求助,我是谁,她连自己的性别都不知道了,她在寻找着"我是谁"。在这里,精英文化彻底的死亡,伟大的精神、伟大的图像是可以调侃的,传统是可以调侃的,理性主义的精神在这里被一种感性的随意幽默调侃,上帝高高在上,看着这一张他的化身,心脏病发作,哄然倒下,真死了,死在20世纪。上帝死了,这是一种观看的赞成,从前面讲的可以看到,人在观看时包括了观看的理解,甚至观看的本身。在特定的情景和迥异的文化中,观看的看是看什么和看到什么都不是自然的行为,而是有着复杂内容的社会行为。

比如《蒙娜丽莎》,达·芬奇的看和杜尚的看就截然不同,女性主义的观看和男性的观看也不同。女性主义观看,就会将这幅作品看作一个女性,以我被审视的对象来看,也就是说我在这里面,我的权力是被男性监视观看。男性主义在这里看到了什么呢?看到了种种有关对女性他所想观看到的东西,所以神秘的微笑、面孔上的微红、丰满的胸部以及她的双手,在这里展开了丰富的想象,甚至还有一个男性研究学家,用仪器扫描说发现蒙娜丽莎为什么有一种幸福、忧郁和神秘的感觉,因为她怀孕四个月了,这是仪器从油画中扫描到的,是一个研究。所以在这里我们可以看到上帝死了,我们对一个经典作品的解读开始多元,我们的禁锢被解除了,从一种神的世界走向了人的世界,走向了一个自己的世界,这个时候我们更平和地看待我们身边的事物，这就是上帝死了之后的《蒙娜丽莎》。蒙娜丽莎开始喜欢钞票了，蒙娜丽莎也是追星族，她崇拜的偶像是超现实主义大家达利，达利的典型代表就是胡子往上长。蒙娜丽莎还爱抽卷烟，蒙娜丽莎在我讲的时候跟大家打了一声招呼，Hello。蒙娜丽莎喜欢出席假面舞会，蒙娜丽莎喜欢喝可口可乐，蒙娜丽莎喜欢秀秀身体，你不要认为我穿着衣服好看，脱了衣服我的身体照样好看。蒙娜丽莎戴着蛤蟆镜想看看21世纪的世界变化有多大，到底是什么样的。在我的解释中，蒙娜丽莎生气了，同时她找来了自己的姐妹，一起坐下来诉诉苦，聊一聊她的昨天、今天和明天。这就是上帝死了以后的图像。这是《南方都市报》2008年4月27日的一整版《我们曾经有过的美丽》，而我们的记者、编辑很有才，蒙娜丽莎我也曾经这么漂亮，不要认为我老了。

所有的这一切，杜尚实际上是在告诉你，你看不到现实，你只看到观念，你是用你观念的眼光看世界，而不用客观的眼光看世界。既然你看到的世界都是观念化的世界，那么所有的事就必定是观念化的。这是前年在广东美术馆展出的一幅作品《照镜子的人》，我们知道照镜子从来都是看我的对面，我是通过镜子来认识自己，所以世界万物是我的镜像，我是通过外在世界认识自己，世界是我影像的折射、投射。但是在作品中你从来看不到自己的正面，你看到的只是自己的后脑勺，它在告诉你，你永远看不到自己的正面，因为正面永远不存在，所有的正面都是历史，当你在注视时，是用你以往历史的所有积淀在看这个现实，所以看到的都是你过去的东西，你所谓的成熟、你所谓的成长、你现在所谓取得的成就，都是你过去给你的积淀，你看到的是自己的过去，只有过去而没有现在，还有你想象中的未来。这幅作品在告诉你，我们的观看从来都是在观看，用文化在观看、用历史在观看、用一种观念在观看，它透过现实看到现实，这些都是历史。既然是一种观念化的东西，所有的作品以一种平面的形式，让观念蔓延化。这副作品《玛丽莲·梦露》，如果我们单一看的话，这是个性化的呈现，独特的发型、独特的化妆、独特的效果，构成了玛丽莲·梦露代表了美国文化的一个符号,但是当玛丽莲·梦露被通过一种机械印刷无限复制时,玛丽莲·梦露成为了一个平面化的符号。精英文化已经死亡,它被平面化、被扁平化了,这就是媒体发展到今天的我们的快餐文化、我们的媒体文化,媒体文化让精英文化的深度,让你对历史的观看、对过去观看的深度荡然无存,你看到的只是此刻、只是这一个平面。

没有了历史、没有了精英文化的约束,没有了权威对我的约束,我现在就可以拿来主义。我可以将西方文化和中国文化都拿来糅合在一起,但是这种糅合远远不可能将东方和西方、过去和现在糅合得没有痕迹,过去永远是过去、西方永远是西方、东方永远是东方,但是恰恰将西方和东方、过去和现在拼贴在一起,每一个元素都包括了的,就像是《蒙娜丽莎》,保留了所有的图形,但是因为有了当代的拼贴,将当代的因素放进去,《蒙娜丽莎》错位的环境形成了我们今天的观感。今天这个时期我们的文化成为拼贴文化、移植文化,我们不断地将文化剥离原生环境,也就是说以往的艺术被摘引到后来的时代,当它被剥离出来之后就成为一种中性的困惑,在这个时候我们可以打通一切,所以才有了现在很多的穿越小说,包括一些影视作品。如果没有杜尚的《小便器》,没有 20 世纪初的这一批达达主义、野兽主义、未来主义等这样一批艺术家、思想家,没有他们的努力,我们今天还生活在 18 世纪、19 世纪理性主义的光环下,也就没有了今天的多元。

上帝死了以后,艺术开始走向了身体,它开始跟商业联姻,开始和身体结合。这是一张 20 世纪非常著名的广告,它在为什么商品做广告呢?可能大家不清楚,它其实是在为口香糖做广告。这是 20 世纪一张经典广告画,写进很多教科书。它有个广告词,“来吧,来吃我,让我进入你的口腔,给你终生难忘的美妙回味”。这个口香糖卖得非常好,来吧,来吃我,吃谁?没有口香糖,只有一个女性。这个女性,作者把她非常干净的摆在这里,突出了她的性的情怀,你嚼口香糖其实就是在嚼这个女性,这就是上帝死了以后,上帝不屑一顾的身体,它和商业联姻了,身体成为了媒介,身体成为了艺术的重要构成,在这里这件作品就成为了 20 世纪美国非常著名的广告作品。同时我们的观看开始有了男女之间的性别,几千年男权对女性主义的这种审视走到 20 世纪女性不干了,所以有了女性主义,有了奥本·海姆女性主义的宣言,有了一种玄学的深远感觉,周边平平整整的棱角是我的性格,这表明我对万事万物有一个理性的判断。在这里,你只看到了我的外在,我的生命、我所有的东西,在这个里面的当下性和当代性,我以一种媒体社会媒体人的一种多元性和穿透力来折射,就像是这样的镜子,这是我思维的折射,我是一种有僵硬的自我认知和有深邃的传统思想,包括西方浸润的知识分子。当我用这样的一个方式,以这样一个人的方式跟大家陈述时,我成为了你们的镜像。这是不是作品?它完全是一件作品。

这也是我,在这里你们看到的是一个久经社会的、已经将所有的棱角都藏了起来、非常具有人情世故的中年知识分子,他用白色来宣誓自己的圣洁和理念的单一性,同时在这里他也将自己所有的情绪和情感全部藏起来了,他觉得这个世界与其让棱角过分分明,不如让它去顺应,同时将自我深深藏起来,成为杯中的水,让水可以满起来、可以鼓荡起来,它的鼓荡可能不像半杯水那样有声响,但是正因为它的满,使他在处世时能够用一种穿透力的深厚、用一种圆润的东西带动着。这是不是我?这就是观看。观看是一种权谋,观看是一种你的自信,是你用自己的知识结构去把握外物,给外物的一种命名,给外物的一种穿透力,所以你见到一朵花、见到一朵云、见到一棵小草时,都是你生命的象征、都是你生命的形式。在这里,穿透力的观感非常重要,重要到什么程度呢?重要到可以改变一个国家的文化形象,让一个文化沙漠,没有文化传统的国家,突然成为了这个世界文化的中心。

我以美国的文化为例。你们喜欢这几件作品吗?(图略)如果我告诉你这几件作品改变了美国,让美国从一个文化的边缘成为文化的中心,领导了世界文化近百年,你们相信吗?你们可能不信,但是它是事实。波洛克的这件作品,在前年拍出 1.5 亿美金,他创作时跟你们的年龄差不多,二战之后美国迅速成为经济强国,美国不仅仅要做经济强国,还要做文化强国,要做文化的领导国家。这个时候他们在找自己的文化代言人,找到了谁呢?找到了波洛克。波洛克是一个你们这么大年龄的人,他和杜尚一样一直都想成名,波洛克一直在找自己到底怎样能够成名,他很穷,买不起油画颜料,于是就只能够用油漆画画。有一天,他将画布绷好了,放在地上,抓到一支笔在油漆桶里下意识地拨动,在他拨动时突然来了灵感,猛然间提起自己的笔,而忘记了笔上沾满了油漆,笔上的油彩就滴到了干干净净的画布上。波洛克紧张一甩,原来是滴的点,现在就变成了线。年轻人的好奇心就出来了,既然已经脏了,他就又滴又点又甩,于是就有了这样的一张画。他觉得前无古人,没有这样的形式,于是他就将它送到画廊想卖钱,画廊的老板告诉他这是画吗,这是什么,你画了什么、意义何在。画廊老板将他训斥了一顿,让他回去扎扎实实地画画。这个时候店里有一个中年人,一直在观看,一言不发,等波洛克沮丧的出来时,这个中年人告诉波洛克,我给你一笔钱,你画 40 张 4 米×4 米、4 米×8 米的作品,我给你在国家美术馆办展览。波洛克认为自己遇到了一个疯子,第二天一笔巨款打到,波洛克用了两个月的时间画了像这样的一批作品。这个人果真为他在美国国家美术馆做了展览,请来美国著名评论家劳森博格一批人对他进行包装,说他的作品是抽象表现主义,这是美国第一个当代艺术流派,将波洛克的作品命名为美国精神。你们看到了美国精神了吗?美国精神是什么,是自由的、无拘无束的、扩张的、自在的、自我的,这就是美国精神。波洛克就在这里张扬美国精神,这个时候美国所有的媒体都调动起来宣传波洛克,宣传我们自己这个国家第一个流派,这个流派是怎样呈现我们美国人的精神,这个时候在世界文坛上法国还是占主导,美国人还是受到法国文化的影响,人们对此根本不屑一顾,但是当你一两个月天天打开报纸、看着电视,都在看美国精神的时候,你就由不相信、不认同变为认同,而且越看越觉得是这么回事,就像我讲了以后,你们现在觉得它真是美国精神。不到一年,波洛克很有钱了,买了跑车,飙车的时候和女朋友一起死亡。国家再次对他进行了包装,举办了国葬,总统参加了他的葬礼,美国英雄的死亡,美国精神再次得到了渲染。美国人当然不会关起门来自己玩,还调动了强大的传媒机器和资金走向欧洲,推介美国精神。所以当我们观看 20 世纪 50 年代全世界艺术史的时候,全世界最时尚的画就是这样的画,这就是观看一个文化的谋略。文化是需要谋略的,文化的谋略和观看有关系,现在谁都知道是谁发现了波洛克,这个中年人其实就是美国情报局的文化官员,美国战后文化建设不是交给文化部门,而是交给情报部门主持,所以情报部门用了一种它的独特国际谋略的眼光相中了波洛克,使波洛克成为美国文化的代表,也是从波洛克开始,美国一直占据着当代艺术文化的中心,这就是观看要有权谋。

罗兰·巴特的作品,乃至作品中的每一个字、每一个符号都是一定的历史和社会环境中的独特产物,环境决定了读者自己的解读。一千个人的心中有一千个哈姆雷特,不同的人对同一个事物的观看一定是相差很远的,就如同美术馆的展品和参观者、创作者之间,空间和时空的交错,让大家可以感觉到自己也是其中的展品,你在看作品的时候别人也在看你,所以究竟是我们在看展览,还是我们也在被展览。你站在桥上看风景,看风景的人在楼上看你,在看与被看之间,主体的交互性发生了变化,有不同的欲望,这就像是明月装饰了你的窗子,你却装饰了别人的梦。这就是我们今天的主题,你看到的、我看到的、他看到的,通过这样近两个小时的观看,你是否就真的看到了橡树呢?似乎你在烟斗里就看到的真不是烟斗。我想,也许经过了今天,我看到的、你看到的、他看到的,又会有不同的。谢谢大家。

主持人：下面是提问环节。

现场提问1：罗老师您好，我是文学院的学生。刚才罗老师说到的图画，我确实没有看出来，想请您解读一下究竟怎么看到橡树的？

罗一平：我们先从烟斗说起，为什么它不是一支烟斗呢？确实你看到的不是烟斗，你看到的烟斗没有办法拿来抽，你只是看到艺术家描绘的他观念中的一个烟斗。对于艺术家来说，这是一个中产阶级的情调，这是一种意味，你看到的是一种味道，而不是实物。这个实物给你铺垫的是一种味道，是一种场景的味道、生活的味道，或者是一个人走到一定年龄层面对于烟斗把玩的一种味道，你要这样去想，透过你所看的去想你所想的。同样的，你没有看到橡树，我也没有看到橡树，因为这杯水、这个杯子是我们借展的，当你看到的是生命的元素，生命在被禁锢中生长，调动自己的生活体验去想象作者为什么要将它称为一棵橡树，本来也可以叫一棵杨树啊。这个橡树，其实就是你在看生命。

现场提问2：我是医学院的学生。老师，您今天讲的东西让我受到启发，像刚才您介绍到的波洛克的作品，可能当时他就是随意创作的乱七八糟的作品，没有理性，也没有任何一种可以用当时审美标准来衡量说它就是很优秀的，或者很有超现实主义色彩的作品。如果这样说，它代表的美就很随意，在从来没有的基础上造出来的，或者是被宣传出来的那样一种艺术形态。如果这么随意的话，比如说我现在拿手机随便拍一个矿泉水瓶，是不是也会成为艺术呢？是不是什么东西都可以用自圆其说的方式来解读为艺术呢？到底什么是艺术？什么才是可以被众多人认为有价值、有启发性，或者对人类发展有真正意义的艺术形态呢？谢谢。

罗一平：你提的问题非常好。其实就涉及对精英文化的认识和对大众文化的认识。精英文化的层面上，就像《蒙娜丽莎》，它需要有高超的技艺、有美的形式，需要有很深厚的人文内容，这样的东西左右了我们几千年，我们确确实实从精英文化走向博大。现在我们生活在大众文化中，很重要的一点，它会告诉你精英文化是必然消亡的，我们生活在里面，就是我们大胆追求我们自己的艺术，我们可以追求时尚，我们可以追求自己的衣着，我们可以追求自己的发型，我们可以追求我们生活中的所有，生活中的所有都是美的，看似是随意的，因为在这随意里注入了你的文化认同，注入了你的生活体验，所以它都能够成为一个被阐释的艺术，就像波洛克，波洛克二十多岁画出这些，看起来是无序的，但是他在甩这些的时候，如果开始他是无意识的，甩到后面是有意识的，他为什么会有这样的长的线、短的线，甩出来的东西最后还是有巨大的形式的感觉。为什么美国情报局的人能够从他的小作品中看到大作品中产生的张力，其实这个情报局的官员看到的就是美国文化的扩张力，是通过这样的形式去发掘他的作品，这就说明当代艺术是一种观念艺术，需要一种解读。当代艺术家创作的时候，可能他是无意识的，但是解读者赋予一种哲学解读时，他就有了一种解读，这种深度不是作品的，而是解读者的，观念的解读成为当代文化的重要构成，这也是当代艺术和传统艺术的不同之处，你们自我的解读更重要，你们自己掌握权利更重要。

现场提问3：罗老师您好，我是来自生科院的学生。刚才您的演讲有一种一花一世界的味道，本来世界万物很平常，但是通过解读者，通过自己的生活经历赋予它一定的意义，就会解读出不一样的东西。禅宗六祖说过，“本来无一物，何处惹尘埃”，也就是说将万物归于本原。这样一种赋予它一定意义的复杂以及规律本原的简单，我想听您的看法以及思考。谢谢。

罗一平：暨南大学的学生很厉害，三个问题都提得很有水平。你谈到禅宗，我们在观物时，世界上所有的物都是流动的，空中无色，所谓的色是物质世界,物质世界是没有的,但是物质世界又是客观有的,正是因为这个物质世界一直在流动和变化,所以它是没有固定的有,而只有动态的有。下一步我们眼睛看到的东西既然是无,那么我的认识、我的身体接受、我的情感同样也是一种无。我们看这些万物,包括当代艺术同样也是如此,就像我们看橡树,你看到橡树了吗?没有看到,但是在这一杯水中却有一些人看到了橡树,看到了生命力,这就是一种有无的关系。我不知道我讲清楚了没有?

现场提问4:罗教授,您好!在不同的创作形式中,是应该遵循一些有差异的艺术批评价值的,或者说摄影、影像这种艺术形式,应该会被视为写实艺术,但是它的艺术性是什么?谢谢。

罗一平:今天说我是演讲者,不如说我是来赶考的。所有艺术形式都有差异性,影像艺术首先是以即时性出来的,在它的即时中,影像是一种时间,通过时间,一种抽象的观念,通过时间的长度来演绎的,就像刚才所讲到的女性主义呈现的东西,是有一个片子过来的,你在观看片子时会有情感的差异性,最后调动你走向终点。而达利的作品不同,达利的作品首先有明确的念头,首先你要剥离现实,进入梦境中。两个艺术手法确实完全不同,建议你们8月份时到我们美术馆看一个主题展览,这就是“甲午——中国百年强国梦”,一百年来中国很多仁人志士为中国崛起做抗争,但是你们看到的题目和解说都是“雨打芭蕉”“我们村里的年轻人”“马儿啊你慢些走”“让我们荡起双桨”,都是这些很抒情的。在这里,情和艺构成了一种味道,互相支撑。我觉得你问的这是比较长的题目,可以另外谈一下。

现场提问5:我是新闻传播学院的学生。请罗老师评价一下艾未未这位艺术家,以及对行为艺术的理解。

罗一平：艾未未是被西方解读的，艾未未自身的很多东西可能不是像西方解读的那样，从某种程度来说，他是一个装置艺术家，包括他所创造的东西，很多东西都是在西方文化语境中将它包围的。艾未未除了是艺术家之外，也是一个社会的传媒人，因为他很懂得西方需要什么、中国边缘的东西是什么，所以有些话他就可以讲出来，有意让观众表达。对艾未未的解读要一分为二，他不是美国塑造出来的那种反体制的英雄，艾未未自身其实也是很矛盾的。女性主义是作为20世纪的一个重要观念，或者说是个流派，有很深层的文化意韵，主要是强调女性自己的书写，这种书写女性主义走到了一个阶段，这就是用我的身体来书写，所以采取的这种东西，用身体的行为艺术做得比较多，这是一个可以探讨很久的话题。

现场提问6：罗馆长，你的讲座非常精彩。刚才馆长您提到在整个讲座中讲到了从精英艺术到非精英艺术的泛化，艺术观的转变从创作者转变到观看者，那么艺术本身还有没有成为艺术的内在性东西？而且在今天所谓人人都是艺术家的自媒体时代，我们怎么样去看待艺术自身的存在价值？在这种泛化之后，也就是艺术审美的日常化之后，有没有艺术存在的个体性？我是来自文学院的学生。

罗一平：艺术肯定是在整个文化的语境中的，是属于大众艺术的层面。现在当代艺术有一个很重要的走向，这就是走向媒体化，还有就是与观众的互动。观众的参与成为了当代艺术最重要的，而如果你们看今年巴塞尔博览会，或者是看去年的威尼斯双年展，都会发现中国在80年代，包括西方在70年代的政治趋势、社会关注在现在都不是主流，现在的当代艺术更多地关注媒体能够表现什么、能够诉说什么，还有就是观众能够参与什么。所有装置艺术、影像艺术成为一个重点，媒体的艺术成为重点，在这里面每一个时代有每一个时代的艺术，精英文化同样存在，大众文化也逐步向媒体文化做转换，所以我们现在说当代我们要重新回到精英文化的语境中,有没有?有,肯定是小众的。大众文化有没有?有,大众文化存在着。那么怎么样使大众文化和精英文化的元素融合在一起,当代艺术的走向就是营造一个精英的东西,其实现在的艺术品在越来越往精英走,但是它是借助于媒体和场景,让你走进来,而不是拒人于千里之外,我觉得这是艺术的一个进步,艺术家也在,艺术作品也在,你也在,当你走进艺术品的时候,艺术家没有了,艺术品没有了,你也没有了,只有一个场景在里面。

（完）

（讲座时间:2014.6.12）

国际交往

国际环境与中国外交

王逸舟

王逸舟,1957 年 7 月出生,湖北武汉人。主要学术专长是国际政治专业,现任北京大学国际关系学院副院长、教授,中国国际关系学会副会长。曾任中国社会科学院世界经济与政治研究所副所长、研究员,中国社会科学院研究生院世界经济与政治系主任,《世界经济与政治》杂志主编等职。

主要著作有:《匈牙利道路》(1987)、《波兰危机》(1988)、《当代国际政治析论》(1995)、《西方国际政治学》(1998)、《全球政治和中国外交》(2003)、《中国外交新高地》(2008)、《创造性介入——中国外交新取向》(2011)、《国际政治概论》(2012)、《创造性介入——中国全球角色的生成》(2013)、《中国外交十难题》(2015)。译著包括:《经济体制》(1987)、《政治与市场》(1992)、《政治学概论》(1993)、《权力精英》(1994)。过去的二十多年间,先后到过五十多个国家访学、研究;其中,1996 年至 1997 年曾在美国哈佛大学国际事务中心做访问学者。

我还很担心,主持人今天讲的尽是好话,大家是想来听听这个老师有没有讲我们喜欢听的新东西,但我还是没有把握,因为我是第一次来到暨南大学给同学们讲中国外交和国际关系。我希望能够把我研究中个人的所得和研究中的一些困惑与大家来分享。我期待着我们的年轻人未来能够加入到研究中国、探索中国发展、提升中国国际地位的队伍中来。

这段时间不断有同学问我：王老师，为什么我们的周围总是不断出事？南海、东海、黄海有很多很多的新情况，我想这也是很多在座的同学想要问我的问题，在座同学应该都是国际关系外交专业的同学吧。撇开具体的原因、具体的人和事来说，我们周边发生的这些事情、这些变化，在本质上说是中国崛起，这是一个曾经昏睡的巨人苏醒走向周边，走向世界的一个征兆。过去的世界秩序，过去的世界格局是在没有中国参与，甚至中国没有苏醒的情况下建立的，当中国开始觉醒，当中国的力量开始向周边、向全球伸展的时候，我发现出现了一些不适应，出现了一些摩擦，这是在所难免的。不光是日本人不适应，韩国人不适应，东南亚的国家不适应，当然像美国这个曾经主宰过世界的国家也不适应，我觉得我们自己对中国的今天和未来到底应扮演什么样的角色都是不适应的。我们面对着什么样的挑战，挑战的性质是什么，我想我们都未必是很清楚的，我的感觉是最近变化即媒体上的变化所呈现的实际是一种千年之变。一个人口占世界五分之一的东方大国，一个在古代曾经辉煌过的国家在近代经历屈辱之后，在最近几十年开始重新崛起的一个过程，开始迈向世界民族之林这样一个艰苦的跋涉，周边的变化是这种全球变化的一种折射。

我的第二个判断特别想说出来并期待同学们的理解与跟进，昨天在北大和同学们讲课时说到，中国未来能不能走下去，特别是我们周边的这些“噪音”能不能去除，朝着什么样的动向走很大程度上取决于我们中国自己，我们的成与败很大程度上取决于我们自己国内的改革，我们的强身健体取决于我们自己，你站得稳，走得好，我们周边我们的未来就会朝着积极的方向发展。我们自己停步不前了，我们自己国内的改革停步不前了，未来的周边可能会出现一些战略意外，也可能会出现一些我们不希望看到的摩擦。

我想用一些例子试图给同学们展现一下为什么我们这么观察会是比

较容易的。假设同学们在月球上用一个特别高倍的望远镜花很长时间来观察地球,你会发现新中国成立后三十年间基本上没有人进出的,确切的是 1949 到 1979 年中国出入境人口一共是 28.9 万人,偌大一个国家,但是没有人出去,但是现在可以说中国是全球最大的一块沃土,是发展最快的一块新兴之地,也是人的进出最活跃、人财物流动最迅速的一个国家,这种变化之大,如果你在月球上拿着望远镜看会发现这个地方的变化最剧烈,甚至剧烈到我们自己都不知所措,无法解读的地步。我们在改革开放之前的很长时间都是很少有进出人口的,我们现在是全球人口进出最多的一个国家,在广州这个特别的城市最能够深刻地感受到这一点。我们的旅游者现在可以说是全球第四大旅游国,再过十年就有可能成为世界第一大旅游国。我记得二十年前我第一次出国,当时在莫斯科和东欧一些国家,有人经常问我是不是日本人?因为那时中国人很少出国,而现在中国已经成为全球旅游业输出量最大的一个国家,最近一个日本朋友,他是日本《朝日新闻》的一个专栏主编,他跟我说,他到很多国家,常有人问他是不是中国人。短短二十几年间,就发生了这样的颠覆。世界旅游组织统计,到 2020 年从中国大陆出境的人口将达到 1.2 亿人次,在座的很多同学将来很多是要出国留学的。1909 年我们国家出国的就 49 人,五十年前当中苏关系还是比较好的时候我们每年出去 1000 多人,直到中苏关系破裂我们一共出去了 1 万多人,而现在一年就出去 18 万人,打工的也很多。现在打工的趋势不仅是从内地到沿海,而且还会到国外去打工。1990 年,是 5 万人,现在是 100 万人。

我去过五十多个国家,我发现现在的中国人,现在中国的劳工在全世界可以说是增长最快的一支生力军,比方说二十多年前我在红场的时候发现一个特别奇怪的现象,一方面看到宏伟壮观的建筑,另一方面你就发现红场旁边卖蔬菜的地方品种特别单一,质量特别差。而现在全俄境内 70%的人都能够吃到新鲜可口的蔬菜,我想他们这些蔬菜是在西伯利亚的中国劳工利用蔬菜大棚种出来的,他们以前卫星能够上天,核潜艇能够到北极去,但是解决不了日常的蔬菜问题,这个问题被我们的中国劳工解决了。在中东,在一些阿拉伯地区,他们说他们有油有资源,但是劳动力资源不够,特别是有技术的素质比较好的劳工,以前是来自菲律宾和土耳其。现在是来自印度、巴基斯坦特别是来自东亚的中国人。你看世界第一高塔迪拜塔,在八百米的迪拜塔到处是中国工程师和中国建筑工人。我听一个领导说他到非洲去,特别是非洲的北部、西部,中国的特别是来自浙江义乌、温州的商贩,迅速地把印度人的市场给挤占去了。而这位领导讲了一件事也是很有趣,他到中美洲国家去,那里的政要说我们的钻井队到当地去打井,买了一些当地的废井,他们看没用就说给你吧,结果打出的产量比他们的最高产量还要高,我们的领导人听了以后觉得比较神奇,问是怎么做到的,他们就汇报说一点也不奇怪,因为在国内的大庆油田、华北油田、塔里木油田的油压现在在不断地下降。我们出油的代价很高,几吨水才能够出一吨油,而我们的工程师到他们那里一看,他们的条件太好了,是他们太不珍惜了,他们很多油田还没有充分利用就不要了、废弃了。而到了我们工程师的手里,用很便宜的价格就能够出很多质量不错的油,比他们的最高产还要多,所以这位领导当时就说,我们今天很多好日子是和农民工以及这些海外的工人兄弟们分不开的。这话一点都不夸张,我告诉大家,我们的父辈,他们兜里每一块钱和我们当时出口的矿石资源、石油都是有一点联系的,那时出口石油赚一点外汇。现在这么高的收入,特别是在广东这边,他们兜里至少有四毛钱是来自我们九百六十万平方千米以外的土地,来自我们成千上万的油轮货轮,来自海外的油井矿山的合同里的,来自我们数十万在海外打工的劳动人民手里。

前外交部部长李肇星曾告诉我这样一件事,他说他很惊讶,中国的船队现在超过了美国、英国等老牌的船队,成为了世界上最大的船队,在很多挂着巴拿马、希腊国旗的船队里有大量的是来自中国的船员。包括我们南海舰队、北海舰队很多复员军人,退役后经过很短的培训就转变为了船员,一出去几个月、半年不回家,收入也是很可观的。因为中国船员的素质非常好,特别能吃苦耐劳,很受各国雇主的欢迎。李肇星说别国船工协会告诉他,全球各地的船舶上来自中国的船员就有 17 万多,我想说这些数字的意思是今天中国的发展的的确确不止在中国本土,不止在九百六十万平方千米的领土之内。未来一二十年同学们将成为各条战线、各个领域的专家领导,商务谈判代表或者其他骨干的时候,要经常与海外各国打交道,甚至制定各种国际交往的规则,比方说海洋法。联合国给了中国特殊权利,太平洋有一块三万立方米的锰矿结晶,那是中国专属的,但是我们现在没有开采,就像美国没有完全开发阿拉斯加一样,因为路途遥远,因为资金比较短缺,还因为一些技术的瓶颈,但是再过一二十年我们陆地的资源可能消耗殆尽了,到时我们有了更多的钱,有了更好的技术,就可以开发了。可能到时我们就经常地往返大洋彼岸,外部世界的好坏、全球的发展与稳定和中国可以说是越来越息息相关了。

我这次演讲的主题是今天世界的发展确确实实离不开中国,中国是全球发展变化最迅速的一个变量,是最大的一个动量。我有一个好朋友原来是驻美大使馆的武官,他说现在是军队发展的黄金时期,这个黄金发展时期怎么来的呢?不是因为个人的收入更高了,虽然个人的收入确实比过去高很多。(我记得我读大学的时候我们班上有六个当兵的,那个时候当兵的找不到对象,女孩子都觉得当兵的收入太低了。)但是那个朋友告诉我,我们现在更重要的是有了不同的荣誉感,有了不同的使命感。也就是胡锦涛同志说的军队不仅要有守卫我们疆土的责任,保护我们主权的任务,而且必须在海外在国际社会来履行我们的使命,比方说海上通道,比方说打击海盗,比方说提供联合国维护部队的兵力,比方说未来保护我们海外的利益,等等。大家看看 1999 年和 2009 年两次大阅兵的录像,会发现十年间 95%的装备都变化了,而更新的装备中绝大部分都是远投的、是海军的和空军的,是战略导弹的、二炮的,加油机、预警机都出现了,我们现在又正在研制航母等。这改变了我们以前陆军独大的局面,由近距离防御向大国海军、大国陆军、大国空军的方向发展,中国自己为全球的发展作出了很多卓越的贡献,也就是说我们的利益走向了全球,我们的军队也要跟进走向全球。

顺便说一下,最近我到商务部去开会,商务部的投资可以说是全球最大的投资,中国商务部的利益布局可以让美国、日本等国家的商务部都眼馋,因为中国动辄就是几十亿几百亿的订单,动辄就是几百亿几千亿购买人家股权和债权。力度之大,范围之广不光是中国自己的历史上都没有过,全球经济史上都没有过。

下面进入我们的主题,假设我们在座的每一位都是国家未来的领导人,都是精英,是我们国家第八代、第九代的中央军委主席、外交部部长、商务部部长,你会面对一个什么样的挑战,会面对一个什么样的难题?我的观点是中国未来会面对三大挑战,也可以说三大难题。是哪三大难题呢?第一个是发展危机,第二个就是安全隐患,第三个就是国际压力。所谓发展危机就是中国经历了一个高速发展的时期以后,中国原先发展的源泉正在变得枯竭,中国发展正站在一个十字路口,我们目前发展的局限性在未来暴露得十分明显。这种局限性表现在只重视规模、数量的低端化模式。如果我们想发展得更好,想为世界多作出贡献的话,中国必须超越这个阶段。但是超越这个阶段是非常艰难的,充满危机。我举一些例子来说明为什么会出现这种发展危机?首先是我们的能源通道、我们海外的供给线变得越来越重要,中国经济的脆弱性现在暴露无遗,过去常说中国地大物博,常说全球绝大多数国家有的能源我们都有,我国还有别的国家没有的稀有金属等。但是要明白绝大多数情况下,中国是一个资源短缺的国家,中国所占有的人均资源是远远低于世界平均水平,中国的未来发展会面对这种局限性,比如说我们讲最重要的两种能源,一个是石油,另一个就是铁矿石。

过去,中国的石油绰绰有余,大量出口。“文革”的时候就不用说了,我们知道有一个“铁人”叫做王进喜,有一个120钻井队,他们打出的石油都是出口的,可是1993年是一个分水岭,我们的石油开始进口了。但是我们国家现在大量进口石油的国家在未来发生战争的可能性是很大的，有40%到50%，甚至超过这个比例，这些国家可能会发生内乱也可能会发生冲突、遭到大国的侵略等。换句话说如果出现这种情形我们国内的经济一段时间就有可能出现或高或低的过山车效应。有油供应了提升加速，没有油供应了刹车减速，其他一些国家或多或少也有这些问题。这个世界是不公平的，油气资源丰富的地方往往是国内不安定、混乱的地方，或者说是外国势力插手带来了地区的不稳定等。这就是说中国对外开放的程度越高，我们对外联系得越密切，我们这方面被外国所“掐脖子”的风险也就越大。

再举一个更明显的例子，大家知道毛主席在20世纪50年代后期提出一个特别有名的口号：超英赶美。意思是钢铁总产量争取超过英国赶上美国。但是在那个年代、那个体制、那个技术条件下是做不到的，所以说这只能是一个梦。今天可以说美国、英国合起来再加上日本，再加上所有的国家都是不如中国的钢铁生产能力。我们的钢产量占了全球的47%，几乎是半壁江山了。它是中国工业化、现代化的基石。可以让我们自豪，让全世界感觉到一种力量，但是当你知道我们这么大的钢铁业的生产能力，它原料的三分之二要从国外进口，铁矿石要从巴西、从澳大利亚、从很多地方辛辛苦苦地买来，而且要忍受每年百分之十几、百分之几十的抬价，你就不免有一点担心，就知道中国的钢铁业是多么的笨拙，是多么的受制于人。

我到国防部讲课，一位中将和我讲了他自己的观察和忧虑，他说以前他在中俄边境当兵，过去看中俄两边的生态环境是一样的，现在他作为首长来视察，看到人家那边还是青山绿水，而我们这边则是大片大片的黄色和灰色，从高空看不清楚，越往低空越看得清楚，灰色、黄色是大片大片的开发区域、公路网，所以就不再是青山绿水了。他就问我：王教授，你说我们的孩子、我们的孙子是不是将来每天住着大房子、开着大车子但是每天戴着防毒面具生活。说实话这个不是没有可能，这种情形很可怕，也就是说我们的 GDP 上去了,我们的生态下去了,我们这种粗放低端的模式不断地扩大造成这种情形。从初期的含义上看,它是解决了温饱问题,但是从更高的发展局面上看它就是问题十足。

我的祖籍是河南巩县(现在为巩义市),巩县号称全国百强县之一,我最近去老家讲学,市政府邀请我去参观,宴请我说吃的是真的黄河大鱼,我觉得很有讽刺意味,因为现在能够吃到野生的黄河大鱼已经不容易了。而我小时候在巩县经常看到黄河里鲤鱼的背,那个画面我现在还记得十分清楚,现在是完全没有了,回来坐车去窑洞看,窑洞是破损不堪的,沿途都是粉尘的味道,他们的产值就是这么上去的。为什么是全国百强县,就是当地的小煤炭、化学工业特别发达,产值是上去了但是整个环境变得非常差。

我出生在武汉市,湖北省的省会,过去湖北省号称千湖之省,武汉是百湖之市,可是现在没有人说武汉是百湖之市了,20 世纪 60 年代武汉还有 127 个湖,现在只有 30 多个湖泊了。四十年间差不多消失了 100 个,所以再也没办法说它是一个百湖之市了,这是我们今天面临的重大问题。它解决了我们整个中国人的温饱问题,但却发现这个模式很低端,在全球没有多大的竞争力,科技含量比较低,能耗比较大,而且污染也是比较大的。这让我想到了王选教授,他号称中国当代"毕昇"。有一次在电视台他和我做节目,那是 2006 年的时候。虽然王选先生故去了,但是他的那两句话我确实记得非常清晰,他说:"你们搞人文问题的人容易把中国看得比较强大,我搞自然科学的说话比较老实,在全球科技领域,是'我们造壳,人家造芯',我们仿芯的水平甚至比不上台湾地区,比不上新加坡。"虽然他说的那句话时比较温和,声音也比较小,但是他的那句话真可谓是醍醐灌顶。

他非常清晰地提到了我们现在发展模式的特点,它的优势就是这种集约式的整体效应,十几亿人,庞大市场吞噬资源的能力。所以有人就说中国一买什么东西,什么东西就贵,中国一卖什么东西,什么东西就便宜。

但是你把看到的所有产品如电脑、手机、屏幕等高科技的产品堆成一个金字塔，你就会发现有两种方式来观察这个金字塔，一是我们媒体所在吹嘘的那个角度，说你看中国经济在全球是增长最快的，是全球的第二大经济体，中国是全球最大的经济市场，这些东西听了，规模、速度、总体实力都是会给人以深刻的印象，全世界也都是这么看的。是啊，中国是很了不起的，但是按照王选教授的思路就不这样看了，同样的金字塔他从另外的一个角度看，他发现中国基本上处于这个金字塔的中低端，特别是低端的。我的解读什么是低端呢？如帽子、鞋、袜子这些劳动密集型的、技术含量低的并且需要很大矿石资源的、很大能量消耗的是低端的，在全世界一百双鞋，有七十双是中国生产的。在美国的沃尔玛超市，家具十件至少有七八件是中国人生产的。但是如果你要往金字塔的中端看，会发现越是往高中国人所占的比例就越少。为什么？因为中高端的，科技含量比较高，能耗比较低，比如说电脑，不要说联想是全球最大的电脑制造商，但是联想的"芯"不是我们的，是微软的，office 系统也是美国的。再比如说手机，手机当中那些最好的界面、最好的软件同样不是我们的。哪怕我们生产出来的壳最多，生产出来的量最大，但是这肯定不是最赚钱的。最赚钱的还是那个"芯"、那个软件，是他们所提供的创意。飞机是一个大产品，是上百万个零件的集合，有人说中国正在制造大飞机，中国是未来最大的飞机市场，中国未来会有三千架的飞机订单，难道我们不厉害么？我告诉大家你去问问航空业的那些巨头，你去问问南航、国航那些老板们，他们的飞机有多少是波音的、有多少是空客的，又有多少是我们自己做的大飞机。我们自己做的大飞机都是不大可能上国际航线的，都只能在国内的小支线航行。三千架飞机，可能百分之五十五是波音的，百分之四十五是空客的，所以你说市场大，市场是别人的技术，是别人的发动机。当然我们的天津、西安也是有一些配件厂，装尾翼、装座椅等，那个不作数的。还是那句话，我们是中端的、低端的。

我们说飞机大，航母更大，中国现在的军事预算从量上来看已经是世界第二大了，仅次于美国，听起来确实很吓人，但是仔细看看这个预算的结构和内容，47%是人头费、服装费、待遇等，一半的军费就去掉了。真正用于高科技的还是很少的，不能说它的军费是全球第二位的，它的军事力量就是全球第二位的。你看美国它的军费高，它的军费用于高科技、用于撒手锏、用于远投力量的比重是比较大的，因为它可以在24小时内在全球的任何地方投入兵力，一个星期的时间能够在沙漠、在极地投入一个重装甲师的兵力。而我们包括很多国家都不具备这个力量。量大并不是意味着他的军事力量强大。高端产品中国所占的比例是很小的，你说中国人口占世界的五分之一，但高端产品占世界的五十分之一都不到。神舟、两弹一星、"嫦娥"这些高端产品少之又少。比如说电池，日本人把制作电池板作为一个国策之一，麻生说得很清楚，他说要把制造高性能的电池板作为国家机密、国家策略、国家的发展目标。后来他们研制出了一千克的电池板，这种一千克的电池板能够提供自卫队的军官在野外、在海外一天的全部所需：作战、取暖、维修装备。每天回来插一下电池板，第二天就可以再用了，这要省多少矿石能源。

我们基本上是血拼低价市场，靠价格，拼低端，而人家则是把大部分费用用来开发电池板、新材料、新技术等。这就是我们现在发展模式的制约性，也就是说我们中国人在全球的制造业无法开风气之先，就如克林顿对中国领导人所说的那样：再多几个地球也不够中国人使用。美国的发展模式是每一个家庭有汽车，每一个家庭平均都有一百一十平方米的大房子，美国一个国家三亿人口占了全球能耗的百分之四十四，中国虽然受美国的影响很大。我们不是一亿三千万，不是一千三百万人的国家，我们是十三亿人的国家，最近我去了十二个省市讲课，我接触了一些领导，发现了一个普遍的现象：就是很多地方政府利用中央拯救金融危机的四万亿再加上地方的十几万亿，把很多过去论证不达标、污染严重的项目，给统统拉上马来。然后一位副省领导和我说："为什么这样做了，因为对我来说当下的选择不多，很多人因为金融危机的缘故从沿海省份回到家乡，这是一个内陆一亿多人口的大省，这么多农民回来了。这个任务是说保民生，保就业，保增长。”他说：“我搞一些化肥厂、冶炼厂，那个技术特别简单，上马特别快，就业就很容易，稍微训练一下，一下子几十万人就业问题解决了。而且到年底产值又增加了好多个亿的，这个面子也是很好看的。”他说：“如果要我搞新能源，核能我们没办法搞，那是需要国家批准的，风能受到地理环境制约，其他能源如潮汐能受到技术上的制约，技术上还没有过关。我们现在的煤炭、石油矿石能源比较好用，比较好储存。”所以我们结构的这种弊端，要扭转它 ，实现它的升级换代，是非常非常艰巨的。但我们的使命是向科技含量更高，对环境更加有益，同时对子孙后代负责的方向转变的，我相信不管是十八大，或者是十九大以后的领导人还会为这些事情去伤脑筋。

第二是安全问题。它和军队、外交问题是完全不一样的，大家今天看到南海、东海出了很多的事，我想这具有必然性，因为我们进入 21 世纪以来，我们面临新一轮的蓝色圈地运动，各国利用海洋法把自己的领土不断地往外推，势必造成很多国家的主权和权利的交叉，引起更加复杂的争议，这是一个大的背景。除了这个大背景之外，我们还有一个中国本来就比较特殊的情况，中国本来邻国就多，民族状况比较复杂，我们领土面积处在一个不断调整、不断扩展的过程当中。

再说说邻国，以前的地理常识，中国有多少邻国，我们原来书上的标准答案是十五个。但是如果你上我的课的话，这些都是不及格的，中国确切的邻国有三十多个，我们的接壤邻国是十四个占了一半，非接壤邻国有十七个，接壤邻国是指山水相邻，是边界靠在一起的国家像朝鲜、越南等国家。非接壤国家如韩国、日本，间隔一个国家或者临海，上海合作组织的多数成员、东盟多数成员都是这种邻国。这些国家在战略上、文化上都和我们有千丝万缕的联系。请大家注意我说的这个概念，其实在我们心里有一个预设，从大国历史、国际关系历史看，凡是成长中的国家，如果能够庇护国家的面积越大，它解决问题的能力也越强，凡是衰败的国家别说照料周边问题,连自己的内部稳定都不能解决,比如说今天的塔利班所在的阿富汗,卡尔扎伊只能够控制首都喀布尔,只能够在北约的帮助下控制阿富汗的一些交通干线,全境三分之二的土地被塔利班攻陷。而中国在晚清时期,丧权辱国、积贫积弱,那个时代偌大的中国又有什么用?帝国列强想分你青岛就分你青岛,想把你东北分几块就分几块,想在你那里弄个治外法权就弄个治外法权。今天的中国不仅要把国内的情况照料好,还要注意接壤地区和非接壤地区,更要考虑哪些是我们的战略疆域,哪些是我们的战略谋算、战略投入。成长中的大国和原先所接壤的区域是不一样的。

好了,给出以上几个常识后,下面就要给大家出一道难题,我们新时期的难题是什么呢?新一轮的蓝色圈地运动之后,主权的要求开始变得复杂了,不管是大国还是小国都加紧这种权力的要求,而在这个过程中,中国所面对的邻国数量是全球第二多的,仅次于俄罗斯,俄罗斯是横跨欧亚的国家,它的邻国将近四十个国家。但是全球这么多国家没有一个国家有中国那么多尚未解决的主权纠纷。这让我想起几年前接见哈佛校友时在中南海的一次会谈,我问一位哈佛教授,在他看来中国所面临最大的问题是什么?他来中国六十多次,见过毛主席、周总理、邓小平、江泽民等几代中国领导人,可以说是对中国的问题了如指掌。他就用一句话来回答我说:You have too many neighbours(你们有太多的邻居了)。我们知道这个教授是权力均衡论的创始者,权力均衡论的出发点是什么?一个国家在强大过程中,周边国家对它的制衡是不可能省略掉的。美国和中国又不一样,你不要看美国是超级大国,它的地理环境特别简单,一南一北墨西哥、加拿大,一东一西太平洋、大西洋像天然屏障一样保护着美国,美国天生就是这样。所以有人说美国是上帝的宠儿,美国人从来不担心自己的主权问题,只关心他国的主权,关心世界的主权。反观中国西太平洋地区 ,就是全球主权最交叉最重叠的一个地区,如日本和韩国之间,日本和俄罗斯之间,东南亚各国之间的各种纠纷,而在所有的纠纷之中中国的纠纷是最多的。从历史上看中国有超过一半的邻国与中国存在主权纠纷,大到我们和日本之间围绕钓鱼岛的纠纷,小到我们和印度尼西亚(以下简称“印尼”)之间所产生的分歧。

最近我到印尼去,参加纪念活动,驻印尼大使说可不要小瞧这个渔场的问题,双方都不会在这个问题上让步,都不希望这件事发展成最近中国和日本之间那样的两强对峙。当代中国六十年很多次战乱、很多次冲突都或多或少与主权问题有关系。比如说新中国成立之后的第一场战争——抗美援朝战争。在我看来这场战争的目的不是抗美也不是援朝,而是后半句:保家卫国,守护中国的东北大门。你看看最近解密出来的文件,你就知道当时毛主席最担心的事情是什么,是怕这场战争再引起东北的匪患,导致新生的红色政权摇摇欲坠,导致由东北的不稳引起全国的动乱,再有南北夹击,导致我们新生的共和国刚刚诞生就被扼杀在摇篮之中。所以我们后来自己哪怕勒紧裤腰带,哪怕砸锅卖铁都要打这样一场战争。我这个说得可能大家印象不太深,南京大屠杀说是 30 万,但是没有姓名,所以你印象不深,日本人也不承认是 30 万。但我可以告诉大家,朝鲜战争的牺牲者都有名有姓,我在平壤看中国人民志愿军的烈士纪念塔,光是军师级别的干部领导就有密密麻麻一大排,包括毛主席自己的孩子也埋在那片土地上。用我的话说,这些烈士是埋在别国的土地上替我们默默地守卫着祖国。维护东北大门的稳固,是第一场战争的初衷。

第二场战争是我们和印度打的边界战争,实际上确切地说我们和印度没有边界。听上去很奇怪,中国和印度这两个占了全球五分之二人口的国家竟然没有边界,然而事实就是如此。中国和印度到目前为止都没有一个国际法意义上的,双方都认可的边界。有一个边界线叫做麦克马洪线,是当年殖民者划的,搞得印度人不满意,我们则更加生气。为什么呢,我们在西北的一带靠近克什米尔的 3 万多平方米,印度人要求我们归还给他们,说是他们的领土,我们当然不会归还给他们,但是更让我们头痛生气的是在我们藏南地区有 9 万多平方米被印度 10 万大军所占领。

而且藏南和藏北很不一样，藏南地势比较平坦，气候特别湿润，很适合农业生产。但被人拿走了，而印度丝毫没有把它归还给我们的意思。未来我觉得这个地方还是相当棘手，相当困难。很有可能同学在未来的五年、十年、二十年看不到彻底的解决办法。这也是一个定时炸弹，虽然中国和印度都不想打仗，但是中国和印度谁也不想在这个权力上放手。

第三件事是四十年前在北端的珍宝岛，苏联叫做黑瞎子岛，中国和原来的老大哥卷入了一场冲突，那场冲突虽然死亡人数不多，只有 100 多人，但是当时中苏在 4300 千米的边界上双方屯兵百万，是当时世界上最危险的边界，各自都把核武器瞄准了对方，而且双方都做了最坏的打算，最坏的打算是什么呢？一个苏联的朋友在 20 世纪 80 年代后期对我说，当时他们最担心的是中国人会像蝗虫一样把他们的远东西伯利亚一带都给占领了，然后他们用饱和的原子设施对中国进行轰炸，几百个城市、军事设施等。如果真的是这样，我们到处都充满蘑菇云，而且苏联原子弹的单位吨量远远超过当年广岛的原子弹。这是苏联方面所做的最坏打算。

主权看上去是一个小岛的事，但一旦动起来都是大事，它和贸易争端，和平常的外交上的吵架性质不一样。中国面对的这些事情是特别多样的，特别棘手的，而中国难以用统一的模式来面对这些问题。你不要看 20 世纪 70 年代之后，我们对外有一个重大的转变，大战的可能性不大，但是纠纷依然存在，用我们媒体的话说，南海供应给养模式依然没有改变，从马来西亚首相登岛宣示主权，到越南宣布成立南沙省，到菲律宾把我们的一个岛化作它的领土，这些都是非常具有挑衅性的行为，包括中国和日本围绕渔船事件，在钓鱼岛所发生的纷争，这使两国之间原定的部长以上会议全部取消，让两国之间很多贸易协定全都搁置，强调一点我们周边很多地方都有这个问题，包括我们与韩国。我们与韩国之间有黄海海图划界问题，甚至朝鲜和我们都有主权上的纠纷，虽然它是我们的"兄弟"。我们知道最著名的高句丽事件，就是在东北辽宁一带有一些朝鲜族墓碑的遗址，但韩国说是他们历史的象征。当我们准备申报世界遗产的时候,在半岛引起了轩然大波。我说这些,是想说明中国面对的主权纠纷是全世界最复杂的,处理好它们相当不容易。作为一个负责任的大国,一块重要的试金石是看你能不能搞定周边国家的关系,我觉得这很难,我们很难处理好这些关系,未来我们这里的同学肯定要去处理这些棘手的问题。拱手让给人家,中国肯定不愿意,如果用武力夺过来,但又做不到。

还有另外一点,就是非传统安全,这个概念同学们多多少少听说过,简单说非传统安全就是文化,是过去军队在战场上所无法面对的,靠飞机大炮解决不了的,但它同样对社会、对经济、对民生造成重大的创伤,这些就称作非传统安全。我在这里举几个实例来说明这个问题。恶性传染病,不是病房的传染病,是遍及整个社会,影响整个城镇的传染病,像非典或者甲型流感。不要小瞧甲型流感,哪怕一个人没死,它在全世界造成的影响都不亚于一场中小规模的战争。

这种对手不像航母、飞机。穿了军装的敌人是很容易捕捉的,哪怕我打不过你,我也知道未来如何改进。非传统安全就好比一位在北京做访问学者的哈佛大学教授说的一样,这很像拳头打跳蚤,大炮打蚊子,根本对不上点。美国的五角大楼经历“9・11”之后的恐慌情形就像是拳头打跳蚤。曼哈顿有两个航母编队被调过来巡逻,F15 飞机在曼哈顿上空巡逻。大家知道这是具有讽刺意味的画面,那个港湾很小,航母转不过弯来,F15 飞机一升空就有几百千米的作战半径,恐怖分子说不定就在纽约笑话你。面对恐怖主义,它和以往不一样,它躲在暗处,它从来不在正面战场出现。最近上海合作组织在哈萨克斯坦和吉尔吉斯斯坦开展联合军演,其实很具有讽刺意味。我们的坦克、军队在那里演习,恐怖分子从不对着干,他们怎么会在战场上和你较量呢?他们出手的时候,往往以学生的宗教的身份和普通下岗职工的身份出现。就像我们“3・14”和“7・5”事件在西藏和新疆看到的一样,军队紧张,但是没办法。所以对中国来说,我们这些新的问题和新的隐患,实际上和我们社会内部原有的问题和原有的一些顾忌挂钩。这和传统作战是不一样的。朱镕基总理讲过,中国改革可能是要经历三关的。

第一关叫做农村农业关,这在70年代后期中国改革成功了,通过家庭联产承包责任制改革成功了,这在以往的经济史上从来没有过,经济学家从来没有做成功的或者说是没有好的理论或公式可以解决的,这是第一关。第二关是城市工业关。工业关有一系列的问题,朱总理亲身经历了这些问题。搞经济学的同学会明白那时中国面对一系列重大的经济问题,例如价格的转轨制、企业的三角债问题、中央和地方政府的税改和费改问题。朱镕基总理回忆当时他带领各个部委的领导到各地谈判的时候,在宾馆里几天都不能够出来,开水泡面,有的同志胃不好几天下来就出毛病了。这是非常危险的,当时形容这是在雷区行走,弄不好就炸得粉身碎骨。因为没有现成的理论,没有哪个国家的现成做法可以借鉴,但是他说有可能闯关成功,现在回过头来看,确实闯关成功了。我们解决了价格的双轨制、企业的三角债问题、中央和地方的税费问题,这都是以往诺贝尔奖经济学得主从来没有解决过的问题。

但是他说第三关闯关最难,不知道能不能闯关成功,这一关就是金融改革问题,这是非常中肯的话。最发达、最强大的国家在这场没有硝烟的金融战争中,美国人自己说金融危机是美国战后最严重的一场非战争打击,几万亿美元损失了,资产消失了。比它受到的任何规模的战争所带来的损失都严重得多。它使得美国遭受到前所未有的严重损失,大家不要以为金融危机就光美国人倒霉。现在经济危机是相互依存的,美国人感冒,中国人也要打喷嚏,美国经济出状况,中国经济也是会跟着出问题的。比如说中国几万亿的外汇储备,中国有九千多亿美元放在华尔街、放在美国的财政部,用来购买他们的国债和金融衍生产品。而这些国债和金融衍生产品随着金融危机的到来全部缩水,缩水的规模和速度都是几十亿和几百亿的。那些都是白花花的真金白银,是我们老百姓的血汗钱。但是我想说的是在金融战场上中国跟美国比还差得很远,美国人如果是博士的话,我们充其量是一个小学生。和人家斗法还差几个档次,所以未来中国的经济不能排除面对金融海啸的冲击。我有一个比喻，金融好比机器的润滑剂，没有润滑剂机器是运转不了的，反之润滑剂过多，机器就会运转过速或者失速，甚至打滑。中国经济面对金融危机还是一个未知数，所以我们的未来能否闯过这一关还不知道。

最后一个非传统安全就是三股势力的侵扰，即恐怖势力、极端势力和分裂势力。我们的西部正在面临这种挑战，它也是一种非传统安全的挑战，它和我们的军事和金融不一样。

下面讲讲最后一个挑战。中国在成长为地区大国过程中的挑战就是新的日益增长的国际压力。这种压力用一个形象的说法就是中国树未大，先招风。人们常说树大招风，而中国现在是树还没有大，还没有枝繁叶茂就开始招风了。弄得不好就把枝、杆、叶都折断。我们现在面对的国际压力就是这样一种情形。

我们看这几年，奥运会的成功举办、世博会的顺利召开、大阅兵振奋了国人的士气，但这些里程碑事件有一些负效应在里面。我们原先的一些朋友，把我们看作是发展中国家的朋友改变了看法。越来越多的人、越来越多的国家，不管是发达国家还是发展中国家，不管是大国还是小国，觉得中国不再是一个发展中国家而是一个强国，一个富国，一个超级大国，认为中国要和美国一起共同管理世界。这样的看法看上去挺提气，实际上背后带来了非常大的压力，有更多责任和义务的要求。而我们还没准备好承担这些责任和义务，重要原因是我们还没能力去承担。在座的同学喜欢用人均来看问题，人均收入、人均排放、人均制造业能力等，如果从人均来看中国就比较靠后，排到几十位、一百位之后。但国外绝大多数国家不用人均看中国，就看中国的总量，从而判断中国的规模、能力和速度，认为中国是一个核大国，中国是联合国安理会常任理事国，中国是世界上最大的市场，中国的增长速度最快。这种反差让很多国家认为中国是一头可畏而不可亲的经济怪兽，也就是说你发展那么快，那么厉害，认为中国的发展是把别人的资源拿走了，但拿走了别人的资源又不回报，他们就觉得你为富不仁,觉得你很吝啬。

这当中既有很多西方媒体、政客从中作祟,推波助澜,但很多第三世界的国家也确确实实有这方面的看法。比如去年我参加达沃斯世界经济论坛,印象就特别深刻。当时温总理,作为第一个嘉宾讲了中国的发展、中国的目标等,下面就开始议论纷纷。总理走后,我参加了后面的所有峰会,包括一个非洲的领导人未来战略蓝图的峰会,参加的领导人都是一些高官、银行的行长或者一些非洲联盟的领导人。说实话他们谈到中国时都是不那么好听的话,说中国是"新殖民主义",中国的经济吞噬他国的资源等。会谈休息的时候我就拦住了一个非洲的领导人,问他为什么说中国搞"新殖民主义"? 他说:"你要我说实话吗?"我说:"我就是想听你的心里话。"他说今天的中国在非洲所从事的行业、所投资的领域基本上都是矿产、资源、石油但可持续发展的投资比较少,比如教育、医疗和能力建设等。这在他国的很多知识分子和政客看来就和过去的列强没有太大区别。当然,它有一点区别就是旧殖民主义是炮舰政策,拿着大炮把人家大门炸开,拿着铁链把人家拴住。新殖民主义不干这个,新殖民主义主要用金钱的方式,用经济力量把人家的市场给占了。他们认为这些新老殖民主义本质上是一样的,就是掠夺这些没有资金、没有能力的落后国家。

我听了这番话很震惊,也没办法去想象。中国的发展为什么会是这样一个结果。我们多半认为中国的发展会给世界带来和平,中国的发展会让世界欢欣鼓舞。其实远没有那么美好,我们发展的结构和模式以及对外吞噬资源的能力容易给人造成这种反向思维,对中国形成这种可畏不可亲的印象。另外一个原因是,中国原先是一个很沉寂、不活跃的国家,而世界的体系规则早就已经建立了。中国现在开始活跃起来了,当中国开始向其他方向伸展的时候,原先的结构就开始出现一些缝隙和崩裂,就会让一些国家不适应、不高兴或者不确定。对此我们的准备同样不够,我们看到周边的一些乱象的时候,有两种思路。一种思路是他急你也跟着急,也着急地去解决问题。另外一种思路是要采取一种睦邻的政策,采取一种大度的政策,让你的发展受益于周围的国家。我觉得我们现在缺少后一种思路,更多的是前一种心态。周围的国家多多少少有一种被人打压的感觉,有一种受害者的心态,一种弱国长期受压的心态,这一点我觉得中国需要改变。中国需要成为一个风范大国,要在崛起过程中看得更远,能为这个世界做更多事情。

我觉得我们在外援方面,是能够做更多的事情的。这一点我要说一个例子,我不知道暨南大学的同学对于这个青年志愿者是如何看待和如何加入的。团中央(中国共产主义青年团)的一位同志讲前些年为了落实中非峰会的一些项目,团中央推进了一项中国青年志愿者援非计划。这个计划是在五年之内派一些青年到非洲最贫穷的国家去做一些支教工作。结果超过了团中央和设计者的预想,报名人数之多大大超出了名额,但是由于资金有限没能让那么多的志愿者出去。美国在20世纪60年代都是成千上万地派人出去搞教育和基础建设的。

我们中国缺少的就是软实力,我们给人的感觉就是吞噬资源的能力很强,我们对外买矿的能力很强。但是如何发展软实力,如何让中国的青年一代把对这个世界的承诺表达出来,显得非常微弱。今后我想我们应该提供更好的公共产品,更好的外援。我们的外援和公共产品的总量占GDP的比例小得不能再小了。北欧国家每年将1%的收入捐给国际,捐给联合国,捐给难民。大家不要以为中国所给的援助很多,像对巴基斯坦的援助、印度洋海啸的援助、美国的佛罗里达飓风的援助,大家千万不要以为很多,其实这些年来这些援助总的比例在国际上是呈下降趋势的。北欧一些国家是1%,我们连0.1%都不到,甚至0.05%都不到,这无论如何都不是一个负责任的大国,一个为人们所盼望的大国。而且从联合国的大系统来讲,中国人也很少。在联合国的十八大系统中,从来没有一个中国人担任主要官员,一般都是中下层的官员。前年陈冯富珍担任世界卫生组织总干事,当时是因为韩国人有紧急情况没有上任,之后的普选中陈冯富珍当选了。林毅夫现在在世行当副行长,虽然不是最高位置,但是多多少少也在往前沿位置推进了。但是我们在座的青年应该有这样一种意识,中国的国际公务员不要说和老牌的西方国家比,就是和墨西哥、印度以及巴西比,我们的比重都低得多。这也是我们的国际意识不够强的一种体现。

最后我想用几句话来结束今天的报告,留出时间给大家提问。我觉得新时期中国的发展有很多缺失,其中一个大的缺失就是我们的国际贡献还不够大,处于整个产业链的低端。同样把“国际动员度”画成一座金字塔,中国同样处于中低端,当今世界有五万多个国际组织,各式各样的,中国参加了多少?中国的参与率和荷兰、西班牙差不多,大概百分之七十,比起美国、日本、法国的百分之八十、八十五略低,同学们说还是可以的。换一个角度看,中国参与的质量还是有问题。大家听清楚了,同样是参加,有人当总干事,有人当会员,有人参加是起到决议的作用,有人参加只是组织的作用。有的参加只是听一听,有的参加是把总部设在它的首都,从而能够驾驭它。我们看看北京、上海、广州、深圳这些大城市,有很多跨国公司,总部设在中国。但是我很想问问什么时候联合国的总部设在中国,什么时候国际原子能的总部设在中国。最后看到北京设了一个总部,叫作国际藤草竹编联盟,这类似于国际乒协、国际排协。但是它毕竟和原子能总部、难民署的总部、联合国安理会的总部、国际维和总部的高下、权重不一样。我们在国际组织中的参与度还是处于中低端水平,这是我们的一种缺失,量是参加了不少,但是质量还是差得很远。

最后我想举一个例子,用姚明来说明我心目中的中国应如何去做一个大国。我觉得姚明不仅是一个篮球运动员,一个好的体育选手,他还是一个大国风范的象征。他有两个特点值得我们去学习,去认真琢磨。第一,我觉得姚明是一个新型的强者,这一点我是从 NBA 的总裁斯特恩一次接受 CNN 采访时所说的话了解到的,他说姚明是一个新型的强者。老牌强者在 NBA 像奥尼尔,像詹姆斯、科比等,球场上打得很凶,一下球场打架、酗酒、非法持有枪械样样俱全。姚明从来没有这些东西,从球场上到球场下都有一股清风，他说这是新型的强者。我觉得中国的强大应该学习姚明，强大起来让人觉得和蔼可亲。而不是美国的强大，让人觉得是一种很霸道的强大。喜欢美国人的不是很多，这是霸道不是强大，中国的强大应该像姚明的那种强大，应该是一种谦虚的、和蔼的、有仁慈感的强大。第二点姚明是一个特别聪明的人，一个有智慧的人。仁爱和智慧我觉得是新时期中国人应该具备的一个特点，但我们做得太不够了。姚明彻底改变了我们以往对运动员的看法，我们以往认为运动员四肢发达、头脑简单。然而姚明却不是，姚明四肢发达，但头脑更发达。不仅如此，姚明看到了人类很多的进步趋势，姚明做的广告绝对是一流水准，比如号召人们不要杀野生大象，不要吃那些濒临灭绝的物种，他这个广告确实在人类当中深入人心，他确实懂得人类发展的一些常识，与人类的发展趋势相吻合。

一位高官说他以姚明为亚洲人感到自豪，为什么？他说姚明在奥运会开幕式上，高高大大的，手拉一位小朋友，大家觉得太好了，这是一位抗震小英雄，两个形象加在一起真的很好，表达出强大而且富有恻隐之心的形象。姚明最近在给电影配音，不仅分文不取，而且是给一个儿童剧《马兰花》改编成的动画片配音，角色是一个有智慧的长者的形象。开始的时候，姚明说我只会打球不会配音，导演说你肯定能配好。姚明就开始较真，配得大汗淋漓，效果很不错。导演、剧组都觉得姚明是一个很好、特别有能耐的人，这一切需要我们中国人好好琢磨。今天中国崛起强大的同时又让世界感觉到中国的强大是让人觉得尊敬的，让人亲近的，是一个愿意与别国合作、互助共赢的大国形象。

总的来说，我觉得中国就像一个爬山的巨人，几十年来一步一步地走过来，最开始大家看山脚下的那个巨人像一个病夫，遍体鳞伤、昏迷不醒。这个巨人慢慢爬到半山腰，开始充满活力，经济上一日千里。但是这个巨人觉得还不够，还需往高处攀登，攀登要面对三种挑战。一是经济的发展模式要面对转轨的阵痛，二是在国际环境中要面对传统和非传统的安全挑战，三是在国际上要面对呼呼作响的大风和压力，这一切都有可能压倒这个巨人，把这个巨人从山顶上摔下来。但我始终相信中国是有希望爬到世界之巅的，同时我也期待中国能为自己、为世界、为我们的后代作出更大的贡献。我的讲座就讲到这里。

（完）

（讲座时间：2010.10.15）

未来十年的中国与世界

阎学通

阎学通，1952年生于天津。清华大学当代国际关系研究院院长、世界和平论坛秘书长。1982年毕业于黑龙江大学英语系，获学士学位；1986年毕业于国际关系学院，获国际政治学硕士学位；1992年毕业于美国加州大学伯克利分校，获得政治学博士学位。1982年9月~2000年6月，在中国现代国际关系研究所从事研究工作，历任中国现代国际关系研究院对外政策研究中心研究员、副主任、主任等职。是中国国际关系学界中倡导科学方法论和预测国际形势的著名学者。*Chinese Journal of International Politics* 总编、《国际政治科学》总编；兼任中国国际关系学会副会长、中华美国学会副会长、国家社科基金学科评审专家；还是多国杂志的顾问委员。

主要学术成果有：独著：《历史的惯性：未来十年的中国与世界》（2013）、《国际政治与中国》（2005）、《美国霸权与中国安全》（2000）、《中国国家利益分析》（1996）；合著：《中国崛起靠什么》（2010）、《中外关系定量预测》（2009）、《王霸天下思想及启迪》（2009）、《国际关系分析》（2008）、《国际关系研究实用方法》（第二版）（2007）。

非常感谢暨南大学宣传部提供这么好的机会,让我能够到这里和各位同学和老师一起交流我国面临的国际形势,谈谈形势的变化。当然也非常感谢陈老师这么好的介绍,他的介绍有很多夸大之词,其实我没有那么大的影响。

我就从刚刚发生的事说起,现在大家最关心的关于东海识别区的问题。东海识别区这件事情到目前的状态是怎样的呢?很多人一开始都觉得我们好像在东海识别区的政策上不是很有利,因为在我们宣布从23日开始规定和实施东海识别区政策之后,美国马上就说它不接受,并派出B52轰炸机到中国识别区最东侧的线上飞了一下,然后日本军用飞机也入境,说它也不接受中国划定的识别区。26日,日本航空公司说它同意向中国报备,而且报备了,这是日本民航的一些公司。但是日本政府随后又告诉它们说不能报备,于是这些公司在27日又跟中国政府说不报备了。这个时候我们看到网上很多人都认为中国政府软弱、中国政府是一个纸老虎,你看你宣布了,别人来了、不接受,你什么办法也没有。我估计在座的可能也有人有这样的认识。

我们先说说这件事的具体情况吧,28日我们的军用飞机开始巡航以后,美日军用飞机都有进入。首先大家可能对这件事有一个误解,即将识别区当作是我们的领空,有人说我们宣布识别区、我们是合法的,你说它合法的这个说法本身就不合理,合法是说有一个法,你做这个事是和这个法一致的,现在关于识别区没有法,你跟什么一致呢?你没有一个法律标准,你说你合什么法呢?全世界有二十多个国家的防空识别区都是单方面宣布的,不存在根据任何法律进行。也就是说这是你国家的权利,你可以自行宣布。这是第一件事。第二件事,既然是单方面宣布,其他国家就可以说不接受,不光是我们国家,其他国家包括美国在内宣布的识别区都不会有任何一个国家说我承认你这个识别区。第三件事,不管是美国的识别区,越南的识别区,还是日本的识别区,其他国家军用飞机飞到这里面时没有被打下来过的,也就是说没有受到阻拦。也就是说日本或者美国的军用飞机进入我们的识别区,你没有将它阻止住,如果有人就因为这个说我们是纸老虎,这是没有道理的,因为这也就是说全世界从美国开始,所有宣布识别区的国家都可以被认为是纸老虎了。

我想跟大家说一个道理,我们在识别区的做法,到目前为止是非常成功的。举一个例子,今天的情况就非常好,体现了暨南大学是一个非常开放的学校,当座位坐不下的时候,同学可以坐台上,这就很像一个大学。如果你说坐不下了,不让进了,这就不像大学了。现在我想问大家,现在你进来了,如果划一条线,说门外边的都不许进来,你说你划一条线我也进来了。这个时候就会出现什么情况呢,我没有划这条线时所有人进来时,想都不用想就可以进来,但当宣布这里坐满了不许进来时,这就成为一件事了。过去美国和日本的军用飞机飞到这个领域,这不是一个事,但是今天就因为我们划了一条线,它再飞进来,就成为一件事了。我想问大家,你是让它成为一件事对咱们有好处呢,还是让它随便飞、不成为一件事对咱们有好处呢?如此一来,这样大家就可以理解了,首先让它从心理上有一个障碍、心理上有一个压力。

我们有识别区和没有识别区,也出现了一个重大的权利问题。现在全世界没有关于航空识别区的法律和国际规范。请问大家,如果现在世界说我们需要制定一个规范,没有识别区的国家有权利参加制定规范吗?再举个例子,你看看世界核武器规范,它们都是由有核武器国家制定的,没有核武器的国家是制定不了核武器规范的,也就是说我们划了一个识别区,就有了一个对国际航空识别区规则制定权,如果要制定这个规则你就得跟中国商量,以前人家制定规则就不需要跟中国商量。举一个例子,1969 年美国将航空识别区交给日本,在 1972 年日本在和我们建交时,将那个识别区往外扩大了一些,也就是往我们这边扩大了一点。2010 年詹其雄事件,它抓我们渔民那一年,它又将识别区扩大了一点。我们没有识别区,它往外划识别区就跟你没有矛盾,就不存在日本向外扩展识别区,和你发生重叠,然后双方需要讨论的问题。现在我们划了识别区,它要再扩大识别区，扩大了跟我们有重叠的部分，那么就有一个问题——重叠的地方怎么办，这个问题怎么解决，至少是中日双方要讨论，甚至有可能识别区重叠问题要在国际范围内讨论，但限于在有识别区国家进行讨论。我想请问大家，你认为是日本随便扩大识别区跟我们没有关系有好处，还是日本扩大识别区跟我们发生严重重叠对我们有好处？道理就变得非常清楚了，先不说这个实际识别区有多大的监控能力，首先划了识别区，跑马圈地的好处就来了。

更何况，识别区不是一个保护的领域，不是说我有责任保护这个识别区的安全，识别区其实是一个预警范围，而是说这个领域内的飞机我担心它有侵入中国领空的危险，所以我提早想知道你是否在这个地区有入侵中国领空的不良企图，那也就是说你划这条线和不划这条线，只要雷达空中监测能力能做到你都可以去监测。现在离你识别区更远的地方照样可以监测，大家知道美国监测到什么地方了吗？它对我们国家实行抵近侦察，贴着你领空的边缘飞，也就是说美国从大西洋那头监测到咱这头来，20世纪50年代U2飞机在咱们国家上空飞，这都不仅是监测你海洋，还监测你的陆地，你够不着它、打不着它，能怎么样呢？现在所有国家都有卫星，卫星从外空到地球上，照下来的照片，连《人民日报》上的字都能够照得清清楚楚，你说你不让它照吗？你没有本事就得让它照。道理一样，识别区就是一个预警范围，不是你的拦截范围，你发现它有不轨行为时才有一个决定说要不要拦截。这是我首先想澄清的关于识别区这件事是什么的问题。

关于这次识别区策略的采用，有同学就问我：我们搞了识别区，和美国、日本的矛盾在加剧，这样对我们是不是不利呢？特别是做企业的更担心这件事，说跟日本的政治矛盾加剧了，日本企业在中国的投资开始向外转移，会不会影响我们这里的经济发展？我们跟日本的矛盾带来一个结果是，日本想利用中日之间的紧张来修改宪法，它需要这个紧张局势，而我们正好跟它搞得更紧张，这不正好上了它的当，为它修改宪法不是提供了一个理由吗？我们来进行分析。

识别区如果我们不搞，有可能降低和日本之间的紧张关系吗？现在中国和日本之间的矛盾，搞不搞识别区对两国之间的矛盾有没有影响？不搞识别区能不能缓和中日关系呢？首先要知道中日之间的矛盾是从哪儿发生的，很多人误以为我们跟日本的矛盾是源于去年9月份日本对钓鱼岛实行国有化，我跟大家说这是一个表象，它不是事情的开始，更不是事情的根本。我们跟日本在钓鱼岛的问题上冲突变得严重，其实是从2010年詹其雄事件开始的。2010年时，日本抓了我们一艘渔船的船长，扣留不放人。我们抗议，从副局长级别的干部，到副司级的干部抗议，一直升到了总理，温家宝亲自抗议，日本就是不放人。其中有三次可以放人的理由，它都不放，第一个是中秋家庭团聚，第二个是船长姥姥去世、人道主义奔丧的理由，第三个是到第十天，司法拘留时间结束，但是日本都不放，说还要再继续拘留十天。中日之间过去其实是有默契的，我的渔民我来管，你的渔民你来管，所以在过去，渔民到这个地区来打鱼，双方都有这样的现象，都是采取驱逐，即使扣留你的船，第二天也要放了，将你撵走就完了，这就是说它不想在钓鱼岛问题上跟中国的政治关系、战略关系恶化。这次是为什么呢？首先从它有三次机会都不放人，就可以理解了，它是故意要用钓鱼岛这件事跟中国发生冲突。

有的同学可能就会问了，日本人故意跟我们对抗，为了什么啊？有人说现在很明显了，它就是要修改宪法，对，这是深层次问题。日本修改宪法有什么好处啊？日本几十年没有修改宪法，有人说它已经成为现代化国家，人民生活水平改善得很好，日本修改宪法的目的是为了什么啊？修改宪法是为了提高日本人民的生活水平吗？修改宪法是为了更好地以经济建设为中心吗？修改宪法是为了扩大日本海外市场吗？显然都没有关系，那么日本修改宪法干什么呢？我自己的理解，日本修改宪法是为了解决自身国际地位日益弱化、日益下降的问题，要解决国内民众对政府日益不满的问题，还要解决一个更深层的问题，那就是日本民众自豪感受到挫折的问题。

每一个国家的老百姓都有国家自豪感,日本面临的一个最大问题,是靠什么让日本老百姓自豪?靠文化、靠军事、靠政治?这三项没有一条可以让日本民众觉得自己自豪的。从政治上来讲,日本是一个主权不完整的国家,民族国家最基本的一项主权,也就是战争权,它是没有的,它是不允许进行战争的,因为二战它是战败国。第二,日本的军事建设是受到约束的,按照和平宪法,日本的国防开支不能超过国民总收入的1%,不能派军队到海外作战,此外还有很多很多的约束,日本老百姓不会因此而自豪。第三,日本的文化没有多少是日本老百姓可以觉得自豪的,它曾经作为世界第二大经济体,这么多年,世界有多少人学习日文?我们还在跟日本经济差距很远的时候,世界一些地方就已经出现了汉语热,而日语为什么就热不起来呢?

每一个人都需要自豪感,这是一个人精神的最基本需求,日本老百姓的自豪感就是日本的经济建设。日本老百姓说,我们在一个贫瘠的岛屿上,在缺乏自然资源的岛屿上,我们建设了世界第二大经济体,我们的人均GDP比世界超级大国——美国还高,我们的科学技术可以跟美国一较高下,这样日本老百姓就觉得我作为一个日本人很自豪。遗憾的是,冷战结束,日本二十年零增长,日本如果不是零增长我们也不可能在2010年GDP就超过它,这样就带来老百姓对日本政府的不满,政府怎么干的,将国家弄成这样了呢?这是一个人正常的感情。

我在这里想说什么呢,我们每一个人都知道国家要让自己感到自豪,日本老百姓也是一样的,日本老百姓也是需要国家让他们感觉自豪。当日本经济二十年停滞不前,从世界第二大经济体变成现在的第三大经济体,并且跟中国的差距日益拉大,而且知道很有可能在他们的有生之年都只会拉大、不会缩小,你说你会是一个什么样的情感?我们都是人啊,老百姓对政府的谴责,使得政府的政治立场发生变化,这就是为什么我们现在已经不再说日本是少数右翼分子,而是说在日本国内右倾化势力泛滥,不是个别的了。那么问题就来了,日本政府有办法让日本经济恢复高增长吗?所有的人,不管是老百姓还是日本的领导人,大家都知道那是不可能的。日本经济能正常的有 2%、3%的增长就不错了,想达到中国这样的高增长根本就是做不到的。我经常碰到外国人,跟他们说中国现在的经济 8%的增长可能有点困难。人家会觉得你这想法可能有一点不太正常,我们那儿 3%的增长大伙儿就已经很高兴了,凭什么你 7.5%还不满意,现在日本政府第一在国内面临压力,第二得想办法解决这个问题。

我就想问大家了,恢复日本经济不是一朝一夕的事,而日本老百姓没有那样的耐心,说等政府干十年之后将日本经济恢复了。于是在日本出现了什么呢,小泉之前是十年换了九个首相,小泉之后是六年换了六个首相,首相换得非常频繁,老百姓没有耐心,期望换一个领导人能实现目标。后来的首相就开始通过跟中国对抗来显示政府是强有力的。有人说为什么日本选择跟中国对抗呢,它要选择跟菲律宾对抗不也行吗,但是问题是如果日本选择跟菲律宾对抗,老百姓会认为政府强有力吗?没有意义,它得选择一个有分量的,才能显示出它有本事。我们可以看到,从菅直人开始,日本政府采取了一个故意与中国对抗的政策,到安倍是进一步加剧这样的一个政策。其实,从严格意义来说,不是从菅直人开始采取这样的政策,而是从小泉纯一郎。2002 年小泉纯一郎上台之后,其实就已经采取了故意跟中国对抗的政策,只是他的策略是参拜靖国神社,结果没有想到这个政策同时与美国发生矛盾,因为参拜靖国神社等于否定二战、否定美国在二战中的正义性。等到换了菅直人,选择了钓鱼岛,跟中国对抗,这不伤害你美国吧?这事我没有惹你美国,你应该和我站一起吧?好了,我们看到一个结果,日美同盟明确说日美同盟是对钓鱼岛的安全进行保障的,就将美国拉到它一边跟中国对抗了,这就是日本的基本策略。

有同学就会问了,日本既然想通过跟中国对抗制造紧张,然后修改宪法,我们又不希望它修改和平宪法,我们跟它对抗,宣布识别区,加剧对抗,这不是日本可以更坚定地修改宪法了吗?这有两个方面的问题。第一，当日本决意跟中国对抗时，你想不对抗，做得到吗？咱们都知道，公路上开车有一种人碰瓷，找一车跟你一撞，然后说你将我车撞坏了赔钱。现在你在路上开着车，有一个人想跟你碰瓷，请问你可以躲得开吗？你只有一个办法能躲开它，赶紧下去不开车了。也就是说中国可以不跟日本发生碰撞，什么办法呢，将中国自己搞弱，将 GDP 缩小到比日本低，我们将这个国家搞得更穷一些，我们将这个国家搞得一塌糊涂，这就没有问题了，让日本显得比你强大，这样问题就解决了。但是可能吗？这是不可能的，也就是说你在路上，当有人想跟你碰瓷的时候，你的选择是躲开不让他碰你，还是说你告诉他，你碰，我跟你豁出去碰。就这么两个选择，当你选择不碰他的时候，他更有把握了，我追着你碰，你往哪儿开我都追着你，因为你胆子小啊。如果你告诉他，你想碰瓷吧，好，你过来试试，结果他走了，不跟你碰了。我不是说我们想跟日本发生冲突，是日本非要跟我们发生冲突，我们是没地可躲。

第二，有人说，那你宣布识别区，不就加剧了你跟它之间的矛盾，不是更制造了紧张气氛，更为它修改宪法创造了条件吗？当日本想通过制造周边紧张局势来修改宪法的时候，我想问大家，它需要好几个理由才能行呢，还是一个理由就够了？也就是说一个钓鱼岛是不是就足够为它修改宪法创造国内的合法性了，还是需要额外再增加一个跟中国识别区的冲突才有合法性？当你想做的时候，你只需要一个借口，不需要有五个借口才做那件事，也就是说一个借口给它修改宪法创造了合法性，和两个借口、五个借口都是一样的，这没有什么本质上的区别。

讲到这里，大家会觉得我只是讲清楚为什么公布识别区对中日关系造成影响，但是也没有说得到什么好处，好了，我们再接着看。当拜登没有来中国之前，传出拜登要访问日本、韩国和中国的时候，媒体怎么报道的呢？当时媒体认为拜登到中国主要是谈识别区，认为拜登到日本，要和日本就识别区的问题达成共同政策，认为他到中国，会对中国在识别区的问题上提出要求。现在拜登也走了，这三件事发生了吗？没有发生。拜登在日本，日本提了三项要求，一是要求发表联合声明，二是要求中国撤销识别区，三是美日采取共同政策，民航不向中国进行报备。结果呢，三项要求拜登都不同意，最后拜登说希望日本和中国通过和平方式来解决这个问题，而且美国会继续坚持民航向中国报备的政策。现在所有国家都报备了，就剩日本一家了，你说这个结果是对我们有利还是对日本有利呢？人家都报备了，就你一家不报备，是谁故意捣乱呢？

现在这个事情，美国就变成了中间的调和者。日本说他们自己打电话了，向美国核实了，美国没有要求美国民航向中国政府进行航线的报备，然后美国政府告诉它说的确没有要求，美国仅仅就是建议，建议美国航空公司为了安全考虑，向中国报备。这样大家就可以理解了，拜登来到中国，和中国讨论了这个问题，但这只是众多问题之一，不是唯一问题。另外在识别区问题上，识别区发生之后，美国对这件事很不满意，但是却没有取消拜登的访华计划，美国认为这件事在于我们没有事先跟它协商，昨天美国国防部长哈戈尔明确说中国宣布识别区不是问题，问题在于中国事先没有和有关国家协商。这样问题就调过来了，不是你做这个事不应该的问题，而是说你做这个事应该告诉我们一声，不是说你突然从屋里跑出来这个事不应该，而是你跑出来之前应该大声喊说我要出门了，我们就躲开你，你别撞上来。这样在识别区这个问题上，已经对日本形成了一个国际空间的压力，也就是说逼迫日本在这个问题上不能采取更强烈的对抗政策。现在其他所有国家都开始报备了，如果国际社会讨论关于识别区的管理规则问题，那就存在着报备和不报备两种情况，一种是大家讨论出来报备不报备由识别区国家自己决定，第二种是统一实行报备和统一实行不报备，但是不管怎么样的情况，都得征求中国政府的意见，简单来说我们又多了一项国际规则的制定权。

这两年我们和周边一些国家的矛盾在上升，比如说和日本、菲律宾。有人就问了，是什么原因导致的呢。我们国家的地位越强大，怎么会周边的国际环境显得不好呢、我们的安全问题越多呢，我想跟大家说这是我们思想观念上对国际关系的一个错误认识。很多人有这样的一种认识,在中国最流行的一个说法,这就是弱国无外交,被理解成为因为中国的物质力量弱、不如人家,所以我们外交维护国家的安全能力差,所以我们的安全问题就很严重,等我们国家物质力量强大了,我们面临的安全环境就改善了,我们的安全问题就少了,所以有韬光养晦的思想,就是说咱们先忍着,等到哪一天我们有实力了,我们就可以不忍着了。我想跟大家说,一个崛起的大国,在崛起的过程中不会是困难越来越少、安全问题越来越小,而一定是反过来的,只能是困难越来越大,面临的安全威胁越来越多。习近平主席说,我们越发展、我们越前进,我们面临的困难就会越多,我们面临的没有想到的问题会越多,我们所面临的突发事件会越来越多。

大家看奥运会比赛,是愿意看决赛还是愿意看初赛呢?所有人都肯定愿意看决赛,因为决赛的双方赢得对方的可能性都小,决赛双方的失败性都比初赛时期大,也就是说它激烈。对你来说越激烈越好,因为你是看热闹,这多好,打得你死我活的,要不然没劲。但是对比赛的每一个队来说,和初赛相比,困难是大得多的,也就是说比赛越往后走难度越大。世界上安全问题谁面临最多啊?除了发生内战的国家,美国是面临最多的。在没有内战的国家中,安全问题最严重的就是美国。

国家越强大,利益在全球范围拓展得越多,你就越面临着利益威胁、面临着安全威胁,道理是一样的。那就是为什么我们越强大,面临的安全问题会越来越多,而不是会越来越少。你原来没有海外投资,不存在保护海外企业的问题,但是现在海外那么多投资,不保护自己的企业就不行了。这一轮还有一个更大的问题来了,我们不是一般意义上的强大,我们是崛起的大国,什么叫崛起的大国呢?用习主席的话来说,就是我们是要实现民族复兴的国家。民族复兴是什么呢?就是一个国家衰落了,然后再恢复,再变得强大。我想问大家,多强大算实现复兴呢?民族复兴是指恢复当年那种世界第一大国的地位和全世界对这个国家的尊重,所以你在这个时代,简单来说,具体化的结果,就是你得赶上和超过现在最强大的国家,也就是美国。

好了,这就出现了一个问题,中国要实现民族复兴,想恢复我们的汉唐盛世、贞观之治,现在你得问问美国同意吗,美国说:“你让我决定,我告诉你我肯定不同意,因为你实现民族复兴了,那我世界霸主地位怎么保持?”这就是奥巴马在国会国情咨文中所说的,美国绝不接受世界第二。我们理解奥巴马说话的意思,是美国绝不接受世界第二的地位,但接受和别人并列世界第一吗?完了再问说你准备跟多少国家并列第一啊,奥巴马说我们跟世界192个国家都并列第一,这并列第一还有用吗?不接受世界第二的意思是说只能它世界第一。这就麻烦了,美国世界第一,中国能实现民族复兴吗?你就做不到,我们实现了民族复兴,但是就是不如美国,这行吗?中国老百姓不接受,你说凭什么,没有道理,老百姓就一句,我们祖宗当年做得到,中国不是第一,这就是上帝犯的错误,这错误就得纠正。

这样就形成了中美之间的结构性矛盾,美国要维持今天的一极格局,美国作为世界领导国,世界上只有一个超级大国,这是一极的国际格局。而中国不接受这样一个美国领导的一极格局,官方的讲法我们要推动多极化,在领导层上从1个变成192个,咱们是192极。那美国说了,甭说192极就是5极,那国际结构的格局就已经不一样了。而我写的这本书《未来十年中国与世界》,我的预测与政府不一样,我认为今后十年不会发生多极化,今后十年只会发生两极化。我的根据是什么呢?我想问大家,你们认为今后十年除了中国能缩小和美国在综合实力方面的差距,还有哪一个国家做得到?有的同学跟我说欧洲,基辛格每次听到这儿都会问你一件事:“你能给我一个欧洲的电话号码吗?”全世界每一个国家都有一个电话号码,咱们中国是86,美国是01。基辛格的意思是什么呢,欧盟是一个组织,如果你将组织一算进来,你们猜世界上最强大的一极是谁呢?联合国,它的GDP总量和全世界一样大,但是这件事没有意义。

还有人说俄罗斯,除了中国,现在GDP没有一个国家达到美国的一半,日本是世界第三大经济体,只有5万多亿美元,而美国是15万亿美元,我们是8万多亿美元。如果你看其他的国家,所谓的金砖国家,巴西、印度、俄罗斯等,巴西比印度和俄罗斯的GDP都高,巴西是2万亿美元,印度和俄罗斯连2万亿美元都不到,2万亿美元才相当于美国GDP的多少,也就是说美国GDP增长1%,俄罗斯、印度至少得增长7.5%才能保持这个差距不拉大,更别说缩小了。美国经济今后十年保持2%的增长应该没有问题,也就是说这两个国家今后十年GDP的增长得保持年均15%,这可能吗?世界哪一个国家GDP十年之内年均增长15%,这是没有发生过的事,也就是说年均增长速度低于15%差距就会拉大,更何况现在5%的增长都未必能达到,这差距能不拉大吗?我还不是单说经济,如果大家有兴趣的话可以看看那本书,在历史的惯性方面我有分析,在政治、经济、军事、文化这四个方面,能跟美国缩小差距的国家,只有中国。如果世界上只有中国今后十年能缩小与美国综合实力的差距,所有的大国跟美国的综合实力差距都在拉大,我想请问大家它怎么可能是多极化的?往哪儿多极化去?谁来充当多极化里的那些极呢?是没有的。这样就出现了一个问题,我们与美国之间在民族复兴和美国要维持世界霸主地位问题上形成了一个结构性矛盾,而且这个结构性矛盾变得日益严重,也就是一极格局的结构还是两极格局的结构。

为什么会变得日益严重?有哪一个同学知道为什么习近平当选总书记之后到中国国家博物馆有一个关于民族复兴的讲话,这个讲话在世界上引起这么大的反响?民族复兴,这四个字不是习近平同志提出来的,从孙中山、蒋介石、毛泽东、邓小平、江泽民、胡锦涛都说过民族复兴、都说要搞民族复兴,为什么国际社会就没有人关注,为什么习近平说了大伙儿就这么关注,区别是什么?他跟别人就有一个区别,前面这些人都是讲我的子孙后代们将实现民族复兴,习近平说的是:我要实现民族复兴,这就是习近平总书记说的那一句话:我们今天到了历史上离实现民族复兴的最近时期,我们现在更有信心实现这一目标。我想请问大家,习近平总书记说更近,这是什么意思,是不是说民族复兴再有一万年就实现了,我们现在还剩下 9999 年? 这没有意义,不会那么长。1000 年行吗,999 年有意义吗? 也没有意义。有人说 100 年,还剩 90 年,有用吗? 还是没有用。有人说不对,是说 50 年,咱们到两个百年计划,到 2049 年吗? 现在已经 2013 年了,第一个百年是中国共产党的百年,是 2021 年,还剩下 8 年。这一下子人家就不得不问了,你这 8 年想干什么啊,你这 8 年实现民族复兴,还是准备剩下的 36 年实现民族复兴呢? 不管是 8 年实现,还是 36 年实现,这对美国来说,每一个领导人都会问这意思是 36 年之后美国就不是世界超级大国了? 36 年之后美国就不是世界最强大的国家了吗? 美国总统说:反正我干不了 36 年,我就顶多干 8 年,后面跟我没有关系。这行吗? 8 年这就更危险了,下一届竞选总统就让我赶上了,奥巴马你不弄好了,下一届让我赶上了,在我这儿将美国世界第一的位置丢了,这行吗? 中美结构性矛盾将变得更加深化、更加严峻,以及更加紧迫。

结构性矛盾已经发生,而且日益严重。我们老说有战略机遇期,战略机遇期是等着它来呢,还是自己创造。简单来说,大家有兴趣去上网读一下习近平同志关于我国周边外交政策的讲话,讲话非常明确提出"奋发有为、改革创新、与时俱进、勇于担当",也就是说我们现在需要的国际环境是要有利于中国的民族复兴的,这个话已经说得非常明确,我们要争取有利于实现民族复兴的良好环境,不光是和平环境,和平并不一定良好,非常和平但是对你非常不利,你干吗? 日本侵略中国东北三省,人家是要求中国的军队采取不抵抗政策,从东北撤出来,东北军撤走了,没有战争,是和平啊,但是和平就对中国有好处吗? 和平就对中国有利吗? 这样我们就需要塑造一个良好的、有利于我们实现民族复兴的环境,你要创造一个环境,有些人心里就不高兴,有些国家就要破坏你这个环境,这是很正常的。一句话,人家说我凭什么让你崛起、凭什么让你实现民族复兴? 美国说:我没挡住你是我没本事,那你复兴我没有办法,只要我能够挡住你,我绝不能让你实现民族复兴。2010 年美国决定采取重返亚太战略,即再平衡战略,再平衡谁呢?再平衡日本、再平衡朝鲜吗?这没有必要。再平衡就是平衡中国,美国一点也不避讳:我平衡的就是你。这样大家就能够理解了,我们跟美国之间的结构性矛盾决定了我们面临的国际环境,困难只会越来越大,不会越来越小,所以要主动塑造周边国际环境,至少要减缓越来越不利于发展的速度,在可能的条件下让它能够降低不利的因素,向这个目标去努力。

与此相关的一件事,就是我们除了跟美国有这样的一个结构性矛盾之外,还有一个大的问题,这就是崛起困境。什么叫崛起困境呢?这就是说你变得越来越强大,你对世界影响越来越多,于是形成的反弹就越来越严重,它就像是物理上的作用力与反作用力一样,你往前面扔一个球,扔得越使劲,弹回来的就越狠,这就是商务部同志讲的:我们买什么什么贵,卖什么什么便宜的困境。为什么我们会买什么什么贵呢?是因为你买得多,你对全球的价格影响大。你卖得多,那么市场的价格就被砸下去了。中国就面临着买什么什么贵、卖什么什么便宜的困境。你去问老挝有这样的问题吗?老挝说:我将这个国家能卖的都卖了,也影响不了什么,价格也下不去。他说:我将我们国家的钱全花了去买东西,价格也起不来,我卖不了多少东西、也买不了多少东西。但是不晚于明年,甚至可能是在今年,中国有可能成为世界第一大进口国,你想不影响人家可能吗?就说买油,中国人车越买越多,人人都开车,就得买油啊。问题是你这么买,别的国家受不了:你不怕因为你有钱,但是油价涨起来我买不起了,我车还开不开啊,都跟你一个价我们还开得起车吗?你说他能愿意吗?一句话,这才需要我们必须考虑的我国对国际环境变化产生的影响这一要素日益增大,当然了这是官话。什么意思呢?我们环境的变化越来越多的是因为我们自己的变化带来的,这才要我们开始重新考虑,我们怎么能让这个环境对我们有利,这就是习近平总书记在讲话中提到的,对周边外交政策我们要惠及周边,让人家从中国崛起和强大中得到好处。

现在我们领导的思想观念转变了,李克强总理刚刚从东欧回来,我们开始帮助东欧建铁路,说我们出钱给他们建铁路。我们在上海合作组织建发展银行,在东南亚建亚洲开发银行,我们跟金砖五国搞金砖五国发展银行,给第三世界借钱,也就是说将钱作为工具使用,为我们创造一个良好环境,现在我们是不缺钱,但是极其缺少友好关系,当一个人有无数的钱而又非常孤立时,你说他是要钱合算还是要友谊合算?我们是所有大国中外交关系最少的国家,我们是所有大国中外交关系友好质量最低的国家,因为我们不结盟、一个盟友都没有。有一个巴基斯坦,有内容没有条约。有一个朝鲜,有条约没内容。我们跟朝鲜,连一个士兵相互交换学习都没有,更别说联合军事演习。而我们要实现民族复兴,没有朋友你能做到吗?这是不可能的。今天的美国有 40 多个,甚至是 50 个盟友,我们没有。

国家利益的排序是缺什么,什么就重要,不是什么最重要,没有什么是最重要的。举一个例子,空气、水、食物对你的生命都很重要,但是哪一个最重要?你说空气重要,好了,现在我保证你空气充足、我保证你有饭吃,但是就是不给你水喝,你活得了吗?我天天让你吃窝窝头、压缩饼干,就是没有水,你活得了吗?它不是说哪一个重要,而是哪一个缺乏哪一个重要。对你生命能否生存,空气、水、食物同等重要,只不过空气是短时间没有,几分钟就得死,这个水是七天到八天没有你就得死,食物是二十多天,你只是死亡速度的快慢问题,而不存在哪一个没有你就能够生存,这叫必要条件。同样,我们实现民族复兴,我们需要有众多的友好关系,没有众多友好关系我们是实现不了民族复兴的,所以你们看看唐朝时期,号称是万国来朝,唐朝时期得有这么多的友好关系,没有友好关系单是靠自己也不行的。这样大家就理解了,我们今天所面临的外交困境,就是崛起的困难,不是发展的困难。有人说我们要创造环境,有利于发展,世界上你给我们找一个国家,这个国家面临的国际环境对他们的发展比我们国家还差,在所有大国中,你能找出来一个吗?我们占世界贸易的比重不断上升,我们在世界投资的比重不断上升,我们产品在世界产品中的等级在不断上升,有哪一个国家面临的经济环境比我们好?从发展的角度来说,我们的环境已经非常好了,但是问题是我们对崛起、民族复兴来说,这个环境满足不了需要。

最后我想简单讲一个概念,就是我们崛起环境和发展环境的区别是什么,然后我们再讨论。很多人认为发展和崛起区别在于发展快一点就是崛起,多快才叫崛起呢?发展得比谁快一些,是比自己快一些,还是比别人快一点?发展是一个自我比较的概念,你今天的手机是 Iphone4,明天是 Iphone5,这就是发展。什么叫崛起呢?你今天用的是座机,没有手机,明天别人由拨号的座机变成按键的座机,而你一下子从没有座机变成有了手机,这就是崛起,**你得超越,也就是说崛起是和别人比较,发展是和自己比较。**

崛起是一个相对概念,它是历史既定时期的相对比较,不是跟历史上的自己比较,是在同一时期跟他人比较,而发展是自己跟自己比,历史性的比较。说实在话,除了那些进行内战的国家,一个国家在现在这个时代想不发展是极其困难的,你想不发展做得到吗?企业老板就不能让你不发展,你都不发展他的东西卖给谁呢?现在的企业都是三组科研的实验,一组是研究十年以后的产品,这是概念产品,一组是研究五年以后的产品,这是未来产品,一组研究三年以后的产品,这是下一代产品,也就是说你甭想买一个最先进的永远不过时的,老板说:你放心,只要它生产出来我就告诉你无论如何超不过三年,百分之百我让它过时,你想不让它过时,除非将我们这个公司砸了,所以你想不发展是做不到的。这样就出现了发展需求的环境和崛起所需要的环境是不一样的,举一个例子你就可以理解了,80 年代我们是发展状态,是一个很贫穷的状态,像是住在一个小茅草房里,我们想翻新盖砖房,然后门前很不卫生,都是臭沟,我们修一点下水道,邻居都会欢迎、支持。这时候你们家发财了,你们家盖摩天大楼了。当你盖这种摩天大楼时就出现了一个问题,这个楼不都挡住别人的阳光吗?你盖一个瓦房、草房不挡住人家的阳光,阳光的影子还在我们家的院子里呢,你盖一个几十层的,都不说上百层了,能不挡住人家的阳光吗?在你这个楼北面的所有住户的阳光都得让你这个楼挡住,这时候就出现了一个问题,你是崛起过程中先把你这个楼北面小区住家的孩子都雇你们公司来,等你盖完了这个楼,人家说这是咱们孩子工作的公司,就算了吧。但是如果他们家没有孩子在你们公司工作,那他会联络全小区的住户让你给他们赔采光费。当你崛起的时候,你不考虑左邻右舍,你能有一个良好的环境吗?能有利于你崛起吗?你整天就得跟人家打官司,也就是说当你真正崛起的时候,你需要的周围友好关系远远超过你需要对财富的积累,这就是为什么今天大家看习近平总书记的讲话,我简单地归结,是我们外交政策的主要目标从挣钱转向交友。

谢谢大家。

主持人:谢谢阎老师给我们做了生动幽默的演讲。阎老师最后提到发展和崛起这两个概念,中国改革开放三十多年来,年平均增长百分之九点多,现在成为一个巨人,可以说现在是一个崛起。我记得美国在 19 世纪内战之后,到 19 世纪末,占世界生产总值的第一位,用了三十多年的时间。在 20 世纪用了四十多年的时间,成为世界超级大国。刚才阎教授讲到我们改革开放三十多年,是发展之后的崛起,会不会再用四十年的时间,就像能美国一样成为一个世界大国,我觉得这就是发展与崛起两个概念的问题。讲到两极,刚才讲到中国的发展、中国的崛起,好像一个比赛一样,最初我们参加比赛时可能有很多选手,这些选手在跑的过程中都在成长,有的成长为巨人,可能有的仍然像小孩子一样在跑步,原来的巨人继续陪伴着年轻人在跑步,跑的速度可能会有一些不一样,跑的结果可能也会不一样。从现在来看,我们曾经说世界发展是多极的,当年尼克松、基辛格曾经说是五极世界,但是阎教授说历史并没有出现五极现象,现在看来发展趋势会走向两极。两极最终能不能成立,我想还有待于历史进行验证,但是至少从阎老师的演绎来看,未来可能是两极,最后走下去会出现结构性矛盾,二者如何相处这就是一个问题了。我在操场陪小孩子跑步,跑步是一种竞争关系,但是我不觉得是敌意,但是我的小孩和别的小孩跑步时是一种竞争的关系。怎么将竞争对手变成朋友关系,我想这就是未来中国要面临的问题。我们在崛起,但是崛起过程中引发的猜疑、对抗,甚至说敌对的现象,怎么解决崛起的困境问题,这是当前中国面临的一个大难题。在崛起之后,我们提出的目标虽然是两个百年,2021 年或者说 2049 年,习总书记说中华民族复兴的伟大梦想,什么是中华民族的伟大复兴,怎样才叫中华民族的伟大复兴,这些都是值得思考的问题。

总之,从今天阎教授的介绍当中,我们明白中国在发展、在崛起,不可避免与世界超级大国美国之间发生结构性矛盾和冲撞,怎么解决我们发展之后、崛起之后所面临的问题,这是决策层要考虑的,也是普通老百姓要关心的问题。非常感谢阎老师给我们精彩的演讲。接下来是提问时间。

现场提问 1:我来自暨南大学产业经济研究院,现在是研一。刚才您讲到民族复兴,在历史当中很多国家也有过非常辉煌的时刻,比如说英国,曾经是大英帝国,号称“日不落”帝国。在大航海时代,葡萄牙、西班牙,包括荷兰,它们都是非常强的海上霸主。换句话说,它们都有过非常辉煌的历史,它们现在为什么不讲民族复兴?这是第一个问题。

第二个问题,如果它们现在不讲民族复兴的问题是有心无力,中国现在讲民族复兴,是不是因为中国现在有能力复兴,但是你怎么就能够向世界展示这种逻辑关系,你发展是为了民族复兴,而不是用民族复兴这个口号为了发展,让发展听进来更加正义?谢谢。

阎学通:从历史的角度,为什么在别的国家没有民族复兴的提法呢?首先我想这跟文化有关系,刚才这位同学也举了一些历史,我告诉你一个故事,在人类历史上古老文化能够延续至今的,只有中华文化,没有第二个。我们看到的当初的拜占庭、罗马帝国、埃及帝国、摩尔王国,它们不仅已从政治版图上消失,就连当时它们在文化传承上的基因和语言也已经成为死文字。中国的情况非常特殊,我们从一开始谁都不认识的甲骨文,到今天古人也不认识的简化字,文化传承至今。我们不知道古人写的什么意思,和古人不知道我们今天写的是什么意思是一样的,但是这个字仍然是活生生的我们文化的最基本载体。这样在人类历史上,能够出现罗贯中所说的分久必合、合久必分,只在中国这个历史上曾经发生过,于是美国国会外委会的主席海德,一个八十多岁快九十岁的老头,他就说了:"当我们的国父在这一块土地上建立美利坚合众国的时候,中国就是世界上的唯一超级大国。"他说的是乾隆。然后他说的后面一句话更严重,他说:"你们说中国崛起是错误概念,中国历史上多次作为世界中心国家,这个国家是复兴,不是崛起,所以这个国家复兴的可能性是非常大的,因此这个国家是非常危险的。"针对刚才这位同学的问题,为什么别的国家没有民族复兴这个说法?主要原因就是它们没有像中国这样一种特殊的历史,它们只有过一次,没有第二回,它们认为那是一次历史的巧合,以后历史不会再给它们机会。而中国人刚好相反,海德说这是历史的循环。跟这个相关的问题,如果所有的大国都会从强盛走向衰败,那么我们让这个国家强大还有什么意义?意义就在于当你处于一个历史阶段时,这个国家可能走向强大或衰败,你希望你活着的时候这个国家强大,还是希望你活着的时候这个国家走向衰败?今天民族复兴这个口号的提出,对你们来说,对活着的人来说是一种幸福,当你们活着看到中国强大、实现民族复兴的时候,你就给子孙后代留下了他们将来说我们祖宗当初怎么样的一个历史遗产;而如果我们这一代人手里国家完蛋了,你给子孙留下的就只有屈辱,没有别的。

现场提问2:阎老师,我是华南理工大学的学生。您今天演讲的很多内容都是围绕经济方面,我的问题是关于文化方面的,美国国际关系方面的专家亨廷顿,他说未来世界冲突主要是文化冲突,主要是集中在伊斯兰世界与西方世界，也就是以美国为首的西方世界。请问您怎么看待伊斯兰世界与美国之间的冲突，中国如何利用这种冲突来争取自己的国家利益？谢谢。

阎学通：我这本书出来之后，很多人都说我的预测是建立在中国今后十年经济高增长的基础上，我想跟大家说这其实是一个误解，仔细看看书的序言以及我书中写的，为什么没有人能够阻止中国崛起呢？我是一个政治学家，我不是经济学家，我是一个政治决定论者，我不认为经济是基础，我认为政治是基础、经济对政治有反作用。也就是说我认为中国今后十年的希望，不是因为经济高增长而是因为今后十年中国会比所有其他大国有更深刻的政治改革。没有更深刻的政治改革，中国是不可能有经济高增长的。我们过去三十年的经济成果是政治改革的结果，不是经济基础改革的结果。20 世纪 80 年代当时的改革和经济基础没有任何关系，当时的经济基础水平不是决定要开十一届三中全会的决定因素，而是一个政治理念问题。因为政治路线变了，从阶级斗争为纲转向以经济建设为中心，所以才有这样的经济结果。十八届三中全会的《决定》中说到，中国将进行全面的、各个领域的改革，所以才可能有今后十年的经济高增长。

关于亨廷顿讲的文明冲突，到目前为止，他所有的分析，被已经发生的历史证明是错误的，一点正确的地方也没有，他的贡献就是给大家提供了一个批评的靶子。亨廷顿讲的文明之间的冲突，是文明之间的冲突严重，还是文明内部冲突严重？从生物学的角度来说，种间竞争弱于种内竞争，因为种内需要相同的资源才能生存，争夺激烈程度超过种间竞争，因为种间生存可以需要不同的资源。这样你可以发现，今天叙利亚的战争比巴以战争要残酷得多，因为那都是穆斯林，是伊斯兰教徒之间的战争。到目前我们可以看到文明之间有战争，但是文明内部的战争，特别是内战，其残酷程度，对人类生命的伤害超过国际战争。

现场提问 3：阎老师您好，我是暨南大学国际关系外交学专业的学生。刚才听您在演讲中提到钓鱼岛事件是日本缓解国内压力的一个手段，那么我国政府是不是也在使用同样的手段呢？谢谢。

阎学通：现在西方媒体有很多的报道，认为中国宣布识别区是为了缓解国内的矛盾，是因为国内矛盾很尖锐。现在我想问大家一个非常简单的事，你认为中国内部的矛盾尖锐到什么程度呢？你认为中国政府可能向日本政府一年换一个领导人吗？网上很多批评，说你讲的都是国际关系，没有考虑到中国国家内部的这些矛盾、国家两极分化、中国的腐败，我想请问你们一个问题，历史上崛起成为世界超级强国的国家，从埃及帝国到今天的美国，有国内没有腐败现象的吗？有国内矛盾不严重的吗？你能找出一个吗？苏联和美国都是矛盾重重。美国 20 世纪 60 年代有种族隔离制度，种族之间的黑人和白人，在一辆车上都不能坐在同一张椅子上，上车时黑人和白人不能混坐。矛盾这么激烈，照样可以成为超级大国。你们认为苏联内部矛盾严重，所以大国解体了，但它解体是跟内部矛盾相关吗？其实如果勃列日涅夫不死的话，苏联解体得了吗？我想跟大家说，国内矛盾肯定对我们国家民族崛起有负面影响，但它是不是就大到了中华民族的复兴实现不了，那是另外一个问题。我的判断是，这个内部矛盾它大不到这个程度，如果就中国和美国目前面临的国内矛盾进行比较，美国政府至少被逼得政府还得关门，中国政府还没有被逼得政府要关门。你说是美国内部矛盾严重，还是中国内部矛盾严重呢？有人说了体制不同，这也有道理。如果美国体制这么好，它怎么就不能够阻止中国缩小与它实力的差距呢？如果美国体制这么好，是世界最优秀的，为什么摆脱不了 2008 年以来的金融危机呢？如果美国体制这么优秀、这么先进，为什么政府就得关门呢？美国人说民主是不是最完善的，但没有比民主更好的制度。这说得非常对。那问你了，这么好的制度怎么就赶不上比你差的制度呢？道理在哪儿呢？我这个制度极差，但是我摆脱了金融危机。你那个制度极好，你就是摆脱不了，道理在哪儿？

现场提问 4：据今天的报道，韩国政府决定扩大防空识别区的范围，其方案得到了美国的认可。您认为中方是否会接受韩方的做法，会有何反应？美方在其中扮演什么样的角色？

阎学通：关于韩国，他们搞识别区，我不认为存在中国承认或者不承认的问题，因为都是单方面的宣布，只是中国政府觉得我在这儿有必要宣布我承认或者我认为没有必要宣布我承认而已。以我自己的理解，中国和韩国的关系，现在是一个改善的趋势，不是一个恶化趋势。我是3月份交的这本书稿，3月份时我说中国和韩国在发展同盟关系，当时很多人说这是个笑话，这之前媒体采访我，我也说过。今年9月份开中韩名人对话会，居然有韩国人提出来韩国应该跟中国建立同盟关系。最近我问韩国一个官员：我提出中国和韩国建立同盟关系是不是一个笑话？他非常严肃地跟我说，这不是笑话，他认为这是可能和应该的，也就是说在韩国国内，已经开始讨论是不是要跟中国发展同盟关系。即使最后多数人认为不应该，但你能想象在朴槿惠上台之前韩国官方会讨论跟不跟中国建立同盟关系吗？我不是说将来能够建成，不是百分之百，但是韩国官方内部已经在讨论跟中国建立同盟关系。总体来说，中韩关系不会因为这么一件事走下坡路。

现场提问 5：我是文学院古代文学专业的学生。今天我看到台湾的政治评论节目，里面的嘉宾说我们建立东海防务区是为了保护台湾，您对这个说法怎么看？在现实层面上，东海防务区跟台湾有多大的关系？谢谢。

阎学通：这次我们在划东海识别区时非常明显，和台湾划定的东海识别区没有发生重叠，也就是说，我不认为我们划东海防务区的目的是为了保护台湾。从我国台湾地区政府的政策来说，马英九政府的政策中非常明确地讲，大陆划识别区是针对日本的，不是针对台湾的，所以马英九遭到了民进党的批评。我个人不认为我们寄望台湾在这个问题上能够站在大陆一边,但是只要台湾不采取对立的立场,就已足够。

现场提问6:未来世界的趋势走向两极,可是面对人口老龄化越来越严重的现状,中国真的能够走向两极吗?

阎学通:人口问题在经济学家来说,都认为这个国家人口出现老龄化以后,经济就会走向衰败,典型的例子就是欧洲和日本,也就是说在将来的竞争当中,是看中国的老龄化程度和发达国家,具体来说和美国相比,谁的老龄化速度慢、谁的老龄化速度快。如果美国老龄化速度比中国还要快,那你担心什么呢?你只要比他们慢就行。他们老龄化速度都比咱们快,面临的困难它比你还大,它不就比你衰败得更快吗?关于世界老龄化,老龄化问题对于一个社会是问题,但能不能解决,就看你怎么用。现在已经有很多人在讨论将老龄化问题变成一种产业,也就是说将照顾老年人当成一种经济动力来发展,变成一种产业,变成一种经济行为,这样在照顾老人的过程中就可以赚钱。举一个例子,在很多国家私人医疗是可以挣钱的,也就是说照顾病人也能够挣钱,这样就看我们能不能在智慧上有创新的能力,将老年人的关照变成一种产业,实际上就将负担变成了动力。另外国际格局能不能成,它不是由一个国家决定的,刚才我讲了,崛起、两极化是一个客观发展趋势,不是你想让它两极就两极,你想让它一极就一极,这不是我们想的事。这是一个客观结果,是中美实力的客观差距缩小和拉大的进程,而不是由你主观决定的。

现场提问7:我是国际关系学院研二的学生,学的是国际关系。我国的原则是不结盟,但是刚才您又提出与韩国结盟。在不结盟的原则下如何突破,实现中国与其他国家建立友好关系?中国与周边国家已经建立了战略伙伴关系,比如说与俄国就是全面战略伙伴关系,日本也有战略伙伴关系。为了崛起、为了实现复兴,如何建立与周边国家的良好关系,究竟是怎么样的一种关系？有怎样的区别？谢谢。

阎学通：我听说在高考复习材料里有人将不结盟写成是社会主义的外交原则，有的把它写成是我国外交传统，这是我觉得特别奇怪的事，不知道你这么填了之后老师怎么给分，如果给你分，只不过你跟判分老师同样是错误认识，英雄所见略同，都是错误认识嘛。中国是1982年以来执行的不结盟政策，也就是说在我们五千年的历史中，不结盟是极其暂短、极其特殊的一个时期，它不是传统。你可以说不结盟是新传统，有三十多年的历史，那我没有办法，我想告诉你，结盟是我们国家几千年的传统。结盟绝不是社会主义国家的特性，不结盟运动是由印尼、埃及等这些非社会主义国家提出来的，所以任何意义上都和社会主义国家没有关系。最后一点，在不结盟的条件下怎么改善关系？我只能告诉你，严格意义上执行的不结盟，我们是肯定不可能改善与别的国家的关系，有唯一一个办法可以在坚持不结盟的条件下改善关系，这就是不结盟而实际结盟，这样就行了。

现场提问8：我是来自文学院的。请问老师，刚才说中国与朝鲜的关系是有条约无内容，请问老师，中国现在是否需要放弃与朝鲜所谓的盟友关系？

阎学通：如果你要关注的话，可以上网查中国外交部发言人针对跟你非常相似的问题，已经有过正式的答复，我们与朝鲜不是盟友，我们是正常国家关系，简单来说如何解决与朝鲜的盟友关系，我们现在没有这个关系。

主持人：因为时间的关系，我们今天的讲座就到这里结束。

（完）

（讲座时间：2013.12.6）

社会与法

司法如何介入政治

——一个制度的视角

周永坤

周永坤,1948年生,籍贯江苏张家港,毕业于苏州大学,现为苏州大学法学院教授,博士生导师,兼任法理学硕士点负责人,中国法理学研究会常务理事、江苏省法理学宪法学会副总干事。主要研究方向为法理学、宪法学、行政法学。周永坤著作颇丰,在人民出版社、法律出版社等出版社出版著作6部,在《法律研究》《中国法学》《炎黄春秋》等刊物上发表论文140余篇。

尊敬的各位领导、各位亲爱的同学们,晚上好！我是苏州大学的周永坤。苏州大学是一个地方院校,有机会来到学养深厚、历史悠久的暨南大学深感荣幸,特别是能够站在百年暨南讲坛上深感荣幸,谢谢大家,也感谢大家冒着大雨来听我的演讲。

我今天演讲的题目是“政治如何介入司法”,这是一个法学界应该重视而没有得到足够重视的问题,我想讲五个方面的问题:第一是源起;第二是问题、用语和方法;第三是个案裁判为什么应当远离政治;第四是中国历史上政治和司法关系变迁过程;第五是当下中国政治介入司法的一些方式,我对一些介入方式是持反对和批评态度的,最后我会有一个小小的结论。

一、源起

为什么我要讨论这样一个问题，讨论这个问题有什么价值和意义呢？近些年来，中国人信访不信法，对司法众说纷纭，包括法官自己。我的学生有不少是法官，他们在与我交流中对自己都感到不满、对司法感到不满。十八大使得中国法学界再次燃起希望，社会和法学界都在问十八大之后中国的司法应当如何往前走，我认为中国司法十几年的倒退，现在已经触底了，十八大过后反弹，它应该朝什么方向走？一个走向法治的国家，中国的司法有许多东西要做，我们的司法应该走向法治，其中政治和司法的关系是一个很难回避的问题。

下面我们想说一点自己的想法，如果有错误的地方请大家批评。我从一个冤案说起，周澄挪用公款案。案情非常简单，这个人向朋友借钱炒期货，赚钱之后用这个钱买了房子，结果被控挪用公款。那么是不是构成挪用公款罪呢？答案当然是否定的，就连公诉人和该案的法官都认为不够成犯罪，但是结果还是判了刑，这不是很奇怪嘛，公诉人、法官都认为他是没有罪的，最后还被判刑，问题出在什么地方呢？周澄案的审判长首先做了汇报，上级审判委员会研究认为被告人周澄的行为不构成犯罪，但本案又是相关部门关注的案子，上级法院一审判其有期徒刑五年。

这些问题出在哪里？就在前两天最高人民法院有领导针对冤案就讲："现在我们看到的一些案件，包括河南赵作海杀人案、浙江张氏叔侄强奸案，审判法院在当时是立了功的，至少可以说是功大于过的，否则人头早已落地了。面临来自各方面的干预和压力，法院对这类案件能够坚持作出留有余地的判决，已属不易。"这是什么逻辑！法院制造了冤案居然是立了功，我们就要进一步问了，谁应当为制造冤案这件事情负责？难不成制造冤案是利国利民的大好事？当然不是。法官为了自己的利益，作出枉法裁判理当有罪，但是毫无疑问，应当负主要责任的是领导，领导自己没有调查、没有参与到司法程序过程中、没有参与审判。但是在我们的制度下,领导是躲在幕后,不用担责。这样看来,这个问题就出在我们的司法制度上,是我们的制度造成了冤案。在法治国家,司法和政治的关系,由于政治问题而造成的冤案,在法治国家这已经不成为问题了。在那里,司法去政治化,不仅仅是政治原则、社会习惯,也是学界的共识。但是在走向法治的当下中国,却恰恰相反,司法政治化,不仅仅是法上之法,且早已成为习惯。在理论上,司法政治化现在是共识,要服从大局、服从社会效果,这些都是司法政治化的口号,司法政治化是共识,我们有政法系统的领导干部在某一个法学研讨会上做报告时,就通俗易懂地讲到司法是小技、政治是大道,司法小技要服从政治这个大道。

在法学界,对司法与政治的关系是极其无奈的,最近更有法学家对司法政治化进行全面的正面论述,他写了一篇文章,这个文章不仅解释了司法政治化是必然的,而且论证了司法政治化的正当性,讲得头头是道。看来,司法与政治的关系这是所有声称要走向法治,声称保障人权、甚至仅仅是想要将冤案控制在一个合理范围内的国家和人民都无法回避的问题,也就是说政治和司法的关系涉及中国未来的走向,如果这个问题搞不好,中国不可能建成法治国家,中国的人权问题不可能解决。这是我讨论这个问题的原因,为什么要这么做,我们国家要变得更好,要实现大家都讲的中国梦,那么这个问题就必须要弄清楚。

二、关于问题、用语和方法

政治与司法的关系是一个什么样的问题,要研究这个问题首先要研究问题的性质,政治应当如何介入司法,这是政治与司法的关系问题。对于这个问题,可以从两个基本的标准来进行细化。从整体或个别的视角来说,有两种不同的关系,一是政治系统与司法系统的整体关系,二是具体政治权力与司法个案之间的关系。从关系的性质来分,也有两种不同的关系,一个是实然的关系,一个是应然的关系,我想学文科的同学是不难理解的,不过对这个问题抱有一个自觉的问题意识,却不是所有人都能做到的,许多法学教授,更不用说政治学教授,对这个问题是没有自觉的问题意识的。

纵横两个坐标,就可以将政治与司法的关系分为四种:第一,政治系统整体与司法系统整体的实然关系;第二,政治系统整体与司法系统整体之间的应然关系;第三,具体政治权利与个案裁判之间的实然关系;第四,具体政治权力与个案裁判之间的应然关系。在这四个关系当中,实然关系是科学学科所要研究的对象,这里的"科学"可以是社会科学或者是法律科学。但是法学是规范学,规范学研究正当性,规范学当中对第二、第四个问题——政治系统整体与司法系统整体之间的应然关系,第二个问题侧重于政治与制度的建构,它不是一个司法问题,而第四个问题是司法问题,这是一个应当如何处理政治与司法关系的问题。下面我们来讨论的是第四个问题。为什么我要特别强调这个问题?因为政治和司法这两个词本身是容易引起歧义的,所以我必须将我的问题明确。

政治如何介入司法?这是由两个核心的概念所组成的,这就是政治和司法,对它们的含义应当放到具体的语境当中理解。关于政治,有两种不同的概念,一个是亚里士多德意义上的政治,我建议读文科的同学要读一读亚里士多德的《政治学》,这里的政治就是指正直、正义,是指公共利益,这个意义上的政治就有正义与否的问题,是伦理导向的。另一个是中国的政治,政治化意义上的政治,现在我们政治学习的政治是什么?这个政治其实就是政治利益,而不是政治伦理。不同政治集团的利益,这个政治是功利导向的,前面亚里士多德意义上的政治是伦理导向的。

有论者从司法是政治制度的一部分来证明司法应当政治化,他其实是犯了偷换概念的错误,这是一个逻辑错误。司法是政治制度的一部分,这个判断中的政治是指整体而言,而司法应当政治化这个概念当中的定义是指具体的政治权力。

我这样讲有什么依据吗？这可以从目前司法政治化的主要表现上得到证明。我们讲大局，现在要发展经济这是大局，能动司法、维稳司法等，一是指权力者所确立的目标，比如说发展经济、政治稳定等；二是指具体的行政权力和党组织的权力或者党委书记的权力，这是在法律之外所考量的，因此无论是前者还是后者，都是与司法权威相抗衡的政治。在司法当中出现的政治，是与法律不一致的存在，是与司法、法律相抗衡的东西，这是必须要弄清楚的，它是和制度化、法律化的正当政治背道而驰的。如果讲政治，一个国家最大的政治就是法律的权威、法制的统一，法律应该得到贯彻，现在和这个最大政治相对抗的政治，其实就是个人利益，甚至是个人的政绩。如果将这个问题看清楚了，那么下面的问题讨论起来就比较容易了。

这是第二个问题中的第二小点，用语问题。

第三个小点就是方法了。研究这个问题应当注意一个问题，这就是休谟问题。什么是休谟问题呢？休谟认为事实和价值是两个不相交的圆，从事实不能证明价值，价值只能来自更高的价值，所以价值研究最终离不开一个最基本的假设，价值研究是以假设为基础的，它不是以事实为基础的。从知识学的角度来说，休谟其实是提出了一个重要的求得真知的方法问题，这就是应当区分论域。科学论域追求真，科学研究遵循的是因果关系的逻辑，而规范学论域追求正当、追求正义或者是追求善，遵循的是该当关系的逻辑，属于正当性论证，不能随意在两个论域当中跳跃，否则就会犯逻辑错误，这个逻辑错误就是不能证明或者证明不出的逻辑错误。

在座的肯定有对法律感兴趣的同学，法学研究最根本的问题就是要分清这是一个事实问题还是一个规则问题。事实问题遵循的是因果关系，而规则问题遵循的是正当性关系，这是不同的。有一点非常清楚，我们面临的问题——政治如何介入司法，这是一个正当性论证的问题，它应当遵循正当性论证的规则。正当性论证的重要规则就是不能直接从事实得出正当的结论,而这恰恰是讨论政治与司法应然关系的人们常常犯的错误。在事实上,政治干预司法的情况在任何国家都无法绝对避免,但是不能因此而得出司法政治化是正确的这个结论,就如同天天尽管有人说谎,但是却不能由此证明说谎是正当的、说谎是对的,这是一个最简单的道理。

恰恰相反,正因为政治权力有干预司法的自然属性,它时时刻刻都在觊觎司法或者都在企图干预司法,因此才需要讨论司法与政治的应然关系,才需要研究政治当如何介入司法。如果政治权力不干预司法,这个问题就不存在了。正当性论证是价值论证的任务,必须有基本的假设。政治与司法应然关系的基本假设是什么呢?是人、是人的尊严。如果有人反对人的尊严,那么我问你需不需要尊严,如果你觉得你需要尊严,那么我也需要尊严,我相信在座的各位都需要尊严,而法律讨论的是一个人际关系问题,人的尊严就是法学所必须遵循的一个东西,也是法律所必须遵循的东西。由人的尊严所推导出来的基本价值,那就是自由平等。怎样的人才是有尊严的人?人是自由的,人是平等的。如我比你高一等,打你一耳光都是无所谓的,那你还有尊严吗?肯定没有。知道了这些,我们就开展司法与政治关系的论证了。一步步得出结论,我们要研究这个问题的基本假设是什么,基本假设就是人的尊严。

三、个案裁判为什么必须去政治化

个案裁判必须去政治化,这是从人的尊严的角度得出的结论。维护人的尊严是所有法律价值的基础,什么是人的尊严?人的尊严实质就是人摆脱对他同类的依附,每一个人都要摆脱对他同类的依附,大家平等地走到法律之下,因为一个依附于他人的人是谈不上尊严的。人的尊严其实就是人的自由和解放。这个不仅仅是志士仁人所追求的目标,也是马克思主义的核心价值观。我们中国是以马克思主义立国的国家,所以不能没有人的自由和解放,不能否认人的尊严。这是马克思、恩格斯为之奋斗终生的一个目标,如果你接受了这样一个前提,那么由人的尊严推导出来的根本原则就是规则至上。也就是说人不是依附于人,而是大家都走到规则下面,由人的尊严推导出规则至上论,从规则至上论可以进一步推导出立法与司法应当遵循的原则。

对于立法,人的尊严就要求立法者尊重自由、平等的人权,这是由我国宪法第三十三条所规定的,国家尊重和保护人权。对司法来讲,人的尊严要求司法排除任何社会权威和政治权威的干预,司法者具有独立判断什么是法律的能力,法官有能力,这个能力是指用政治上的能力去判断什么是法律,只有法官能够作出这样的判断,并且要求司法者唯法律是从,人才有尊严。最近,习近平总书记讲到执法者时说,执法者应当忠诚于法律。不知道大家有没有注意到?执法者如此,法官自然更应当忠实于法律。要求司法者唯法律是从,这个道理很简单,如果有人指挥法官,当事人就不是在法律之下,而是在这个指挥者之下。同学们,是不是这样的道理?我在法律之下,但是法律是由那个人说了算的,他让我活就活、让我生就生、让我失去自由我就被关起来,那我还是一个人吗?当然不是,而是在这个指挥者之下的奴隶。如果法官不遵从于法律,当事人就是在法官之下,同样不是在法律之下。法官服从法律,法官具有解释法律的权力,那么人就是在法律之下。

立法者以"唯人的尊重是从"为立法原则,以及法官以"唯法律是从"为司法原则,这是两个最高原则,这两条是法治社会的最高原则,由此出发我们就可以看到司法去政治化是从人的尊严所派生出来的重要司法原则。司法去政治化,这是最基本的司法原则。具体的理由可以这样来说:

第一,去政治化是维护现代司法属性的需要。简单来说,如果司法政治化,司法就不是司法。大凡司法有两种,一种是权力控制社会工具意义上的司法,或者说是工具司法;一种是作为社会公器的司法,或者叫本然意义上的司法,或者说是维护人尊严的司法。前者是专政意义上的司法,后者是法治意义上的司法。大凡古代的司法,尤其是中国古代的司法,是为巩固皇权服务的,是高度政治化的,严格说来它是无所谓政治化和去政治化的,因为在那个时候,司法权力和政治权力是分不开的,司法权力同时就是政治权力,它们都是以维护统治者利益为最高价值导向的。我这样说并不是说古代社会的司法是乱判,古代也要讲公平正义,但是如果这个公平正义与皇权相冲突的话,那么皇权第一,这个时候公平正义是为皇权服务的,因为追求了公平正义之后社会才能稳定,社会稳定了皇权才能巩固。如果一个国家到处都是冤案,皇权也没有了,在这个意义上关注公平正义,维护人的尊严的司法才是真正的司法,这种司法脱胎于古代的政治司法,是它去政治化的结果。真正的司法、本然的司法,是古代的政治司法去政治化的结果。通过去政治化,获得司法的应然性质,应然的性质是什么?居中裁判,维护作为公平的正义。正义有许多种,法学所关心的是作为公平的正义,维护人的尊严。如果司法政治化,其必然结果就是使司法成为政治工具,司法权力就退化为实际的政治权力,就不是司法权力了,而是政治权力,司法也就徒有其名,没有司法,人必将成为权力的奴隶。

第二,去政治化是实现政治上善的需要。政治的善需要多种因素,其中一个就是需要社会对权力的监督,特别是政治权力对选举的依赖,这个权力来自选举,这是现代社会政治正当性的一个基本假设。但是单单如此显然不够,政治的善更需要权力与权力之间的相互牵制,以排除集权的政治主体,如果有一个集权的政治主体,那么它必然站在人民的头上,人民就没有办法对它进行牵制。在追求政治善的方面,中国人长期以来有两种思路:第一是道德浪漫主义,寄希望于权力主体的道德自省或者道德自觉,他自觉地为人民服务,这已经被古今中外的历史证明是不切实际的幻想,甚至就是统治者设下的一个骗局,这个幻想或者说骗局在中国麻痹中国人已经达到了五千年之久。第二个就是新中国成立之后发展起来的监督理论,监督理论的逻辑问题是什么呢?谁来监督那个监督者,单单从监督理论本身来说,它就是逻辑上不能自圆的,你要监督它才能变好,但是监督者谁来监督?他没有受到监督,因此他出了问题怎么解决,这不就是一个问题吗?其实监督理论背后站着的仍然是一个道德浪漫主义或者是一尊道德之神,它寄希望于监督者的道德。监督理论行使近百年来的历史已经充分证明它是一个无用的理论,监督理论的失效告诉我们,要达到政治的善,必须实现权力之间的制衡关系、制约和平衡关系,而做到这一点,唯一的办法就是使司法摆脱权力的干预,实现司法的去政治化,与法律和司法权的合力,来实现将权力关进制度笼子里这个梦想。没有独立的司法,将权力关进制度的笼子里永远只能是一个梦,只有将司法权力独立出来,这个梦才有实现的那一天。

第三,去政治化是实现法大于权的需要。这和上面的问题具有某种类似性,道理很简单,如果有一个政治权力可以指挥司法,则它必然在司法裁判之外。在司法裁判之外的权力,必然就会在法律之上,因而也必然在人民之上。在这个方面,与我国同为东方文化的日本经验值得我们借鉴,战后日本的司法就是逐渐摆脱政治干预而走向独立的过程,这才转变了战前日本军国主义的军人统治局面,才有今天的日本。下面这是一个案例,浦和松子这个女人是一个悲剧性的人物,她嫁给一个不负责任的男人,生了三个孩子,男人在外面吃喝嫖赌,而且不回家。她要养育几个孩子,丈夫的兄长要赶她出家门,说你这个女人连自己的男人都管不住,你还在这里干什么呢?她感觉走投无路,因此将三个孩子都杀了,自己服毒自尽,但是药力不够,她没有死成,之后自首,最后法院判决她有期徒刑缓刑三年。这样的判决受到了日本上议院的调查,面对政治权力对司法权力的干预,日本最高法院奋起抗争,最后实现了最高法院的胜利,这是战后政治权力与司法权力战争的第一仗,从此日本的司法权力逐渐取得了对政治权力的优势,使政治权力逐步走到司法权力之下。

第四,去政治化是政治权力依法管理社会有效性的需要。前三个方面是从伦理的角度来说的,最后我要从功利的角度来讲。从功利的角度来说，政治化会因为失去有效管理社会的"抓手"而降低管理实效，直至最终政治管理归于无效。这是什么意思呢？政治权力管理社会，需要一个"抓手"，统治者不能直接去管，这个抓手包括司法，最重要的"抓手"就是法律以及按照法律所组建起来的这一整套的国家系统、国家体系。非政治化的司法是这个抓手得以生存的条件，也就是说权力之间各司其职，这个抓手就具有有效性，如果各个国家机关都服从一个集中的统治权，最后使这些国家机关都虚化，使得这个抓手没有了。如果这样的话，政治权力干预司法、干预个案司法，则政治权威的统治最终退化为个案化的处理，它不是一个规则化的处理，而是个案化的处理，这个问题就非常严重了，最后就会变成无规则的治理。当下中国信访暴力化、截访，老百姓信访不信法，就是这一悲剧的前兆，是社会失去真正意义上司法的后果。我这一句话隐含了这样一个判断，当代中国已经失去了真正意义上的司法，它是社会危机的信号。现在信访不信法，信访开始是动嘴巴，现在是动拳头，在一些地方动刀子。司法退出，那么暴力就会胜出，这是任何一个国家、任何一个地区无法避免的必然规律。我这个话不是危言耸听，相信读过富勒名著《法律的道德性》的朋友会有体悟，法学院的朋友如果没有读过的话我推荐大家要读一读，雷克斯国王的悲剧其实就是政治权力和司法权力合一所造成的，政治权力和司法权力合一导致规范性治理失效，只能个案处理。

四、中国历史上政治与司法关系重组的努力

这是从历史的纬度出发，我们来看看中国历史是怎么走过来的，对现在如何处理政治与司法的关系提供一个参照和借鉴。中国古代的法律是一家之法而非天下之法，这是清朝末年的启蒙思想家告诉我们的。对这个话作一点适当的延伸，那就是中国古代的司法是完全政治化的一家司法，而非天下司法。中国现代化过程的重要一环，就是要重塑司法与政治

之间的关系,使司法摆脱政治的羁绊,实现司法的去政治化,这个过程长达百年,至今仍然在继续,还远远没有完成。其间经历了三次大的变革,或者说三次司法改革。我们简单回顾一下。

第一个就是清末的司法改革。清末的司法改革是清末变法与立宪运动的重要内容,开启了中国司法摆脱政治的历史。在光绪三十三年(1907)“丁巳,改按察使为提法使……及分设审判厅,备司法独立,增易佐治员,备地方自治,期十五年内通行”。也就是说,在当时有一个十五年的立宪规划,其中最重要就是建立独立的司法。这是中国历史上具有划时代意义的司法改革文件,指明了司法独立的方向。第二年,《钦定宪法大纲》仿照《日本帝国宪法》的体制,实行君权统领下的三权分立。该大纲第10条规定:“(皇帝)总揽司法权,委任审判衙门,遵钦定法律行之,不以诏令随时更改。”请大家注意,虽然这里用了(皇帝)“总揽司法权”这样的词,但是从后文“委任审判衙门,遵钦定法律行之,不以诏令随时更改”这样的表达来看,司法是独立的,司法只服从于法律,而法律已经不是皇帝的意志,而是议会的意志。这是一个君主立宪的独立的司法体制。在具体的制度变革上,1906年4月25日,先贤打破中国法典以刑法统帅的传统,着手订立独立的诉讼程序法典,沈家本、伍廷芳奏进《刑事民事诉讼法》(草案),这是中国历史上具有划时代意义的一个立法草案。我常常对我的学生说一定要记住沈家本,沈家本是中国现代法律之父,没有沈家本,中国现代法律绝对不是现在这个样子。这个草案参酌中西,对中国的传统司法进行了脱胎换骨的改造。清末司法改革最重要的有四项:一是建立独立的审判衙门;二是建立法官考试制度,原来在中国法官和政治官员是可以互换的,法官不需要特殊的知识体系;三是制定诉讼程序法,虽然这个诉讼程序法在清政府倒台时没有来得及生效,但是大部分的内容后来被民国时期的立法所吸收;四是破天荒地建立律师制度,如果前面这些东西,在中国之前虽然不像西方那样,但是多少还有一点影子,那么,律师这个东西在中国之前是连影子都没有的,但是这个法典或者说清末的司法改革没有完成,清王朝覆灭,中华民国继承了这一事业。中华民国是亚洲第一个共和国,中华民国的司法也是亚洲第一个独立的共和国司法,当时在亚洲起码没有可以跟中国相比肩的司法。民国时期,特别是它自由的律师制度是非常了不起的,同学们有兴趣的话可以在网上搜一搜看一下陈独秀案的辩护词,我相信在现在的任何一个法庭上都不允许律师做这样的辩护,2 万多字,洋洋洒洒。这是第一次司法改革。

第二次司法改革是 1952 年的司法改革运动,这是一次司法再次政治化的历史回潮。1952 年 6 月,名为“反对旧法观点和改革整个司法机关”的司法改革运动在全国展开,这是以“专政司法观”为指向的运动,其目的是确立“政治工具”的司法,是司法的再次政治化。至 1953 年 2 月底,司法改革运动取得了“巨大成功”。据何勤华教授的研究,其结果为:第一,一批“旧司法人员”,约有 6000 多人,被调离了人民法院的审判岗位,大量的非法律出身的干部被调进了司法机关从事审判工作。第二,所有旧司法人员,以及虽然不是旧司法人员,但受到了旧法观点和旧司法作风影响的法律工作者,都接受了思想改造,也就是说思想上都接受了政治司法,那些独立的司法观念被称为反动的资产阶级的东西。第三,马克思列宁主义和毛泽东思想的国家观和法律观得以在中国司法界取得支配地位。如果仅仅是以“预设的目标是否达到”作为标准,那么这是一次非常成功的司法改革,非常成功。不过,如果以法治为标准,以人的自由和解放为目标,它就显得有点失败,因为它的结果是使司法变成了“专政的工具”。而什么是专政呢?列宁说得明明白白:专政就是不受任何法律限制的政权……专政的科学概念无非是不受任何限制的、绝对不受任何法律或规章约束而直接依靠暴力的政权。其结果是什么呢?大家都已经看到了。在 1960 年,中央政法小组,也就是政法委员会前身,向中共中央提交了《关于中央政法机关精简机构和改变管理体制的报告》,所谓精简机构就是公检法三家合一,公安为首,法院和检察院服从公安的领导这样一个制度,这个制度在 1960 年贯彻。到现在,虽然 1982 年宪法规定了那样的分权制衡制度，但是在现实生活当中，仍然是公检法三家是一家，而且以公安为首。

第三次司法改革是当下正在进行的司法改革。它始于20世纪80年代中国的改革开放，它是中国改革开放的组成部分，当时设计的目标是两个，一个是经济体制改革，另一个是政治体制改革，但是可惜的是政治体制改革始终没有能够很好地进入轨道。当时第三次司法改革所确立的目标是要建立一个正常的国家司法制度，这个目标基本达到了，你看现在我们有司法考试，我们有公安、检察院、法院的组织系统，这一套系统都建立起来了，在“文革”中这套系统都被破坏掉了，在这些方面是取得了一些成绩。1985年前后，正式提出司法改革这个词，到20世纪90年代末期时处于高点，而后逐渐走向下坡路。进入新世纪之后，本来应该更上一层楼，建立一个人的自由和解放的司法，但是它在维稳第一的政治导向下开始徘徊下行，转移点在2002年左右，文件表达是在颁布第二个司法改革纲要时，这就是在2004年。这个纲要突出司法为政治服务的原则，第一个司法改革纲要是坚持依法独立审判，这个原则被强调得很厉害，在第二个司法改革纲要中这个原则就被弱化了。司法改革加快下滑，这是在第三个五年司法改革纲要中，在这个纲要中司法独立已经不在改革的目标当中，相反“宽严相济”“强化诉讼调解”“服务大局”“建立健全民意沟通表达机制”等违反司法本真的内容开始登堂入室，导致政法委的权力日益强化。政法委的权力从十八大过后，已经是明显在各地弱化，这是一个进步。

五、当下中国政治介入司法的不当方式及其理念

现在中国政治介入司法的一些理念和实践，我认为是有问题的。有哪些问题呢？

首先就是司法的政治工具主义。现在法学院教材中贯彻的都是法律

工具主义思想，这是中国的法律意识形态，它是极其有害的。法律的政治工具主义，使得立法者、司法者、法律人没有立足之地，从法律的工具主义派生出来的就是司法的工具主义。司法工具主义的实质就是追求法律以外的善，司法本身要追求法律的善，但是政治工具化之后的司法追求的是法律之外的善，外在于司法的善，这个善就是权力主体的主观偏好。具体来说，如果你是法官，那么这个善就是政法委书记所确定的善，或者是法院院长所确定的善，而不是你按照法律所确定的善。从司法本身来说，它应当是自主的，司法不服务于外在目标，司法就是司法，法官应当都是忠诚于法律。如果司法服务于外在目标，它就会丧失司法的本真，而堕落于外在目标的工具，它的直接结果就是法律不再重要，司法公正不再重要。"内在善"是指"内在"于法律。之所以必须追求"内在善"，是由于司法的属性或者性质决定的，它将法律变为社会现实，它排斥外在目的，这个外在目的当中就包含了法官的个人利益，包含任何社会个人以及组织的利益，以及他们所设立的目标。一句话，司法的善就在于司法本身，不在司法之外，追求司法之外的善，徒有善的外衣，而实在是一种恶。

第二，司法独立受到潜在的非难。实际上现在的司法已经不再独立，这个方面我不想再多说了。现在的法官受到来自两个方面的压力，第一个就是司法系统之外的压力，还有一个更直接的，你天天都会碰到的，就是司法系统内的行政压力，我们的法院高度行政化，法官的行政首长很多。这里要说清楚一个东西，司法独立是什么？司法独立不是法院独立，而是法官独立。世界各个国家的宪法都是如此，你们可以去读一读，我所读到的讲"法院独立"的大概就是中国和朝鲜，其他地方都是讲法官独立，包括我们称为老大哥的前苏联。前苏联 1936 年宪法第七十八条就讲到法官独立审判、只服从法律，但是我们 1954 年宪法就换了一个字，"法官"改为"法院"，"法院独立审判、只服从法律"，这是 1954 年宪法的表达。我们 1954 年宪法实际上就是苏联 1936 年宪法的复制品，但是改了一个字，这一改就为法院内的行政化提供了正当化，所以中国的法院里是有行政领导的。我所讲的司法独立是法官独立，这是人类文明的进步。现在我们法院里的种种考核，使得法官不得自由，大家想想看，某某省提出法官要对信访终身负责，你信访不信访这与我有什么关系呢？你是不是认同我这个判决，是你主观上的表示，我判得再好也会有人表示反对，一个案子判下去，如果是一个民事案件，两方面都觉得对的，一百个案件当中有几个？通常是两个人都不服。两个人都服，法官是神吗？这明显就没有将法官当人看待。他上诉，这本身是法定的程序，是当事人的权利，上诉还要考核法官，上诉率高了也不行，上访要法官终身负责。现在据我所知，某地区的法官每一个人一年要办接近300个案子，不说10个，100个有一个上访缠住了你，你不完蛋了吗？一年3个，三年就9个，9个人天天缠住你，你吃饭都没得吃，这个东西太可怕了，所以这是绝对不行的。

第三，司法目标政治化。就司法本身来说，那就是追求公平正义，西方人说"为了正义，哪怕天崩地裂"。法国的正义女神像，一手是天平、一手宝剑，背后就是这句话。我们现在不说"天崩地裂"了，他一上访我就变了，当事人说你这样判的话我要上访的，那我们商量商量吧，你说这个还有什么裁判？还有什么司法权威？

第四，司法手段调解化。司法就是裁判，但是中国变为调解，调解带有强制性，现在某省法院调解率达到95%，这不是很奇怪嘛。公民宪法的诉权到哪儿去了？手段的调解化是非常多，之所以调解变成今天中国这个样子，法学家是有责任的，他们误导当权者，将西方的社会调解混同于中国的司法调解，以西方的社会调解来证立中国司法调解的正当性，这是非常可恶的一种行为，这些都是大法学院的人讲的，像我们这些小法学院的教授们反而不讲这些东西，我们没有什么政治影响，所以我们就不讲这些东西。

第五，司法程序被弱化。司法程序弱化的结果大家都知道，就是政治权力会进来。

第六，能动司法。能动司法要求司法主动和政治接轨、主动为政治服务，那就是不需要政治介入，你就得自己政治化。

第七，民意司法。民意司法是政治司法的外衣，什么是民意？那是政治权力说了算的，不是你说了算的。民意司法非常可恶，民意司法就是将当事人交给暴民，民意通常就是非理性化的一种情感，民意是情感，不是理性的，任何民意都不可能是理性的。你们可以看一看《乌合之众》这本书，什么是民意，你一看就知道了。

第八，强信访机制。强信访机制的实质是什么？政治权威高于司法权威。信访是政治权力，信访权是处理信访事件的权力，不是公民的信访权利。这个我想多说几句。2005 年修改信访条例，当时有两种观点，一种观点是认为要强信访，这些人认为信访局的权力太小，解决不了问题，那么就要强信访。还有人认为信访权应当没有。我认为两个都不对，强信访肯定要完蛋，整个制度要完蛋，而没有信访权也不对，因为信访权是中国宪法规定的权利，公民有向国家机关提出申诉的权利。宪法规定的权利，公民必须有信访权利，但是强信访的权力，那是绝对不行的。但是后来因为主导立法的是权力，最后强信访就进入到我们现在的信访条例当中了，信访条例规定的强信访权力，我认为给现在的中国带来了灾难性的影响，导致老百姓信访不信法。一个最简单的道理，如果在法院外面有一个权力来对法院的审判、判决说三道四，谁不想“信访”试一试？如果无论你跑到哪儿，信访都改变不了判决，那么还会有人搞“涉诉信访”吗？判决下来就结束了，这就是一个法治社会的特点，司法的判决具有终极性，也就是说在解决纠纷的意义上，法院的权威、法官的权威就是最高权威。

令人欣慰的是，十八大之后上述的政治对司法的非正当干预，现在已经有所放缓了，我认为现在已经触底，正在朝上走，至于这个回升有多快无法预测。我举几个例子，比如能动司法，现在不再强调能动司法有多重要，而是说能动司法要有所限制，也在讲能动司法，但是强调有所限制，口气不同了。我经常研究《人民法院报》。还有比如说信访率不排名了,过去信访对当地一把手是性命攸关的事情,一票否决,如果你当地的信访排在最前面,那么你的官位可能有一点危险,所以大家拼命要将信访量弄下来。但是老百姓是要信访的,因为这个制度鼓励信访,最后为了使信访率低,那么就要截访,最后就演变为暴力对抗。现在不排名了,这是一个进步。再比如调解优先这个调子也有所降低,原来考核调解率,据我所知,一些省份正在准备不考核调解率,这本身就是在逐渐转向。民意司法也不怎么提了,特别是现在将司法公正提到了一个比较重要的地位,"案结事了"也不怎么提了,这些都在悄悄进步,为什么进步还要悄悄地?因为我们的意识形态没有转变,我认为就要转变这种人治的意识形态,使得这种人治的意识形态不具有正当性,我们要理直气壮追求一个法治的司法、追求保护人尊严的司法,这样中国才有希望。我希望在座的各位老师和同学们,都大张旗鼓地去讲这些东西。

六、结论

司法制度是政治制度的一部分,这是从实然的政治制度意义来讲的,但是这不能得出司法必然政治化的结论,更不能得出司法应当政治化的结论。无数政治化司法的个案,也不能证成司法政治化的正当性。作为公共利益的政治,不是要求司法政治化,恰恰相反,它要求政治权力尊重司法,政治权力应当接受司法的裁判,以维护法律的尊严,以维护政治体制的权威。司法与政治混同,这是古代社会的统治模式,司法政治化的实质是司法的人治化,司法的非规则化最终会导致法律的失效、政治的失序,法治社会的首要特点是法大于权,法大于权自然要求司法的去政治化,否则司法就会变异。那么政治当如何介入司法?我的回答是政治当以消极的方式尊重司法的方式介入司法,任何积极介入司法的政治都是对司法原则的侵犯,不但不具有正当性,从维护政权稳定的角度来讲也不具有有效性。正当性和有效性，是法学家研究的两个最重要命题，更不用说司法政治化本身就是对人的尊严的冒犯。

当下中国的司法是高度政治化的司法，这是一个诊断，因此建设社会主义法治国家的当务之急就是实施宪法，以维护司法的权威，实现司法的去政治化。只有如此，才能借助司法的力量实现将权力特别是政治权力关进制度的笼子里的美梦。其实，这一点马克思在一百六十年前就说过："行业的本性是按其生命的内在原则不受阻挠地形成起来的。"行业当有"行业自由"。据此，马克思认为作为行业的审判，当有"审判自由"，这个审判自由就是审判独立，这个自由就是"法院遵循它自己固有的法规而不遵循其他领域（如宗教）的规律审判"。这就是我简短的结论，谢谢大家。

主持人：谢谢周教授，每次都能从周教授这里学到很多东西。早几年周老师来暨南大学时，小范围内在我们的校园、学报编辑部、行政办公楼跟一些学生做过一些交流，我也提过，但是这两年没有跟我的学生做过交流，也没有来暨南大学。在原来交流之前和之后，在讲课的过程中我都向各位推荐周老师的《法理学》，当时是第二版，现在出了第三版，它有一个副标题是"全球视野"。个人认为，这是中国人写得最好的《法理学》，我现在也还没有改变这个看法，它比那些打着种种头衔的《法理学》可能好得多。我们暨南大学的学报也曾经在暨南新书架中向学界推荐过这本书，有过书评。这是题外话。

我在不同场合也做一些专门技术性，电子商务网络方面的学术报告，最后都讲一句话，欢迎大家提出任何问题，今天听了周老师的讲座，可能我回答不了，但是周老师一定能够回答任何的问题，至少是任何问题都可以提。

现场提问1：我是法学院的学生。虽然您比我们大四十多岁，但是锋芒毕露比我们更甚，所以我有一种"高山仰止、景行行止、虽不能至、心向往之”的感觉,非常感谢您的讲座。我的问题,您刚才说到法院独立,但是整个法院系统还存在人事和财政,还是要依据于地方的,法院相对地方在人事系统和财政系统的独立,您认为阻力到底在什么地方呢?谢谢。

周永坤:社会是一个系统,中国的政治制度也是一个系统,法院的独立受到来自方方面面的牵制。1982 年宪法规定独立审判不受行政机关、社会团体和个人的干预,这个规定本身相对于 1954 年宪法是一种倒退,1954 宪法是一个概括性的排除干预,而现行宪法是一个列举性的排除干预,列举性的排除就意味着有人可以干预,这样也是不行的。也正是由于宪法上存在这样一个问题,导致了我们现在的法院受到方方面面的牵制。从法院的行政权角度来说,受到了政治很大的干预,从财权来说,现在法院的经费也要由政治领导点头的,这本身就是一个牵制。更重要的,可能是通过我们党组织这一块,形成了一个更有力的牵制,比如说法院干部的任命权、人事权是由党组织决定的,而党组织当中行政人员,也就是说在行政机关任职的人员通常是处于强势地位,那么法院是抗不过他们的。除了法律上规定的不怎么完善之外,还有在实际的政治结构当中法院处于弱势地位,法院无论是人事还是财权等各个方面都有问题,涉及我们整个政治体制改革,因此司法改革不仅仅是司法,司法改革本身就是政治体制改革的一部分。

现场提问 2:周老师,您好。您最后说政治应该在司法中消极介入,我想请问我们应该指望政治自觉在司法中消极呢,还是应该在政治体制上去改革?谢谢。我是法学院的宪法和行政学专业的学生。

周永坤:这是一个很有价值的问题。现行体制下能不能实现司法独立?我刚才已经讲了,实际上要实现司法独立,它不是法院内部的问题,它有法院内部的问题,更有法院和外部权力之间的关系问题,这个问题和我们现在党的领导体制存在有关系。我认为,现在这个体制,以及包括党的领导的体制,应当进行很好的改革,政治体制改革包括现行的国家制度要进行一些调整,也包括党的领导的方式应当进行调整。改革开放以后,我们已经着手解决这个问题了,邓小平在1979年时提出现在政治体制最大的问题就是要解决一言堂,我们坚持党的领导,但是党的领导的方式要进行改善和改革。至于具体如何改革,这要看中国人的智慧。

现场提问3: 周教授,我是文学院文艺学专业的研究生。刚才听了周教授的演讲,受益良多。我不是法学专业的学生,所以我想就自己身边发生的情况向周教授提问,听听您的看法。在十八大召开之后,现在全国反腐败,我们家乡那边也有一些案子,好像是我们那边的公安局局长的腐败先牵出来,然后城建局等各局的案件都出来了,然后送到检察院、法院。当时法院院长、检察院检察长等就到县长、县委书记的办公室向他们请示说这到底应该怎么处理,县委书记就说不能没有干部啊。这个事情好像最后就是选择了一些可以处理的就处理了,其他的呢就说还是本着保护干部的原则来处理。听了您的讲座,这好像就是明显的政治干预司法,但是既然十八大之后我们已经有一个回升,触底之后的回升,对这样的现状要怎样解决,或者中国将来的司法改革方向和着眼点在哪儿?谢谢。

周永坤: 谢谢你提出的问题。

你不是学法律的,其实法律就在每一个人的心当中。学法律,更多的是从专业的角度来看,但是并不排斥没有学过法律的人,他的行为和思考方式是符合法律的,你刚才的问题就是一个标准的法律问题。如果你刚才说的情况是有事实依据的,那么这个情况就是明显的违反现行法律的,保护干部能够将犯罪分子都保护起来吗?说我们不能没有干部、要保护他们,这是明显的违法,这样的一种请示在中国已经成为一种常态,再次证明了我刚才所提出的问题并不是虚假的,在中国恰恰是实实在在存在的。这些事情发生在十八大之后这也很正常,我刚才只是说触底开始反弹,并不是说我们一下子就解决了这些问题,解决这些问题需要全社会长期的努力。至于怎么走,我刚才已经描绘了一个大致的方向,这就是去政治化,司法就是司法。我昨天在华南理工大学说了一句话,要使得法官成为法院的王侯,这个国家就有希望了,我们将来的方向就要朝这个方向走。

现场提问 4:周教授,亚里士多德在《政治学》开篇第一章提到政治上的善,就是共同体的利益,从伦理学的角度来说就是共同体的幸福,说得再直白一些就是我们的优良生活。您刚才提到司法的善源于司法本身,我是不是可以这样理解,只要我们唯法律是从,就可以达到我们的优良生活,或者达到共同体的善?

周永坤:大体可以这样说,这是对法的善、良法的推定,每一个社会的老百姓都要推定现行的法律是良善的,我们都要遵守这个法律。但是事实上法律并不全是良善的,追求良善的生活这就是亚里士多德政治学上的核心目标或者是核心论证的命题,而这个命题得出的结论就是用法治。而法治包括两个因素,一个就是法律的普遍性,大家都遵守法律,另一个是这个法律是良法,这两个不能割裂,良善的生活就是两者必备,这是从政治学的角度来看。但是从司法的角度来看,我们应当推定这个国家的法律都是好的,法官只能是按照法律来办事,这里就有一个分工,立法者和司法者的分工。立法者追求良法,司法者追求法的实现,这是一个社会分工。司法者千万不要把自己当做立法者,我常常对我的学生说你就是按照法律办事,但是有一个例外,除非这个法律很恶,按照这个法律办的话一般人都不能接受,这个时候法官才可以启动他的良心。但是法官在一辈子工作中很少遇到这样的问题,如果假定法律都不好,都需要法官启动自己的良心,对不起,你就成了政治家,这就错了。我同意你刚才的推论,只是作为法官的推论。

现场提问 5:我是法学院的研究生。周教授,现在网络上有这样的说法,几类特别人物要特别关注,其中有一种人物就是律师死磕派,这个死磕不是跟检察官，而是跟法官。请问教授，您是怎么看律师和法官的死磕，因为一般情况下律师应该是跟检察官死磕啊。教授您怎么看待中国律师对推动中国法制进程扮演的角色，另外应届毕业生如果对律师有兴趣，您有什么样的建议。谢谢。

周永坤：刚才讲到律师当中死磕派的问题，我是赞同律师要死磕的，为什么？因为在我们当前的司法制度下，如果律师过于圆滑，那么我们可能追求司法正义和公平就会失去重要的力量。但是你刚才讲的问题是对的或者是存在的，律师应该跟检察官死磕，但是为什么现在律师跟法官死磕呢？请注意，在律师和法官的双方关系中，律师处于被动地位，法官处于主动地位，因此造成律师和法官死磕这样一种社会现象，责任在法官，而不是在律师。这是一方面。进一步我们要问了，为什么法官会和律师去死磕呢？按照道理来说，法官是超然的，为什么他走到前台，或者他走到第一线，他本来应当是一个裁判者，现在他参加踢球了，为什么？那就是庭还没有开，判决就已经定了，法官他是在完成一项政治任务，而这个政治任务和法律不一致，这个时候就遇到了律师，律师通常在这样的案子里维护的是法律的尊严，所以我对这样的律师表示尊重，他们付出的代价是沉重的，因为许多圆滑的律师是通过跟法官搞关系赚钱，而能够和法官死磕的律师必然是一个具有社会公益性的律师。责任在法官，如果再朝前面推，责任在制度，有谁有能力去指挥那个法官、命令法官作出判决？这是我一开始就讲到的问题，这是一个制度问题。

司法改革当中律师所起的作用，我认为是很小的。律师是一个自由职业者，或者应当是一个自由职业者，只是在一个制度的框架内活动，企图由律师去改革司法制度这是不现实的，因为司法改革本身是一项政治行为，而政治行为是由政治家去完成的，通常应当是由立法者去完成司法改革任务。我在十几年前写过一篇文章，讲的就是司法改革权，大家都在讲司法改革，没有人研究司法改革权，谁有权来进行司法改革呢？不是任何人都可以进行司法改革的，否则的话这个社会就完蛋了，我一个司法的样子,你一个司法的样子,那还有司法吗?可笑的是,我以前看到某某省有一个县级法院搞判例法的试点,我说你有这个权力吗?我们现在许多的所谓司法改革在那儿改,他是没有权力进行改革的,所以要提出司法改革权的问题,司法改革是政治体制改革的一部分,你就知道这个权在哪儿了,在人大,在中国就是由人大进行司法改革,由法院进行司法改革这本身就已经很荒唐了。最高法院制订一个司法改革的草案,这本身就是一个很荒唐的事情,你是司法者,你只有权力按照现行的体制来运行,你怎么能改革这个体制呢?你没有这个权力。按照逻辑来,法律是最讲逻辑的,我也提倡死磕这个词,如果法律什么东西都很随便了,今天你这样弄明天你那样弄,那还有法律吗?就没有了。法律是以齐一性为特征的,法律是以逻辑为特色的,这两个东西没有了,那么就没有法律了。

现场提问6:周老师您好,我是法学院大三本科生。

关于我国现行的司法独立,体现出一个比较重要的部分那就是法院的独立,于是就有学者提出这样的制度设计,现在的高级法院不应该按照现行的行政区划去产生,可将中国划分为九个区域,比如广东、广西共同产生一个高级法院,那么这样的话高级法院的司法审判就可以比较少地掺和一些政治元素,但是这样的设想是违宪的,因为宪法规定同级人民法院应该要由同级人大产生,如果这样的话,广东、广西共同一个高级法院,就没有宪法依据了。在您看来,在不考虑违宪的情形下,您认为这样的制度设计对法院体系的独立能够起到多大的作用?谢谢。

周永坤:关于司法区和行政区的二元制,这大概是十几年前学者提出来的。其实这个问题是有它的意义,使得司法摆脱行政的控制或者是依附,当行政区和司法区合一时,很容易使行政长官的优势建立起来,这一点它是有道理的。你所讲的是不是违宪这个问题,同时在中国现行体制下也是存在的,因为提出改革的人对现行的体制进行改革,它是一个理想的设计,因此不存在违宪与否的问题,因为宪法也是在改革之中。当然司法区的改革是有意义的，但是后来在中国为什么没有推开，我认为并不是因为这个假想的制度不好，而是因为中国的行政权力非常强大，中国是一个行政国，法治国应该就是司法国，建设法治国家的过程就是要将一个行政国转向为司法国，但是这个路很长。

现场提问7：周老师，您好。今天讨论的问题最终还是力量分割，现有拥有力量的这部分人是否真的有可能将这部分力量割让给司法机关呢？今天所讨论的问题可能前提就是司法者本身是处于善，或者是智者的前提下，假如说将力量割让给这些人之后，但是司法者本身又出现了问题，或者本身就是一个腐败者、恶者，如果是这样的情况怎样处理？谢谢。

主持人：其实就是谁来监督司法者这个问题吧。

现场提问7：不仅是这样，如果我们已经将司法定性为善的情况下，当然可以说让司法者拥有这样的力量，但是如何将它定性为善呢，如果它是恶的话，将力量分割给这样的恶者有什么样的意义？

周永坤：请注意，任何对权力善的假定都是不可靠的，司法权也是如此。我不是假定司法权是善的权力，而是说司法权应当追求善，这个善是指“法律内在的善”，法律所规定的善，这并不是说将司法权视为善，我的命题是一个规范性命题，而不是一个事实描述的命题。正是因为我是对司法的规范性要求，因此司法者应当服从法律，对司法者可能的恶，是通过赋予它忠诚于法律的这样一个义务来达到或者是减少它的恶，是这样的问题。不知道有没有回答你的问题。

第一个问题实际上就是基于利益的自私自利前提，来否定可能的让利判断。这部分的权力是我的利益，我是不是同意分割给别人，其实就是这样的问题。我想有两点可以讨论，第一，一个人能不能做出利他行为，这是完全可能的，因为在人类基因当中本身就有利他性的基因，但是作为制度设计是不能依赖利他性的，制度设计必须将人设想为自私自利的人，这两个东西要分开，能不能将利益分割给别人，这是要通过立法者来进行分割的行为,立法者对各个权力进行重新分配。接下来又有一个问题了,立法者都是自私的,那怎么办?那就是马基雅维利理论,用恶来相互牵制,也就是说立法者当中必须有它自己的利益分配,立法者有不同的利益,使得立法者之间相互牵制,而后达到利益的平衡分配,这就是多党制。

现场提问8:我是法学院的学生。周教授今天的主题是政治如何介入司法,最后得出的结论是政治消极介入司法。为什么今天讲的是司法的去政治化,教授却留有余地的说要消极介入呢?怎么界定消极介入呢?为什么不直接说司法应该完全去政治化呢?这是第一个问题。

第二个问题,刚才教授有讲到日本的那个案例,没有深入下去,请问日本这个案例给我们现在的借鉴有哪些呢?谢谢。

周永坤:司法的去政治化,同时我又提倡消极介入,能不能自圆其说。司法的去政治化,我是针对当前中国的司法现状提出的一个建议,因为我们现在的司法政治色彩太浓,对于这种存在必须加以改造,因此要去政治化。司法政治化其实就是一种司法的积极介入进行规制,而我所讲的政治消极介入司法,就是在整个制度体系当中,通过整个制度体系对司法的介入,这种介入是消极的,是对司法的尊重。至于消极介入这样一种提法是否准确,我想也要作进一步的研究。

关于日本这个案例对中国有什么样的借鉴,我认为借鉴是很重要的,也就是说司法应当自觉地抗衡来自于政治权力的干预。日本最高法院当时的那个法官,那是宁可将乌纱帽丢了都要,维护职业的尊严,我们中国的法官几乎没有一个敢来维护职业尊严的。当然这不能完全怪法官,为什么?因为在中国如果这样做的话,他的代价太大了。一个社会追求正义,如果要求老百姓去牺牲生命追求正义,那么这个社会的正义必定是稀缺的。当一个社会人人只要通过举手之劳就可以坚持正义,那么这个社会的正义就是多的。我在二十几年前写过一篇文章《正义的成本》,正义的成本越高,那么这个国家的正义越少,正义的成本越低,那么这个国家的正义越多。

现场提问 9:我是管理学院的一名研究生。结合周教授所讲的问题,政治如何介入司法,目前我们闹了一个多月,在微博讲得比较多的案例——1995 年清华大学铊中毒案,据分析这是有政治权力介入,所以导致后来具体的审判,包括后面的一些材料都没有公布。请问在目前我们这样的体制下,司法体制也好,政治体制也好,它的改革是渐进的过程,不可能有一个非常迅速的变革,那么在这样的环境下,作为一个普通人或者说民间力量,怎么去平衡,或者是制约政治力量对司法的介入,或者司法如何不断地修正自己,从而远离政治或者是去政治化?请问您对这个案子的走向如何看?现在犯罪嫌疑人已经在美国了,但是材料包括证据可能被毁灭或者藏匿了。

周永坤:谢谢你的问题。

现行体制下普通人能够做什么?就要看你所处的社会地位或者是所从事的社会职业,但是不管怎么样,每一个普通人都有义务推进中国政治的民主化、推动中国法治往前走一步。我所关心的可能是法官,法官能够做什么呢?我要求你做一个明白的法官,尽管最高境界就是说哪怕没有饭吃了,我也要维护司法的正义,这是最高境界了,但是我相信我的学生很多没有这样的境界,因为如果我是法官,我也没有这样的境界,不能要求我的学生成为超人。我的学生只是一个个平常的人,但是听过我的课,我要求你必须是一个明白人,没有听过我的课,你是不明白的。明白的行为和一个糊涂的行为,是不同的,明白的行为就可以通过你的行为来逐渐消解有过错的。这是我对我学生的要求,这或许是一种机会主义,但是也是无奈的,我是一个只讲真话的人。

对于铊中毒,首先政治权力的干预是不是导致案子没有继续审下去,这是一个事实问题,事实问题需要证据,因为我对事实不清楚所以无法发表评价。至于说这个案子可能的,或者是社会上所认为的那个犯罪嫌疑人孙维,我认为也要本着无罪推定的精神去对待她。如果这个案子能够通过重新启动司法程序(因为还在追诉时效之内),那是可以重新启动的,如果可以启动我当然赞同,但是即使启动之后,也不能自然就将孙维当作自然的罪犯,必须通过司法审判程序,用证据来说话。

主持人:谢谢周老师,也感谢各位老师和同学。

(讲座时间:2013.5.9)

司法体制改革的目标及其需要解决的问题

秦前红

秦前红，男，1964 年 11 月出生于湖北省仙桃市，法学博士。现任武汉大学法学院教授、博士生导师，武汉大学宪政与法治国家研究中心常务副主任，武汉大学宪法与行政法教研室主任，武汉市人大常委会委员，武汉市青年联合会常务理事。同时兼任中国法学会宪法研究会副会长、中国法学会比较法研究会常务理事、湖北宪法研究会副会长、湖北地方立法研究会副会长、湖北省政府首席行政复议专家、武汉大学校长法律顾问等社会职务。同时是中国人民大学、深圳大学、新疆大学、郑州大学、广东商学院等十多所大学的兼职教授，2006 年作为香港大学法学院高级访问学者。

十八届四中全会要召开，有人说这是法治的春天来了。我就在想了，明明是秋天开的会，为什么偏要说是法治的春天，为什么不说是法治的秋天呢？中国的话语体系博大精深，有时候是耐人寻味的东西。回到我今天要跟在座各位老师、各位同学交流的话题是讲关于司法体制改革的问题，其实这也是一个已经被炒得很烂的题目。有人会问，你能讲出什么新意呢？我认为在这个时候讲司法体制改革，不在于有新意，关键在有人出场，要有人做一些呼吁，要有人教给我们有关司法体制改革，包括法治的一些正确知识，免得一些人要么是不懂得，要么是有其他的动机，将我们一些正常的常识给颠倒了。

中国的司法体制改革,当下为什么会如此火爆呢?我细细想来有几种原因。

第一种原因,过去说是正统性,现在政治学者、法律学者或者历史学者经常提合法性概念。什么是合法性?狭义地说就是一个执政体制、一个政权的行动有一套法律依据,广义就是说你这个政权、你这个体制不能完全靠暴力、强制、硬实力,必须要依靠老百姓、社会公民心甘情愿对你的拥护和支持。没有一个政权、一个体制可以依靠暴力、依靠强制打天下的。中国共产党作为一个执政党,也意识到执政合法性问题,当然执政党的合法性来自于几种情况。一种是所谓的打江山、坐江山的合法性,这是一种合法性。中国宪法里的序言,说 20 世纪发生了四件大事,第一件大事是辛亥革命,孙中山搞的,结果失败了,但是也留下了一点遗产,将共和的思想深入人心,推翻了帝制。第二件事是推翻了三座大山、建立了新中国。第三件事是消灭了剥削制度,建立了社会主义制度。第四件事是完成了生产资料的改造,建立了独立的工业体系。你想,20 世纪发生了多少大事,北伐战争是不是大事情,抗日战争是不是大事情,抗美援朝是不是大事情?这些都对国内的形势和国际关系格局产生了极大影响,当时彭真在精心写序言时是怎么选择的,值得去认真思考。当然很多人可能不读宪法序言,但是认真研究宪法的序言,其实共产党是有执政的合法性的,这里至少表述了两种合法性,一种是打江山、坐江山的合法性,另一种是革命建设的合法性,但是打江山、坐江山的合法性是有历史时效期的。

司法改革第二个原因是什么呢?治国能力、治国体系问题。我们过去提四个现代化,十八届三中全会提出第五个现代化,治国体系和治国能力的现代化。我对治国体系和治国能力现代化的提法保持一种审慎的态度,研究治国体系和治国能力,从最早的文献来看,1995~1996 年就有人研究这个问题,但是为什么没有成气候,到现在都没有能够进入党的章程,成为党的执政方略的一种选择,这有很多的因素。

第一种因素是什么呢？治国能力和治国体系现代化，它背后有所谓制度自信、道路自信的因素。过去我们讨论国家的进步发展、政治发展，是将政体模式作为一个研究选项，考虑到民主政体、专政政体或者其他什么政体，当然最近关于专政这个东西争论得很厉害。

有人说治理能力和治理体系现代化，有一个潜在的逻辑预设，就是一个国家，无关乎政体或政权组织形式，都有各自能力的高下。民主政体也有治理能力很低下的，像奥巴马时期完全无所作为，做不了任何事情，有些非民主国家治理能力很高、很高效。过去我们的治理能力和治理体系不是现代的，至少是能力不高的，这里就可以举很多例子。中共中央党校现在成为非常开放的学校，中央党校曾经有五期省部级班，这是中国干部培训最高层次班，讨论什么问题呢？共产党的大选。说世界上执政最长的有两个政党，前苏联 71 年，1919 年到 1990 年。墨西哥 73 年。我们现在已经执政多少年了？从 1949 年到现在，有 65 年了，离 70 年快了，这怎么办呢？有人消极悲观地说可能麻烦了，到 70 年可能不行了，说我们已经安排好后事了，商品房就是 70 年，就像算命一样。还有一种说，共产党将豪迈的，就是很乐观的说法，我们执政党其实可以处理当下种种执政的各种各样的问题，闯过历史学家所说的“历史三峡”，我们已经面朝大海，春暖花开，一定会迎来两个一百周年：建党一百周年、建国一百周年。

当然我们在乐观的时候，还是要密切关注当下存在的很多危机。这种危机我们可以看到整个社会陷入稳维状态。从邓小平之后，中国的执政不采取路线斗争的办法，采取法治和民主的方法，尽管实际上未必是民主和法治的。民主和法治方法，不是路线斗争，就一定是数人头的方法，关于所谓的治国理念、治国方针，只能通过民主表决、点人头的方式来解决，你也没有别的方式可以解决。

治理能力和治理体系在我们当下成为了一个最大的问题，但是解决治理体系和治理能力的现代化有一个公认的方式，那就是法治的方式。

我们讲治理能力和治理体系现代化，尽管很多不同学科的学者对体系和能力做了很多教条式的定义,搞法律的人认为治理体系和治理能力现代化就是良法善治,有一套好的制度,然后这套制度能够得到很好的执行,这就体现了治理体系和治理能力现代化的问题。如何才能够达到一种善治呢?司法是最应该受到选择的方式。当下这种开放的社会里,我们都有国外旅行的经验,到国外看看,很多国家很平和,老百姓没有那么暴戾,大家各安其分,为什么会有这样的状况,我常常进行思索,常态社会里就是说有一套好的规则,这个好的规则常常是依靠一个高效的执法队伍来执行这套规则,或者你这个社会政治共同体里的所有成员自觉遵守这个规则,假如对这个规则发生争议,你千万不要每一个人自己做自己的法官,不能每一个人都做立法的解释者。

中国社会这种秩序之乱,要注意什么呢,每一个人都可以去解释这个法律到底怎么一回事,每一个人都可以对“裁判”挑三拣四,自封为法官,这样社会就没有统一的游戏规则。政治文明没有什么很玄妙的东西,一个文明的社会,我通常在很多地方就说了,就是你能够将政治问题法律化,法律文化司法化,司法问题技术化和程序化,这就是一个文明的社会。从来政治最突出、最凸显的问题,就是最高权力的交替问题。中国的一部历史是怎么回事呢?首先是暴力革命。陈胜吴广被逼无奈,反正都是要死,要么死得高尚一些,有人跟他们说王侯将相宁有种乎,你当了皇帝你就是王侯将相,你也是高贵的人了,于是揭竿而起,陈胜吴广开了历史的先河。第二个就是宫廷政变,我们看宫廷戏无数次看到这样的情况。第三种情况是资产阶级开创了一种新局面,用选票来决定谁的上下。如果发生争议,类似 2000 年美国大选那样交由司法解决。司法对最棘手、最尖端的问题都可以解决,这就是所谓治理能力、治理体系现代化的标志。

看看我们国家的情况,司法权威在过去差不多是跌到谷底,这就要讲到司法改革的第三个原因,之所以改革,我们老祖宗在《诗经》里面讲的“周虽旧邦,其命维新”,但是如果那个东西本来是好的,就不要改。你还要去改的话那就是说明它有病了,司法改革至少说明司法是有问题。司法有问题,大而言之,司法一定完全不能满足社会的期待,就是说官方将司法作为一个工具的时候,哪怕将司法工具化,司法对执政党、对我们政府也不是一个好用的工具,而是到最后不得已而用的工具。

习近平主席讲要崇尚法制,让老百姓在每一个个案中都可以感受到正义。可是在过去的十多年里,正义的步子迈得如此蹒跚和沉重,正义的实现太难了。出现了一种情况,在刑事领域我们要实现正义,已经不能够去靠我们这一套司法体制,我们都知道一种最极端的情况,说你被判死缓了,你蒙冤入狱入刑了,你要洗清自己的冤狱,要靠八个字:真凶出现,亡者归来,要靠这种情况你才能洗刷自己的冤枉。真凶出现的案子很多,不仅是普通老百姓,很多纪委干部,很多就是做警察的,他受到冤屈之后也得受制于这种概率事件,最典型的是云南杜培武案。杜培武是公安厅的警察,和老婆一起去郊游,他老婆不见了,后来就发现一具女尸,再一看看到他钱包里有另外一张女性的照片,怀疑他见异思迁、喜新厌旧,一阵严刑拷打,结果屈打成招,好在没有将他枪毙,判了死缓。后来在河南又发生另外一个案件,犯罪嫌疑人说我不仅干过这些事,我还在云南干过另外一件事,我招了能不能减轻罪行,结果真凶出现,杜培武的冤情就被洗清了。现在法治发展之后,还出现一种情况,真凶出现之后不承认他是真凶,河北聂树斌案件,王书金就说这件事是他干的,基本情况吻合,只有细节不一致。河北认为聂树斌案对社会影响大,动员整个公检法系统,如果这是一件错案的话,兹事体大,结果在法庭上,王书金和公诉人、检察官的角色移位,公诉人应该是起诉你犯了什么罪,结果在法庭上,王书金说我犯了这个罪,我将一个女的奸杀了,结果检察机关成了他的辩护人,说他没有干。

还有一种情况是亡者归来,对这件事贡献最大的就是湖北。很多媒体来找我写评论,我的速度之快,多的时候可以一个星期写四份评论。写了那么多评论,我还记得其中有这么一句话:楚国人用生命的悲壮演绎中国法治行进的艰难。这里有两个典型案件,一个是孙志刚,这是不用说的,他导致了收容审查制度的废除。再二个就是佘祥林,佘祥林案就是典型的亡者归来。佘祥林和老婆的关系有时候磕磕碰碰,关系不太好,突然有一天他老婆不见了,过了几天在农村水塘里发现了一具女尸,尸体已经腐烂了,从外形上有高度的相似性。将佘祥林一抓,也是进行了刑讯逼供。对佘祥林案件,最高法院就有人说我们法院是立了功,我们要求法院把好关,如果将他砍了,就像韭菜割了还可以长,将头砍了就没有机会,我们至少搞了一个保守疗法,没有直接判他死刑,判了死缓。佘祥林案是在证据不确凿的情况下,当地政法委协调将这个案子就判了,其实在中国这么多冤案里没有戏剧性的事件出现的话,他就是一个冤屈的灵魂。可是佘祥林非常幸运,他老婆出走到山东,他老婆有间歇性的精神病,到山东还嫁了一个男人,生了一个小孩。过了几年他老婆精神恢复正常了,脑子里灵光一闪,我还有一个家,在湖北啊,那一年正在过春节的时候他老婆回来了,亡者归来,你说她死了吧,她又活着回来了,没有办法,这个案子就得到了纠正。

类似这样的案子,我所掌握的有好多个,我在学校里讲课,结果有学生说还有很多个,为什么那些没有公布呢?因为有一阵子法学学者或者民间不能够强调制度的迅速改良突破时,我们有一个想法是强调借用个案来推动正义。我记得去年在省里一个政法委中心学习小组讲过,司法这种冤假错案对我们这个政权的权威、对司法的权威的打击是摧毁性的,为什么?因为它有图有真相。现在因为很多原因,新闻不能自由报道,但是在平反冤假错案时,为了昭示我们有错必究,主流媒体进行报道,那其他媒体也进行炒作,于是出现了一种画面感,这个人没有蒙冤入狱之前是满头青丝、红光满面,有很好的职业、有漂亮的老婆,过了十几年之后,形象猥琐、家徒四壁,还有他的亲人有一段很艰辛的故事,媒体只需要做事实的描述,不讲价值评判,你想大家观看后对体制会有怎样的一种看法?所以个案本身关乎体制的问题。

王岐山要高压反腐,他推荐了很多书,比如《旧制度与大革命》;电视剧方面，比如《纸牌屋》《来自星星的你》等。王岐山在很多场合说过，我们这个班子接受的过去十年那样的制度是一个旧的制度，就是那样的体制里出现了很多问题，比如法治倒退，法治倒退很重要的原因、重要的表征是什么呢？过去十年也是冤假错案最多的十年。武汉大学一位刑诉法的教授跟我说，冤假错案不仅是指这三十年，也不仅是指新中国成立六十多年，而是从历史的长河来看，过去的十年是冤假错案最多的十年。对这个结论我不能完全表示赞同，但是在中国的政治表象里有一点可以得到验证，2012 年之后中央政法委、最高检察院、最高法院、公安部都发出通知，强调要清理冤假错案。

司法本身有很多正常的规律，前天财经《中国改革》对我做了一个采访，他说你对四中全会有什么展望。我说我的身材不高，也就是 1.7 米左右，展望也展望不了那么远，唯一的展望就是从过去的信访不信法能够变成信法不信访，这样就了不得了。任何一个国家的司法都必须是有终极性、权威性的，过去十年那样的维稳体制下，司法终极性被冲击得一塌糊涂，或者说片甲不留，很难想象一个国家的司法经过二审、终审之后，甚至再审之后还可以再经过所谓信访制度和一套其他什么监督制度，反反复复地揉烧饼。一个案子长期悬而未决，或者一个案件、一个判决长期悬而不止，整个社会关系就陷入不稳定之中，在这种情况下司法就受到胁迫，司法完全被绑架了。信访的压力是不断上升的，绑架的程度是越来越深的，只要当事人或者当事人律师说你不将案子判我胜诉，那我就到省里信访，那么就可以赢一半了。说要跑到天安门去，全部都胜诉。这种威胁多了以后，法院也不管你了，最后说你不判我赢的话我就跑到屋顶上去，那你快下来，我帮你调解。最后跑到屋顶的情形也见得多了，也不在乎了，于是，当事人就往身上浇汽油。整个社会处于一种极端化的暴力状态，所有这些都指向中国司法制度出现的问题，司法不能完成应有的制度设计功能和角色，于是乎改革就提上议事日程。

那么司法怎么改呢？司法过去也改过，最高法院已经搞过三回了，肖扬是从广东出去的，肖扬这个首席大法官1999年搞了法院系统司法改革纲要，第一个五年、第二个五年。后来到了王胜俊，2008年又搞了第三个五年。但是三个五年的司法改革纲要证明是失败的，于是到十八大之后，司法改革强调顶层设计、全面设计，于是就有了十八届三中全会关于司法改革相对完整的方案。十八大之后，2014年6月6日中央政治局又通过了两个文件，一个是关于司法改革试点框架性方案，一个是对上海司法改革试点方案的批复。两个方案，加上十八届三中全会的改革决定，构成了司法改革镜像的东西。为什么说是镜像的东西呢？它具有相对的模糊性，不同的人使用不同的镜子，比如哈哈镜、铜镜或者别的什么镜子，得出来的影像是不同的。当下这一轮的司法改革，我前天在人民网的采访也说到了，不知道什么原因，本轮司法改革的重要特点是没有开放讨论，哪怕是被改革、被试点的法院和检察院，要么是在无奈中等待改革，要么是在惊慌失措、诚惶诚恐中迎接改革，它也不知道这一轮改革的内容是什么情况。

由于时间关系，我大致讲一下司法改革现有的框架性方案以及总体设置，总共是三个方面，第一是去地方化，第二是去行政化，第三是职业化和精英化。

我们过去的司法改革本来有三种含义，所有戴"大盖帽"的都是司法，这差不多就是政法的概念。中等含义的司法是法院和检察院，小司法就是法院，这是与国际接轨的，法院是指司法。我们现在讲的司法是一个中等含义的司法概念，讲的是法院和检察院的改革问题。去地方化是什么意思呢？过去的司法改革说我们过去的法院，我们过去的检察院，尤其是在地方的，都受到地方党委和地方政府的摆布，对地方党委和地方政府唯命是从，没有执行国家所说的法制统一和司法统一，因此要改变这样一种境况。过去的司法改革所说的设计是什么呢？开的药方是什么呢？理论上提的依据，司法改革权、司法权是中央事权，开的具体药方就是人财物的省内统管。既然是一个理性的讨论，我就将我对这样一种改革的思考和大家做一个开诚布公的交流。

去地方化这样的司法改革是不周详的,从理论到操作方案都有很多问题,比如说司法是中央的一种事权,这个理论前提我认为是错误的。司法如果去地方化,"化"在汉语语境里就是彻头彻尾,就是你在司法里完全不考虑中央的立场、全国的立场,彻头彻尾成为地方利益的工具,这种司法是要不得的。但是如果我们将司法完全理解为只能是中央的、只能是全国的,没有地方的,这也是错误的,任何国家的司法都有地方性。简单说两条理由,联邦制国家是通过一套联邦法院系统和州法院系统来处理全国和局部的司法问题,中国在古代是用所谓的皇权不下县,乡绅自治,退休回到家乡之后的官员就可以处理很多自治事务,其中的自治事务就在这些退休官员居住的区域里,有人扯皮、打架、闹事,谁来调停呢,就是有知识、当过官的乡绅来处理这些事务,这是用地方的办法来处理地方事务。还有一个能够证明我的观点的就是1979年以后中国改变了五四宪法规定的只能全国人大或者全国人大常委会才可以立法的体系,改成了一个多元的立法体系,1979年以后中国较大的市以上都可以制定地方性法规。地方性法规在诉讼法里是怎么规定的?是法院裁判案件必须援引的依据,而不是参照。地方性法规大多数除了照抄之外,另外的一个特色不就是规定地方性事务吗?

我对去地方化的第一条质疑,就是我对司法改革中司法没有地方化的说法提出质疑。前几天我通过湖北省委办公厅,给政治局常委写了战略咨询报告,在报告中就说到司法改革必须平衡几种关系。我们去地方化,仅仅走刚才我所说的这个路线还有一些理论和实践中的问题,即便没有这些问题也还有另外的一个问题,那就是中国的法官有两套身份,第一套身份,即助审审判员、一级法官、二级法官、大法官等;第二套身份,即科员、副科级、正科级,最高法院院长是副国家级。中国是党管干部,是大的干部制度,法院的院长干到快退休的时候,给你一个人大副主任,有一个接口。过去还有法院的庭长、检察院的处长干得好,可以保持一个流动性。今后司法改革这个所谓的接口还存在不存在？党管干部那一套体系，法官、检察官除了有技术类的身份之外，另外一套体系还存在不存在？如果存在，能否不受地方政府限制，不受地方党委的操纵，能不能有去地方性的问题？就是将这两套都去掉，还有另外一个问题，在中国这样一个社会生态下，法院和检察院有很多事情，你统管了、你独立出去了，你老婆、你孩子还在当地呢，老婆还要就业，孩子还要读书，这些问题你跑得了和尚跑不了庙，怎么办，这些问题是不是在司法改革的整体的设计当中，这是司法去地方化必须注意的问题。

如何去行政化？我们讲要改变的主要是检察院的行政化，这是检察院的特色之一。我们的检察体制是检察一体，上下级检察院之间就是有指挥命令的关系，法院的上下级之间是业务指导关系，所以去行政化应该主要是针对所谓法院系统。去行政化的标志是什么？审案的不判、判案的不审。在我们法院里有一套体系，案子有一个承办人，但是最后这个案件要作出一个决定，还要经过审判长（他是挂名不办案的）、副庭长、庭长、审判委员会委员、副院长、院长，乃至其他很多种干涉，这些都是所谓程序性的设计。当然在这些设计里也有很多问题，改变审案不判、判案不审，改变这样一种设计，去行政化以后，法院还承担不承担其他一些附加职能？比如说维稳、服务中心大局等，如果有这样的职能，会出现你将案子交给了法官，但是最后出了问题，要打院长的板子、打庭长的板子，一次两次还可以接受，但是如果法官老是出现纰漏，最后板子老是打在院长、庭长身上，院长说还不如我亲自操刀呢，既然不准我管了，我还要承担责任吗？另外去行政化以后，中国人总有一种矛盾和纠结的东西，给了法官这个权力之后，你能不能慎用这个权力，会不会搞司法腐败？会不会滥用权力？于是我们要有天罗地网的监督体系，新闻监督、人大监督、政协监督、党的监督、内部层级监督、信访责任考核。在我看来，所有这些监督里面只有一个最管用的监督，那就是律师制度，让律师发挥功能和作用是司法监督里最关键的一环，但是可惜今天没有时间展开来说，律师现在都成了“异己分子”，都成了维稳对象了。为什么律师监督最管用呢？律师总有动机，拿了人家的钱财替人消灾，律师最懂专业，他有监督的技巧，而且律师监督也是成本最低的。如果有律师的监督和整个法庭的公开抗辩程序、开庭文书程序结合起来，司法腐败问题都可以解决。西方讲法官独立审判、律师监督，是指向消灭腐败的，而中国在进行这个制度设计时，一方面将权放出去，我们就是日夜睡不着觉，担心他搞腐败，这是两种法文化的高度不同。

职业化和精英化的问题，就是员额制。现在法院和检察院的人数在司法改革之后，不能全部是直通车，在司法改革之后新旧之间不能无缝对接，只有一部分法官、一部分检察官在司法改革之后还能继续做法官和检察官，但是在给法官、检察官办案权力的时候也要提高他们的身份待遇、提高他们的物质保障。有的人看不透，我曾经写过一篇文章，就是关于员额制的改革。员额制的改革一是要避免伤害无辜，二是员额制的改革要排除理由政治。中国这样的大国，改革必须要一盘棋，如果不是一盘棋，很多人就会找出理由，而且一定是正确的理由——经济发展水平不一致、法官的素质不一致、民风民俗不一致。比如我去了藏区搞旅游考察，一个州委书记就跟我说，在我们这一带世俗的审判是没有用的，他打人、闹事，你将他判了五年，还得双方当事人下来喝一顿酒，你得给我五只羊或者十只羊，这件事情才能摆平，这是民风民俗，所以有很多种因素。但是如果过于纠结和强调这种特殊性，那改革的整体效应就会完全消解了，这就是所谓理由政治的问题。

我提出司法改革必须强调一盘棋，但是在改革中有意见的时候我们就要建立改革利益受损者的补偿机制。还有一个理由政治，我们要改革，要给法官和检察官涨工资，在中国面临一个问题，就要作出一个重要性的说明。我们的宪法设计，法院和检察院是“一府两院”这样的设计，但是在党委和政府的心目中，一个法院的院长绝对不比一个财政局局长的地位高，你就相当于一个部门，你这个法官也不比一个公务员的地位高。于是当你给法官和检察官涨工资的时候就必须说服那些党政官员，说服组织部和宣传部去说法官和检察官为什么涨工资，而如果组织部和宣传部不涨工资，在给法官和检察官涨工资的时候，组织部和宣传部就说难道你比我重要吗？你都归我管，你涨工资我不涨工资？等到你们都涨完了工资，菜市场听说你们都涨工资了，我们就开始涨菜价了，那这样的改革，所有的效应就会稀释。

法官和检察官的员额制，这背后还有一个逻辑，就是为了说服那些党政部门，说服司法部门之外的其他部门，说他们是精英，这个部门如此重要，他们又进行了人员的缩减，因此要给他们涨工资，有这样的意思在里面，但是也会遭遇很多难题。本来中国改革的事情里，邓小平有个智慧，有些改革有难度，那么只做不说，有些是相对比较成熟，那就又说又做。还有一种情况，不改革也改不了的，只说不做。司法改革里面三种成分都有，现在官方说司法改革，民间的天下志士被憋得太久了，党和政府进行司法改革，我们也借势说司法改革，全社会形成舆论，所谓自古华山无退路。如果本轮司法改革出现所谓不符合我们预期的情况，出现所谓的司法改革沦陷的情况，那是我们改革事业的悲哀，也可能是我们整个社会、整个体制发展的悲哀。因此在这样的一种情况之下，当下的司法改革其实应该有你们、有我，以及包括不在场的大家，都要贡献你的理性良知，贡献你的建设性立场，我们一起群策群力，将司法改革争取能够达成所谓成功的境界。

我先说这么多，谢谢大家。

主持人：下面是提问环节。

现场提问1：秦老师您好，我有一个问题。去年我看了关于薄熙来案件的审判，薄熙来也是我国前任比较高级的干部，之前江青反革命集团审判当时进行了直播，为什么反而薄熙来案件不进行电视直播，而是进行媒体直播呢？这样的情况是不是说司法透明度有待进一步提高，我想听一下秦老师的看法。

秦前红：很好的一个问题。我个人的想法是这样的，薄熙来的审判通过微博进行直播，已经打破了多少年来司法高端审判的神秘性状况，已经在公开性上大大进步，当然也有不足，甚至有学者说审判“四人帮”是电视直播，而现在是微博直播，而且是延时的。但是对社会的进步，我们往往不能苛求，进步了就给它鼓励，周强也将司法公开作为司法改革的接口，也有很多具体的举措，因此我个人在司法公开方面还是乐观的，应该会有大的改进。

现场提问 2：刚才您讲到由于信访制度的存在，导致中国诉讼程序处于很尴尬的地位，所以有学者建议取消信访制度，将信访渠道引入到诉讼程序，通过加强司法的权威性来稳定社会秩序。您觉得这样的做法是否具有可行性？应该如何设计？

秦前红：其实从中期的目标来说没有问题，从蓝图来说其实中央，包括中央政法委，包括学者的研判，基本上是一致的。到某一个阶段，信访制度应该退出国家解决问题的体制，但是可能有具体的分歧，是路线图、时间表上会有问题。从体制来说，有一个平稳过渡的问题，毕竟信访还承担着很多功能，学者们可能相对要激进一些，觉得我们的司法改革应该现在就将它终结。在一个改革年代，观点是多元的，利益是多元的，在观点和利益多元的情况下，改革是需要一种程序正义，就是怎么样能够有正当性来处理这种问题，比如说公开的，比如说有一个少数服从多数这样一种程序来处理改革分歧问题，避免改革走到歧路。

现场提问 3：1976 年我国结束了“文化大革命”，并且对“四人帮”进行了公开审判，从此我国渐渐走上了法治的道路，改变了以阶级斗争为纲，开始了经济建设的道路。今年是 2014 年，也就是快过去了四十年，我国在进行改革开放几十年之后，也遇到了很多比较难解决的问题，刚才您也说到刚刚过去的十年将维稳工作作为比较重要的工作，十八大之后中央提出了司法体制改革，希望我们再回到法治的道路。回头对比两个事件会非常感慨，似乎是历史的吊诡，我们在循环几十年之后，又要重新提司法体制改革的目标。对比两个事件，您觉得我们老百姓的期望会有什么不同？

秦前红：我也说一下这种感觉，第一是依稀仿佛，第二是从终点回到起点。至于你说到之前的"四人帮"审判，到当下司法体制改革重新成为热点，我个人的观感和想法，首先也不奇怪，任何一个国家的制度是不停处于建设和发展之中，不能说哪一个制度一次设计就可以永远不需要改革了。另外司法改革和法制的进步之所以成为一个重点，跟很多因素有关系。我们国家做了很多了不起的事情，至少在经济方面，用三十年时间就将中国经济搞到全世界第二，甚至有可能成为全世界老大。但是有一点，我也说过了，在法制方面还需要继续努力。我们这个执政党在法制发展方面，革命性政党向执政党的转变不是那么顺畅，还有对现代司法民主和发展规律认识不足。好在我们有一个勇于革新的政党，现在意识到这个问题，所以现在的司法改革摆明了党的改革决心和改革意志，我们期待明天会更好。

现场提问4：我是华南师大法学院的。十八届四中全会正在召开，会有哪些亮点呢，在依法治国方面会有哪些突破？法治中国、法治社会、法治政府一体建设，您对法治中国最大的期盼是什么？因为有人讲他自己最大期盼是司法独立性。

秦前红：我先回答法治中国的最大期盼，我的最大期盼是民主和法治的逐步推进。我刚才没有时间涉及这个问题，20世纪80年代，中国法律没有几部，审判"四人帮"时只有九法，法律的权威比当下高很多。2011年吴邦国宣布中国已经建立法律体系，我们有243部法律。但是中国法律没有权威性的重要原因是中国法制发展过程中没有跟民主同步推进，这是一个最大的问题。法制没有权威，就在于中国民主没有发展。我们讲民主，不是讲的就是西方的民主，就是一定要搞全国大选这样的，至少在我们现有制度设计中的选举制度，人民代表大会制度要发挥作用。我的一个表述是，法制可以将权力赶进笼子里，民主才能决定这个笼子是纸的还是铁的，才能决定钥匙是在谁的手中，是民主让权力谦卑。为什么很多官员为所欲为、无所不为，就是因为他的帽子不是由老百姓选票决定的，是由上面决定的，他搞定上面就行了，所以我期待民主和法制同步推进。

现场提问5：我是法学院大三的学生。在一些案件中，比如药家鑫、邓玉娇等案件中就有舆论绑架司法的现象，您怎么看这种现象？

秦前红：我知道你的意思，司法和舆论之间的关系问题。这个问题说起来很复杂，但是我想用简单的一句话表达，台湾的马英九曾经说过这样一句话，司法必须独立、司法不能孤立，司法必须对整个社会民意的发展、民生导向有一个掌握，但是司法不能被舆论、不能被民粹绑架，尤其中国的舆论是撕裂的。如网络的舆论，微博、博客等，到处都是杀人放火，到处都是很阴暗的东西。所以到底以哪一个舆论为依归，这就要法官和审判者要有自己的主心骨。有人担心说，你也不能完全隔绝舆论，不允许舆论评价，一个太容易受舆论摆布的法院，本身就是审判者和法院缺钙的表现。大概就说这么多。

现场提问6：我是民商法研究的学生。公检法三者的关系，我们都知道在宪法上，法院是老大，刑事诉讼法中检察院是老大，但是在实践中，公安局是老大，因为公安局局长往往也是政法委书记。司法体制改革中，您认为将来要怎样协调三者的关系？

秦前红：这是一个很好的问题。宪法第一百二十六条讲到了公检法的关系，尤其是讲到刑事诉讼法的关系，有人用了一个很形象的比喻，说公检法之间的关系本来应该是魏、蜀、吴的关系，互相之间不信任、互相猜忌、互相提防，但是最后事实变成了刘关张，公安机关做菜，检察机关端菜，法院就是照单吃饭，他们之间完全没有制约关系，为什么会出现这样的情况？本来我们这种体制应该是法检两家高过公安机关的地位，在实践中完全颠倒了，公安局局长经常是案件协调，将正常的制约关系给破坏了。未来我的期待，所有法律人的期待都会指向司法中心主义，司法中心主义一定是审判者、法院有最高的权威，这才是正常的司法状态。

现场提问7：我是来自2011级国际关系学院的学生。您如何看待司法独立和人大民主集中原则之间的关系？您如何看待处理贪腐案件中纪委检察部门先行、反贪局法院后续这种关系？

秦前红：人大和司法的关系问题，在四中全会中也是一个重要的内容，9月5日习总书记在庆祝人大成立60周年时专门讲了，人民不仅是形式上有权利而且实质上有权利，要提高人大的地位和作用。我们要走民主、法制的中国式道路，就是要发挥人大的作用。有学者就讲，我们的宪法、组织法、选举法所涉及的人大制度，在我们当前可能10%都没有发挥到。

关于纪委反腐的问题，法制化的反腐一定是四中全会的重头戏，王岐山也说过，我们这种高压式的反腐、运动式的反腐是治标不治本的，但是为治本赢得时间，为解决腐败的长治久安必须要依靠法制。反腐机构的职权是法定的，反腐机构只能有执行的权力，不能自己制订规则。现在中宣部、中纪委很强大，在反腐过程中发起一个论坛，弄一个规则，但是这个规则是没有经由人大通过的。还有就是在反腐败的过程中，比如说所有的腐败分子，除了在腐败方面违纪违法怎么处理之外，他还有很多正当权利，比如说人格尊严、正当的财产自由，这些都没有得到保护，所以使我们对这种反腐的方式和效果产生很多焦虑，焦虑的解套之道就是法制化的反腐方式。

现场提问8:我是法学院的。现在最高院有案例指导,7月份最高院又准备下一步推行案例指导制度,在案例指导制度刚刚建立、还不完善的情况下,具体怎么执行,它的效果怎样,性质和地位如何,现在还不是特别明确。另外最高院发布了四批26个案例,这么一点案例,在中国这么大的国家,三千多家法院,能起到多大的作用?将来要建立判例制度,案例制度现在都还不完善,判例制度的走向会怎样,想听听您的看法。

秦前红:感谢你的问题,在你的问题上我做一个展开。中国最高法院和检察院因为在体制里很弱势,另外还有很多奇奇怪怪的作用。6月份我在湖南参加湘江论坛,最高法院有两位领导在,我就跟他们说过,法院本来应该是改革的对象,但是你们不断出台司法改革纲要,没有程序正当性,如果你们改好了尚且还可以接受,问题是你们过去搞了几个五年改革纲要,都是一地鸡毛,搞得一塌糊涂。怎么可能改革对象出台改革纲要呢?从程序上,至少是由人大搞出台改革纲要。回到你所说的行政案例指导制度,中国不是判例法国家,也不是普通法国家,加上我们现有法院运作中出现的各种各样的情况,对于案例指导制度我同意你的判断,生命力有限、效力有限,同时我也不同意这个制度,具体的方面我们今后有机会再展开。

现场提问9:我是法学院的学生。十八届四中全会现在已经召开两天了,网上已经有四中全会的纪要解读,但是我读了之后发现其中没有一点明确提到司法独立,反而花了很大力气提到依法治国和以德治国相结合、平安中国和法治中国相结合,这是不是意味着在今后一段时间中国还是要处于能够保障司法以及维稳压倒一切的环境中呢?

秦前红:这是很好的问题。我是对司法改革不是那么乐观的人。一个很重要的原因,当下对司法改革的理念、具体设计,这是歧路长跑,就是将很多不是关于司法理念和司法观念的一种正确认知装到司法改革的瓶子里，这样就在一个错误的理念之下，一定会呈现一种情况，进行了司法改革，但是因为理念不正确，出现了差之毫厘谬以千里的情形。为什么会出现这样的情况？就是刚才所说的，我们的这种司法改革是封闭性的，太封闭了，没有开放讨论，社会各界各阶层没有一个参与表达的空间，造成少数人垄断了改革话语，如果这些少数人正确英明，就会引领我们正确的方向，但是问题是他可能很多理念是错误的，这个时候我对司法改革抱着高度忧虑的态度。

主持人：今天的讲座让大家对当前司法改革有了很清晰的认识，感谢秦老师的精彩讲座。

（完）

（讲座时间：2014.10.22）

温故

明朝的盛世之路

毛佩琦

毛佩琦，1943年出生，中国人民大学历史系教授、博士生导师，北京大学明清研究中心研究员，中国明史学会副会长，北京郑和下西洋研究会副理事长，北京吴晗研究会副会长，中国国际友谊博物馆馆长，曾任国家文物局文物出版社副社长、党委书记，中国人民大学科研处长、工会主席，中央电视台科教频道《百家讲坛》“明十七帝疑案”主讲学者。

长期从事中国古代史、明史、文化史、社会生活史研究，发表论文60余篇。主要著作有：《明成祖史论》、《永乐皇帝大传》、《郑成功评传》、《明清行政管理制度》、《中国明代政治史》（合著）、《中国明代军事史》（合著）；主编有：《岁月河山—图说中国历史》《岁月风情—中国社会生活史》《十大后妃》《百卷本中国通史·明史10卷》《中国社会通史·明代卷》《中国状元大典》《四库全书大辞典·史部》等。

非常感谢暨南大学的同学们，能够在这么晚的时间里听我讲明史。今天我们讲的题目叫做：明朝的盛世之路。

明朝在一般人的眼里是一个很不堪的朝代。关于这个朝代，有的人说，明朝有什么好，那不是一个大染缸吗？黑暗得不得了。或者是小说当中给我们描绘的都是特务横行、皇帝昏庸、贪官污吏遍地等，没有一个好词。我们要讲大明的盛世之路，盛从哪里来，又怎么盛。这是我们今天要说的话题。

一个朝代，它像一个生命一样，有它的起始发生、发展成长、衰败灭亡。明朝这样一个朝代，它同样要经历这样一个过程。明朝有多少年？大家大概都可以说出来将近三百年。有人说是二百六十六年，有人说是二百六十七年。比如说二百六十六年是怎么算的，从 1368 年朱元璋建立明朝到公元 1644 年（崇祯十七年自杀），总共是二百六十六年。但我认为不是二百六十六年，而是二百六十七年。崇祯帝在北京自缢不久之后，马上在南京成立弘光政权，这个弘光政权就是大家经常听到的那个牡丹亭，这些昆曲在那里盛行。说北都已经灭亡、陷落，南京的官宦还在那里欣赏昆曲。现在我们叫昆曲，实际上是昆腔传情。我为什么要加这一年，因为明朝有两个首都。一个首都在北京，一个首都在南京。北京叫京师，南京叫南京。这种情况在中国历史上，很多时候都是“两京制度”，一个“京”亡了，另外一个“京”还在，是不是还可以不算灭亡？

弘光政权，它新立的皇帝是福王门下的。这个福王跟崇祯帝血缘最近，他被大家迎立为皇帝，改年号叫“弘光”。这个皇帝是当时明朝剩余势力共同遵奉的一个皇帝。有皇帝，有首都，还有大半个江山。当时清朝的势力还都没有控制山东，刚刚到河北，所以明朝还没有灭亡。

我把明朝算二百七十七年，这么一个朝代，肯定是内容非常丰富的。我们不说它五彩缤纷，我们说它是各种各样，我们不可能用一句话、一个词汇、几个词汇概括这个朝代。一个延续了二百七十七年的朝代，它是怎么延续的？现在看看世界上有多少政权可以延续二百七十七年？最长的苏联是六七十年。很多政权都垮了，可是明朝延续了二百七十七年。难道我们说它是黑暗的、腐朽的、腐败的，一句话就把它概括了？显然不是的，它的存在之久，显然有它的合理之处、优越之处。

换一个角度看，我们身边能够感受到明朝留给我们的东西，常常是和教科书给我们灌输的那些概念是相矛盾的。比如说我们到北京去，你是不是可以看到一个明清故宫建筑群？它是世界文化遗产，是目前全世界保留最完整、规模最大的古代宫殿群。谁来盖的？永乐十八年盖完，永乐十九年迁都，明朝初年建的。它不仅仅延续了明朝的二百多年，而且被清朝继续延续使用，没有增加面积，没有改变格局，那么明朝人的心胸、明朝人的工艺水平、建筑的设计精巧和雄伟，我们现在是不是可以感受得到？

我们又可以想到一件事情，就是规模浩大的郑和下西洋。现在我们总说郑和下西洋很了不起，但是我们又总说明朝是一个很腐败的朝代。这两个不可以同日而语，也不可以匹配。郑和下西洋是一个怎样的规模呢？2.78 万人，有 200 多艘船，最大的船有一个半足球场大，持续二十二年，远赴非洲东海岸索马里，是这么大的一个规模。

前几年，中国海上的两艘船去索马里打击海盗，维护海路畅通。在六百年以后，我们有两艘船来到这个地方，可是六百年以前，中国有 200 多艘船来到过这里。现在我们叫作中国在横空崛起、伟大的复兴、文化的复兴。什么叫复兴？复兴就是因为它曾经有过辉煌，明朝在这个时候，就是一个非常令人向往的时候，在世界上，它的地位非常崇高。

明朝留给我们的很多东西，都让我们感到教科书给我们的描绘是不准确或者是不完整的。如果大家对这些东西还觉得没有感触，刚才我说了，同学们现在都非常小资，要看一看青春版的《牡丹亭》。《牡丹亭》是明朝人写的，是汤显祖写的临川四梦之一，那是中国五百多年以前的《人鬼未了情》。“良辰美酒奈何天，便赏心乐事谁家院”，那么优美的腔调，那么优美的笛声，舞台美术、服装都非常的漂亮。我们再看看中国四大才子书——《西游记》《红楼梦》《三国演义》《水浒传》，其中三个才子都是明朝诞生的。无论是从物质文化还是从精神文化来说，这个朝代给我们留下的东西太多了。我们对明朝的了解还不够完整，我们不能说很多的图书给我们灌输的东西是完全不正确的，但它们至少是不完整的。

今天我们要讲述明朝盛世之路，而不是讲它的盛世。这个盛世是怎么来的，最后达到什么样的状况？我们要讲的是这个。明朝是谁建立的？

大家都知道明朝是朱元璋建立的。朱元璋是什么人？他可以说是古今中外最成功人士之一。当皇帝的人很多，中国皇帝、外国皇帝都有很多，外国有拿破仑，中国有秦始皇、汉武帝，但是朱元璋的成功很特殊，他是一个赤贫出身的人，在他这个地位能够坐到这个位置，很多人都不相信。甚至外国一些学者都不相信，说那是传奇，是编的故事。叫花子怎么还可以当皇帝？

我说的是真事情，我们认识了一个华裔法国学者，她叫玛丽，在法国滨海大学教学，她写过一本《朱元璋传》。那些外国学者们，不要看他们好像很有学问，但是他们对中国的历史真的知道得很少。《朱元璋传》当然要写朱元璋的出生、成功，他从一个接近叫花子的身份，最后当了皇帝。但是外国学者都不相信，说这是传说故事，不会有这样的事情，这只能在童话里面出现。我们的学者告诉他们这是真的。所以我说朱元璋是古今中外最成功的人士之一。

他原来是什么人？普通的农民。最早他家不是农民，他在江苏句容住，家里是淘金户。什么是淘金户？也许年轻的朋友看过一个片子，叫做《闯关东》，《闯关东》里面有淘金户。你看看那些淘金户，冰天雪地里去淘金，淘到金子藏起来，再偷出去发财了，偷不出去被打死。苦啊，淘金户就干这个。不做淘金户可不可以？可以，那就是逃跑。为什么？只能逃跑，而不能够随便地换工作，因为元朝的户籍制度是世袭的。

元朝就是这样，除了把人分成蒙古人、色目人、汉人、南人之外，它还把人分成很多等级，很多类别，比如说官户、民户、军户、匠户、阴阳户。根据你的户口不同，你承担着不同的职业。承担不同的职业，就要交不同职业所交的赋税。是淘金户，你必须要淘金，淘金去交赋税。不淘金可以，但是应该交的赋税不能逃脱。显然他们家不能在江苏句容通德乡朱家巷继续居住了，这家人需要逃亡，往哪里逃？往苏北、淮北这一带逃亡。朱元璋一家走过天长、五河，最后来到凤阳落户。

一个家庭在一两年之内搬几个地方，这个家还有东西吗？大概就是一个流浪户，流浪户非常贫穷。好不容易在安徽凤阳落户了，结果一场天灾——旱灾、蝗灾、瘟疫，朱元璋父亲、母亲、哥哥死亡，嫂子带着孩子回到老家，剩下小哥哥和他本人。两个人怎么办？抱头痛哭，我为兄悲，兄为我伤。最后在两个人百无办法的情况下，邻居汪母帮他到寺庙打点了一下，让寺庙收留他，让他活命，吃上一口饭。但是在寺庙待了不到两个月，寺庙封仓了，寺庙哪里有粮食？到处都是饿死人，到处的草根树皮都被吃光了。主持说："和尚们，自谋生路吧。"于是，他托着钵子游走四方，一走就是四年之久游方僧就是叫花子。等他再次回到寺庙的时候，没过多久，天下已经大乱。

这段故事，大家都知道，如果我们现在到安徽凤阳看朱元璋父母的陵墓会发现，他在陵墓旁边还立了一个大石碑，这个石碑上面写了他们家的家史。朱元璋说："昔我父皇，寓居是方，农业艰辛，朝夕旁徨。"这段话就是写了这段故事。他说，我以前也曾经让我那些臣下记录这段家史，可是他们都要把我的家史写得好一点，都是儒者粉饰之文，不足为子孙后鉴，如今，我要原原本本地把它交给子孙。于是，他写了这样一段碑文。

朱元璋在回到寺庙以后，经过一段时间，大概有四年之久，天下已经大乱。朱元璋何去何从？是保命吗？还是变更自己的生活状况？他突然接了一封信，谁来的？一个投奔了红巾军的人，他小时候的朋友。一个造反队伍的人给一个和尚来了信，这边还是政府所控制的地盘，那不是私通反贼吗？这个消息被走漏，他已经没办法在这里继续当和尚了。他不逃跑也不行，红巾军跟官军打得非常厉害。官军没有什么本事，打不了红巾军，抓两个老百姓还是可以的。抓了以后，把他们的头砍了，脖子上系一个红巾，向领导交差，说自己立了多少功。当时随便杀人是可以的，非常不太平。所以朱元璋到庙里面给自己算了一卦。关于这个事情，朱元璋也写了一篇文章，叫做《记梦》，写他是怎么离开寺庙和投奔红巾军的。

我们不同意迷信的说法，但是迷信可以给人壮胆。这个卦一算，他的胆子就非常大，投奔红巾军去了。他投奔红巾军时不过是一个战士，但是他身体好，个子大，相貌不凡，所以郭子兴说他长得那么不凡，天庭饱满，大象根很长，脸上还带着很多标准。相貌如果能够引起人注意的话，这也是非常了不起的财富资源。有很多演员演了很多片子，别人都记不住。但是，如果他的特点特别鲜明，观众一下子就可以记住了。朱元璋凭借自己的能力，逐步成为一方统帅。

当他成为一方统帅之后，他发现领导他的领袖并不足以成就大事，他需要自己来打江山，他有更大的理想。这个大的理想从哪里来？一个是他的摊子大了，他的眼界高了，再有就是他的身边来了很多儒家的知识分子，包括定远的李善长。安徽定远的李善长比朱元璋大十五岁，在安徽定远号称“礼中长者”。所谓“礼中长者”不仅仅是年龄大，而且他是有一定智慧的。他看见朱元璋起兵，便到那里投奔朱元璋。投奔一个比自己小十五岁的二十多岁的年轻娃娃，这样的人有眼光。

他对朱元璋说了一番话，他说什么呢？他问：“你住在什么地方？”朱元璋回答说是安徽凤阳。（这个凤阳离当年刘邦的老家不远，刘邦手提三尺之剑，斩白蛇起义，最后夺了天下，建立汉朝。）李善长说：“山川王气，公当受之。”意思是说这里风水好，这个地理环境会对你有影响，它的人文环境会对你有影响，当年刘邦可以在这里起兵成就大事，你也可以做到。怎么可以做到？记住一条：唯不是杀人可以得天下。即你不杀人，不用强力，怎么得天下，别人怎么信服你？换句话说，就是要用仁义来征服人，用仁义来服人，能够给大家带来好处，来取得对你的支持，最后你政权的合法性就来源于你的政治理念。

朱元璋的政治理念是什么？在他身边有很多像李善长一样的读书人，包括著名的刘基、宋濂、叶琛、章溢。经过几番寻找劝说，最后刘伯温出山来到南京拜见朱元璋，当时南京叫做应天府。朱元璋见到这四位先生以后，降阶相迎，说：“这下好了，你们来了，我为天下而屈四先生。”朱元璋好大的口气，他不是一个穷和尚吗？现在变了，他要为天下的百姓来委屈四位先生帮忙。他要干什么呢？他要给天下人做事，但是他需要四先生给他帮助,他为天下屈四先生。他为天下屈四先生,让这些人做什么呢?他要达到什么目的?仅仅是为了防卫吗?防卫是一个目标,至少要有一个手段,即使不是目的,也可以把它当做手段,那就是号召力。

朱元璋在洪武元年的北伐,从《朱元璋奉天讨元北伐檄文》当中能读到朱元璋想要达成的目的。朱元璋在这篇檄文当中有这几句话:驱逐胡虏、恢复中华。大家不要笑,笑的人以为下一句是"建立民国,平分地权"。不是的,下面是"立纲陈纪,救济斯民",差点就念错了,念出"平均地权,建立民国"。为什么?你们会这样想是因为这确实是孙中山先生所实行的口号。孙中山先生直接借用了朱元璋这两个口号。在孙中山先生的眼里,朱元璋是什么样的人?是大英雄,不是现在我们教科书里面写的是一个杀人的刽子手,是专制主义皇权的极端代表。大家看看民国初年的同盟会领袖、国民党人是怎么评价朱元璋的,直接把朱元璋的口号"驱逐胡虏,恢复中华"拿过来。所以我们对于历史的解读是随着时代的变迁的,我们往往需要回到历史的真面目上,不要被后世附加的东西迷了双眼。

朱元璋提出"驱逐胡虏、恢复中华、立纲陈纪、救济斯民"。什么意思呢?驱逐胡虏,元朝很黑暗,它是以蒙古贵族为主体的一个统治阶层来统治全国,鞑虏是以蒙古为主体。一等人是蒙古人,二等人是色目人,三等人是汉人,四等人是南人,不是男女的男,是南方的南。一个南人如果被打死,在《元典章》当中所规定打的人应该得到的惩罚就如同打死一条牲口,价钱是一样的。汉人和南人有什么做人的尊严?没有。驱逐胡虏,恢复中华,不是说把所有不同民族的人赶走,而是要恢复做人的尊严,恢复汉人、南人做人的尊严。立纲陈纪,救济斯民,元朝末年,纲纪何在?法治何在?我们看过关汉卿写的《窦娥冤》,知道那些糊涂官是怎么审的案子,老天都觉得不公平了,六月就下起了雪。那当然是艺术夸张,可是他描写出了元朝官场的黑暗。

朱元璋要立纲陈纪,要整顿秩序,建立法治,恢复道德,为了什么?为了救济斯民,把百姓救出来。所以,在这篇檄文的后面还有两句,叫做“拯救生民于水火,恢复汉官之威仪”。把百姓从水深火热当中解放出来,恢复汉人做人的尊严。朱元璋很高明,在中国历史文化当中,中原的帝王能够表现出这种胸襟很不容易。朱元璋说:“当年蒙古人内蒙古而外汉人。”什么意思?就是它造成不平等,说我现在做了皇帝,普天之下皆朕赤子,我们都要平等。他能不能做到平等,那是另外一个问题。但是在他的心目中有一个平等的要求,当然这个民族政策,我们以后再说,今天可能没有时间展开来讲。

朱元璋要建立一个能够恢复做人尊严的社会,要建立一个有秩序、法治、纪律、道德的社会。他上台以后就实行了一系列的政策来迅速稳定政权,迅速恢复经济,迅速发展文化。我们现在翻开《朱元璋文集》,第一篇就有一个诏书,叫做《农桑学校诏》。历史上评价朱元璋,说朱元璋继位,首重农桑学校。他重视第一位的东西就是农桑学校。《农桑学校诏书》规定地方官员每到一地要抓好两件事情:一个要种好地,种好树;二是要抓好学校。这两件事情做得不好的官员要被处罚。怎么处罚?打板子、打棍子、降级。

朱元璋要恢复经济,要抓经济建设,重视农桑。他要整顿秩序,要恢复道德,要抓教育。明朝初年实行了一系列恢复经济的措施,例如免税、救灾、发农具、发种子,给移民土地种植,农业迅速得到恢复。到处建学校,有史以来,学校建立最完备的,除了现代,明朝是非常突出的。明朝的学校,中央有太学,府州县有府州县学,边缘地方、少数民族地区、军队里面都有学校。

20 世纪 80 年代中期,我到甘肃武威一看,明朝初年建的学校非常好、非常漂亮,保存得很好。上面有大学士杨荣写的“武威县学纪”。前不久,我到贵州安龙去看。最后南明的小皇帝桂王跑到那里去,我们没有把他算作明朝正式的皇帝。他跑到那里,他当时住的临时皇宫,就是明朝初年建的学校。贵州安龙,这个地方非常偏远。到了贵阳、安顺,离安龙还很远,那个地方有明朝初年建的学校。很多卫所当中、军队当中的学校。明朝初年建了很多学校,朱元璋一开始就认识到精神文明、物质文明两手都要抓,两手都要硬。他真是这么看重的,我没有附会,书里面是这样写的,我们看到的记载是这样的。

朱元璋所面临的是一个没有法治的社会,他怎么办?他要建立法治。所以一开始,在建立行政机构,建立中书省、六部、大都督府等这些机构的同时,他就开始制订律令。他请宋濂、叶琛、刘基这些人一起编《大明律》,制定法律。《大明律》在明朝不断实践的过程当中变得丰富和完整,最后形成一部非常有代表性的《大明律》法典,它是东方法治体系的一部著名法典。

他建立了很多治理机构,刚才讲的行政机构就不说了,他也采取了很多措施来整顿官僚队伍。在元朝贪污横行,官员们不做事习以为常,那当官做什么?当官就是为了发财,当官就是为了吃喝玩乐。谁不吃喝,谁是傻子。不吃白不吃,你不吃就成另类了。朱元璋说要整顿,他对大臣们说:"你们要听我的话,如果你们遵奉我的话,守法来行事的话,你们就如同行在坦途。如果不听话,不守纪律,不遵守法治,你们就会如同在路上充满了荆棘,将来会遍体鳞伤。"

朱元璋跟别的皇帝有点不同,很多皇帝都是借着父母或家里的地位作为一个阶梯得到皇位,要么是继承皇位。但是朱元璋不是,他是草民,他的眼光跟其他皇帝不一样。他说:"昔日汝在草野。"意思是过去我在当草根的时候,当时不叫草根,叫草野。"见官员富禀",当官的都是有钱人。"终日饮酒废事",从早到晚就喝酒,什么事情都不干,废事,很多工作不抓,该干的不干,不作为。不作为也就罢了,只要一做就是坏事。"心时怒之",非常生气,可是他是草民,怎么办?没有办法,只有发怒。

他的生活是怎样的?他们终日劳作,一年到头在田里劳作,粮食还没有打下来,"已非己有",不是自己的,虽然粮食种在地上,但它已不是自己的,公事债务都等着还,借了钱,等着粮食打下来赶紧还,这些粮食不是我的。妇女一寸一缕地织布,或者是编丝绸,还没有拿下织布机,已经不是自己的。一家老小的用度、公事的债务都等着还。他们终日劳作,吃的东西是什么,穿的是什么?衣为避缕,穿的是破烂纱,吃的是牛马吃的东西。他对百姓有一种天然的同情心,他看到贪官污吏就生气。

除了制定法律以外,他还制予监督官吏的制度。朱元璋对官员考核有一套办法,明朝的考核制度是非常复杂的,由各个时期不断形成的。大体是什么情况呢?从朱元璋开始,他怎么考核官员呢?一种叫做考满,一种叫做考察。考满就是你任满三年、六年、九年,考核你是否称职。初考、再考、冲考,最后三年,根据你成绩的好坏进行升迁、处罚、调动。考察是什么?考察是不论官员任期,全天下同时进行考核,这叫考察。六年进行一次,在亥巳之年进行。亥年是猪年,巳年是蛇年。如果皇帝或者是大臣建议,今年官场风气需要整顿一下,就增加一次考察,叫做论考,六年之外也可以考察。考察怎么进行?自己写鉴定,长官写评语,发出征求意见,叫作访单。最后把这些意见汇总,由考察主持部门来决定他的升迁、调动、处罚。考察部门是吏部、刑部、都察院,三个单位一起监察。四品以上官员自承,大官有点面子,所有自承的官员一定会说:“我干得不好,请皇上令我回家去养老。”没有人说:“我再干两年。”

最有意思的是朱元璋要动员百姓监督管理,他说官员好坏老百姓最清楚。当年中国是农业社会,不像现在城市这么大,还在继续城镇化。他说:“如果一个地方的百姓对于本地官员有意见,请你们到京城来告状,一个我不接待,两个也不接待,最好是成群结伙来告状,我高兴,你这样是帮助我治理国家。如果谁敢于阻拦这些上京告状的人,以腰解十方论处。”谁敢阻挡上京告状都是不行的,这个很特别,他动员百姓来监督官员。

朱元璋治下,这些官员都很老实,当然是让朱元璋整怕了,朱元璋的刑法很厉害,他办了几个大案。一个大案是洪武九年的空印案,就是使用空白公文。当年国家没有统计局,只是户部管了一个统计。明朝的统计也曾经长期出问题,怎么出问题?首都在南京,大家从四川骑毛驴到南京汇报,府州县的数据都统计清楚了,一审汇报到户部,户部上书侍郎,侍郎一看,说:“你这个统计不行,有问题”。有问题,那我骑毛驴再回四川一趟。这样不行啊,好几个月都回不来,今天的工作完不成。也有办法,今天晚上回到旅馆,我带了盖了印章的文书,填上数字,明天再上交。这样户部侍郎一看,行了,过关。这种数字可以相信吗?肯定不相信。朱元璋说:“其中必有弊。”哪能人口你说多少就是多少,土地你说多少就是多少,财富怎么能随便编一个数字就过关了。这是不行的,所以朱元璋严厉打击,凡是使用空令的,一律打击,谁也不饶。方克勤等人都上书,说有很多清官这次都遭到打击,他们一直都是循规蹈矩,你这样是夸大化了。如果你不让我们用空令,你提前下点毛毛雨,下不为例就是了。你怎么不跟我们打个招呼,一下子就查下来,就这样处罚。朱元璋不回答,该打击就打击,整顿吏治。

洪武十八年的郭桓案也是惊动全国,这个大老虎叫做郭桓,郭桓是什么人?户部侍郎。作什么案?经济问题。所谓天下二司是指省级机构的两个司。明朝的省级机构分成三个司,一个是省的行政机构,叫布政使司,相当于是省政府。一个叫提刑按察使司,相当于监察司法部门。一个叫都指挥使司,相当于省军区的机构。

郭桓勾结天下二司的官员作弊干什么呢?他勾结了布政使司和提刑按察司的人,也就是省政府和省监察部门的人,共同倒卖贪污官粮。明朝的主要财政收入是食物,收的是粮食、布匹,仓库存的都是这些东西,不像现在是存点钱,弄个金库。明朝是储备物资,这些东西都是老百姓种的粮食。朱元璋发现数额巨大,朱元璋有个话说得很到位,他说:“数额巨大,我知道你们原来就说得很虚,我把你们的虚数都抛掉,你们贪污的东西还剩下多少?”朱元璋下令追查,从中央查到省,从省查到府州县。府州县也有办法,查到各个乡村,各个乡村怎么办呢?通知各家各户,官府有亏空,请大家摊派弥补。不但老百姓没有能够得到利益,贪污官员没有得到打击,反而给老百姓带来新的负担。朱元璋发现了这个事情,怎么办?重新查，坚决查出来。这一下子就彻底把这个班子肃清，肃清的结果是什么状况？在《明史刑法志》和《明史食货志》当中都记载了这样的话。经过这次的打击，天下中等以上人家破产大半。什么叫做治乱国用重典、重拳？全天下、全国范围内中等以上人家全部都破产，为什么？合赃借济遍天下，窝赃的、通风报信的、知情不报的，都清掉很多，一律进行打击。这个打击面非常广，很多人不满。

也有人敢于说话，给皇帝提意见。现在我们是叫皇上，但明朝人是怎么叫皇上的？看明朝电视剧，他们可能说错了，在明朝是叫“上位”。“上位，您这次动作太大，玉石不分”。我们现在有一句话叫“玉石俱焚”。石头和玉不分，该烧该砸全砸了，好人坏人全惩罚。大臣对皇帝提出批评，朱元璋说：“你们说我玉石不分，我怎么分？你们是不是通风报信？当时有人向我检举吗？没有。有窝赃的，你们交出来了吗？我玉石无法分。如果我惩治过分的话，我也不同意，我举一个例子。”有一个官员在郭桓案当中犯了错误，被朱元璋处罚了。朱元璋说：“我处罚他，你说重不重？割断脚筋，拿去膝盖，脸上刺字，羞耻，太严重了？可是我没有杀他，我给他安排工作，让他不能当官了，去看仓库、管大门总可以吧。没想到只过了一年多时间，他又通过管仓库的权利再次贪污公款、公粮，你说这样的处罚仍然不管事，我还玉石不分，还说我处罚得重。”朱元璋有他自己的难处，明朝处罚贪污官员刑法非常重，在《大明律》没有完善的时候，很多法外用刑。

最严重的是什么？就是枭首剥皮食草，即把人脑袋割下来，把人皮剥下来，装上草，挂在公堂。后任官员在前任官员的人皮前办公，有没有震慑力？但还有犯案的。除了这个之外，还有洗涮，把人放在铁床上，拿开水浇他的肉，然后用铁刷子涮。勾肠，钩子伸到肛门里，把肠子勾出来。撑杆，把肠子撑起来，扔到天上去，然后摔下来。残酷吗？残酷。朱元璋使用了很多这样的刑法，他把自己处理的一些案子写在一本书当中，等下再说。郭桓案牵动全天下，全天下中等以上很多人家破产。

朱元璋对于官员如此，对自己怎么样？朱元璋本人非常节俭，穿的衣服都是洗过又洗，穿旧衣服。夏天，他去视察。南京是火炉，大概几百年前，天气变化也不会太大。他视察的时候，汗流浃背。当然他作为皇帝，有人会帮他拿着干净的衣服，随时可以换。旁边的官员看在眼里，说："上位，您穿衣服这么节俭，没有一件新衣服，都是旧的。"朱元璋说："我作为皇帝，富有四海，一天换十件新衣服，未尝不可。但是天财、百姓的血汗都是要给国家、给功臣们，自己不能随便享用。"他对自己要求非常高，对自己的亲属也是这样的。

在洪武三十年发生一个案子，这个案子是走私案。走私什么呢？走私茶叶。现在经常听到一个词，叫做茶马古道，多浪漫啊！马匹走在古道上面，铃铛响着，看着少数边寨的风情，好像说是马上驮着茶叶。实际上不是这样的，实际上是用茶叶来交换马匹的道路，叫做茶马古道。

明朝的地域广大，除了中原地区以外，它控制了西藏、蒙古、青海、四川西部这些藏族居住的地方。这些地方的人吃羊肉，是需要喝茶的，而茶叶只产在江南。茶叶作为一种可以笼络少数民族的物资，同时又可以用它来交换马匹。交换了马匹，可以增加中央政府的军事力量。同时中央政府控制茶叶，也可以收放自如。因此，茶叶成为战略物资，严禁走私。

洪武三十年，在四川边境发现有人走私茶叶。谁这么大胆？不仅仅是走私茶叶，而且使用的是公家车辆。这个人非常无礼，甚至打了守关的官员。这个官员一怒之下，到南京敲了灯笼鼓告状，告到朱元璋那里。明朝的特点就是全天下人全都可以给皇帝上书言事，谁都可以给皇帝直接写信，当然官员就更加可以了。这个官员给朱元璋写了信，朱元璋一查，走私的不是别人，是他的女婿——驸马欧阳伦。除了皇亲国戚，没有人那么大胆，走私还用公家车辆。怎么办呢？自己家里人犯法了。朱元璋说："斩。"这个"斩"不是很容易说的，按理说朱元璋杀过很多人，杀个人算什么，女婿也有很多，十三个公主，十几个女婿，杀一个没关系。但是这个女婿不一般，为什么？大家都听说过朱元璋有一个老婆，就是马皇后。

大脚马皇后生过很多儿子。燕王朱棣起兵的时候,他声称“朕乃太祖高皇帝高皇后之嫡子”。我是高皇后生的,我有资格做皇帝。历史都是这样记载的,朱棣所发的文书里面都是这样写的,证明马皇后生了几个儿子。可是我们仔细一考察,马皇后实际上一个儿子都没有生过,她只生过两个女儿。马皇后在朱元璋夺天下的过程当中,救过朱元璋的命,在他不断成功的道路上,给他助力。在他建立天下以后,曾经帮助他处理后宫,管理高官的太太、夫人们。她有功,但她没有生过儿子,只生过两个女儿,其中一个女婿就是驸马欧阳伦。如果是其他的驸马,倒也罢了。他的老婆这是朱元璋至亲的骨肉,是朱元璋心里非常倚重的人,朱元璋还是下令斩杀欧阳伦。

朱元璋为了陈纲立纪,救济斯民,他采取非常果断的措施。他这些措施起不起作用?在明史《循吏传》中这样写道“一时间世风起变,官员无不洁己爱民”。经过朱元璋几十年的整顿,官场的风气发生非常大的变化。官员们都知道洁身自好,都知道爱护百姓。所以在《循吏传》当中,记载明朝二百七十多年的清官、廉吏的传记当中,洪武年间的廉吏占了三分之一,洪武才只有三十一年时间。我们还看到明朝晚期有一些回顾朱元璋统治时期社会秩序的文章。

朱元璋为了建立他的秩序,为了保卫他的政权,处置了胡惟庸、蓝玉,甚至连开国丞相李善长也杀了。我们对这个非常不理解,因为现在是共和国,共和国讲究民主,一个元首也不能随便杀人,但是古代是君主社会,天下是他一家一姓的天下,他为了保住政权,杀人是解决问题的手段之一。

一位研究明清史的开山学者,叫孟森,他曾经对朱元璋开国时期的一些作为提出过评价。作为一个历史学家,他说,因为朱元璋这些果断措施,使得明朝迅速平定下来,经济马上恢复,老百姓得到福了,他没有祸害老百姓,他把这些人整治了,那些如虎似狼的人,一下子平定下来,天下迅速太平。对于百姓、天下,未尝不是好事。

朱元璋为了陈纲立纪，救济斯民，他还做了很多事情。他把郭桓案这样的案子编成书，叫做《大诰》，一共编了《大诰》《大诰续篇》《大诰三篇》《大诰武臣》四本书。他要求全天下家家户户都读这些书，干什么？普法教育。不仅要收藏《大诰》，还要讲读《大诰》，还要收藏《大明律》，讲读《大明律》。在《御制大诰武臣》的后记当中，朱元璋说了一句话：御制《大诰武臣》是给那些军官看的，军官的犯罪也很严重。“我如今说的也不是秀才话，我写的也不是秀才文，我就这样直白地说。口也燥，力气也不支了，告诉你们这些做军的。”明朝军人是职业军人，是世袭的。“告诉你们的父母、妻子，按照我的话遵守法律，你们就可以享受俸禄、太平。如果不听我的话，违法乱纪，你们就会受到处罚，没有好日子过。”《大诰》就是一本教科书，《大明律》也发到全国各地，要求全国各地府州县的学生到京城来讲读《大诰》，讲得好会得到奖励。会背，可以解释诰的原文，知道诰的立意是什么样子。

朱元璋不仅采用了这样的方式，而且他在乡村当中还要推行他的乡村建设。最基层老百姓怎么管理？当然明朝有里社这样的单位，朱元璋还恢复一个古代的礼制，叫做“乡饮酒礼”。“乡饮酒礼”在周朝就已经出现了，《周礼》当中有这个礼，但是历代并没有把它认真落实下去。朱元璋通过正式的命令，要求全国执行。怎么样执行呢？每到年终，当地首长去和自己本地的民众共同饮一次酒。在这样的场合，要总结一年的工作，庄稼种得怎么样，孩子管得怎么样，勤奋还是偷懒，有没有违法乱纪的行为，邻里和不和睦。同时要让当地的书生读《大明律》《大诰》。犯了错误、庄稼种得不好的人，在这个场合要被批评，要罚，不许喝酒，在门外罚站，站着看别人喝酒，给予这种羞辱性的处罚。

他把道德礼仪建立起来，他还写一篇《教民榜文》。这个《教民榜文》写成大字报，贴在大街上通传；印在书本上散发，像传单一样；刻在石碑上。这篇《教民榜文》有六句关键的话：“孝顺父母、尊敬长上、和睦乡里、毋座非为、各安生业”。怎么宣传？除了贴到墙上，刻到书上、石碑上以外,还要请人沿街串巷去喊叫宣传。一般是找丧失劳动生产能力的人,比如说瞎子、瘸子,请一个小孩扶着他走街串户。到了一个年节,他所宣传的这个地域的百姓要拿出米粮给他。

对于这个社会,从官员到基层,朱元璋有这样一套建设的东西。到晚明的时候,就有人回忆朱元璋统治时期是什么状况。大家听说过江南有几个才子?听说过唐伯虎吗?肯定听说过。唐伯虎的朋友叫祝允明,他会写书法,他有一个缺点,就是老不换裹脚布,味道很大。但是他写过一本书,叫作《九朝野记》。他说,洪武年末,大明就像孔夫子的周朝一样好,"有间遗钞于途",明朝初年使用纸币,不使用铜钱。"拾起置于高洁地",捡起来放在高的地方,怕有人踩了,怕掉到水里面坏了,不能用了,等待失主,"直不取也"。这与孔子说的"卧不闭门、路不拾遗"是一样的,民风淳厚。在洪武时期,通过三十多年的建设,明朝的盛世已经初见端倪,他所制定的制度为后世遵循,一直延续了二百七十多年,这个制度一定有它优秀、合理之处。

继承帝位的是他孙子,这段故事,大家都知道,他的孙子朱允炆到现在还没有找到。最新的消息,其实也不算新了,两年多前的消息,说法国足球明星里贝里是建文帝的后代。记者来采访我,问我对这个消息有什么评论。我说这也不是不可能,你看里贝里脸长这么长。还有一种传说,说朱元璋起兵的时候是利用了明教的一些活动。明教是从波斯过来的,如果建文帝跑到波斯藏起来,往北边一走就是法国,这也是有可能的。但是证据不足,就好像一个人丢了斧子,看谁都像偷斧子的人。后来大家发现法国媒体没有这样说,这是中国人编造的。

建文帝为什么继承了朱元璋的事业?因为朱元璋的儿子在洪武二十五年死了。本来他精心培养的太子朱标,西北一行,到了关中一带考察,最后死掉了。怎么办?老年丧子非常的痛苦。建文帝根据嫡长子承志的规定,当了皇帝。当皇帝,他面临的是什么?面临的是咄咄逼人的、强势的叔叔们。当时他的叔叔们里面都有谁呢?燕王成了老大。太子死了,勤王死了，晋王死了，老四燕王就成老大了，燕王善战，洪武年间就能征善战，带兵讨伐蒙古立过大功。宁王善谋，宁王在辽宁地区、东北盐城一带，和几个少数民族连在一起，势力非常强大。建文帝不到二十岁，他怎么不害怕呢？有一次他跟朱元璋讨论的时候，朱元璋说到一句话：如今，我把你诸叔们都安排在边境的地方，可令胡臣不动。蒙古对我们的威胁最大，可是这些叔叔们都在蒙古边境镇守得非常好，边城不动。

从东到西，宁王在辽宁、燕王在北平、谷王在宣府、代王在大同、勤王在西安、肃王在宁夏甘肃。建文帝也不傻，他身边都是饱学之士，古往今来的经验，他也懂得很多。他说："诸叔可令边城不动，如果诸叔要动的话，我怎么办？朱元璋问他怎么办？"他说："我这样办，我先用礼来劝他们，我是皇帝，你要听我的。不行，我就惩罚。再不行，我就罢免你。"朱元璋说："如此，我无忧也。"但是不幸的是朱元璋一死，靖难之役就发生了。

有人说朱元璋最大的错误是废除了丞相，造成了专制主义，中央集权的强化。我说这不是最大的错误，最大的错误是分封亲王。因为分封亲王，他一死，亲王反了，天下乱了。为什么废除丞相不是错？如果仅仅用洪武十三年废除丞相一事批评朱元璋的话，我们可以用一个古代的寓言来说这个事情，叫作刻舟求剑。

实际上朱元璋废除丞相以后，明朝的政治制度发生了巨大的变化。这个变化就是内阁的出现，也就是中国国家的文官制度的完善。这是很了不得的事情。中国两千年的丞相制度在这里没有了，成为了皇帝内阁。当然，这里面是一个很复杂的过程。开始的时候，看起来朱元璋有很大的权力，但是后来皇帝都没有那么大的权力，他要受内阁和知识分子的约束。很多决策如果没有内阁参与，皇帝不得做任何的主，甚至明武宗要去江南一趟，也遭到千方百计的阻难，很多时候他也无可奈何。明世宗要把他父亲的牌位放在太庙里面，也引起很大的争议。明神宗要把他喜欢的儿子立为太子，也受到很大的阻拦。明朝的政治制度变了，皇帝的权力受到限制，内阁出现，议政方式改变。

我们不能够用洪武十三年这一点来看整个明朝的政治制度,不能用刻舟求剑的思维方式批评朱元璋。朱元璋实际上也曾想了一些办法来设计一个没有丞相的中央管理制度,比如说司府官的设置。废除丞相不是朱元璋最大的错误,最大的错误在于分封亲王。

分封亲王这件事情发生在洪武元年,洪武十年第一批亲王建藩,但是洪武八年就有人给朱元璋提意见。谁呢?远在山西平遥的县学训导叶伯巨,他给皇帝提了意见,说"皇帝,你这个做法错了,分封太次"。分封太多了。古人怎么分封?叶伯巨说:"你没有见过晋朝、汉朝亲王造反,骨肉相残吗?"朱元璋说"小子里间吾家骨肉,必亲手射杀之",把他抓来,我宰了这小子。朱元璋不是傻子,他熟悉历史,他身边的人都懂历史。他在公布《皇明祖训》的时候,最早是叫《祖训录》,就已经对亲王做出了很多限制。比如说亲王不能拥有大量军队,只有三个护卫,1.5 万人。这跟国家百万军队没法比,造反不了。亲王不许占有自己的独立王国,没有自己的土地,你可以享受俸禄,但没有你的土地,你不许管地方官、地方百姓,没有你的份。如果老皇帝死了,你必须在王国,不能够随便到京城来,到京城来威胁新皇帝。小皇帝怎么办?他在《皇明祖训录》当中规定得很详情。他说:"叶伯巨,你看你比我聪明吗?我早就规定清楚了,不用你说话。"

这次他很不满,但是这个事情还是发生了。为什么?因为分封亲王虽然做了很多的设防,但仍然有漏洞,漏洞就在于根本要害是朱元璋想要依靠这些亲王维护朱家天下,他认为亲王是最可靠的。你想让他们维护朱家天下,你不给他们力量吗?虽然你限制他们了,但是根本上呢?还是要给亲王力量。如果亲王什么力量都没有,皇帝出了事,也是不行的。在当时防御蒙古的过程当中,亲王得以节制诸军,亲王一下子就有了具体势力。大将军们带兵打仗,比如今天五路兵马一起出发,派一个亲王做领导,节制诸军。亲王很年轻,但是可以管全军。虽然这些军队不是亲王的,可是在作战当中,亲王拥有了战斗经验,与将领们结成了深厚的关系。

这个事情,朱元璋没有算计清楚。

建文帝一上台,他也知道这些亲王不好惹,就开始消除亲王,他采取先消除弱王再消除强王的做法。不到一年之间,建文帝一下子把五王全废了,逼得有些亲王跳火自焚,有些被发配到凤阳,关在高墙里面。凤阳现在还有高墙,高墙不是现在一个比喻的称呼,它的名字就叫高墙。现在我们说监狱叫高墙,凤阳的高墙,它的名字就是高墙。专门关押宗室犯罪的人员,那个地方叫高墙。靖难之役打了将近四年,最后燕王朱棣夺得江山。

这场战争是怎样的一场战争?我把它概括成这样的两方:一方是以亲王和军人为首,亲王造反,燕王拉了宁王,拉了一些军人;另外一方是皇帝和文臣。亲王和军人们一方,他们的造反口号是皇帝身边有奸臣,奸臣是什么人?左班文臣。为什么是左班文臣?因为是左班文臣出的坏主意,消除亲王,那就不是祖制,他们都是朱元璋封的,现在小皇帝上来,要把亲王废除,违背了祖训,现在他们要清君侧。

这里面有一个什么东西呢?亲王提出的口号就是要恢复太祖高皇帝之旧制,因为建文帝上台以后,他提出一切都要更新。我把它概括为建文新政。他怎么更新?对朱元璋实行的政策进行调整,大规模地平反冤假错案,很多功臣子弟被放出来,可以像正常人一样继续做官、从事其他职业,该平反的都平反了。一方说要革新,另一方说要守旧,恢复旧制。一方是皇帝和文臣集团,一方是亲王和军人集团。这个战争,最后是以皇帝和文臣集团的失败和亲王和军人集团的胜利而告终。

但是事情没有这么简单,这个复杂从哪里说起?难道朱棣上台以后,他就依靠亲王、军人集团吗?不是的,他同样面临一个问题,这个问题就是从马上得天下向下马治天下的转变,他必须转向以建国为中心,要搞建设,不能够用军人那一套来治理国家,所以后来内阁制度的形成,文臣地位的提高,都是在这个关键时期形成的。朱棣上台以后,虽然说他也不得不走守成的路,他说他的江山是太祖高皇帝打下的,他不是开创国家的皇帝。但是因为天下是他夺来的,他要背负着一个造反夺权的乱臣贼子之名,所以他要努力做一个好皇帝,洗刷自己的罪名。

朱棣这个人言必称唐太宗,所以明朝人就经常提到"历朝无不有太宗,我朝太宗如何如何"。明成祖最早的庙号是太宗,到了嘉靖年间以后,才把他称为成祖,所以后期的明朝人一直把明成祖比成唐朝的太宗,他们的行为方式、对人的态度,很多都是一样的。明成祖写过一本书,叫作《圣学心法》,实际上是对他的执政理念,也是对于儒家执政理念的全面阐述。燕王要做一个盛世明王,除了口头说的,要继承唐太宗、学习唐太宗以外,他还有一个很近的榜样,这个榜样是谁?就在他的身边。

燕王朱棣分封亲王,分在哪里?分在元朝的大都,他的王府在哪里?就在忽必烈的皇宫。朱元璋下命令,天下亲王王府一律不能够像燕王朱棣这么大。他用的是旧宫,你们再盖王府,一定要限制规格,不能够给老百姓造成太大负担。燕王朱棣所住的王府非常大,要做皇帝,要做什么样的皇帝?显然近在眼前。他身边的一草一木、一砖一瓦,看到的都是忽必烈留下的东西。那是一个什么国家?那是一个以北京为中心,当时的大都为中心,横跨长城内外,北控大漠,南控江南,影响大于四大汗王的这样一个大帝。朱棣雄心不小,所以他一上台,就决定把首都改换一下,以应天府南京为南京,以北平为北京,虽然还没有迁都,但是在北平这个地方盖了都城。有人说把北平作为都城是为了防卫蒙古,迁都是一个大举措,实际上是要建立一个横跨大漠南北,影响及至四海的大帝国,要做一个天下共主,所以他建了宫殿。

故宫的宫殿是在那个时候建的,就现在来看,仍然没有落后,太超前了。动员了全国的国力,很多大木是从湖广四川搬过来的。大木多大呢?大木躺放在地上,两个人分别骑着马在两边互相扛着,南方湖广的木头运过来多么不容易。十三陵长陵的祾恩殿,楠木柱子都是整根的,一点拼接都没有。当时的财力很雄厚,国力很雄厚。朱棣曾经五出漠北,打蒙古,为什么?最后他重病在身,很多大臣说:"你不要打了,你这个身体也不行,国家也没有钱了”。他说:“不行,我要一劳永逸”。明成祖的北部边界是没有边界的,因为当时俄罗斯还不知道西伯利亚为何物,蒙古在中国明朝的控制线内。他还打了安南,把越南北方建成一个省,叫交趾布政使司,当时安南在闹事,这是另外一回事,今天也说不清楚。

还有就是郑和下西洋,郑和下西洋干什么去了?寻找建文帝去了,《明史》当中是这么说的:“惠帝逃亡海外,欲踪迹之”。如果说一个使节到海外去,顺便打听一下建文帝,这是可以的。不能说2.7万人,200多艘船,二十多年一直在找,这是不可能的。

还有两种说法,一种说法是做买卖,欧洲商人到处做生意。中国是农业社会,自给自足。朱元璋早就说了:“得其民不足以使令,得其地不足以供给”。还有一种说法,当时在永乐初年,中亚察合台汗国正在崛起,他控制了中亚地区、印度北部,危急到中国现在的新疆地区。明朝在永乐七年、八年,经常可以在实录当中看到西北察合台汗国怎么样,他要带兵东征。有人说郑和下西洋是从印度洋包抄到霍尔木兹海峡围抄察合台汗国。这个也不可能,为什么?察合台汗国最后东征没成,他死了,这个事情不必再进行。

朱棣干什么去了?我们还得让朱棣自己说,朱棣怎么说?我们找了半天,在郑和的家谱当中发现了一篇朱棣在郑和第三次下西洋的时候,请郑和带给西洋藩王及头目的赐书,这封诏书中清楚地写了郑和去干什么了。诏书这样说:“朕奉天命,君主天下,今特遣郑和赍敕,普谕朕意。”意思把我心里想说的话,通过郑和告诉大家。“凡覆载之内,日月所照、霜露所濡之处”,即太阳照得到的地方,月亮照得到的地方,下雨、下雪下得到的地方,天底下的,地上的,无论老幼“皆欲使之遂其生业”,他都希望这个地方的百姓过上好日子。“循礼安分,毋得违越”,意思是有秩序的,你们不要破坏秩序。怎么样才不破坏秩序?“不可欺寡,不可凌弱,庶几共享太平之福”。读到这里,我心里头就热血沸腾。

六百年前中国人的理念,现在拿到联合国,贴到墙上,一点都没变。

真是这样的，所以我们的先人、我们的中华文化很伟大。我们说中国伟大复兴，往哪里复兴？往我们的历史、传统去复兴。明朝在这个时候，实际上走向了盛世，虽然当时有人批评他："你花钱太多了，迁都也太多了，宫殿太大了，北征也花了钱，郑和下西洋也花了钱。"但是有的时候，政治家看的东西和当时百姓从局部和一个小时期看的东西是不一样的。朱棣在永乐二十二年死掉以后，他儿子仁宗洪熙皇帝执政十个月，他的孙子宣德执政十年，宣德皇帝时期出现了"仁宣之治"，仁宣之治是在全面缩小战线，节约民力，使得中国明朝走向了全面兴盛。

这就是明朝盛世之路的一个简要回顾。明朝在这个时候，怎么说呢？一个说洪武十七可以说是"治隆唐宋"。这四个字是清朝皇帝康熙皇帝写给朱元璋的，写在南京的明孝陵墓门前。还有说明成祖的统治时期是怎样的情况呢？叫做远迈汉唐，远远超过汉朝、唐朝。这是哪里说的话呢？是在《明成祖本纪赞》当中说的，"成祖纪年承孤君列，远迈汉唐"。中国当时的影响是怎样的？"舟车所至，不远不见，东西抵日出日落之处"。这个文字在哪里呢？在《明史西域传》当中记载。

这不是我编的话，我今天不过是把我们所看到的那个历史，向大家展示一下，谢谢大家！

现场提问1：春秋战国的商鞅和明朝的张居正改革的相同点是什么？这两次改革值得我们今天借鉴的有哪些？

毛佩琦：我不把它说成是改革，这两个事情是无法可比的。因为商鞅制定了法律，最后他作法自毙，在严格执行法治的情况下，他受到惩罚。因为商鞅的变法，促使了秦国的强大，为秦国最后统一六国奠定了基础。

但是我一直不认为张居正是改革，为什么？张居正没有制定任何新的改革制度，他改什么呢？我到现在也不知道。一条鞭法不是他制定的，是庞尚鹏、海瑞这些人做的。从嘉靖末年开始，在江南地区普遍推广。他是在他执政的最后一年，在万历九年通过国家的法令公布天下实行一条鞭法。张居正的改革就是这个吗？商鞅改革、王安石改革有很多具体的措施。张居正是什么？他是一个治世能臣，他是一个传统的、了不起的政治家。我们用明朝的一句话来评价，即“明朝只一帝，太祖高皇帝是也。明朝只一相，江陵张居正是也”。够了，这个评价很高，不必说他是改革家，改革是后人给他戴的桂冠，这个桂冠，我们现在多少要澄清一点。

他施政的理念是什么？是君主权、刻吏制，君主权是加强中央集权，刻吏制是加强对官员的管理监督。他立了一个考勤法，这个考勤法就是给你一个笔记本，规定十天内完成的任务，考成了，完成了，我给你销账，不完成，我继续。如果这样就是一个改革家的话，那改革家太多了。所以我说这两个人不能比，张居正是一个了不起的大臣，他是一个能臣。同时我们还可以看到他所建立的那些功业，实际上是几代人共同建立的功业，最后他来收获。谁呢？包括徐皆、高拱这些人，从嘉靖末年到隆庆年间、万历前期。实际上，他们几个人所做的事情是一脉相承的。

如果说是改革的话，按现在社会发展史的认识的话，是不是应该推动历史进程？但是张居正采取的是加强皇权、巩固旧制度，特别是控制舆论，不准大家随便说话，连天下书院一律禁毁，言论自由一律不许。他死了之后，万历末年，东陵书院到处建立书院，士大夫议论朝政，他的施政理念与这种局面是相对立的。所以我们要重新认识张居正，把他定位成一个传统意义上的大政治家，了不起的。他和他的前任共同推动了明朝的中兴，我把明朝分为五个阶段，在嘉庆末年、隆庆年间、万历初年是一个中兴时期。在这些能臣的推动下，明朝又辉煌了一段时期。

现场提问 2：您刚才讲到朱元璋在开国时期例行法治，开太平之盛世。但是这种太平之势很大程度是建立在言行之下的，一旦失去强有力的统治者，严刑律法无法得以实施，这种统治还会长久吗？倘若女真族提早崛起，明朝会因这个制度的弊端而提前灭亡吗？

毛佩琦：这个制度可以延长很久，比如说二百七十七年。朱元璋不仅仅是用严刑律法，而且他建立了制度，正是因为这些制度，使得明朝能够维持下去，并不是靠严刑。女真族的问题，因为这个制度不错，所以女真族也臣服了两百多年。

现场提问3:个人认为张居正改革是明朝经济崩溃的罪魁，张居正改革最不可思议的一点是敢用银本位货币政策。中国自古就是缺银国家，所以长期实行铜本位的政策，直到明朝因海贸发达，大量的白银流入。银本位严重依赖海外白银，到1639年西班牙和日本等国相继宣布白银出口管制，导致流入中国的白银骤减，整个货币和物价系统一片混乱，失去货币控制能力，明朝经济一直走下坡路，国弱民困。请问教授如何看待这个观点？

毛佩琦:这个问题是属于经济领域的金融学问题，这个问题对我来说有点难度。使用银本位并不是这个时期开始的，实际上在明朝正德年间，国家就决定用银来发放俸禄，这时候银子开始流行，并不是明朝晚年。明朝末年大量的白银内流，香港中文大学全汉升先生写过这方面的文章，我们可以看看他的统计数字，当时白银的流向是白银的收入情况。

但是，在这里我要补充一句话，过去我们常常批评万历帝派矿田税使到处去挖矿。黄启臣老师就写过这方面的书。开矿有错误吗？开矿没错，是宦官在征税和开矿的过程当中犯错，这个要说清楚。现在把开矿都说成是错误，那就不对了。开矿没错，为什么那么说？那时候那么着急，万历年间有几个大的战争要打，特别是跟朝鲜，中国很多事情都坏在朝鲜上，明朝就坏在朝鲜上。所以朝鲜人很怀念明神宗，因为明神宗帮助他们了。他们认为因为明神宗帮助他们，花尽了国库的钱，所以没有能力最后防守女真族。所以他们在朝鲜王宫里面盖了一个大宝台，类似纪念堂一样，供奉明太祖朱元璋、明神宗、崇祯帝，这个大宝台一直保存到民国时期。

对于很多的历史故事，我们看的角度应该更多一些。什么叫研究？

研究就是不断地追究论证。什么是课题？课题就是我们不懂的东西要继续去努力弄清楚。当时的白银为什么这么缺？国家要发展经济，要有市场的通行，还有这么大的需求和开支，所以治理天下的人很薄命。

现场提问4：毛教授，您好！我来自外国语学院，我的专业是学翻译。之前我看到网上有一个观点，有人说唐朝还不如明朝。在政治上来说，唐朝的太监可以随便废立皇帝。而明朝的皇帝叫太监活到三更，太监绝对活不到四更。从文化上的角度来说，唐朝留下了很多的唐诗。明朝不仅留下很丰富的诗词，还有很丰富的小说、戏剧。中国四大名著，有三本是出自于明朝。请问毛教授，既然有人认为唐朝是这么多方面比不上明朝，为什么在现在的说法当中有汉唐的说法？有人认为明朝比唐朝更厉害，为什么在海外叫的是唐人街，而不叫明人街？为什么有这种说法？

毛佩琦：因为明史是一个长期被误读、误解的历史。为什么会被误读？人们不误读唐朝，为什么要误读明朝？明朝接下来是清朝，清朝不会说明朝太好。另外，我们现在所看到的明朝历史，特别是关于锦衣卫、东厂的。历史是讲究话语权的，谁掌握了话语权，他似乎就掌握了真理，大家所听到的那个话好像就已经成为标准。明朝这段历史的话语权是谁掌握了？我发现是黄宗羲和他的学生掌握的。明朝末年，黄宗羲的学生参与修订明史。黄宗羲父亲曾经跟阉党互相斗争，最后死在斗争当中。他对他的对立面是深恶痛绝的，他对这段历史是刻骨铭心的，他对这段历史的描写带有个人成分，我认为这是一个很大的问题。

清朝不会说明朝的盛世，虽然康熙帝写过“治隆唐宋”，乾隆帝在他的诗里面也重复过“治隆唐宋”，但是他仅仅只是说到朱元璋、朱棣，后面的明朝皇帝全都被否定，他不会说明朝像盛唐、汉唐一样。因为我们离清朝太近，清朝灭亡时间距离现在还很短，这个影响很大。

另外，新中国成立以后的新史学受不同时期的政治运动和政治形势的影响太多。比如说我们读到关于朱元璋的书，对他的评价最早的来源是吴晗先生写的《朱元璋传》。吴晗先生写的《朱元璋传》，是要用朱元璋影射国民党的黑暗统治。他曾经把这个书寄给延安，毛泽东看过后，毛泽东给他写了一封信，那封信写得非常直白，说"你根本还不懂马克思主义"。但是人家就这样做了，这个书也出版了，我们很多教科书就运用了这样的结论。

我们现在对于锦衣卫、东厂所评价、所概括的一个词汇叫特务政治，就是跟吴晗持相同立场的人命名的，其中一个人就叫丁易，他不姓丁，这个人是华北解放区的一个记者，他写过一本《明代特务政治》，他在序言当中讲得非常明确，他说"我写的《明代特务政治》就是要用它作为武器，推翻国民党的黑暗统治"。在这种情况下，如果我们撷取历史的某一个方面来作为一种影射之用，很可能这个历史并不是照射出来它本来的面目。当这些事情都已经时过境迁了，我们希望能够回到历史的本来面目，我们能摆脱清朝的评价，摆脱黄宗羲的评价，摆脱政治家给的历史评价，也许再过多少年以后，我们就可以更清楚地看到明朝是一个什么样的朝代。

现场提问 5：毛教授，您好！我是大三的历史系学生，我想请教一个问题，何炳棣先生有一书叫《明清社会史论》，他在里面提到一个观点，明代中叶开始，明代社会流动呈现一种逐渐下降的趋势。明初实行的里社制度，到明中叶以后也是逐渐瓦解的。从这两件事情当中，我们可以看出明代中期以后，地方分裂主义的倾向是逐渐加重的。为什么中学教科书和大学教科书一以贯之的一个观点就是明清，特别是明代专制主义、中央集权不断的强化？

毛佩琦：教科书的写作者还是刻舟求剑的思维方式，他们的思想老停留在洪武十三年，我认为要纠正。这个事情，我在很多场合都说过，我们的教科书是经过几十年形成的，它缺乏吸收新的研究成果，同时需要清理一下史学以外的东西，做一下全面清理。这个工作，好像大家都在做。现在我们对很多问题有了新的认识，这证明我们开始思考了。

现场提问 6:毛教授,您好!我来自管理学院应用心理学专业的,我的问题是关于明朝后期,我对明朝后期的文官制度非常感兴趣。正如毛教授刚才所讲,文官制度在后期对皇帝的权力形成了相对的制约。有一个名词是黄仁宇先生在《万历十五年》当中提到的,叫“讪君卖直”,就是指谏官,他通过讥讽皇帝来赚取自己的名声。这种现象是一种进步吗?你怎么评价这种现象?谢谢毛教授!

毛佩琦:这种现象说明两个问题,一个是官员还不是出于公心,是为了自己,这种官员不是太好。另外一方面,他怎么可以“卖直”,“直”还可以卖吗?不可以。谁敢于给皇帝提意见,谁要骂了皇帝,谁就立刻声誉鹊起。这个时代多好啊,开放啊,骂了皇帝就骂了。像雒于仁骂万历帝,说“你酒色财气无一不沾”。万历帝说:“怎么啦,我喝点酒怎么啦,我还不能爱点钱吗?”这个皇帝可以骂,社会在进步。如果你通过骂皇帝来提高自己的声誉,那就如同现在有些人炒作自己,这样也不太好。如果你是出于公心,为了国家利益、为了百姓,你骂了皇帝,是有地方可骂的。

现场提问 7:我是来自经济学院金融专业的学生,请问毛教授怎么看袁崇焕在明朝历史上的地位?如果他没有被冤死的话,清朝取代明朝的速度会不会减缓?或者根本就不可能取代明朝。

毛佩琦:历史是用很多的细节和偶然事件贯穿起来的,很多是呼吸之间,战场形势变了,也许是一念之差,一场风,或者是一个人的一转念,或者是一个人被杀,一个将领的阵亡,整个历史都将改变。也许如果崇祯帝执行的政策、方针、用人更好一点,他不是天天杀人的话,可能明朝灭亡时间会推迟。如果袁崇焕投降清朝被杀,那是冤枉他,他可能没有投降清朝。如果说他犯了错误被杀,那就不是冤枉他。他犯错误了吗?他犯的错误很大,擅自处置封疆大吏,造成整个东北边防瘫痪。你功再大,也是不行的。后来打进关里做先锋的,都是毛文龙的部下,都是因为毛文龙被杀了,这些人都投清了,这笔账怎么算?如果说他是因为犯了错误被杀,他就不是冤死。崇祯帝随便杀人,杀一个袁崇焕算什么!所以我们要把这段史实弄清楚,如果是因为他叛变了而杀他,那是冤枉他。但是他的错误是不是该受到处置?处置得过分了或者恰当,这是可以讨论的。类似袁崇焕的问题,在明朝末年的将领当中太多了,而且他被杀是在崇祯初年,崇祯还延续了十六七年的时间,崇祯帝后来做了很多错事。明朝的灭亡跟袁崇焕有关系,但没有那么大的关系,不要把袁崇焕这个事情夸得太大,当然也不要把它看成是明朝皇帝很笨,中了满洲的奸计。这个奸计,我们现在来看也是瞎编的。

主持人:我们听了毛老师的讲座之后,每个人都有各自的想法。我这个点评只讲讲个人的三点收获,就是三句话。第一点是一个由赤贫到成功人士的皇帝。这对在座的大学生来讲,特别是现在找工作很难,我想这个有一定的励志性作用。所以不要老是看着比尔·盖茨一类的人,看一看历史可能会好一点。我想可以读一读《朱元璋传》,也许你能够从中找到新的人生航向。

第二点,朱元璋在位期间,从顶层设计的角度看,他在各个方面,如政治、经济、军事,包括皇位的传承,都给明朝制订了制度,使明朝延续了二百七十七年。这是继唐朝之后,中国统一王朝当中最长的王朝,为迈向盛世铺平了道路,这是朱元璋非常了不起的地方。

第三点,朱元璋在位期间确实犯了很多错误,套用现在的流行话讲,"这是一个伟大的皇帝所犯的错误"。这些错误不应该算在朱元璋的身上,应该算在那个时代的身上。比如说他滥杀了很多功臣,他把皇位传给家人,我想这不是他个人的问题。假如他生活在今天的话,也许历史会被改写。不过我们学历史的人,最讨厌就是讲"也许"。

最后一句话,可能有点似是而非,我不知道怎么讲,但总的来说历史总是有相似之处的。我的点评完毕,谢谢!

(讲座时间:2014.5.26)

快乐人生是运气与勇气的游戏

章东磐

章东磐，著名民间学者，江苏人。他15岁当兵，不久成为神枪手；19岁转业到故宫博物院，担任博物院古书画库房保管员，期间有幸亲睹了无数古代书画艺术瑰宝，耳濡目染成了书画鉴定专家，从经历中学得文物鉴定和书籍写作知识。20世纪90年代初去人民美术出版社，他编辑创作的书籍，荣获中国国家图书奖金奖、莱比锡世界最佳图书奖。之后下海从商，投资过一本叫《山茶》的杂志，是《华夏人文地理》的前身。他做过无数种生意。现在他还是高科技企业老总，制造的手电筒卖给美国的军队和警察。

章东磐于1986年起游历西部，2003年起又开始对滇西抗战历史进行调查，编辑创作了《国家记忆》《父亲的战场》等书。新书《史迪威的战场》即将出版。他曾两次徒步翻越高黎贡山，寻找援华美军战场墓地，继而拍摄纪录片《寻找少校》《发现少校》，不论是寻找还是发现的历程都跨越太平洋两岸，六十多年荣辱沉浮。到最后飞赴美国华盛顿国家档案馆复制浩如烟海的我国抗战影像，他的这些努力使得他在2010年被新浪网评为年度文化人物。

很多朋友跟我在一起的时候都说，怎么你这个老家伙永远在笑。其实在十年前，2004~2005年时我每天都在想一件事情，那就是用什么方法自杀不太痛苦。因为我知道自己那个时候有比较严重的抑郁症，但是因为父母还在，所以不能给自己一个了断。去年我在北京跟崔永元聊天，说起我们共同的一段经历，2004~2005年都在云南晒太阳，将抑郁症基本给晒好了。其实抑郁症没有那么可怕，抑郁症有一个最大的好处，一个副作用，就是人没有那么怕死。五六年前我有一回到广州来，在大街上看到一个小流氓，当街抢了一个正在打电话的女孩子的手机，我就去追他，当然因为年纪大了没有追上。后来周围的小流氓看见我居然当街追他们的一个同伙，大概有三个人围过来，走到离我五六米的地方，我把我的刀拿出来了，那是一把美国特种部队专用的作战刀，我是永远带在身上的。现在不带了，坐火车，他们会给没收了的。

我被请来，可能是你们学校有史以来做讲座受教育程度最低的人，就小学五年级。我在小学五年级时天天在发愁一件事，因为我极度不喜欢那个时代的学校教育。我不知道孩子们怎么熬到今天上大学的。我现在还记得我上小学五年级的第一学期的班主任姓王，每次他把你叫起来训话的时候都会突然用手戳到你的脑门上。我有一次快速地躲了一下，他将手戳到后面的墙上了，然后他就很不喜欢我，我就不停地逃学和旷课，成绩一落千丈。

小学五年级的时候一定要想怎么考中学，这个时候一件让我“极其快乐”的事情发生了，这就是“文化大革命”。对亿万中国人来说，那毫无疑问是一场巨大的灾难，其实对我的家庭来说也是灾难，因为我的父亲和母亲在当时的标准称呼是走资本主义道路的当权派。但是对我来说，那是一段每天都像狂欢节一样的岁月，因为不用上学了，没有父母的追问。那个时候我每天早上背着书包出门，实际上并不是去学校，而是在外面瞎溜达，一直溜达到下课时候才回家。老师也不去我们家告状，其实这个事是很不对的。我父亲是铁道部所有教育系统的负责人，所以老师可能不太敢去告状：怎么就将你们家的小儿子就教不好。但是我知道我自己肯定考不上中学，因为我四则运算都不会。然后就“文化大革命”了，我不知道孩子们有谁偷过鸡没？“文革”时父母不在家，有没有饭吃呢？饭肯定是有的，还有肉呢。虽然那个时代商店里没有那么多肉，家里也没有那么多钱，只有很少一点钱，但是我们天天有肉吃，因为那个时候北京还有很多人家里养鸡，街上经常可以看到别人家养的鸡在路上跑。我们四个孩子曾经一天时间偷了 23 只鸡，在街上捉的。这些鸡我们不光是自己吃的，我们还建立了一个公共的供应系统。铁道部宿舍是很大的院子，有跟我们关系好的、差不多大的孩子，谁没有肉吃了都可以来吃我们的鸡。有一个家伙打架，脑袋被别人拿砖打烂了，我们专门提了两只鸡去慰问他，给他吃。

那段岁月是我们最辉煌的顶点，当然这是不能学习的了。在中南海西边有一个地方叫府右街。在 1969 年的时候，在那个地方有一个电影院，也就是首都电影院。我们学校和另一个学校组织孩子们去看电影，然后这两个学校的孩子在电影院里打起来了，然后跑到外面去，一直打，将长安街封堵了 40 分钟，一个巨大的人圈，里面很多人互相奔跑着、追逐着。直到有一个人喊了一声解放军来了，那时是没有警察的，一眨眼都跑光了，长安街上留下的都是砖头。那是我们的岁月，其实比王朔写的小说要疯狂多了。在那样的岁月，实际上我们还在做一件事，那就是传递书、看书，即使没有学上了。我现在回想了一下，我小时候读的书全是在“文革”期间读的，像《水浒传》《西游记》《三国演义》等。那时的好处是不用上学，没有上课的负担、没有写作业的负担，所以你可以将所有偷鸡之外的时间、打架之外的时间和其他防范造反派来抄家的所有时间用来读书，所以如果今天有人要听建议的话，我觉得并非做父母的都要花那么多钱让孩子上学。如果在家里，真的有一屋子书，让这个孩子从小就认识一些字，然后不停地看书，也还是不错的。

到了 1970 年，我妈妈觉得她的三个儿子这样下去是肯定不行的。然后用一天，一辆车把我和我的大哥给接走了。来了一个当兵的，我也不认识的，也将我的二哥带到云南去了。就在同一天，这三个人就当兵了。我当兵的时候,很好玩的,才 15 岁,还不到 16 岁我们当兵第一件事扔教练手榴弹,可能你们不当兵不知道,那个手榴弹扔 30 米才及格,扔 40 米良好,扔 50 米优秀。连长组织新兵扔手榴弹,扔完了之后连长问谁扔的不到 30 米,谁都不吱声,因为扔不到 30 米很丢人,其实我只能扔 18 米。我想了半天,反正扔不了 30 米,我报告说我扔不到 30 米。结果运气来了,这个连长说所有扔不到 30 米的,待一会儿投实弹的时候可以投两颗。为什么呢?因为真的手榴弹杀伤半径是 15 米,所以实际上如果你只能扔 18 米的话,就处于非常危险的境地,他用了一种很独特的方法在激励着我们要建立自己的勇气。

那年冬天,经过拉练之后,我也拼命地练习,1200 多公里的冬天徒步行军结束了,也不停地练,第二年我扔手榴弹的成绩变成 63 米了,还是挺好的。我记得有一次非常危险,我们出去拉练,在外面做一次射击的训练,准备实弹射击。我们几个是新兵,要趴在那儿瞄准,连长派了一班的班长,是 1965 年的老兵,我们是 1970 年的新兵,老兵来检查我们新兵是不是瞄得准,如果瞄得不准就要继续瞄,枪上就有射击瞄准检查器,其实就是利用一个黄色的玻璃,利用这个斜面的反射可以看见你对这个缺口和准星准还是不准。那个班长就检查我,结果他说我瞄得一点也不准,根本打不着。我特别不服气,因为我在小学三年级的时候,我父亲有一次出差回来,我用上午十点钟的课间十分钟从学校拼命跑回家,因为我父亲答应从上海给我带一个礼物,就是一只气枪。然后父亲教会我怎么瞄准、怎么使用,从那天开始,我每天除了做作业,剩下的时间就是在巨大的院子里寻找树上任何一只鸟。到我将要当兵时,基本上可以做到 20 米之内弹无虚发,打了很多的麻雀等这种东西。老兵说我瞄得不准,还要接着练。冬天在华北的野外,趴在外面练射击这是非常冷、非常苦的一件事,手冻的啊。我当时刚刚 16 岁,这个老兵说我瞄得不准,连长什么也不说。你继续练吧,你不能打实弹,打实弹就意味着你训练的阶段结束了,就可以不用那么苦的训练了。距离我们训练的地方一公里多远有一个小火车站，我当时就抱着枪坐在那儿想，如果我现在去那个火车站，花一块几毛钱买一张票，我就可以回家了。实际上就是开小差了。但是我回家会有一个什么结果呢？我想了很久，忍下来了，那天我流了眼泪。后来还是接着练了，练完了之后什么改进也没有，那个班长又过来检查，说可以了，我通过了，然后我就去打靶，我比那个班长打得好得多。后来在连队时，检查别人瞄得准不准就变成了我的活。

人的命运是无法复制的，我讲的是我的人生，你们任何一个人都不可能跟我重叠，但是你们生命中一定会也会遇到无数次千奇百怪的挑战。实际上有时候这种挑战是运气来了，我们当兵的第一年冬天，那个时候是毛主席说不能当老爷兵。训练大家吃苦的唯一办法就是在冬天将几百万的军队拉出去拉练。我们走的最远，而且还要负重差不多 26.5 公斤。一天一夜，要走 120 公里，差不多要从这里走回深圳，还要背着这些东西，而且还是在冬天。我们第二次走最长行军的时候，你们可能体会不到，那个时候部队是有一些骡子和马的，骡子和马是用来驮 82 迫击炮和重机枪的。前三四十公里时人不会掉队，马也走得非常好。到三四十公里之后，有一些战友就基本上走不动了，身体好的士兵就要将战友身上的枪等物品拿过来自己背着，让那些战友可以只背一个背包接着走，因为一支步枪是 3 公斤半左右。再走一段时间，他们走不动的时候就要拉着骡子和马的尾巴，让骡子和马拉着他们走。其实大家都觉得骡子和马的力量比我们大得多，我也是那个时候知道不是，差不多走到 100 公里的时候，其实骡子和马完全都走不动了，没有办法让任何人再借助它们的力量走。但是我们接到的命令是，这支部队必须在几点几分到达指定地点，所以每次的强行军，到最后一二十公里时，是所有的战友一起喊着惊天动地的口号，推着那些骡子和马往前走。今天我还会想起那段岁月，我觉得今天的军队再也不会有那样的场面出现了。我非常感谢那个时候的那种苦难，给我们锻炼出来的那种不怕苦的精神，什么都不惧怕，没有什么东西是能压倒自己的。

那一年冬天的大拉练，走了两次这样的一天一夜、120公里的强行军。第二次比第一次还苦，是因为第一次还有一些山地，走完了住到老百姓的家里，一个班进一个老百姓的家里，一个班12个人。北方是那种大炕，冬天底下烧着火，睡着很暖和。我们班好几个战友把背包扔下之后，人往炕上坐，炕比一般的床高一些，还没有坐到炕上就都不起来了，没到10分钟，远远的地方吹着开饭号，也就是开饭了，炊事班是提前过来做饭的。所有人都不动，因为没有一个人有劲，打饭还要到很远、很冷的地方。我是班里的新兵，其实我真的也没有劲了，我也没有那么一种毫不利己、专门利人的精神，我只是觉得既然大家都累了，而我在那个班里是高的，毕竟那个时代的孩子们没有今天这么高，然后我就站起来，拿着洗脸盆，那时打饭用洗脸盆，拿着洗脸盆就晃啊晃啊，晃到村子中间的打麦场上去打饭了。到了那儿，炊事班还不给大家打饭，说连长马上就来了，让我们全在那儿等着。过一会儿连长来了，他来看各个班是谁来打饭的，他看完了之后，将我们这几个新兵记下来，第二年我们就全部当副班长了。这是有道理的，在所有人都站不起来的时候，你还有毅力站起来，去打饭，在作战的时候你应该也是那个能站起来的人。我们连长是1964年时夜老虎侦察班的班长，那个时候中国军队举办了一次规模巨大的军事训练，因为在1960年开始，中国的军队就越来越不注重军事训练，开始政治挂帅，这些词可能你们今天听着很陌生，我们那时候每天学习那本叫《毛主席语录》的书，你们可能都没有见过。

1964年时，中国军队觉得这样不行，就发起了一场巨大的练兵运动。我们的连长是当时叫大比武北京军区最出色的夜老虎班的班长，那时没有今天的夜视器材，夜老虎完全就是靠自己的眼睛。他们那个时候很厉害，我当兵的时候亲眼看到我们团里三连的连长扔手榴弹可以扔73米，比我远10米，那是扔得最远的了。制式手榴弹，从拉火到爆炸的时间是3.5秒，他扔73米，也就是说他如果这么拉完了再扔，所有的手榴弹都是在空中爆炸的，那是很厉害的。手榴弹爆炸的时候有15度的死角，没有办法伤到敌人。如果他同时扔两颗,一颗地爆、一颗空爆的话,敌人就都被炸死了,那个时候就是靠这个。我们连长是夜老虎班的班长,有一天我跟他请假说要去天津,我们部队在天津和北京之间,那个地方叫杨村,那天是星期天。他说,好,下午五点钟要归队。我就去了天津。我去看我父亲当年的老战友,那个时候是我们军的副军长。下午两点多钟时我打算要回去了,因为五点钟要归队。这个时候,副军长的夫人,我叫她阿姨,她说难得来一次,你别走了,在我们家吃完晚饭再走。我说不行,五点钟要归队。这个阿姨说了一句话:让你董叔叔给团里打一个电话。我一下子就觉得我的腰特别硬,我就在这个副军长家里吃完晚饭,很理直气壮,到晚上差不多九点钟才回到连队。一进去,排长说:“赶快去连部,连长等你呢。”我就跑到连部去了,连长问我假期到几点。我说到五点。他说:“那你怎么现在才回来?”我还没有说那个阿姨,我说董叔叔让我在他们家吃完饭再回来。连长说:“董叔叔是谁啊?我不认识。”我当时就傻在那儿了,我想着这个家伙真的不买账。连长说:“这样吧,今天晚上你站岗,从晚上六点一直站到早上九点。”然后我一个人背着枪在营房外面晃。这个连长让我记一辈子,因为他让我明白军队里是没有这种私人情分的。

我当兵几年,到我转业的时候实际上才 19 岁。后来我的一个好朋友——《解放军报》政治部主任,前几年他问我:“你觉得当兵对你最大的影响是什么?”我想了很久,我说当兵那四年,让我从一个男孩子变成了一个男人。实际上,从一开始的时候那一种什么都不知道,到后来的时候一点一点地有了勇气、有了纪律、有了受训练之后的那一种专业的能力,这是很不一样的。我跳到几十年之后的一件事,大概是三年前吧,我们从大理坐长途大巴去丽江,在山上的时候,后面的一辆大巴将我们这辆车追尾了。我们车的司机一脚刹车就停在那儿,我们这个车后面就开始冒烟,他就开车门下去了。当时我的第一反应是我喊我的一个朋友立刻去开前门,我开后门,然后我就喊所有的人下车。车上几十个人都是我不认识的,大家就下车了。我说马上跑到马路对面,大家也都跑到马路对面了,因为这样能防止万一这个车着火了或者怎么样,不会有任何的人身事故发生。然后,我就将这个司机喊来骂,我说:“你们公司怎么训练你们的?在这样的时候为什么不将车门第一时间打开。”接着判断局势这个车还能不能走。司机说:“不能走,我们已经打电话从昆明调车来接你们。”如果从昆明开车过来,至少要6个小时。我就隐瞒了这个信息,我们一车人都在那儿冻着,然后我跑到另一辆停在那儿大巴问有没有空位。司机说:“还有四个空位。我说好,我们这儿有四个人然后就买了四张票,将我们带到丽江去。”于是我们搭了另一辆车去了丽江,留下广大的受苦受难的车友们,他们要等6个半小时才能有车。孩子们,这是训练的结果。

我当完兵回到北京,要分配工作,在西城区武装部。接近100个年轻人坐在那儿。陆续有不同单位的人事部门的领导进来,就像我们今天有一些农家乐的鸡一样等候着他们点,进来一个人,拿着一张纸条喊着你的名字,没有人告诉你他是什么单位的,你出去之后他告诉你分配到什么地方了,比如说北京市环卫所,你可能明天就去扫街了。终于进来一个人,纸条上就有我的名字,他将我们叫到另外一个屋子说我们被分配到故宫博物院。我觉得真好,被分到故宫博物院,但不敢问分到故宫博物院干什么。过了几天报到才知道,我被分到文物修复厂。我的简历里也写过,是文物修复厂裱画师。其实,如果我在故宫博物院文物修复场做裱画师工作到今天,靠给民间修复旧画也可以赚很多钱,真的是很专业的工作,但是当时不懂得,不知道裱画就是古代文物的修复,实际上包括在意大利、英国,包括美国大都会博物馆、波士顿美术馆,这是高级得不得了的行业,那时候我不懂,去了之后知道被分到文物修复厂学裱画,我极其不愿意,我觉得自己怎么能跟糨糊打一辈子交道呢?我回家跟父亲说了这件事,父亲说我找一个人给你问一问。那时候我父亲已经回来了,也恢复了工作。他一个好朋友的夫人是故宫博物院的办公厅主任。我们就去问了那个阿姨,说:“我分到故宫文物修复厂学裱画,我不太喜欢这个怎么办?”那个阿姨兜头就给我泼了一盆冷水,说:“你初中都没有上过,学裱画已经很好了，你学一门手艺这一辈子就不发愁了，像你们这样没有上过学的人，要不然去工程队，每天搭脚手架、爬脚手架，换那个房顶漏瓦，你愿意吗？”我不愿意。“要不然你就去群工部，冬天的时候穿一个棉大衣，在故宫的那些大殿门外站着，看着这些人人来人往，你愿意吗？”我不愿意。“要不然去警卫队？”我突然醒悟了，我是所有这些没有文化、当过兵里运气最好的一个人。

我知道我爸爸仰望星空的那一刻在痛恨“文化大革命”，因为“文化大革命”我们没有机会上中学。其实我仍然庆幸没有接着上学，我极其豪迈地安慰他，说：“爸爸你放心，我会努力的。”但是我去裱画室还是挺努力的，不到一年的时间，我就跟那些老师傅关系非常好，那些老的裱画师在我们当时的语境里就是从旧社会来的手艺人，他们有着各种各样从旧社会带来的不良习惯。比如有的师傅每天早上一定要喝很浓的茶，我每天早上就提着很大的暖壶，你们现在可能不太用暖壶了，都有热水器了。我们那个时候要提着很大的暖壶，走差不多一公里的路到锅炉房打开水。老师傅姓姜，我把他的茶杯洗得极其干净。这个茶杯从他开始使用，就从来没有洗干净过。里面的茶碱脏极了，我用去污粉全部给洗干净了。他每天早上 8 点 10 分来，我就差不多 8 点过 5 分时给他泡上茶。他非常喜欢我，就将他的绝活教给我了。柴师傅的大的裱画案子永远擦得不够干净，我每天早上就用抹布将他头一天遗留的糨糊擦干净，他的绝活最后也全部教给我了。

我后来在裱画室做得很好，结果一次偶然的机会见到了启功先生。你们知道不知道启功先生？启功先生那个时候是故宫博物院的常客，有一回他就来到裱画室，和故宫博物院的几位老先生，这几个都是前若干年的中国书画鉴定界的顶级专家。他们一起到我们的裱画室来研究，怎么来重新装裱《清明上河图》，《清明上河图》毕竟是所有古代字画里最珍贵的珍宝之一。我就在旁边听他们讲话，我就发现他们讲的很多东西我完全听不懂。我们裱的很多书法贴在墙上，那些草书、隶书和篆书，我基本上一个字不认识。那个时候我觉得那个阿姨是说的是对的,我能学到一门手艺可能这一辈子就有着落了,但是有一点不甘心。那个时候中国没有大学,大学都停课了,但是那个时候兴起一个东西,这就是 721 大学。那是毛主席当时发了一个指示,说大学还是要办的,但不是办今天你们这样的大学,就是说工矿企业也要办大学。那时候我胆子也大,就写了一个报告给故宫博物院的院长,他叫吴仲超。我写了一个报告,直接找到吴院长的司机,我还是没有那么大胆子找到吴院长,故宫博物院院长是很大的官。我找到他的司机,我说:“这封信麻烦你交给吴院长。”司机问我:“吴院长知道吗?”我撒了一个谎说知道。过了一个月,故宫博物院决定请那些老专家给我们这些年轻人办一所大学,也叫 721 大学。但是我在故宫博物院这些老专家办的时间很短的假大学里,学到了最基本的关于清史、关于明史、关于宫廷学、关于书法、关于中国美术史、关于中国青铜器、关于篆刻、中国纺织丝绸历史、中国工艺历史等方面的知识,实际上故宫博物院的专家给我们这些孩子讲了很多很多的东西。

这是我挑战我自己勇气的结局。半年之后,我每天骑自行车从西城骑到单位,要骑 40 分钟。有一天路上碰见了一个故宫博物院书画组的人,今天也已经名满天下,那就是聂崇正,当时还是很年轻的故宫博物院书画组的普通职员。他因为经常要拿东西去我们裱画室裱,那天我们路上碰见了,他骑着自行车,问我:“小章,听说你要调到我们书画组啊?”我说我没有听说。他说他们已经听说了。书画组在故宫博物院是一个什么地位呢?它隶属于故宫博物院的业务部,今天的行政关系可能不是这样了。当时故宫博物院的院长吴仲超是中国极其出色的古文物专家,而业务部是吴院长的左膀右臂,书画组是吴院长的掌上明珠。知道中国古代绘画和书法的,就会知道一旦进入故宫博物院的书画组,你就可以贴身地去抚摸那些《清明上河图》等,而不是每年只有半个月的时间隔着一块玻璃看复制图。我后来就真的接到了调到故宫博物院书画组的调令,我就去了。去了之后,我们领导见我的第一面就说:“院长将你调来我们也没有办法,你给我说一下明代有多少皇帝?”我虽然听了那些专家讲的课,但是我真的记不住。然后我们领导给了我一个下马威:“如果你想在这里混下去,明清两代的帝王年表、天干地支这样的东西你首先要弄清楚,然后你要去认识那些草书,不认识那些草书,将来你怎么去研究那些东西呢?”虽然我们在库房里,每天负责守着那些东西,但是有时你打开它的时候,你就要做那些基本的记录。这张纸上到底写的是什么?我们看着全部像是天书一样,那上面其实也是写着中国字。

然后我就开始努力,一点一点地积累。我在故宫博物院书画组工作了四年时间,大概24岁的时候开始了故宫博物院藏画集的拍照,这是当时中国文化界的一个巨大工程。故宫博物院藏画集前后拍了3个月左右的时间。人民美术出版社的古典美术编辑室的主任王敬献先生每天去故宫博物院拍照,我那个时候负责配合他们拍照,我骑着自行车,拿着清代乾隆年间的包袱皮,有时候里面包着十几个画轴,都是原件。骑着自行车,一只手扶着车把,然后扛着这个包袱皮,从故宫博物院东边一直骑到西边两三公里。那其中的任何一件都是价值连城的珍宝,我曾经想过两个稀奇古怪的念头。一个是如果我换一个包袱皮,将这一堆东西夹到自行车的后架子上,然后骑出故宫博物院的大门,会发生什么事情?其实没有人管的,因为肯定没有人看的。另外,你们去参观故宫博物院不会到那些小巷子里,小巷子里的野草长到一人多高,骑自行车的路比这个桌子还要窄一些。如果有任何一个人拿一个棒球棒,或者什么,他知道我每天必走那个路线,给我打一棍子,将那一包袱皮提走,中国今天就没有《清明上河图》的原件了。其实那个时代也已经一去不复返了,今天的故宫博物院任何一件一级文物如果要想离开库房,一定得是武装押运的,但在我们那个年代我就可以那样做。这样的事,我干了三个多月,每天都是如此。

三个多月之后,王敬献先生要结束拍照了,他问了我一句:“小章,你想去人民美术出版社工作吗?”我当时看着他,有一点傻了,我说:“我去出版社干什么呢?”他说当编辑。哎哟,我的天啊!其实到今天,孩子们,如果你们学文科、学新闻、学中文等，毕业之后有机会到国家级那样的出版社当编辑，也是天大的好事吧。我这个人居然被人家给看上了，是基于我每天在那儿挂画。那时要用分色片拍，不像今天用彩色胶片一次就可以拍完。他们在慢慢拍的时候，我坐在旁边永远在看书，那天王先生问："小章你在看什么书？"我说看《资治通鉴》。他看着我，因为他已经知道我没有上过中学，他问："看得懂吗？"我说我看得懂，因为我已经读完了王力的《古代汉语》了。"文化大革命"刚刚结束，中国逐渐要恢复教育的时候，就是我在故宫博物院书画组的时候。那时我父亲又恢复了工作，所以我家里堆满了所有铁路系统大学准备要开课的课本，我在那个时候每天下班疯狂做的一件事就是看书，所以我看过中文系的所有教材、电影学院几乎所有的教材，包括医学院的教材。但是我看不懂物理、数学和化学，我今天仍然不懂，今天我的数学仍然停留在四则运算不会做的水平。我到人民美术出版社之后，也是很有意思的，全出版社只有我一个人没读过中学和大学。

我非常感激我的恩师王敬献先生，你们在百度上可以搜索到他，他是古代碑帖的权威学者，是中国古代绘画最杰出的编辑家，已经退休很多年了。在"文化大革命"最苦难的岁月和这之前的岁月里，因为启功先生当年是右派，没有人太敢跟启功先生玩的，王先生比启功先生年轻很多，但是那个时候王先生是共产党员，是又红又专的共产党知识分子，但是他对启功先生恭敬有加，对启功先生非常好，经常去找启功先生玩，所以他跟启功先生成为很好的朋友。我因为有幸跟随王敬献先生工作，所以这其后有了更好的机会，能让我有一段时间贴身地追随启功先生。那一年，启功先生突然提出一个想法，想到江苏、浙江的一些博物馆去看那些地方馆藏的中国古代绘画，他就跟人民美术出版社的领导说，他想让王敬献跟他一起去。王先生就说光他一个人跟启功先生去不行，还得有一个打杂的。就这样，我非常幸运有四五个月的时间，天天跟启功先生混在一起。那时"文革"已经结束很久，启功先生那时候已经是中国书法家协会的主席，已经拥有如日中天的名声,走到任何一个地方都有当地的领导和无数的人簇拥着他,向他求字、请他吃饭。启功先生去扬州博物馆,当时的扬州市委书记就说想请启功先生题几个字。启功先生问:“题什么?”那个市委书记说:“帮我们写一个‘扬州日报’吧!”当然我现在也不知道现在扬州日报还是不是启功先生题的字。启功先生说:“报纸有出版吗?”市委书记说没有,准备出版。启功先生就给写了。博物馆的馆长说:“启功先生你帮我们写一个‘扬州市博物馆’吧!”启功先生说他不写。我们很吃惊,因为他非常决绝说他不写。馆长也很吃惊。启功先生说:“刚才咱们进来的时候,我看见博物馆门口是挂着一块牌子的,上面是手写的,我不管那一块牌子是谁写的,我不能用我自己的字把它换下来。”那一刻,我真的觉得有机会跟启功先生这样的人学做人,这是不得了的事情。

他们先我几天去到上海,我的另一个同事,也是一个年轻人,从北京预先赶到上海,去代替我给启功先生做几天后勤。在上海的饭店里订了房间,启功先生住在顶楼,那是南京军区的酒店,启功先生住在军级官员的套房里,王先生住在师一级的标准间里。我那个同事给自己订了团级干部可以住的房子,也还不错,有卫生间。过几天,等我去了之后,我那个同事说:“坏了,我忘记给你订房了”。怎么办?那个年代不像今天,在学校就算没有,在外面任何一家酒店订也方便。那时候没有这么方便的条件,跑去了,人家酒店说,哎呀,只有连级和排级干部住的房子了。我说:“是什么房子呢?”他说就在后面。好,那就订吧。夏天,背着包跑到后面很远的一个大房子里,住三十几个人,没有空调。连级和排级的军官兄弟们在那个时候基本上就是穿解放鞋的,夏天屋子里的味道还真的不好闻。我就在那儿发愁:这晚上怎么住啊。结果后面有人拍我一下,我一回头,原来启功先生一直在悄悄跟着我走到那儿。他拍了我一下,说:“小章,到我那个屋吧,你睡在客厅沙发上,你陪我几天。”哎呀,真的,孩子们,你们可能想不到,我和启功先生之间有着巨大的差距,但他可以在那一刻将我从深渊里拉出来,让我学到了很多东西。其实那个时候启功先生已经在给北京师范大学的基金会,名字我忘记了,以陈垣先生的名字建立了助学基金。本来北师大是要以启功先生的名字来做这个奖学金的基金。但启功先生说不用,给陈垣校长做一个奖学金的基金吧,他认捐三百万。那个时候,三百万是一个天文数字。对于所有找启功先生写字的人,启功先生都让他们直接去到校办公室,跟他们谈,就是题匾牌等。等这三百万很快捐完之后,启功先生说我再捐三百万,后来很多人说启功先生写字赚了很多钱,其实他没有赚很多钱,他最大的收益现在仍然在北师大的奖学金里。我在他们家看到一个小朋友要启功先生写字,启功先生写了。我的一个朋友跟他要一张字,他也写了。然后一个军官说:"启功先生你得给我写一张字。"启功先生问。为什么,他说:"我们司令来了,司令特喜欢你的字,你得帮他写这张字。"启功先生说,那就写吧。写完之后,这个军官说:"哎呀,启功先生你给我们司令写了这个字,我们司令会非常高兴。"然后又说了半天,就是说启功先生给他写了这个字,是非常识时务的,将来司令一高兴会给启功先生很多好处的。然后我第一次看到启功先生真的发怒了,他没有咆哮,他只是很安静地将这张字又从那个人手来拿过来给撕掉了,扔进纸篓里,然后说了一句话:"你们司令,他也不是我爸爸。"这是我唯一一次看到启功先生生气。

启功先生有一本自述,我建议孩子们去看一看启功先生的书。后来在启功先生去世的时候,我给《凤凰周刊》写过一篇不太长的文章,写的是我追随启功先生的一些故事。后来《凤凰周刊》还给了我最高的稿酬,我就让他们将这个稿酬直接转到北师大的那个陈垣先生基金了,后来就一直再没有消息了。有一天我点一个什么东西,跳出来的是北师大的校友捐赠,我发现我成了给北师大基金捐赠的校友了,我被他们北师大给认可了。

1986 年时,一个偶然的机会,我们去拍重庆美术学院的雕塑作品选集,我不是负责现代美术的编辑,而是负责古典美术编辑,但是现代美术编辑室的小孩说:"我们一起去,我陪你一起去找民间服饰等。"那时候我们在着手编中国民间美术全集,我负责一卷,就叫配饰卷。那时候大家还不认识民间美术这玩意儿,那是我第一次去到了四川西部,实际上也是青藏高原的最东侧,也就是贡嘎山。那个时候敢去藏族地区的城里人其实不是特别多现在你们随便一查都可以查到贡嘎山脚下的那个地方叫海螺沟,海螺沟是今天旅游特别热的一个点。但是那时候我们去,可能是第一次有一点有文化的人跑进去山里。那次我的感受是:我长到 32 岁第一次看到雪山是什么样子的,清晨五点多钟起来的时候,坐着看远远的完全黑的天上,太阳从半空中一点一点地从红色的山尖冒出来,阳光照在雪山上,一开始雪山是红色的,一点一点变成金色的,最后再变成银白色的,灿烂极了的银白色。那个时候,我是悟到了古人所说的"行万里路",因为在这之前我觉得我看书看得还不算少。

第一次看见雪山,我们跑到雪山底下。我是第一次向海螺沟的冰瀑布打枪的人,因为我们都听说那个冰瀑布最壮丽的景观是冰塌方,那是 1080 米宽、高 1100 米的冰瀑布,当地有人看过说冰瀑布塌方时好看极了,冰跌落下来,互相撞击会产生静电,发生蓝色的光,整个地是震颤的,地是轰鸣的。怎么看见呢?大家就在讨论。因为第一次进山,还背着枪,怕有野兽什么的。后来我们就说往冰瀑布打几枪,制造一次冰塌方吧。当地的老百姓说不能打,如果打枪,天会惊的。我们想这不是迷信吗,天怎么会惊呢。我们还是拿五六式自动步枪装上子弹,照着冰瀑布就打,打完了,看了半天,冰塌方完全没有出现。我们几个人谁都没有注意,那时候已经在海拔差不多 3500 米~3600 米的地方,谁都没有注意后面有一个民工喊了一声快跑,天惊了。回头一看,整个乌云顺着冰川峡谷就漫上来,真的天会惊。我们这些人发疯地往下跑,从我们住的窝棚上到冰瀑布,大概用了一个半小时,我们跑下去的时候大概用了 17 分钟,这样就跑回去了。孩子们,有没有学过大气物理学?在那个地方,这种高频的震荡应该会引起这种强烈的自然反应,但是那个时候,包括县里的县委书记,包括我这种号称有一点文化的人,没有一个人相信当地老百姓说的这种话，我们在那儿考察了一圈。

我也是第一次在那个山里，第二次我们去的时候爬到更高的地方，在峡谷的上面去看冰川、看雪山，然后夜里下暴雨，我看见了此生最壮观的景象。孩子们有机会赶上下暴雨的时候，跑到高海拔的峡谷边上，站在那儿看，闪电是在峡谷里走的，是在你的脚下，在你的脚底下那么走下去，闪电撕裂着空气的声音，真的是看打雷，美丽得不得了。我也是在那个山上，爬到海拔6000多米，已经在雪线上边很高了，我的高原缺氧反应严重，找了一块大石头躺在那上面，然后就基本上休克了，在那儿看着一只雪白的大鸟，从一片蔚蓝色的平静得像镜子一样的水面上掠过水飞过去，翅膀一下一下扇的时候水的波纹还会起来，鸟叫起来可以传得很远，然后一眨眼就看见比猫还大的老鼠在草地上跑。后来到下午的时候，我醒过来之后，我自己一边慢慢走下来一边想，为什么西藏有那么多的民间传说？每一个人都说他亲眼看见了菩萨，每一个人都说自己亲眼看见了神迹，我前后去西藏二十几次，和他们聊天时，他们很多人都坚称自己看见过，于是我就往前问，我问他们当时是不是很累，他们说是。问他们当时是不是已经走到很高的地方。他们说是我就知道了，所有这些神话都是高原缺氧的结果。我自己一直为我自己的发现而感到很自豪，后来我回北京，在国家登山队的基地问李致新和王勇峰，那时候他们还是国家登山队最年轻的队员，现在都已经是中国登山协会的中心主任、副主任。我说，那玩意儿是怎么一回事？他说那玩意儿是高原幻觉，再往前恐怕你就死掉了。然后我没有死，但是醒的时候我带的墨镜找不着了，肯定是在这几个小时里自己乱动，将它不知道扔到哪儿去了。阳光下的雪山，那个地方太阳反光强烈得不得了，我知道如果这样走下去我肯定就会雪盲。我就想怎么处理这个事呢？从脚上将线袜子给脱下来了，将袜子拉成网状，给系在眼睛上，开始往山下走。走着走着，鞋的侧面开了，离营地还有很远呢，怎么办呢？我就从包里将装食物的塑料袋取出来，撕成条，然后将塑料袋捻成像女孩子编辫子那样，弄成绳子，将脚捆上。我们从早上四点钟出发，一直到夜里8点多才回到我们住的窝棚。回到窝棚里，饿极了、累极了。山里的刘老汉用这么大一个煮水的水壶炖着一只鸡，刚刚炖好。我上山了之后，刘老汉往下走了17公里去买了一只活鸡，又走了17公里把这只活鸡背回来，杀掉了，放在那个水壶里炖好了，然后坐在那儿等着我回来吃，他连一口汤都没有喝。那个年代，我的很多稀奇古怪的经历，也受到了当时那么多民间人文养料的浇灌，其实很好玩的。

我也在藏区，当时的色达县，见过我所见过的打枪最准的人，比我要准得多。我们两个人一起在海拔4000多米的地方，我扛一把五六式自动步枪，他扛一把小口径步枪，一把是7.62毫米的军用枪，一把是5.6毫米的运动小口径枪，打不了太远的。我们两个人一起出去打猎，那个年代还可以的，藏区的老百姓可以持枪，现在不行了。我们出去，然后远远跳出一只野兔子，大概也就是20多米远。那个家伙叫司朗泽仁，现在也已经退休了，当时是色达县的副县长。我问他："兔子你们不打吧？"他说不打，我们舍不得子弹。我说那我打一下吧，他说行。我觉得我可以瞄得很准，对着兔子打了一枪，那个兔子还站在那儿看着我。孩子们，我给你们讲一个奇幻故事，不是高原反应的结果。兔子看着我，转身走了几步，然后停住了。我说我再打一枪，司朗说好，你打吧，我能感觉到他的声音已经有一点不对了。瞄准后又打一枪，兔子又回头看了我一眼。太恐怖了！它又往前走了一点，站在那儿，我说我不信我打不着你。司朗说你千万不能打了，它是神。你们信不信呢？但是我真的没有打着那只兔子，事后回想起来，我好像也没有看见子弹打在地上溅起石头或者土，可真的装了子弹的。另外一只兔子从很远的地方跳出来，大概是100米左右，横着在跑，司朗说这个你可以打，我说这跑着的兔子我打不着，他说你能打着，好，我就打，大概要提前多少，他看了一下说大概提前一个半，也就是要瞄准兔子前面一个半的位置。我就瞄准了之后开了一枪，兔子还接着往前跑，我说没有打着。司朗说打着了，打在耳朵上了。100多米啊，我想了一下，你哄我的吧，因为这已经没有办法验证了。我说司朗你开一枪，他的枪扛在肩膀上，说他们藏民舍不得子弹，兔子不值得一颗子弹，跟我说了很久很久。那个兔子已经跑到差不多200多米了，他才要开枪打，枪就像是他的手一样，就这么甩下来的同时枪响了，兔子就这样栽在那儿了。把兔子拎回来，前胸这里有一个弹孔，这是司朗打的，右耳朵上有一个弹孔。他真的能看得见。

1992年时我到了深圳，当时我是想要好好做一点生意、赚一点钱，然后自己投资拍电影。在1990年的时候，我跟冯小刚还挺熟的，那个时候我就在想：这个家伙这样的才华都可以拍电影了，那我就是因为没有进这行嘛。我在人民美术出版社，所以没有机会，人家不让我拍电影，虽然那时候我写的电影剧本已经得奖了。我想到深圳做生意、拍电影，那时候是做公家的生意。我在深圳做了几年生意，那时候公家的生意真的没有做成，但是我从1992年到1996年，用了四年时间，打了一个深圳当时最大的房地产官司，将我的前任隔两代的前任，丢掉的一栋大楼给打回来了。我用三年的时间自己学中国民事诉讼法、学房地产这些东西，然后自己打官司，打回来差不多一个亿的楼，当然这是公家的，那时候我对广州比较熟悉，一天到晚跑到广东省高院，最后我学会了打官司、学会了自己写答辩状，自己写上诉书。后来有一个机会，我的一个台湾朋友说："你给公家挣这么多钱，你也分不着，一个月还是三千多块钱的薪水。"1998年时一个月的薪水还是三千多块钱，在公家的公司。他说我买了一大批的卫星电话，当时大陆有很多地方是没有移动电话信号的，因此大陆要实现村村通电话一定要靠卫星电话，所以他买了一大批的卫星电话。我说："你不能卖这个玩意儿，这在大陆卖不出去，55000块钱一台，打一分钟3.5美金，无论如何不能实现村村通电话。"但是他那个时候已经买了，那是1997年底。他就拖我下海去跟他一起做生意。我第一桶金是怎么赚来的，大家可能也会关心这个问题，因为将来你们都会面临第一桶金的问题。

我的第一桶金，是我的那个台湾朋友误买了一船卫星电话，我被他拖下水，去帮助他卖那些卫星电话。卖了三个月，一台都没有卖出去。1998年中国发大水了，长江、嫩江、松花江、淮河等全部都发大水了。中国大量移动电话、固定电话的电话基站都被淹没摧毁了。你们可能不知道，各个省都有一个机构是应急通讯局，保证在发生任何灾难的情况下和北京、各个地方保持通讯。突然之间，卫星电话成为全中国最抢手的商品，55000块钱一台，各个省应急通讯局的局长在广州白云机场等货，我们飞速地报关，进来卖。那时候之所以能够卖成，是因为没有哪一个省已经将钱批下来了，比如说内蒙古一次要150台，可没有钱。台湾人说这个不能卖。我说："这个怎么不能卖？咱们这样吧，让他们将这个玩意儿先拿走，先用着、先保证通讯，然后他们钱批下来了再给咱们，如果他们用完了，最后钱没有批下来，没有损坏，咱们把它再拿回来，等于你也做了广告了。"那一次发大水，卖了1400多台电话，一台55000块钱，他们进货价是17000块钱。其实这个事今天是可以说的，他们很多地方都是偷税进来的，只不过那个时候急死了，后来深圳海关缉私分局将我捉去审，说："你这个玩意儿很多都没有报税就给卖了，你得把这个客户名单都写下来。"但是那个电话我没有赚到钱，因为这是人家台湾人的买卖，我只不过图那时候的工资比较高了，才给台湾人打工，在他的公司里做总经理。但是我发现那个电话上的电池是镍氢的，在1998~1999年镍氢电池已经算还不错的可充电电池了，但是那个时候已经有锂离子电池，比镍氢电池的记忆性要小、能量更大。我就找来一个工程师，问他："能不能将后面这一大块换成锂电池呢？"他说他回去研究研究。他回去了，过了一个星期回来告诉我行，说需要钱。我问需要多少钱，他说用35000块钱开一个模具，剩下就好办了。我说那好，35000块钱开了一个模具，挪威的罗拉卫星电话，现在还有，但是主要都是在远洋船舶上使用，地面已经不使用这个东西了。当时那一块电池卖3600块钱，我们做的锂电池也卖3600块钱，但是比镍氢电池的容量差不多大一倍，我们每一块锂电池的成本是600块钱，每一块锂电池的纯利润是3000块钱。不仅中国的一千几百台电话，每一台都配了两块我们的锂电池，从新加坡作为整个亚太地区的电话中转代理已经给全世界的卫星电话，差不多都配了我们这几个人自己做出来的山寨锂电池，其实还是卖了不少，然后就赚了一些钱。到今天为止已经十几年了，我还没有听说有一块电池着火什么的，其实还是做得不错。

1999年的时候，我因为做卫星电话去云南推销，碰见了云南当地一个做探险很有名的家伙，叫金飞豹，这个人已经爬过七大州所有的最高峰，南北极也都去了，现在又去西班牙参加超级马拉松。我住在昆明饭店里，看楼下的花店里卖一本杂志《山茶》。我开始以为是一本植物杂志，拿过来一看才知道，其实我是看这本杂志才知道人文地理这个名词，我以前根本不知道。然后我就看那本杂志，第一次知道抗战中的甸缅公路、甸西抗战故事，山里有那么多的人文故事。第二天金飞豹来了，我说金豹这本杂志办得不错啊，他告诉我他认识这本杂志的主编，挺困难的，杂志办得很好，就是没有钱。那时候我刚好卖了那些电池，兜里有一些钱，有一些烧包，我说："没钱就说啊。"然后他就将杂志的主编约来了，我们就见了面，这个家伙叫邓启耀，现在是中山大学人类学系的教授。高高的、黑黑的、瘦瘦的，戴着像酱油瓶子底那么厚的眼镜的家伙就来了，给我讲他们的队伍如何有才华，最后说："这本杂志你已经看过了，我们现在就缺一点钱，如果有一点钱就可以办成像美国地理杂志一样伟大的杂志。"我说需要多少钱，他说第一批需要15万。我说15万，小钱嘛。后来他们回忆起来，说我就让财务拿着一个书包，背了15万就来了。他说他记得很清楚，拿报纸包着的，从书包里拿出来15万。后来这15万的唯一结果，邓启耀这个家伙说他们要考察西藏，然后雇了好几辆车，要全程写西藏、要重写格萨尔王传奇的研究，弄了几个人，从迪庆开车进了西藏，还没有开出1000公里，好像7个人有7种意见，应该怎么弄，打得不可开交。然后回来了，每一个人都写了稿子，说那登吧，反正也写了。我那时候因为出了一点钱，就成了《山茶》杂志的出版人。登完了之后，邓启耀来问我："我们写了稿子怎么不给稿费呢？"我说："你拿我的钱去考察的，还要稿费?”他说:“难道你不知道这是我们的劳动成果吗?”我是把自己划在知识分子队伍之外的,我说这些人也太难缠了吧。其实是应该给人家稿费的,考察是工作嘛,人家是职务行为,写了稿子应该给稿费。这个队伍里还有伟大诗人于坚。你们有看诗的吧?于坚听说有一个用今天的话来说叫土豪的家伙,给他们拿了一点钱,今天要到他们杂志社来看,他就在那个杂志社等着。我去了,金飞豹也在那儿,我站在离他不到一米的地方,这个于坚上下打量我,不问我,偏过头问金飞豹:“就是他啊?”我想这个家伙对我也太不尊重了吧,你不就是会写诗吗?然后我为了争气,这之前自己不怎么写文章的,我为了争气,给《山茶》写文章。后来我就将《山茶》杂志改名《华夏人文地理》。然后我又将杂志搬到深圳,又找来了新的投资商,就是后来时尚杂志的时尚出版集团,他们也都进来了。我将当年自己去贡嘎山、海螺沟的故事写成《山告诉你》和《圣山之光》这样两篇专门讲海螺沟和贡嘎山故事的文章。我当年在那儿好几次差点死掉了,我在西藏还翻过车,差点死了。我写了这两篇文章,好了,让你们知道老章会写东西。

结果,有一天来了一个人,说:“看了你写的文章,我想请你给我们写一本书。”我问他是谁。他说:“你不知道吗,他们都没有告诉你吗?”我说没有啊原来。他是台湾经典的总编辑,叫王志虹。我不知道那些杂志就怎么到了台湾。我说:“你让我给你写什么呢?”他说:“我觉得你是今天用中文写这种报道文字写得最好的人之一。”他当时说的时候,没有“之一”这个定语,我为了假装谦虚,将“之一”给加上了。他说三峡大坝快完工了,让我给他们写一本三峡吧。我说很贵的。他问要多少啊,我说我得先去考察嘛,他说好吧,说一个数吧,我说 30 万。他说台币啊,我说人民币啊。他说账号告诉我,第二天 30 万打过来了。2003 年我给于坚、给山茶的这些大腕们(后来他们都成为我的朋友)打电话说:“快来啊,台资旅游。”他们就跑来了,我就开了一个丰田柴油专业越野车,跟一个朋友租的,我说一天给你 1000 块,他说这个家伙哪儿来的这么多钱,我说这个钱必须要花完。我们一路沿着三峡,慢慢地开,走到任何一个地方,一副财大气粗的样子,说告诉我,你们县里最好的宾馆是哪一个。其实,沿着三峡那些地方,县城里最好的宾馆 120 块钱一天。那 30 万其实没有花完,我们可能一个多月走下来大概才花了十几万块钱。后来给台湾写了一本《三峡记》,他们极为感动,好像我今年 3 月份去的时候,他们告诉我已经印了第八版了。在那个过程中比较得意的是,来了两个台湾的年轻编辑,一个做文字的,一个搞摄影的。他们来的时候很好玩,上车我们一路开车过去。然后一路走,我们就在谈整个三峡的历史、自然的价值、文学的价值,在中国军事史上的价值,它在经济上的价值,还有航运的价值,什么什么这些。

2003 年《三峡记》出版的时候,台湾还没有开放大陆的自由行,他们就说请老章去台湾开新书发布会,我很得意,结果闹“非典”了,广东也是疫区,疫区的人就不能去了,让我失去了一次跟在台湾的一个美女粉丝见面的机会。因为我的稿子写的是三峡上的战争,写了古时候的故事和抗战中一些发生在三峡的故事。他们在台湾出版的时候,请来的审稿编辑是一个特约编辑,是台湾一个电视台的美女主持人。后来他们告诉我说,那个女孩子看第一遍的时候用了 12 张纸巾来擦眼泪,看第二遍的时候还用了 8 张。我听了之后问她有没有问章先生结婚没有,然后他没有问。我从投资《山茶》杂志开始,知道了deadline甸西之战,知道了在缅甸的这些故事,其实这些故事对于我们中国人来说应该一直都是知道的,不应该是到了我那么大的年纪才知道的,也不应该是我们知道了之后再花钱到美国国家档案馆将那一段历史的几万张照片弄回来,最终中国的公众才知道。但是毕竟我还是有这个运气的,通过这本杂志知道了这个事,然后这么多年来不断地调查这个事情,又攒了一些钱,再到美国国家档案馆将 23000 多张中国抗日战争期间美国军事档案照片全部扫描回来了,而且是高精度的。其实后面再出的“国家记忆”,在中国大陆很多城市和台湾地区,以及明年 5 月份要到美国办的国家记忆图片展,所有这些才是贵校的罗老师将我找来给你们讲的。其实我讲了这么久,我都完全没有讲他原来要求的题目,但是我觉得我给大家讲了我自己到目前为止的一部分人生故事。我今天做的一个小买卖,给很多国家的特种部队做一种战术装备的这个买卖故事,没有时间讲了。

我这个人特别喜欢枪,在中国没有机会玩枪和造枪,我就看乱七八糟的杂志。2000年的时候有一次到云南,我的一个兄弟送我一个小电筒,这么小一个。我拿手里一照,真的亮啊,非常非常亮。我说:"这个电筒多少钱啊?"他说700块,美国的。我就将这个电筒拿回深圳了,找到原来给我做电池的工程师。我说:"给你两个星期的时间研究一下这电筒,这个玩意儿卖700块,你看看咱们能不能把它造出来。"他又用了两个星期时间,然后跑到我们家来了,拿了一节锂电池、两根铜丝,前头拴着一个小灯泡,小灯泡背后带着一个反光镜。我们家离对面的楼大概有20多米,他拿灯丝一碰,对面房间里就被照亮了。一般的手电筒是做不到这一点的:白天能够将20多米之外的另外一栋楼的房间照亮。我说:"行啊,需要多少钱啊?"他说一开始大概需要十万八万就行了吧。我说那行,咱们干吧。那家公司,我不说品牌了,因为现在那家公司还在。那家公司前前后后投进去大概接近400万,有一部分是我投的,后来我又拉了一个朋友进来一起。我请了这个工程师做总经理,因为那时候我已经有了去甸西做很时髦的人文地理的田野调查的爱好,我不怎么管这家公司。然后,陆陆续续投进去这么多钱之后,有一天我委任的总经理,我给了他20%的股份,跟我说:"章总,这个东西不赚钱,要不然你就退了吧。"我说:我现在也在云南不停地玩,我就退了吧,我将我的投资拿回来了,没有要利息,然后那个朋友也慢慢退出去了。

后来我听说这个玩意儿还是能赚钱的,那个时候公司有一点大了,又请了一些别的工程师。从那个公司里出来的一个工程师跟我说,做这个玩意儿很容易,他发明了另外一种灯。他是跑到昆明去找我,那时候我在昆明玩。我们就将那个灯打开,真的很光,我们在酒店二十几层的楼上,夜里，这个灯已经可以照到马路对面地面停车场的车，而且可以照得雪亮。我说好吧，我们再干吧。这就是今天这家公司。今天这家公司，到目前为止，如果连滚动投资都算的话，大概投进去超过1500万，我没有细算过，到目前为止我的投资还没有收回来，去年才开始赚钱。公司成立八年了，才开始盈利，前七年全部都是往里面投入资金。我们的灯应该是在全世界战术级的灯里卖的第三贵的。第一贵和第二贵都是美国品牌，我们是第三贵的，美国的比第一、第二差的品牌全部比我们便宜，韩国的都比我们便宜，这些我就不说了。

在这个过程中，无数的朋友跟我说你应该卖便宜一些，你可以将质量做得稍微差一些，不用做那么好，这样你早就可以赚钱了，因为现在全世界做手电筒的基本上都已经知道了你的品牌。我到国外去参展的时候，那些做枪的大佬、做瞄准镜的大佬都已经知道我们品牌了，都跟我们聊天，但是都不知道我们还没有赚钱。我说这个玩意儿，反正我看了资料，美国制造业的企业从创立到盈利，通常要10~15年的时间，我说咱们这才做了五六年，没有关系，我短时间内还不会破产，咱们先再熬一熬吧。在这个过程中，勃朗宁来了，玩枪的都知道，这是美国做枪的一家超级大公司。他们说要我们做，谈到最后，我发现他们对产品的要求太低了，虽然一年有很大的量，但是我不愿意给他们做。韩国也来过，说订单有20万，将价格压得低得不得了，我觉得这也是不能做的。有意思的是，后面来了一个怪怪的电话，说他们是一家美国公司，我的助理接的电话，他说："我们想去你们公司看一下，要看你们的组装车间。"我不是不让他们看组装车间，而是我们的组装车间太小，他们美国公司来5个人，4个美国人、1个翻译。我说："对不起啊，我们在给中国军方做东西，不方便给你们看。"我真的在给中国军方做东西，只不过我不让他们看的真实理由是怕组装车间太小。他说不让看他们就不来了。不来就算了，因为我们也不知道他们是谁。第二天又打电话来，说不让他们看也决定来。我说那就来吧。这样这几个家伙来了，都没有介绍自己，拿了一个东西往会议室的桌子上一放，说："你们能够做这个吗？"我说图纸呢，这么一本，又这么一放。然后，把几个工程师找来，看了半天，几个工程师吵架。四年前0201是非常高要求的精度，那时中国贴片普遍都是特大零件。讨论半天最后说能做。最后他们说了他们公司的名字，我跟他们签了保密协议，所以我不能说他们公司的名字。我当时就问他们，你们没有我当初拿的那个品牌的手电筒，我以前就知道这个公司。他们回答说："章先生，我客观地跟你说，他们是老二，我们是老大。"我说："那我怎么从来没有听说过你们呢？"他说："因为他们是给美国陆军供应装备，我们是给美国海军供应装备，但是你要知道美国最主要的作战力量是海军。"我说好吧，我知道了。然后开始漫长的研制，这个过程将我的总工程师给熬走了。我的总工程师说："哎呀，老章，我见过太多这种国外大企业了，非得玩死咱们不可，我不陪着你们玩了。"我送给他10%的股份，他老分不着钱嘛，所以他就走了。那天他们考察完了，其实他们在中国考察了5家做战术手电筒的，中国做战术手电筒的很多，我们是这5家中最小的。这已经是两年之后听他们告诉我的。当天晚上他们开会，所有人开会，跟美国开电话会议，商量到底这5家选哪一家。最后他们5个人一致认为应该选我们公司，说因为我公司是唯一一家第一件事就要求看图纸，然后吵了半天架才说能够做的。其他所有的中国公司都是将东西一放，直接回答说能做。我觉得我们中国人真的是太可爱了，真的是胆子太大了，其实那个东西我们做到后来，一直做到现在。我2013年1月份才第一次到他们公司，在一座小山上面，整个山上面四栋建筑，巨大的建筑，全部都是他们公司。我可能是第一个进他们组装车间的中国人，他们组装车间的墙上贴着全公司唯一一个标语——"美国军人的生命在你手上"。我这才知道他们真的很大。做的过程充满了艰辛，比如说光是一个电镀，他们要求反光率95%。好，我们就照着95%去找，将整个珠三角几乎所有做反光真空电镀的都找遍了，没有一个能够达到95%。这时工程师都想起来，我们谁都没有查资料呢，于是查资料发现真空镀膜最高反光率92%，95%是根本做不到的,他们提了一个极其荒诞的要求。于是我们将资料再反馈给他们,他们说,对不起,他们错了。美国人认错还是很实在的。做到现在,我们公司应该是美国、以色列、法国、德国、韩国这些国家的特种部队的枪上的灯的供应商,还有台湾军队。有没有一些宗教风险呢?美国的海豹突击队在猎杀本·拉登的时候,他们的自动步枪上装的是我造的灯。我曾经失去过巨大的订单,是来自于法国的一家防务系统咨询公司,差不多两年前了吧,说他们要订一批灯,装在自动步枪上,20 万个,先给钱。我说这好啊,谁要啊?利比亚。那时候卡扎菲还没有下台呢,但是利比亚已经开始有了反对派了。因为我们的东西利润恋高,20 万个,真的可以挣很多钱。我说让我想一想吧。我回去想了一晚上,决定不卖。他问为什么,我说我想来想去,觉得我不应该卖给他东西。其实还是挺好的,没有挣着这个钱,但是如果我真的卖给他,可能后来在利比亚发生那么激烈的战火时,我良心上一定会极度不安。

孩子们,人的命运是没有办法复制的。在很多时候运气是用挑战的面目出现在你面前的,我觉得我实在不能算一个以今天标准社会学意义来定义的成功人士,但是我今天忙得不得了,我干着自己的小买卖,我写着我研究的 1942 年到 1944 年中美军事合作关系的专著,我在浙江大学组建了国家记忆档案中心,组织团队已经从美国国家档案馆将朝鲜战争的 4 万多张军事档案照片复制回来了,马上还要复制朝鲜战争的 26000 份中国志愿军战俘审讯记录回来,还有更多的东西要复制回来。我现在还做着中国唯一一个可以向社会公募的关爱抗战老兵基金的秘书长。实际上我在做这样四件事,忙得不得了。人慢慢年纪大了,趁着身体还好、脑子还清楚时,拼命地做一点事,等哪一天脑子不好或者身体动不了的时候就赶紧死。这样,等我们死完了,可能我们留下来的这些档案,十年之后、二十年之后,你们接着做,应该能够将中国很多的历史资料找回来,然后将很多、很多、很多的历史真相都还原了,那样大学里教历史的老师才心安一些,学历史的也踏实一些,因为学的是真的东西。我们这一代人没有受过好的教育,但是一不小心就有机会能够做这些事情的人,也不会再因为自己没有受过好的教育、没有对社会作出贡献而留下遗憾。谢谢大家。

主持人:下面是提问环节。

现场提问1:听完章先生讲这么多小故事,感觉您比同辈人更幸运,有更多的机遇。您是否这么认为?除了启功先生,您还遇到了哪些伯乐?

章东馨:我第一个伯乐是我小学三年级的班主任,姓冯。那时候我还很小,冯老师是一个很年轻的女老师,我那么小的时候就知道她是一个美女了。有一回我写作文,得了三分,因为上面有很多错别字。但是冯老师让我在全班朗读这篇作文,她说虽然错字很多,但是文章写得很好,因为错字太多,所以给三分。我觉得是冯老师奠定了我对自己的文字有一点信心的基础,她是小学三年级的第一个伯乐。

现场提问2:现在的年轻人不上学、不读书,在社会上就不被尊重、没有机会、没有社会资源、没有前途。您怎么看?您对现在的大学生有什么建议?

章东馨:我儿子在上高二的时候,有一天跟我说:“爸,我不准备上大学了。”我说不上大学好,我就没有上过大学。然后他上高三,高三的时候有一天跟我说:“爸,我决定上大学了。”我说上大学好,我就是因为没有上过大学,所以没有受过系统教育。我觉得上不上大学,上大学好还是不上大学好,这是一个伪命题,因为你受不受尊重并不是因为你有没有上过大学。张鸣跟我说:“你不能当教授,因为你不是博士。”我说我就不信,现在我在浙江大学组建了国家记忆档案中心,他们问我要不要去他们学校当教授。我不是拆暨南大学的台,孩子们,你们的父母要花那么多的钱你他们上大学,不如买书回家自己看,其实你们上完初中之后,中国字认得差不多了,自己看也是可以的。何况今天的大学,当然暨南大学很好了,很多大学老师到这个年纪都是要退休的教授了,比我们再年轻的那些老师,他们真的受过很好的训练吗?就有资格来教你们吗?对于今天的大学生,任何建议我都提不出来,谢谢。

现场提问3:刚才听了您的讲座感觉您有丰富的人生经历,请问我们这些没有过疯狂年轻岁月的大学生该如何弥补错失的岁月、弥补自己的人生,才能有一个像您一样丰富的生活?

章东馨:20岁时人生才开始,我愿意用我所有的经历换回重新回到20岁,有人跟我换吗?我觉得20岁的人要开始自己的人生,有勇气开始自己的人生,因为你们有青春。两年前我去中山大学,给那儿的一群研究生孩子们上课,我上去第一件事就是骂他们,早上坐在你们图书馆后面,看着像潮水一样迎着阳光上课的孩子,没有看见一张笑脸,起码在暨南大学,我看见你们都是会笑的,我真的特别高兴。

现场提问4:我们在电视荧屏上看到老兵的故事就像许三多一样,这跟你关注的老兵有什么最大的不同?

章东馨:电视上的故事是假的,我所关注的,孩子们,你们知道现在每一个月我们基金大概给1100多位极度贫困的、参加过抗战的老兵,每一个人每个月发500块钱的生活补贴。广州《新周刊》的主编孙冕先生,我的一个非常好的朋友,他也从相当多的明星,韩红、陈坤、高圆圆等,我背不下来那么多的名字,募捐了很多钱给那些需要紧急医疗、没有房子住的、需要送到养老院的孤寡抗战老兵。我们现在给这些老人每个月发500块钱,其实他们并不知道这个钱是谁给他们的,但是他们告诉我们说:"因为有这500块钱,我现在可以坐在饭桌上吃饭了,我可以跟儿子说我要吃肉,你要去给我买肉,因为这个钱是我自己的。"电视上的那些老兵,差不多大部分是八路,他们的日子过得还不错。我们所要做的所有这些事情，包括我们跟孙冕共同想做的事，无论这些老兵还剩几个人，其实我们估计也没有太多了，我们已经发现的大概3000，还有陆续发现的，但是平均每天都有一位老人离世，毕竟他们年纪很大了。因为哪怕只剩一个老人得到这样的国家荣誉，等他走了之后，他到另一个世界，他可以告诉他的所有的几百万先死的战友：他们为这个国家、为这个民族而战斗、而流血、而牺牲是值得的。这就是我们要做的事。我也希望孩子们，你们也让更多的人来一起参与我们这个事情，咱们让这些参加过中国抗战的老人，在他们生命的最后几年能够过得像正常人一样，能够让他们有尊严。我希望大家一起参加，我谢谢大家参与到我们当中来。

现场提问5：刚才听了您的故事，觉得您的一生波澜壮阔。在您快乐的人生中，您觉得运气和勇气哪个比较重要？您如何看待运气和勇气之间的关系？最后祝愿您继续快乐下去，谢谢。

章东馨：运气和勇气，哪一个都不能缺。有时候运气就是用挑战的方式出现在你的面前。走了120公里，谁都动不了了，好吧，你非常有勇气地抱着洗脸盆去打饭了，运气来了，第二年当了副班长，当团支部组织委员了，虽然我后来没有能够进入共产党，那是另一个故事了。你们别信那些特别成功的人是因为运气比你特别好，每一个人的生命中都充满了运气，关键在于你能不能看见它、能不能抓住它、能不能善用它，这是很重要的。在这个时候，你能不能善用它、能不能勇敢地对待它，后面接着就一定是靠知识了。在这样的时候，比如说那个灯敢不敢做，美国人拿灯来你敢不敢接，不敢接没准我的公司就已经破产了，但是你敢接就一定要有专业知识支撑着你。从这个意义来说大家还是上大学吧。

现场提问6：非常感谢章先生给我们分享了您富有传奇性又非常快乐的人生经历，我也受到很大的激励。开场时您说到曾经患了抑郁症，但是您在回顾自己的人生经历时，您是非常快乐又是幸运的。请问您患抑郁症的原因是什么，以及最后是怎么走出来的？

章东馨：抑郁症的病理学原因，其实到现在都可能是医学研究的一个难题。我觉得我自己得抑郁症是因为忧国忧民。人家会觉得很奇怪，你日子过得也还不错，发大财谈不上，衣食不愁，想去哪儿玩也有钱，想干一点什么差不多都能干成。但是，孩子们，古希腊时人们就说过，如果幸福在于肉体的快感，那么牛在找到草料吃时是快乐的。我们并不是一群吃饱了草就觉得极其幸福的牛，我还是觉得自己的国家真的在平等、民主、自由的气氛下，大家活在这样的一个土地上。我晒太阳和拼命给自己找事干，让自己从那样的阴影里走出来，实际上我自己知道自己没有完全解脱出来，只不过因为多少有一点知识，所以我选择了不吃药，不吃那些稀奇古怪的药。

现场提问7：听了您的讲座之后，发现您的自学能力特别强，自学通常会比向人家学习更加困难，而且在学习的过程中肯定很快就会遇到瓶颈，您是怎样渡过瓶颈期，将一个完全不知道的事情学会的呢？谢谢。

章东馨：我从来没有瓶颈期，因为有无数的人问过我类似的问题，说："你们这样寻找历史有很多压力吧？"我说没有压力遇到过很多困难吧，没有遇到过；有很多挫折吧，没有挫折。为什么？因为你不想学的东西根本不用去学它，一点用也没有，比如说数学，我就坚决不去学，化学我也不学。我小时候看过的一点物理学、几何学的基本知识，我在当兵的时候用它发明了夜间射击的测距器，我觉得凡是不喜欢的就不要去关注它，你喜欢的，你一点也不会觉得吃力、一点也不苦，好玩极了。这个过程中你也可能会失败，但是会给你带来快乐，太好玩了，我就觉得一辈子永远在做我喜欢的事，我写东西也不是为了版税，虽然版税也还不少。我写东西完全是因为好玩，我答应他们一本书，他们说一年交稿，我说好。我答应中信出版社的那本书，他们说一年交稿，到现在快到三年了，他们也不敢催我。他要催我我就说退版税给你，他们预付了很多版税。他们说还是别退了,慢慢写吧。你喜欢的时候,一定要将一件事做好时,这个过程中完全没有痛苦。我不是逗你们玩的,我做所有这些事情都没有痛苦,包括打官司都没有痛苦,因为结果无非就是打赢和打输嘛。但是在这个过程中,我非得想办法找出道理来,就要让你驳不倒我,我一定要驳倒你,我一定要说服法官我是有道理的。你们说哪个东西是不对的,我说《现代汉语词典》对这个词是这么解释的,你们法律上怎么能够这么解释呢,你们违反国家语言文字的基本准则。你这么去找的时候,就将它变成了一个充满快乐的、寻找自己的过程,什么困难都没有了。谢谢你的提问,孩子。

主持人:今天晚上听了章老师的讲座,让我想起电影《阳光灿烂的日子》,想起电视剧《血色浪漫》,还有《北风那个吹》。每一个人的人生不可复制,但是快乐可以复制,今天晚上的讲座让大家很快乐,我们用掌声感谢章先生。

(完)

(讲座时间:2013.11.28)

后　记

《闻道》第四辑顺利付梓,我们的心释然了。

一则是我们对本书非常重视。我们通过把一些演讲嘉宾的演讲的文字稿整理出版的方式,出版发行。这些嘉宾都是各领域的翘楚,他们智慧的声音和思想的光芒指引着青年学子前行的方向,他们的人格魅力和精神风尚为青年人的读书和为人提供了参照和榜样。所以在整理嘉宾的演讲内容时,我们诚惶诚恐,生怕文字稿未能完全表达演讲嘉宾的思想。我们几易其稿,尽量使文字稿忠实于演讲嘉宾的原意。同时我们也尽量做到整理后的文字稿既有正式出版物的严谨,保证阅读的流畅性,又能保留讲座的口语化特点,增强可读性。在出版社编辑好初稿后,我们还将稿件一一发给嘉宾审定。他们的审定与修改使本书的质量得到有效的保证。当然,由于种种原因有个别嘉宾无法联系得上,我们感到非常遗憾。若文稿有不足之处,敬请与我们联系,我们将以合适的方式修改。

二则是众多名家的思想终于可以和读者分享了。演讲嘉宾做一场讲座,受众毕竟有限,将讲座变成书籍一直是我们的愿望,希望演讲嘉宾的思想能嘉惠更多的人。现在,这个愿望终于实现了。本书融学术性、思想性、前沿性于一体,讲求前瞻眼光,注重学术视野,体现人文关怀。我们希望通过本书,不仅使读者获得知识的收获,更能感受到思想对心灵的启蒙与震撼。

本书的出版是集体努力的结果。

首先要感谢做客“百年暨南文化素质教育讲堂”的诸多嘉宾,是他们带来了精彩的演讲,是他们带来了足以传承的思想。他们的人生阅历和学术思想是本书的精神内核。同时也感谢他们授权给我们出版,并亲自修改文稿。

其次要感谢暨南大学文化素质教育办公室及党委宣传部的各位同仁。他们在完成自己本职工作的同时,承担讲座的很多相关工作。各位同仁的辛勤付出成就了本书的厚度和高度。

同时也要感谢广西师范大学出版社的编辑刘艳、高东辉为此书付出的时间和精力,你们的专业水准和精益求精的态度使本书的质量更上一层楼。

由于本书的文字稿源于讲座音频或视频的整理,音频或视频的质量以及口头语与书面语之间的差异,难免会造成一些错漏,还望读者海涵并批评指正。

编者

2015年8月